The Texture of Shadows

魅影魂踪

南非一九八九

[南非] 曼迪拉·蓝加（Mandla Langa）　著

董志雄　译

北　京

冶 金 工 业 出 版 社

2016

北京市版权局著作权合同登记号　图字：01-2016-7513 号

图书在版编目(CIP)数据

魅影魂踪：南非一九八九/[南非] 曼迪拉·蓝加著；董志雄译. —北京：冶金工业出版社，2016. 12

书名原文：The Texture of Shadows

ISBN 978-7-5024-7372-3

Ⅰ. ①魅…　Ⅱ. ①曼…　②董…　Ⅲ. ①长篇小说—南非共和国—现代　Ⅳ. ①I478. 45

中国版本图书馆 CIP 数据核字(2016)第 249537 号

出 版 人　谭学余
地　　址　北京市东城区嵩祝院北巷 39 号　邮编　100009　电话　(010)64027926
网　　址　www. cnmip. com. cn　电子信箱　yjcbs@ cnmip. com. cn
策划编辑　任静波　责任编辑　杜婷婷　任静波　美术编辑　彭子赫
版式设计　彭子赫　责任校对　卿文春　责任印制　李玉山
ISBN 978-7-5024-7372-3
冶金工业出版社出版发行；各地新华书店经销；固安华明印业有限公司印刷
2016 年 12 月第 1 版，2016 年 12 月第 1 次印刷
169mm×239mm；20. 75 印张；313 千字；317 页
42. 00 元

冶金工业出版社　投稿电话　(010)64027932　投稿信箱　tougao@cnmip. com. cn
冶金工业出版社营销中心　电话　(010)64044283　传真　(010)64027893
冶金书店　地址　北京市东四西大街 46 号(100010)　电话　(010)65289081(兼传真)
冶金工业出版社天猫旗舰店　yjgycbs. tmall. com

译者的话

《The Texture of Shadows》(《魅影魂踪——南非一九八九》) 由英国麦克米兰出版公司旗下的非洲骑马斗牛士出版社 (Picardo Africa) 于2014年出版。小说中描述的故事发生在20世纪80年代末南部非洲的南非、安哥拉、博茨瓦纳和赞比亚等国家，以纳尔逊·曼德拉在1990年正式出狱前各种政治势力殊死角逐、社会激烈动荡为背景。小说的出版距离曼德拉于2013年12月举世瞩目的去世不到一年，重温当年，审视今天，或许能够给本书的中国读者留下丰富的想象空间。

然而，小说的作者曼迪拉·蓝加在接受记者采访时却认为，他的这部新出版的小说生不逢时。评论界普遍认为，这可能是执政党非洲人国民大会（简称为非国大）的内部人（insider）中第一个站出来用小说的方式深刻反省自己斗争历史的著作。蓝加说，小说出版后一些过去的同志不再“友好”了。当然他也收到了另外的反应——“刻骨铭心。但这就是我们，每一个人都应该在这面镜子前照一照自己。”蓝加则不乏幽默地说，这不过是一部小说，愿意对号入座者只是自取其辱。“我将继续前行，随它去吧。”

可以说，蓝加是名副其实的那一代非国大的内部人。他于1951年生于德班市的斯丹格尔镇，父亲是当地一名神父。蓝加1972年毕业于南非福特哈尔大学并取得英文和哲学学士学位，是新南非第一任总统曼德拉和第二任总统姆贝基的校友和学弟。他在20世纪70年代加入解放运动，1979年流亡海外，成为非国大在安哥拉的武装组织人民军的一名战士。

20世纪60年代席卷非洲的反殖民主义斗争在当时已经演变成在新独立国家中以美苏为首的两大阵营支持下的更为血腥的内战——代理人战争。人民军在位于赞比亚首都卢萨卡的流亡总部非国大主席奥利佛·坦博（Oliver Thanbo）的领导下，加入了在苏联和古巴支持下的阿戈什蒂钮·内图（Agostino Neto）领导的安哥拉人民解放运动（MPLA）一方，与美国中情局和南非国防军支持的以萨文比（Jonas Savimbi）为首的争取安哥拉彻底独立全国联盟（UNITA）和奥尔登·罗贝托为首的安哥拉民族解放阵线（FNLA）的另一方进行殊死的战斗。前者在距利比亚首都的黎波里不远的本·哈西尔建立了由苏联人、古巴人和阿拉伯人为教官的训练基地，后者在当时的西南非洲（现在的纳米比亚）昂丹瓦成立了以南非国防军为教官的训练营，两者分别精心制造着恐怖的杀手。小说中的故事正是发生在20世纪80年代末期苏联解体、冷战即将结束的背景下：前苏联领导人戈尔巴乔夫宣布停止对非国大武装斗争的支持，而代表在南非的美英跨国公司利益集团的前美国领导人里根和前英国首相撒切尔政府则强力施压迫使南非种族隔离政权的德克勒克与非国大进行和平谈判、释放曼德拉并举行大选成立新政府。于是有了小说中讲述的阔别家园数十载在安哥拉流亡的人民军战士怀着开始新生活的希望而走上险恶的回家之路的故事。

蓝加在安哥拉经历了一年的残酷战斗之后被非国大派到当时苏联阵营的匈牙利学习新闻，毕业后曾在非国大伦敦办事处工作。1994年返回新南非，曾担任政府通讯联络部门的负责人。但蓝加说，他始终愿意成为并一直视自己为一个作家。他曾发表了多部诗作和小说，1991年成为首位获得英国艺术委员会创作奖金（the Arts Council of Great Britain Bursary for Creative Writting）的南非人，并于2009年获得英联邦（非洲地区）作家奖（2009 Commonwealth Writters' Prize, Africa area）。

蓝加认为，他作为一个作家的责任应包括帮助人们去看到他们不愿意看到的内部的丑陋的东西。他认为只有先驱除自身的邪恶，然后才能去教育别人。他还认为，过去讲述的历史被神化了，非黑即白，非善即恶，其实有大量的灰色地带。“在赞赏我们同志的勇气和友爱的同时，也应该揭示出我们队伍中无法恭维的那些东西，背叛、贪婪、腐化和通敌也是我们故事的一部分。”对于这种无情的揭示给予今天的意义，蓝加说，靠掩盖悲惨的过去而繁荣的社会，不可避免地将会由于真相的暴露而受损。“南非毕竟是一个埋藏着许多死尸的国家，我们必须正视。”蓝加说，这部小说并不是自传，但他是把他的亲身经历和生命融入其中。他的一个亲兄弟由于错误的情报而被当做奸细处以极刑，而执行死刑的两人之一竟是与他同一分队的同志；他因流亡海外而无法回家参加对他无比挚爱的母亲的葬礼……这些带给他终生难以释怀的痛苦经历都通过这部小说中的人物展现出来。

然而，写小说和写历史的不同，就在于小说家不仅是通过活生生的人物来展现他们当时的喜怒哀乐，更重要的是通过这些人物对未来的期许给予今天的读者以启迪。

蓝加在小说中塑造了一个献身于人类解放事业的女牧师涅丽莎·罗德里格斯的人物形象。她在历尽地下斗争、被捕遭受酷刑和异国战火的各种磨难之后，终于看到了解放的曙光，迎来了获取政权的前夕。在这万众欢庆的时刻，她清醒地感到的是深深的忧虑和沉重的责任。

“我们所有人都对未来充满了雄心壮志，但我有一种令我烦恼的感觉，我们可能会当众出丑。在我们的生活中有太多没有解决的问题：如此之多的没有举行过追悼仪式的遗体，如此巨大的破坏，并且贫穷将使任何接手这个烂摊子的政府倒台。”“随着曼德拉的释放，欢庆仍将继续，每个人一定已经站在天使的一侧。斯丹德和帕奥威尼将成为属于一个过去时代的阴暗记忆，对此我们全都宁愿选择忘记……因此，我们命中注定地会发现，当这场斗争失去了原先的目标，我们将不得不重新彼此面对，如同镜中的映像，我们将会看到的可能不是我们想要看到的。然而，我们必须克服一个困难的障碍。如果我们接受了赋予我们的角色——面对超复杂难产的助产士，我们就必须面对我们队伍内部盲目的冲动。很快我们将要培育这个婴儿。我们必须首先搞清楚，无论过去发生的是什么，对于那些与他们的父母毫无相像之处的新一代所产生的影响。……人民军的游击队员们回到了家乡。他们走出了阴影，他们需要开始生活和品尝生活。可能与我们一样，他们也将学会——用他们自己的话来说——犯错误。”

译者本人于20世纪90年代初期开始在南非工作和生活，前后20余载，经历了小说中描述的国家之巨变，目睹了转型之艰难。作家笔下众多栩栩如生的人物使我感到有如与老朋友重逢，而面对今天的现实，重温小说中人物当年冷峻的分析和展望，更激起强烈的共鸣。这是我翻译小说《魅影魂踪——南非一九八九》的动机，也希望阅读这部小说的中国读者，特别是关注南非未来的同仁，也能结识小说中的这些朋友，并从他们的故事中得到启示。

为了便于读者对20世纪后半叶南部非洲的政治、文化和社会背景的了解，译者在本书中添加了必要的注释。在此特别要向热情提供诸多重要背景资料的原书作者曼迪拉·蓝加（Mandla Langa）先生和编辑安德丽雅·纳特拉斯（Andrea Nattrass）女士表示衷心的感谢！

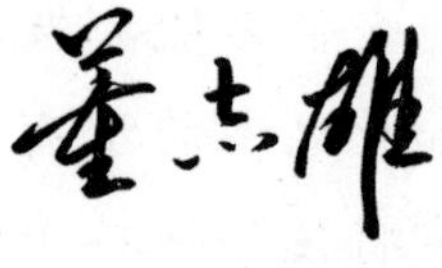

2016年6月于北京芳馨园

本书为纪念我已逝去的亲爱的父母

利福德·西蒙—皮特鲁斯·姆贝克瓦·蓝加和约瑟芬·布丝思卫·蓝加

他们是斗争的先驱，但是没能活到亲眼见到圣土的日子。

在这个十字路口上
我遇到一只猫头鹰

——阿拉木图·艾杜[1]

午夜时分
经常在黑暗的沉寂中度过
我的喉咙干涩
已无力发声
缠绕我心灵的鬼魂背后
传来阵阵喧嚣
我渴望知道
风从哪里吹过

——摘自凯奥拉佩策·考斯尔[2]的
诗作《当生命陷落时》

---

① 阿拉木图·艾杜（Ama Ata Aidoo）（1942～），加纳当代女作家、诗人、学者，曾担任加纳教育部部长。

② 凯奥拉佩策·考斯尔（Keorapetse Kgositsile）（1938～），南非当代诗人、政治活动家，2006年荣获南非国家桂冠诗人称号。

目　录

亲爱的主席先生：

我用了很长时间写的这份报告包括两个方面：第一，作为一个解放运动，我们对于监禁在我们一些军区——特别是第37军区——兵营中的囚犯有滥用职权的可能性；第二，启动一项寻找埋葬在异国他乡的我国儿女遗骸的工作。

本报告中调查的大量事件发生在很长时间之前，已先后由各种委员会进行了更为深入的工作，其中最重要的就是真相与和解委员会。

背离故事主角们的内心世界并非易事，我冒昧地重构了这些事件，甚至他们可能的动机。毋需讳言，我会在这里或那里犯下错误。例如，我可能给予他们不应得到的赞扬，或者同样，贬低了他们应予表彰的德行。对此我深表遗憾。

我不得不吁请理解。我们迄今被完全地推入了一个充斥暴力的世界，其混乱的程度要远远超出一般人的理解，特别是那些并非出生在这里的人。在此，也是出于我自身宗教背景的缘故，我不得不深入地探讨我们斗争中善与恶的辩证关系。我一直纠结于个性这一概念——是什么迫使一个人成为了无法熄灭自身火焰的一颗流星，或将追逐名利而终致毁灭赞誉为一种辉煌？

我绝不会赞颂那些在残酷的斗争中牺牲他人、而把自己塑造为英雄的行为。同样，我给予那些为与种族隔离政权斗争而背井离乡的年轻儿女们以荣光的地位。他们中的一些人再也没有返回故乡。而一些终于回到家乡的人——他们一直以各种树作为自己的化名——目睹了在其他国土上的革命，希望改变我们国家的性质并确保曾经的苦难将一去不复返。我能够帮助他们中的许多人与他们的家庭取得联系。但是他们中的一些人已经失去了与他们灵魂的重要联系，他们彷徨、迷失，被精神和肉体的疾病所吞噬，特别是酗酒和艾滋病。

我希望您会喜欢这个故事，因为我试图将它描绘为一个国家转型的缩影。但是对于一些人来说，它可能像一个流浪汉们的冒险故事，其中有义不容辞的英雄和恶棍。

主席先生，我要感谢我生命的伴侣，乔治娜·史密斯，是她开阔了我的眼界，使我看到了视线之外的更多东西，并使我的双耳听到了在贫困束缚下挣扎的人民无声的呐喊。

我希望有一天，我们终将真正克服这一切。

致以同志的敬礼！

涅丽莎·罗德里格斯

引　子

涅丽莎·罗德里格斯几乎用了两周的时间才到达福德斯堡。这天是1989年12月21日，她与七八个病人坐在优素福·瓦力阿瓦医生的候诊室中。她从未意识到，颌面创伤专家的生意是如此火爆。病人主要是妇女，她们尽力把视线避开一个年龄难以确定的消瘦的男人，他的甲状腺肿胀的脖子凸显在衣领之外。病人们翻阅着一些过期的生活时尚杂志，胆子大一些的想使那些比较胆小的病友透露来看医生的原因。

涅丽莎将目光停留在一帧有金字塔和棕榈树的旅游挂历上方。她知道那些抓捕者的眼睛从她身上看不出任何破绽。她告诉自己，脖子上方无需修饰，但是躯干部分是另一回事：她上身穿一件宽松的米黄色针织衬衫，外罩一件与她的斜纹布裤相配的浅褐色牛仔布夹克。她难以判定她的一双昂贵的暇步士牌（Hush Puppies）麂皮鞋在多大程度上是维护还是破坏了她试图装扮的时髦的印度中年妇女的形象。为了隐藏身份的需要，她曾经考虑裹一件罩袍，但是很快就放弃了这个想法。因为宽松的袍子容易将她绊倒，此外在罩袍中也很难吸烟。

她面孔紧绷，感觉到一些病人尽管可能并非敌意但却是偷窥的目光。一个陪伴着用面纱遮盖着脸部的年长女人的姑娘竟公然地瞪着她，但涅丽莎很快就从那种呆滞的目光中发现，这个年轻的女人是个盲人。尽管她不迷信，并且在她的早期生涯中曾经在斯丹格大街上的德班盲人服务中心当过志愿者，涅丽莎仍然觉得不舒服，仿佛盲眼是一种不祥之兆。此外，她感觉自己处在一种奇怪的冲动的边缘。她为自己的反应感到惭愧，因为这不符合她政治活动家的身份。她将目光投向双脚，并向门口走去。

“请留步，夫人。”前台护士是一个大骨架的女人，双目灵活，职业化的微笑，仿佛她生来就适合从事这种使紧张的病人镇定下来的职业。她轻快地游走在候诊区和走廊之间，沿着走廊并排着几扇就诊室的门，她示意涅丽莎一扇半开的门：“医生现在要给你看病。”

涅丽莎·罗德里格斯总是发觉就诊室令人失望。而在她刚离开的那间候诊室中，尽管暗淡和闷热，却有一种生命的迹象。老家具向她诉说——也可能是唤醒——那些曾经坐在旧的椅子上、翻阅着那些纸张已经变色的杂志的千百个病人的灵魂。而这间就诊室则是冷清的，如同囚室一样没有灵魂。两把隔着一张桌子相对而放的椅子，桌子充其量不过是搭在支架上的一块板子，更增加了冷清的氛围。一副可调节的担架折起来当作一张床。附属设备包括一台血压计，旁边是一个处置医疗废物的箱子，上面是一个带锁的玻璃柜，里面搁架上摆放着瓶装的药品和一些小玻璃瓶。

“你至少能够把这个地方装饰一下，优素福。”涅丽莎耸耸鼻子说，“给它点儿生气。”

“啊，尊敬的牧师，”优素福·瓦力阿瓦医生微笑着说，示意涅丽莎坐下，“在我们约诊时间之前，你真打算离开吗？”

“我感觉不太好。”涅丽莎说。她想告诉他，她讨厌等待，即使她享受到优惠待遇，“你胖了。”

“不拥抱一下吗？”

“可能在检查伤口之后吧。”

医生有五十多岁，体型适度，稍微有点儿肚子，谢顶使他的脸部加长，丰满的嘴唇突出了他强壮的下颚。他已经留起了短须。他锁上了门，小心地减小上锁的声音。他一声不响地帮助涅丽莎脱掉衣服，并进行检查，面对着布满整个背部的严重伤痕，发出啧啧的声音。

涅丽莎将脸转向空荡荡的墙，双手紧紧抓住担架的边框，任由他去处理她受伤的皮肉。咬紧牙关忍受着疼痛，她模糊地听见医生喃喃地表示，烧伤正在痊愈。当扯动伤口不时地引起她不由自主的抽搐时，优素福·瓦力阿瓦医生表现出个人的关切，抚摸着她受伤的皮肤进行安慰，但这对她几乎没有作用。“经常地清洗伤口。”他说，仿佛在读一些医疗教科书，“使用一些温和的抗生素清洗液，如洗必泰，将确保康复。”

“别说了，优素福。”

“恢复不会很快。”他继续说，“通常情况下，炸伤者无法享受在伤口上绑扎绷带的奢侈。”

事后，他从他的包中取出一个大玻璃瓶，为她倒了一杯甜薄荷茶。她一边用杯子温暖着双手，心怀感激地喝着，一边看着塑料箱盒中带着血污的绷带。“我们可以继续在这里谈话吗？”她问。

“我已经采取了预防措施。”

“那些人已到了。”

“他们全部？”

“我仍然在汇集情报。”涅丽莎又喝了一口茶，“姆兹·塔比茨已经派出了接应小组，但是和我们会合的人碰到了问题。”

“什么样的问题？”

“他们被拦截了。”

优素福·瓦力阿瓦等待着涅丽莎捋顺思路，讲清完整过程。“毫无疑问，”她说，“那些给我们送生日包裹的人也介入了这次行动。”

“斯丹德上校？”

“斯丹德。”

“但是他不可能一个人干。”

“我相信，我们的人卷入了。”

优素福·瓦力阿瓦前后琢磨了一遍，说：“你和乔治娜……你们都不会有问题吧？”

“乔治娜是一棵结实的橡树。”

“是啊，”他说，“正是树会被砍倒。”

“不必担心我们。”涅丽莎说，“尽管她是你的姐妹，优素福，但照顾她的……我们的，是我。”

“你是指，穿着裤衩。”他的喉结蠕动，咽下了一些一定是苦涩的话。

“当你心存不良时，你就变得丑陋。”涅丽莎将他的双手握在她的手中说，“你是一个英俊的男人，不要让丑陋的东西潜入你的灵魂。”

“我的病人在等待。”优素福·瓦力阿瓦说，“你开箱时必须十分小心。取决于它的大小，你可能需要一个存放的地方。”

“你有合适的后备人选吗?”

“你可能必须去和在耶奥维尔的某个人说。”瓦力阿瓦说，他的语气告诉涅丽莎，他想把他的名字排除在外。“我会给你一个名字。”

“那我们就谈谈这件事。”

1

树　人

倒回在喧闹和寂静中逝去的时间，一支十二人的队伍在皮特萨涅·摩罗坡河最浅处跨越博茨瓦纳边界进入南非。他们于 1989 年 12 月 17 日午夜，穿过以这条河命名的沉睡的村镇。

河岸这一侧十分安静。这些人最后看了一眼在月光下闪着寒光、缠绕着尖刺的铁丝网。为防止越境者而特别栽种的带刺的山楂树投下了匀称的阴影，显示出了国境线的非自然属性。这条线将说同样语言的人们分开，它站立在只是想要满足人性的接触而每天要冒着被捕的风险跨越国界的家庭、亲戚或朋友之间。

这支队伍从指挥员到最后一员，没有人意识到，这次任务的危险就在跨越国界的这一刻成为现实。这一地带东南方向的前 200 米，直到与接头人会合的石堆标志，是十分好走的。然而再往前行，地貌改变了。开阔的地面上长着热带灌木，主要是低矮的含羞草一类，在交火中无法提供任何掩护。更糟糕的是，带纹的硬脆泥页岩碎石形成了高低不平的路面，在靴底的踩踏下发出咯吱咯吱的声音，这些人听起来就像是静夜中不断响起的爆竹声。尽管月光为他们提供了这一地带和地形轮廓的清晰景象，但也使他们感到完全被暴露。目所能及的地方也正是他人枪口指向你的地方。屏着呼吸，拖着双腿，绷紧肌肉，这支队伍在沉重地行进。

尽管他们知道，冒暴露的风险是违反安全规定的，应该尽可能远地离开道路行进——如果这条石子小道也算道路的话——他们仍然沿路前行，六个人一边，轮换地拖着两只沉重的箱子缓慢地移动着。指挥官在确认每个人都在尽责的同时，要求大家阶段性休息，然后这些人就消失在灌木丛中。他检查了一下现有的武器：两挺轻机关枪，一个火箭筒，一些 AK－47 攻击步枪，每个人腰带上挂着攻击型和防御型手雷，分别是鸡蛋和菠萝形状。他知道，这些武器只是为了提高士气，正如你在黑暗中握着一把刀，只是为了自我安慰。因为没有一些真正的枪炮，如一台防空机枪或 B－10 无后坐力炮，他们要想对抗散布在西德兰士瓦省各军事哨所警卫的南非国防军是十分困难的。南非国防军部署在从皮特萨涅·莫罗坡河的边境地带一直到马富康地区。游击队的生存取决于能否避免有害的行动，任何交火都是致命的。

尽管他们是游击队员，习惯于意外的发生，但是指挥员还是感到他肩上责任的沉重。沿着边境迄今已经发生了太多的伤亡或阻截事件，任何人都不能冒不必要的风险。因此在这次任务中，指挥官马霍贾尼（Mahogany——桃树[①]）经常要清点人数，查看是否所有的队员都在，没有掉队的。在人民军执行的许多任务中，都曾由于队伍中落在最后的一个人的失踪而失败。而其后这个人以某某先生的名义重新出现，并以污点证人的身份为起诉他过去的同志作证。

指挥员马霍贾尼在心里默默地点名。他的政委，包巴伯（Baobab——猴面包树），也叫伊姆邦德罗（Imbondeiro），是葡萄牙语中的猴面包树；还有艾博尼（Ebony——黑树）、西科理（Hickory——山胡桃树）、林登（Linden——椴树）、波米格拉内特（Pomegranate——石榴树）和斯丁克伍德（Stinkwood——臭木树），以他的骑士态度来看他的个人卫生似乎是名副其实。还有阿瓦卡多（Avocado——鳄梨树）、瓦纳特（Walnut——核桃树）、

---

① Mahogany，即以桃树作为化名，下同。

塔马林德（Tamarind——罗望子树）、皮斯塔邱（Pistachio——开心果树）和撒萨弗拉斯（Sassafras——黄樟树）。

仅从名字上，完全看不出这些战士们的专长，或他们曾受过的训练。他们中有在安哥拉东部前线粉碎南非国防军和安哥拉彻底独立全国联盟（UNITA）联合伏击的游击战术高手，有工程师和爆破专家。甚至还有一位摄影师，尽管他在战斗中会发抖，但在相机镜头的后面，则变成了完全不同的另一个人，他让他的设备参加了所有的战斗——西科理就是一个怪人，看到鲜血脸色就会变得煞白，但是在记录肢体折断、人类的皮肉飞溅到教堂墙上的惨烈情景时，却是坚定不移。在这支队伍中，有两个人是在古巴和东德接受过培训的情报官员，一名狙击手，三或四个人拥有综合技能，其中包括指挥员和政委。

但不论这些战士们在遭受到敌人攻击的情况下，能够多么有效地相互掩护并提供共同的支援，他们都完全无法抵抗在踏上家乡土地瞬间心醉神迷的感觉。不论受过多少训练，也不论他们是否拥有政委或精神病医师或政治哲学家的头衔——即使是谙熟马克思、恩格斯、列宁和耶稣的全部著作，都无法使任何一个流亡者做好回家那一刻的精神准备。这一时刻的状态，最好的描述就是安哥拉人所说的“迷乱”——一个慌乱的中心发散性地螺旋上升，导致更加慌乱。这种情感对于任何没有在国界外经历过长期流亡生活的人是无法理解的。这个中心产生了困惑导致的迷乱。它浓缩了所有难以想象的那些年的经历：见证了死亡、诞生、陌生的教堂中的婚礼、由于无法在一个虚假的世界中保持表面的真实而导致的离婚，以及所有这些带来的欢乐、伤害、侮辱和疯狂。简言之，就是目睹了婴儿诞生在没有统一语言的环境中和禁止祖国国旗飘扬的天空下；就是疾病、痢疾、自杀或导致一个人将自己的武器对准兵营中的同志的精神崩溃；就是欢笑和拥抱陌生人以及接受你将永远不会再见的那些人的慷慨。所有这些情感和经历在这一刻都浓缩成一个节点、一个音符，或是乐曲中的一瞬。

事实上，一个月之前，在博茨瓦纳首都哈巴罗内以北约 35 公里的莫丘迪镇内的一所安全的房屋中，乐曲正在奏响。那里有二十多人正在举行一次聚会。西科理，尽管他当时并不叫这个名字，坐在宽敞的客厅背后，听着一首名为“马马尼”的歌曲。三位歌手，休·马瑟克拉、琼纳斯·高瓦和蔡伕斯·塞门亚，在合唱中倾尽心力。演唱的聪加族曲调有一种悲伤和沉思。三个歌手流亡的时间加起来超过了九十年。这首歌可能唱出了他们无法回到他们渴望的家乡的焦虑。这首歌于70年代初期就已在美国录制，远远早于三位演唱者移居到南部非洲的时间。

对于西科理来说，这首歌曲完全适合眼前流亡者们重聚的戏剧般的场景。这些同志和战友们已经多年没有见过面了。有兴奋的拥抱和握手，也有不敢相信。“嘿，老哥，真的是你?”这种深情的迎接可能仅仅是一瞬，也可能是很长时间结结巴巴说不出一句话。这一堆，那一堆，人们拥聚在房间的各个角落里，好像情人们在逃避父母的宵禁。当时是星期天的下午，乡村里某个地方的教堂服务也正在热烈地进行，教徒们的颂圣歌与休·马瑟克拉和南非联盟的更加世界性的乐曲交织在一起。南非爵士乐钢琴家哈特普·加拉塔的钢琴独奏曲发出震颤的音响，穿透并且跃动，似乎这个曲子要一直进行下去，直到证明所有听众都无法忍受为止。这种世俗曲调的旋律与在院子中一群母鸡逃避一只发情公鸡的嬉戏十分搭配。

房屋内的气氛开始时就像狂欢节，客厅兼餐厅通风良好，洒满了阳光，为这些从前的战友们提供了足够的空间欢唱，并跳起了 toyi－toyi 舞①。所有一切都是自发的，激情的舞蹈带来阵阵笑声。鲍比大哥是西科理队伍中最年长并且也可能是最强壮的成员，他微笑地指点着某个他认识的并且很久以前训练过的人。鲍比大哥那曾经掺杂着很少灰色的黑胡须，现在已经完全白了，使他就像一个先辈的圣哲。“嘿，穆勤达，”他打着招呼，做了一个他参军前当街头混混时的造型，“小伙子，跳那种舞你显得太肥了。”穆勤达心甘情愿地接受朋友的调侃，继续跳他的舞，同时把一只威士忌酒杯高高举起，仿佛正在为某个仅仅对他和有选择的几个人懂得的时刻敬酒。

这种欢快随着阿布萨龙·帕奥威尼走进房间戛然而止，这是一位出现在非洲诸多冲突中的传奇指挥官。他是一个大块头，进门时双肩几乎擦着门

① 南部非洲的一种黑人舞蹈，常见于集会或游行中。

框，身着的永远是橄榄色的猎装，这更加突出了他作为一个战士的形象。他走路有点儿瘸，这是与敌人的众多战斗之一留下的旧伤造成的。桌子两侧各有一人肃立，桌子上只有一把水壶和三只玻璃杯，帕奥威尼脸上闪过一丝和蔼的笑容，并向一些他认识的面孔招手。他的随从之一是一个骨瘦如柴的麻子。西科理知道他是一位高级警卫。他站直身子，确信吸引了每个人的注意力。“帕奥威尼将军。”他以一种令人吃惊的尖嗓子说，“无需向你们介绍，因为你们全部是熟悉我们的解放运动和人民军的干部。你们中有一个或两个人可能刚刚结束了一个速成班的学习。正像这种学习班一样，我的责任是告诉你们，你们今天全部在这里，是因为你们掌握着最重要的专业技能，它们是南非的紧急处方。”

“紧急的什么?”西科理向坐在他旁边的穆勤达耳语问。

“处方。”穆勤达说，“紧急处方。”

“那是什么意思?”

“我不知道。注意听。”

演讲者继续侃侃而谈这一时期的危险性，并且指出1989年短暂的历史教训。“当关在罗本岛的我们的一些勇士在10月份被释放时，我们曾做过一个分析。结论是，纳尔逊·曼德拉①将很快被释放。我们的解放运动也将被解禁。”他停顿了一下，给自己倒了一杯水，但并没有喝。“对所有这些我们感到措手不及的事件背后的深远意义，我们请将军来回答吧。”他坐了下来，有些突兀地结束了自己的讲话，这是一个能够警觉到说话太多会有危险的家伙。

西科理听着下午会议上发出的嗡嗡声。莫丘迪这个地方的温度接近了无法忍受的边缘。他感觉，这里要比安哥拉的酷热更厉害。首都罗安达尽管热和潮湿，但总有一些海水来调节，因为那里距离季风吹过的大西洋只有咫尺之遥。莫丘迪则是处于与敌视的邻居共享边界的一个内陆国家之中。

帕奥威尼将军开始了他的致辞，他站直了身体，那些坐着的人起立注

---

① 纳尔逊·曼德拉，于1994～1999年任南非总统。在此之前，曼德拉被南非种族隔离政权逮捕入狱，开始了他长达27年的“监狱生涯”，于1990年出狱。

目，曾经的嬉闹声现在降到坟墓般的寂静。在这种沉静中，西科理注意到，尽管帕奥威尼将军身着战士的装束，脸上没有皱纹，他的眼睛却有白内障。他年龄的痕迹导致别人难免会对他满头乌发的真实性的疑问。有些令西科理吃惊的是，他看到了一种作为虚弱象征的浮华，而这对于领袖人物来说是一种缺陷。

“你觉得将军有多大年龄？”西科理问穆勤达。

“嘘。”穆勤达把脸转向西科理，食指压在自己的嘴唇上。

他们后面什么人也发出嘘声，仿佛是一个正看电影的人在谴责发出噪声的情侣。“请表示尊重，同志们。”

对聚会的干部中这些小的骚动，将军并不介意，他举起一只手致意，“同志们，下午好。”然后示意那些起立的人坐回他们的椅子上。

“首先，我带给你们来自我们领导层的美好的革命希望。”他接着说，“今天正在发生的事情既令人鼓舞，也令人不安。这意味着我们必须保持警惕，绝不要以为自由会从天上掉下来。当你们放眼非洲大陆所有那些解放了的地方，那里的自由只不过意味着砸碎了政治的枷锁，取而代之的却是经济的锁链。恩格鲁玛是怎么说的？‘首先是政治的自由，其他一切随之而来。’懂得这点是好的，但是结果并非总是如此。人民自由了，没有贵族和奴隶主了，但是他们却成为贫穷、失业和疾病的受害者。对于我们来说没有区别。无论那些兜售亮肤霜的骗子怎么说，我们都是北方的非洲人。”这个玩笑的比喻引起了一些波动，将军摆摆手让大家静下来。“我们的解放运动需要在被种族主义者掠夺一空的经济上建立起一个政府。我们继承的是一块被啃光的骨头。”

帕奥威尼将军明显地表现出对这种预期的剥削的激愤，并喝了一口玻璃杯中的水。“我们今天全部在这里的原因就是，”他说，“我们是被精选出来确保解放运动更加独立自主。”

西科理在他的头脑中反复思考着这些话，试图理解它们的意义。同时，一个念头出现在他的脑海里，是他听到的一些只言片语，像是一个无法摆脱的谜团。他无法抑制自己的冲动，一只手已经举了起来。将军扫了一眼他的两个助手，仿佛想看看他们的反应。麻脸男人站了起来，伸长了脖子，好像要减轻一下长期的疲劳。将军坐了下来。房间中出现了不满的低语声。

“啊，同志?”听起来这个麻脸像是在恫吓，但是他的声音像他的身材一样尖细，不能完全起到威胁的效果，“你有什么问题?”

西科理说：“我好像记得听到过，将军已经在我们的解放运动中被停职了。是真的吗?”

“你什么意思?”一个用舌头舔着干嘴唇发出的低声问。

西科理的肠胃发紧，他没有退缩。冷汗沿着他的脊背流进臀股沟。“来自卢萨卡的消息说，将军和其他五位领导同志由于搞分裂活动而正在被调查。”

“你是什么人?”麻脸问，“敌人的奸细?”煽动的声音提高，“谁派你来的?”

“西子威同志!”将军急呼，“西子威同志!”

“是，将军?”西子威，那个麻脸男人，应道。

“镇静，同志。让我来处理。”帕奥威尼将军说。他把头转向聚会的人们，微笑地说：“同志们! 这是我的助手，西子威同志，西子威·恩达沃同志。没有他，很多任务都无法完成。他以这种方式反应，是因为经常发生奸细被派遣到我们队伍中蛊惑人心。但是在这里，我知道，你们全都是爱国者和战士。我很高兴，这位同志提出了这个问题。这个问题应该从一开始就进行澄清。”他站起身来。

“一段时间以前，”他开始解释，“我们中一些人，当然比现在所谓的‘六人帮’多几个，应我们解放运动分支组织的要求向我们的领导层提出两个问题。第一，”他将他的右手食指敲打着左手的拇指，“在我们所有的机构中非洲裔黑人的领导权问题，第二，”他竖起左手的食指，“为得到更多战斗的男人进行资源动员，包括女人们。”

他又喝了一口水，明显只是一个姿态。“领导层直截了当地做出回应，称我们犯有违抗罪，并且我们六个人，所谓‘六人帮’，遭到停职。”

“那么，”西科理不放松地追问，“这次……在莫丘迪的会议，是以什么名义?”

“它具有我们赋予的名义。”帕奥威尼绷起面孔说，“正如在非国大中，安东·勒姆拜德的青年联盟利用奥列佛·坦博和纳尔逊·曼德拉的精神力量和行动思想为非国大母体注入了活力，我们同样给予我们的解放运动以力量，使之足以应对新时代的挑战。”

他停顿下来，若有所思。

“这个新的时代，简单来说，就是意味着，我们已经被抛进了历史。”他继续说，“安哥拉政府已经根据结束安哥拉战争的条件，同意关掉人民军的所有基地和营房。今年年初以来，苏联已经将我们成千的战士空运到乌干达的营地。”

“乌干达？距离我们战斗的前线有半个非洲大陆。这是一个已经达成的协议吗？”西科理问。

“你希望什么？”说话的是西子威同志，“把我们的同志空投到苏联更好？”

“据我所知，”西科理执拗地坚持，“我们可能早就没有苏联了？”

“你这个大嘴。同志！”西子威同志说。他似乎要发作。

一直静静地坐在后一排的林登，轻轻地拍了拍西科理的肩膀。“大哥，”他低声说，“算了吧。你知道他们是些什么人。”

西科理没有回答，而是转过身，用他的手盖住这个年轻人的手。这个瞬间的交流，会议室中的其他人没有注意到。

将军做了一个仿佛从他的衬衫正面掸去毛屑的动作，开始了演讲的口气。“这位同志说到点子上了。”他说，“目前，华沙成员国家处于极其危险的状况，那里处于动乱。柏林墙的倒塌可能导致许多变化——这意味着我们不得不调整我们通向未来的路线。最终，我们可能不得不向种族隔离政权妥协。事实上，这已毋庸置疑。领导层承认我们正在缓慢地被挤压。我们的主席现在身体不好，唯一的希望就是在我们国家内部加强我们的存在。因此，你们必须携带着物质、设备、资源和文件，并把他们交给我们处于地下状态的国内组织。这将保证解放斗争在我们的国界内蓬勃发展。”

他停下来，又喝了一口水，然后从桌子上拿起一叠纸搧着他的脸。仿佛是感受到莫丘迪的炎热，他突然精气耗尽。西科理怀疑他身体不适。“还有更多问题吗？”他的口气是在阻止问题。

西子威同志仍然在盯着西科理，咂咂嘴说："你们都听见将军说的话了，还有更多的问题吗？"

"我的确还有问题，"西科理坚持着，"我们是牺牲品吗？我们是在完成一项有去无回的任务吗？你们应该记得，这里的一些同志曾经与我们运动的安全机构发生问题。他们不被信任；一些人被指责为敌人的奸细，一些人因酗酒和吸食大麻而受到迫害。他们中的一些人目睹了第46号兵营的内情，他们遭受了酷刑，并且其后被遣送到索马里的摩加迪沙①。穆勤达和我是幸运者，因为我们能够参加1985年6月在努瓦克肖特举行的会议。"

"即使那时候，"穆勤达加进来，"也有人企图阻挡我们参加那次会议。"

"那么，"西子威用一种讽刺的嘲笑口吻问，"这个历史教训说明了什么？圣人布道？"

"我只是想知道，"西科理问道，"这仅仅是又一次鼓动，还是我们终于要回国了？你们记得，这正是我们的初衷。"他让他的话使每一个人回想起，正是因为坚持要回到南非国内去战斗，导致了与安全机构的冲突。

"是去战斗！"穆勤达激情地说。

"你们将要回家，同志们。"帕奥威尼将军说，"这次你们将成为抵御世界银行和国际货币基金组织险恶的剥削政策的先锋。"

西子威喜欢将军的话在聚会的游击队员中产生的效果，再一次发问："还有任何问题吗？"

"你们将要回家，同志们！"这引起了情不自禁的骚动。人们立刻开始谈论有关的一切，甚至违反保持会场秩序的指示而站了起来。将军看着，露出一丝嘲弄。

"怎么样，同志们？"他问，"你们似乎对这种发展感到吃惊。难道你们期望收到一封传真通知你们立即出发？"

没有回答，那些一直在争论的人突然安静下来。对于西科理来说，幕后的全部隐情仍然不清楚。这些人不愿站出来表达他们的担心，因为这很有可

① 20世纪60年代初期，在索马里摩加迪沙建立了专为南非游击队员准备的训练营，以条件恶劣著称。

能使他们被当做刺头儿在未来受到惩罚——枪打出头鸟。西科理权衡着这时讲出自己的想法是否明智。最终，西科理耸了耸肩，举起了他的手，宁可牺牲也在所不惜。

“最后一个问题，”他说，“有多少支队伍来搬运这些物质资产和所有东西进入南非？”

“远远多于你能想象到的，”将军嘿嘿一笑，对这个问题摇摇头，“物质资产，”他喃喃低声说，“这小子学会说话的方式了。”

“谢谢您，将军同志。”西科理说罢坐下。他被一种无法用语言描述的情绪所压倒，充满了愤怒和悲伤，还有困惑。他很高兴他们能回家了，但是，一些情况告诉他，返回的战略尚未被彻底地思考过。

“我很高兴，”将军说，“我们这里有一个年轻人具有能提出问题的头脑。未来将是艰难的，我们需要有勇气的儿女。你们当年选择了从事军事训练而不是上学，现在将要返回家园，成为重建一个新社会的一部分。那个社会的价值观将是不同的。书本知识将要比懂得拆装一台高射机枪更重要。你们的一些同事将会看不起你们。他们会问，你们的训练、你们的流亡、你们损失的这些年月，给了你们什么？当这些事发生时，白人将鬼鬼祟祟地藏在阴暗的角落，而你们不得不毕恭毕敬地去寻求新发现的白人朋友的支持，他们从鼻孔中哼出英语，并永远会提醒你们，种族隔离的时代要远远好于自由战士建立的时代。因此青年人将必须比我们更加强壮和有力。他们必须掌控局势的发展，因为，既然世界是不公平或不道德的，我们就需要新的力量、不同形式的肌肉，来重新找回我们已经失去的东西。”

对于西科理来说，这个演讲像是一个父亲在与他的成为新娘的女儿告别，而这个女儿一直是父母焦虑的原因。这不像是过去解放运动的主席在面对艰难时所做的那种鼓舞士气的演说。西科理似乎觉得，领导层的能力正随着回家的倒计时在不断地被侵蚀。只有上帝知道，伪装成解放了南非的那些领导人都是些什么人。西科理有些绝望，他不知道解放运动的主席——日后的“摩西”——能否看到圣经中的乐土。这就像一盘录音带。在卢萨卡的原声带是如此响亮地给解放运动指明了方向，不论是在国内，还是在从乞力马扎罗到吉隆坡的流亡地；而一代一代人不断地复制已使录音带上的磁性消失殆尽。回到家里，他们必须从头做起。一盘新的录音带。

黄昏，太阳落在地平线上，染红了天边的云朵。各由十二名成员组成的两支队伍，每个人都得到新的名字、服装和武器。两队的成员彼此道别，一些原来的游击队员们彼此拥抱。西科理和林登在低声地交谈。

“我很高兴你将是这支队伍中的一员。”西科理说。

“我也同样，”林登回答，“但更好的消息是我们将要回家了。”

“你想过没有我们要告诉父亲些什么?”这是在几乎十年中，他们彼此第一次在讨论中谈及家庭。

“但是，”林登以他一贯缓慢和谨慎的风格说，“我们可能需要找一个更合适的时间和地点来谈这件事。”

“我明白。”林登总是显示出一种超出他年龄的老练，西科理感觉到林登正在为一些事烦恼。“你想什么呢?”

“你必须向他们表现出你是个聪明的家伙吗?”林登问，“人们讨厌爱表现的人，特别是显出领导的架势。”

“你不必担心，”西科理说，“不会有问题的。”

“我希望如此。”

“相信我。”

“你真把我吓坏了。”林登说。

西科理笑起来，但是有些勉强，他的父亲过去曾称他前途未卜，他知道，林登的警告不是空穴来风。林登过去曾在安全机构工作，他也曾在第46号兵营执勤了一段时间，这是一个关押敌人奸细、惯犯和变节者的监狱。西科理知道，林登曾经见到了足够多的尸体。

“我们有机会退出这件事吗?”西科理问。

“你为什么要这样做?”

“我不知道，这只是感觉。”西科理停了一下，挠挠头，“我当然想回家，和所有人一样。但是迄今整个行动似乎并没有很好地进行准备。在一些地方，我相信，保密工作有疏漏。我们到达时，可能有一个根本不欢迎我们的欢迎委员会。”

“收起你的怀疑，兄弟，”林登说，“一切都会好的。”

“我会记住你说的话。”西科理说。这次是轮到他的话听起来像是没有被说服。

“保密程度是很高的。”林登说，如同一个教长试图至少转化一个持怀疑态度的教徒。“准备工作提前很早就在进行了。”

林登没有必要说出来。如果西科理有任何退出这次任务的尝试，某个人就会给他的脑袋一粒子弹。将军没有把他对西科理的看法完全说出来，一个带有可能致命的爱提问题头脑的自作聪明的家伙——这是他的几个同胞给他下的结论，并表现出一种莫名的悲悯，仿佛在一些人看来，他已经完了，不过是一具尚在走路的尸体。

除了武器之外，每支队伍还必须携带装在由防水的塑料布密封的军用小提箱中的物资。压实纤维板用铜铆钉加固，每个柜角有铜皮保护。这种带有搭扣和挂锁的箱子使西科理想起当年他送口粮给他在寄宿学校的哥哥尤斯塔斯时见到的那些沉重的马口铁皮箱。

有人悄声说，两支队伍将立即被派到沿着边界的两个不同的地点，并从那里进入南非。可能要用一或两周的时间他们才能踏上家乡的土地。这些人为了回家已经等了一辈子，多几个星期没什么区别。同时，西科理感到一种浑身发烧的急不可耐，身体里有什么东西要爆炸出来。

太阳已经落下去了，尽管天还没有完全黑。白天的热气已经消退。

四部丰田 HiAce 面包车停在马路边，引擎已经发动。一支十二个人的分队把武器和箱子装上车，然后也挤到里面。随着汽车驶离，卷起的尘土留在了后面，乘客们唱起了歌。西科理真想问一问，人们带着像抬棺人一样庄重神情抬着的这些兵营箱子中到底装的是些什么东西，但他还是决定，现在是紧闭双唇的时候。他几乎已经用尽了他全部的生命。指挥员叫马霍贾尼，一个又矮又瘦的人。没有向他请示能否检查武器，西科理就带头对他的 AK-47 进行拆卸检查。大部分人都认为这是士兵的本分，也都跟着查看他们的武器是否能够使用，也包括那个拖着 PKM 机枪的人。在长达一分钟的时间，伴随着弹仓的弹出和弹夹的清空，只听见金属磕碰的声音。尽管没有一个人感谢西科理提醒大家，但几个来自安哥拉或卢萨卡的同伴还是向他闪过一丝微笑。对他来说，这就足够了。指挥员忽视了进行武器检查这件事使西科理感到不安。我得活下来，他想。

在 1989 年 12 月 18 日的晚上，他几乎丢了性命，这一天深深地刻在了他的记忆中。

在他们露宿的山洞中，热得无法忍受。过了一段时间他们才发现，原来一面洞壁是村民们烧黏土的窑炉炉墙的一部分。据说，在西德兰士瓦的这个地方有一个锰矿层，一直延伸到博茨瓦纳。村民们在锰矿开采中形成了他们自己的副业：在这样简陋的窑炉中加工矿石。

游击队员们——西科理自嘲是经济自由战士的先遣队——已与他们的向导接上头。马霍贾尼，沉默寡言并有些阴沉，但当他介绍阿列·马拉茨时，甚至也挤出一丝僵硬的微笑。这是一个小个子，体态犹如剑羚，他的深南瓜瓤般的肤色与这块平地上随处可见的茶色的白蚁窝难以区分。这支队伍中甚至是最焦虑的一些人也平静下来。西科理冒出了一个不怎么厚道的念头，一定是一个猫鼬家族生出了这个精瘦敏捷的马拉茨。不等着马霍贾尼指挥，马拉茨就强调指出，队伍需要等待太阳落山才能行动。“敌人的队伍，”他说，“沿路巡逻，格杀勿论。”这个地区到处都有野兽。队伍决定晚上九点开始行动。待在西德兰士瓦这块荒芜地带的每一天，都会增加被发现的机会。他们采取了所有必要的预防措施来掩盖他们的踪迹，但鉴于人数和物品，他们仍然处于风险之中。在马拉茨的引导下他们躲进一个洞穴：这里的地貌奇迹般地凹进这片丘陵的侧面，形成了这个山洞。在这个地区有几个这样的掩体，曾经是情侣们或大胆的孩子们的藏身之处，入口经常被缠绕的灌木和带刺的山楂树所遮盖。

在高于灌木丛生的平展地带几百英尺的这个地方看去，西科理立刻被韵律般起伏的连绵山脉所震慑，一些山峰如此之低，他甚至能够看到它们覆盖着树木的顶部；黄昏将绿褐色的植被染成夹杂着赭褐的暗绿色迷彩服。他知道，在巨大的宁静之中，潜伏着各种危险的野兽。野狗、花豹，甚至听说狮子也在这个高原的延伸地区出没。然而，目前它们没有构成任何危险，它们离得很远，不在他最紧迫的关注之内。夜幕下有一种令人心醉神迷的东西：那是从远远的仅能看到炊烟的村庄的宁静中感受到的温馨意境。他与撒萨弗拉斯一起走出山洞，去执行两个小时的放哨，并换下之前的哨兵去休息。那时是晚上 7 点整。其他人已经开始吃饭，狼吞虎咽地结束他们的配额，因为再过两小时行军将再度开始。

在他们离开宿营地时，西科理问撒萨弗拉斯："你认为箱子里装的是什么？"

"迪亚戈，"撒萨弗拉斯急于警告他的老同志，无意识地忽视了安全规定，没有用化名来称呼他。"你有毛病吗？哪里来的这么多问题？你想成为我们的律师吗？"

"算了，穆勤达，"他也违反了安全规定，"我们带着这些箱子从哈巴罗内千辛万苦到了这里，箱子里可能装的都是些宣传材料，像什么《勇士》那类的杂志，或者如何制造宣传炸弹的小册子。如果因这些无用的东西被捕，你怎么想？"

"注意，迪亚戈，"撒萨弗拉斯说，"让我们来执行今晚的任务，别再担心箱子里装的是什么东西了！两个小时后我们就要开拔，别想这些了。你没听说过'好奇杀死猫'吗？"

"你认为这些箱子里是什么东西？"这一次他以同志对同志的温和口气问。他有一个想法，穆勤达一定是参与装箱的成员，因为他曾经和一些富有传奇色彩的同志们一起在军械部门工作过。"求你告诉我吧。"

"钱。美元，英镑，德国马克，我怎么知道？"

"哦，"西科理不相信地说，"钱有那么重？"他想让穆勤达说，里面有金条。

"当我们回到宿营地以后，"撒萨弗拉斯一边走向他的哨位一边说，"你为什么不去问马霍贾尼？"

"马霍贾尼？"西科理说，"马霍贾尼知道狗屁。"

"不，真的，他知道。他是将军的亲信。"

“我会问他，但是我知道，他的回答是狗屁。”

“你是一个有无数问题的律师。如果你如此热衷地想知道真相，你必须勇往直前。”撒萨弗拉斯停下来，把步枪甩上肩膀。“迪亚戈?”

“怎么?”

“小心，”撒萨弗拉斯说，“我们都是来自一个充斥暴力的艰难环境中的硬汉。但是我们现在有些疲倦了，而我们正处在一块真正在暴力和残酷环境下生长起来的人们的土地上。”

“他们可能认为那是他们的土地，穆勤达。”西科理说，“但这是我们的土地。这也就是为什么我们要出国去接受军事训练的原因。就是为了我们可以夺回它。”

“只是一定要小心。”撒萨弗拉斯一边重复地说，一边消失在灌木丛中，“好吗?”

“好。”

尽管他回答“好”，但是他的感觉并不好。忙碌的飞虫低沉的嗡嗡声更加重了山中的寂静。撒萨弗拉斯最近所说的一些话烦扰着他，但是他不能为其所动。他只是希望他的朋友不会与斯丁克伍德有麻烦，那个家伙刚刚结束了五点到七点的值哨；而他和撒萨弗拉斯七点到九点的这一班是最危险的。时间似乎永远是慢吞吞地逝去。他朝着黑暗探索，寻找着山丘的曲线和树木的轮廓，白天它们历历在目，而晚上则被黑雾所吞没。只有天空永远在那里，黑色的，清澈的，像是一个仅仅允许点点星光滤过的黑色穹顶。在这个穹顶的边缘，黑色的帘幕消失在夜雾的朦胧中，与世界的边缘融合在一起。

在这里，听见鸟或猴长长的一声凄厉的叫声，使他想起了家，想象着如果他一旦突然出现在家门口会是一个什么样子。他知道，他是在做梦，因为他现在将要看到的是一个不同的家，家里的人已经从德班以北四十公里的夸马舒搬到德兰士瓦的约翰内斯堡。他小时候的家已经消失，在G区的房屋已不再属于他的父亲。他的脖子总是疼的哥哥尤斯塔斯现在是一个成了婚的男人，有几个孩子——迪亚戈的侄子和侄女们。他们不知道他们的叔叔是一个离开了这个国家并成为了当地统治者语境中的恐怖主义者。他的父亲，一个法律和秩序的信仰者，他效忠于种族隔离政权的军队——虽然是在班图·

荷拉米萨准将指挥下的特兰斯凯[①]军队中，仍坚持与解放斗争组织为敌。迪亚戈不知道他父亲现在的职务，以及是否对于他妻子的死已经原谅了他——迪亚戈，或西科理，或埃泽基耶尔·资穆。他的父亲曾经说："你杀死了爱你的一切。"

"你的母亲在你走后放弃了活下去的愿望。"有人在军营中告诉他，印证了这个老人的悲痛。

我爱你，在这万籁俱寂的夜晚，他想。他希望时间加快，他两个小时的站岗时间能马上结束，但他知道，这不可能发生。时间只能听其自然。他想到穆勤达——撒萨弗拉斯，这时也在他的哨位上。他想到他刚刚替换下去休息的年轻人——波米格拉内特，当西科理到达时，他几乎是站在那里睡着了。在他听见波米格拉内特打开他枪的保险的声音之后，不得不说了两次口令。在这种情况下，被自己人开火打中是最愚蠢的一种死法。他想，当我称呼波米格拉内特为新兵蛋子的时候，我错了。凡是曾经在人民军军队中服务过的人都倾向于根据一个人参军的时间来看待他。波米格拉内特正式入伍并得到他的化名时只有十六岁。在1989年的今天，他一定已经超过二十五岁了，而我仍然把他看作是个大男孩。我必须要把我的感觉改过来了。

在一棵无名树下，吮吸着大自然散发出的各种诱人的气味，西科理的大脑进入了一种站岗的人通常发生的空白状态，思想在空转，形成不了任何有意义的方式。对无事可做无思可想感到厌倦，他用数数促使脑子转动起来。像一个拳击裁判为一个被击倒的拳击手计数，从一到六十，拉长数字间的间隔，希望数到两个小时的那一秒时他还能够站在那里。可能在他数到接近代表第一个小时的数字时，他听到一只鸟或一条豺狗或其他野生动物的尖叫声，像是人类的哭喊，清楚地表达出痛苦和期待。

他想，他欠林登一个解释。这个年轻人的父亲现在仍然关在罗本岛，他的母亲在多年孤立的斗争中，完全被疲惫和绝望所压倒——她不得不填饱那么多张嘴——并最终死去。林登和他的两个姐姐——她们更加年长并且更能

---

① 特兰斯凯（Transkei）：南非种族隔离政策时期的四个独立的黑人家园（Home Land）之一（1976～1994年）。在1987～1994年期间，处于以班图·荷拉米萨为首的军人统治之下。

照顾自己——分了手。孤独、困惑，用他的话来说，生活在不断变换的不同家庭中，最终从少年管教所逃了出来。一天，他出现在迪亚戈在 G 区的家门口，因为他听说资穆旅长的儿子迪亚戈——不是尤斯塔斯——建立起一个小的组织，想要改变现状。那时他还不叫林登，当然希望能够去改变现状。他一路追随着迪亚戈，像一条忠实的狗，一直到了在安哥拉的军营中。

什么东西嗖地飞过了他的头顶并打进了树干。考虑到对哨岗的重要性，他给这棵树起名为观察树。开始，西科理从声音判断，这可能是夜间的一种大的飞虫，但是出于他所受到的所有有关求生的训练，还是直觉地立即趴到地上。像什么东西在他的肋部重重地踢了一脚，他立刻感到一种热的液体把他的衬衫和身体黏在了一起。他在等待枪响，但是没有听到，这告诉他，他是被什么人用装有消音器的枪击中。他很奇怪，为什么南非国防军使用这种暗杀战术。通常士兵们喜欢响亮的枪声来增强震慑敌人的效果，特别是当他们处于优势地位的时候。他绷紧了肌肉，准备逃脱这一困境。但当他听到仅仅在他头上几英尺的地方子弹击打到石路之后出现的咳痰声，他犹豫了。开枪的人并没有确认目标的位置，这是一种火力侦察。

十分奇怪，尽管他曾经上过火线，但从来没有像今天这样感到恐惧。他嘴唇发干，能够感到身体在颤抖。由于抖动，他没有自信与敌人接火，即使这个敌人就在他的射程之内。过去，战斗的时刻总是令人激奋，充满了各种声音和疑惑，但这都是合乎逻辑的，即使是目睹周围的人突然的牺牲。这一次……这一次是不同的。正像一个挥之不去的嘲弄：回家就是走向死亡。

他闻到了土地的气味。一种金属的刺鼻气味，现在与他嘴里的味道一样。他转动着嘴中混合在一起的发咸的血和唾液，怀疑是否一些致命的器官被打坏了。他的耳朵也感到灼热，他猜想血也正从这些孔洞中流出。他缓慢地匍匐前进，举着的步枪离地面大约有六英寸，靠着仿佛独立在身体之外的双肘支撑着他向前移动。恍恍惚惚地，这些好像都发生在其他人的身上。他知道，他实际上是在自己的血液、唾液和思虑中爬行。我们是全部皮肉和各种不体面汁液的总和。其实它们原本就是来自这块被亵渎的土地。他不知道他怎么会有这样的想法，但看来有道理。他有一种恐惧：在肚子里的什么地方有一个球，他怀疑那是他身体的中心。这种恐惧的感觉像是呼吸着污浊的空气。这个球的颜色是灰绿色的，而它的中心是深红色的——他的血的颜色。他看到自己像一只被压扁了的臭虫，灰绿色的黏液从他的身体里流出。

在沉寂和恐惧中，他感到大地在颤动，泥土像从喷砂机喷出来的那样汹涌地向他扑来。然后他听见一架在他头顶上盘旋的直升飞机的螺旋桨的声音。他想，这下全完了，想象着他正俯卧在地面上，成为了一个不可能再好的目标。螺旋桨叶旋转着拍打空气的响动就像是一个穿着宽松的凉鞋疾走的人发出的声音。这种声音迫使一直隐藏在灌木丛中的射手冲出灌木丛逃跑。直升机盘旋了大约一或两秒钟，感觉就像几个小时一样的几秒钟，然后嗡嗡地消失在夜空中，空旷的山谷留下余音。然后他听到低声的呼唤："迪亚戈？迪亚戈？"

只有一个人用这个名字叫他。

"迪亚戈，你还好吗？"

"我觉得，我被打中了。"西科理说。他仍然趴在地上。他感到更多的黏液从他的身体中流出。

"当你被打中的时候，"穆勤达接近他说，"你不会觉得。你真受伤了吗？"

"可是，"西科理说，"我觉得我知道。"

他是被打中了，但那是一颗落在他身边什么地方反弹起来的子弹。西科理不禁还在想，它一定是打中了他的肺或什么致命的地方，因为他嘴中有血的味道。他想，我们只好等着瞧吧。然后灌木中有更多的走动，斯丁克伍德和波米格拉内特出现了，他们的眼睛睁得像月亮那样圆，拼命挥动着手中的枪。对于西科理来说，即使他尚处在神志不清的状态，这样的表现也太缺乏战士的风范。

在几乎昏迷中，他感到撒萨弗拉斯正在使他们镇静下来。

"发生了什么？"他问。

"宿营地被端了，"斯丁克伍德说，"他们来了。"

"谁来了？"

"我不知道。有十个人，十二个人。天很黑，他们朝洞里的每一个人开枪。"斯丁克伍德的恐惧显而易见，大汗淋漓，他的体味像毒气一样向周围发散。西科理想，如果南非国防军带着军犬，今天在这里可要有收获了。

“他们向每一个人开枪。”

“斯丁克伍德，你真他妈受不了，”撒萨弗拉斯说，“先安静会儿。”然后他转向另一个人。“你看见了什么，波米格拉内特？”这个化名说起来有点儿饶舌。

“他说的是对的，”波米格拉内特回答道，“是一群人，可能是一支队伍。啪！啪！”他复述着当时开枪的景象，或者更准确地说，是遭到袭击的人们的反应。重点是，这是一次闪电式袭击，在这场屠杀中使用的可能是装有消音器和夜视镜的轻型武器。致命的一击是用刺刀来完成的。

“夜视镜和消音器，”撒萨弗拉斯说，“人民军没有这样的武器。”

西科理对敌人使用的先进武器不感兴趣。“他们抢走了箱子吗？”

“他们抢走了一只。”

“只是一只？”

“是的。我想，另一只一定是已经藏起来了。他们肯定是彻底搜查了山洞，但是没能找到第二只。那时候，我想所有的人都已经死了。”

“马霍贾尼呢？”

“死了。我猜，他是第一个被打死的。”

“你那么能猜，好像你当时正在从外面看着。”撒萨弗拉斯思考了一下说，“为什么你当时没有开枪？”

“我不知道。当时我被吓呆了。”波米格拉内特说。即使是在黑暗中，他看起来仍然是非常年轻。“我从没预料到事情会是这样。”

“是布尔人吗？”撒萨弗拉斯问。

“我有一个感觉，是我们的人，即使武器不同。”波米格拉内特的语气悲哀，“他们走路的样子，他们的做派，全像我们的人。”

“上帝！”

“他们迅速撤离了。动作非常快。”波米格拉内特又补充一句，“动作非常快。”

“我想，如果你再见到他们，你会认出他们吗？”十分清楚，撒萨弗拉斯对这些回答不满意。“你认为直升飞机是他们的吗？”

“我不知道。天很黑，因此我认为他们能清楚地看见我们并很容易地把我们干掉。他们行动迅速。”他的声音激动地颤抖，好像刚刚见证了一场职业表演。“人民军一定知道是如何训练他们的。”

“这件事，”撒萨弗拉斯说，“不是人民军干的。这些人是渗入到我们内部的敌人的奸细。我们先把这具尸体移到营地中去吧，”他指着躺在地上仿佛已经晕过去了的西科理说，“看看还会发生什么，我们能够补救什么。”

什么也补救不了了。

晚上九点钟，杀手们留下的现场回响着昆虫兴奋的嗡嗡声，餍足的绿蝇仍在不断叮咬着刺穿的皮肉。即使是在遮挡着的火炬发出的微弱光线中，仍然能明显地看出这是一场彻底的屠杀，见证了肢解、砍杀的命令者的凶残和他们面对开肠破肚时的狂喜。散发出的气味来自曾经是鲜活的人类但现在已成为鲜血流尽的躯壳。波米格拉内特和斯丁克伍德弯下腰、靠着未长成的幼树呕吐起来，把他们自己的秽物也添加到这块被亵渎的土地上。尽管不想看，西科理还是仔细地查看着死者面孔，直到他发现了他要寻找的。林登的脸完好地保存下来，他的前额上有一个射偏了的子弹进入的小的创口，然后从他后脑壳上留下的一个大洞中穿出。撒萨弗拉斯进来并将死者的眼睛合上。然后他走到墙后，在地面上敲打，直到他听到的回声使他发现了他要寻找的东西的线索。他尽全力拉出了作为箱子提手的绑带。“在这里，”他说，没有招呼具体的人，“帮我一把。”

四个人离开了山洞。沉重的箱子停放在洞口不远处。十来具未掩埋的尸体留在洞内，横七竖八，惨不忍睹。在短时间内，他们尽最大的力气把洞口封上，以防止野兽进入。但他们知道，这只是像在葬礼仪式上为死者致哀的一种姿态。无论对于死者还是生者都没有任何实质性的意义。

他们茫然若失，无法理解他们的恐惧，这是看到洞内不到三个小时之前还在与之交谈的人的尸体的恐惧。更加令人愤怒的是，他们几乎所有人都是在东部前线各种伏击中的幸存者。他们中的一些人，像迪亚戈和穆勤达一样，还为反对当时的当权者挺身而出、发出回家去与敌人——南非国防军——战斗的呼吁，并为此付出了代价。而在这里他们发现，他们成为自己武装力量中的敌人，先前的同志可能远比比勒陀利亚当局更加残忍。

当他们在济勒斯特与苍蝇战斗、大开杀戒的时候，他们回想起如何在军营中挑战他们的领导因而即将要承受最严厉的处罚，然后是那个女牧师出头为他们斡旋。幸亏她在那个时候来到了安哥拉。在他们的军营帐房中，他们私下相互转告，是牧师救了他们的命。否则他们当时就已经成为肉浆。

然而，现在这里，他们还活着，但是留下了这些支离破碎的尸体。现在不再需要伪装了。今后要做的就是从他们的化名中发现他们的真实身份，并宣布他们的死亡，即使是花费他们一生的时间。

“可能你们中的一个应该带领我们祈祷。”波米格拉内特说。不到一分钟之前曾经拥抱过死去同志的手，现在指向他的领导者迪亚戈和穆勤达。他们相互轮流看了看对方，耸耸肩，被这一要求和其背后的含义所震撼。他们最近一次在军营中举行与宗教有关的仪式，已经是很久之前的事了。当时，女牧师向全部一个营的部队提议，为在跨越边境地区南非国防军的又一次大屠杀默哀一分钟。

然而在这个晚上，穆勤达摇了摇头。不。他可能是希望那个女牧师能在这里主持什么仪式，也许是为信徒们做最后一次诵经，或者给予去世者更多的尊严。然而出生于一个宗教家庭的迪亚戈，则深陷于他的悲痛当中不可自拔。他认为，任何祈祷都仅仅是以一种间接的方式向同一个上帝表示忠诚，期望他能够对屠杀者实施制裁。

这些人第一次看到迪亚戈痛哭。他们在做完了所有必要和可能的事情之后离开了。

他们在清晨的阳光下留下了长长的影子。他们沉重的步态表明，毫无疑问，回家的路将是漫长的。

2

伤 影

他们躺在铺在地面的垫褥上，向上看着衣橱和梳妆台，镜子的反光使人感到房间变大了。铁床架斜靠在墙上，遮挡住窗户的一部分，窗户上没有窗帘，用一块毯子遮盖着。这使得房间内更加黑暗，增加了这对情侣的私密感。

恩格比斯站起来，轻轻地走向梳妆台。他知道萝拉正看着他的后背。透过她的眼睛看自己，他长着一个不同常人的大屁股——对此他是意识到的，粗壮的大腿与习惯行走于坑洼地带练就的肌肉发达的小腿形成锥状。在他的心目中，他总觉得无法摆脱自己这样一个形象，他的身体是由属于其他人的部分和特点组合起来的，犹如一个淘气的拼图师的作品。长着短发的头相对于脖子和肩膀显得过小，永远带着皱纹的前额使他感到困惑，因为至少在他看来，他是一个易于相处、不必过于防范的人。他黑色的眼睛继承了父亲，睫毛很重，在眼球下面像是倒长的胡须，宽展的鼻翅占据了本该属于面颊的很大部分。停止剃须后，恩格比斯的上唇长出了参差的胡茬，他希望这能起到震慑他那叛逆的儿子姆温比的作用，而不是一种装饰品。事实上，很久以前当姆温比还在上学的时候，恩格比斯曾经从他的素描本的图画中得出印象，以为这个小杂种还是有点儿希望的。

“你在担心你的儿子吗？”萝拉用一个臂肘支撑着她的身体问。

“是的，但实际上我无法一直盯着他。”恩格比斯觉得，他儿子的逆反是对他作为一个父亲的行为的一种惩罚。但他仍然不会让任何事情来改变他的生活。偷吃禁果是危险的，但就如吸毒一样使人上瘾。

他看着床上的她，她已用床单把自己裹起来，感觉像是在一场激战后撤退到一个安全地带进行休整。

他曾经警告其他男人，还有不少女人，即使对于强壮的男人们，通奸依然是危险的。作为一个传统医术的医师，他是坐在丈夫和妻子搏击场圈内的观战者。一件他也知道的事就是，偷食禁果使许多好男人被击倒在地上。

因此他处于一种矛盾状态，他的整个身体处于疯狂的兴奋中，他的四肢则在第一次交锋中感到酸痛。他把和她的一次次做爱看作是交锋，主要是因为，尽管这是表达无限柔情的过程，它们的高潮却是出现在一种暴力的战斗之后。他看着她的胸部在凌乱的床单下起伏，奇怪一个如此娇小的身体竟能拥有这样强大的力量。她是如何对她的丈夫，姆兹·塔比茨，掩盖由他的激情造成的擦痕和红肿？

“萝拉？”

萝拉·塔比茨像是被人从美梦中惊起。“干吗？”她的语气中有一点儿敌意。她知道他想说什么。他们做爱后总是伴随着同样的模式，像时钟一样。“让我睡觉，图拉。”

图拉是她称呼他的名字，在祖鲁语中意味着“保持安静”。他什么也不希望，只是希望保持安静好让她睡觉。他永远希望能取悦她，甚至有些害怕失去她，哪怕她有离开他的想法。他真想在这个借住的地方与她依偎在床上度过整个下午。但是他知道她必须回家。他的妹妹诺姆萨经常允许他（他们）使用这间在夸达姆布萨的屋子，但希望他能在孩子们放学回来之前离开。他和萝拉原本很容易在他位于木·贝拉镇的住所幽会，但那样充满危险，因为他的病人们经常不期而至。并且一些人可能认出萝拉是姆兹·塔比茨的妻子。塔比茨由于反政府罪被长期监禁，十八个月前刚刚放回来。在那些草菅人命的日子里，任何人与一个政治犯的妻子睡觉简直就是在自找麻烦。

“怎么啦？”

这次，萝拉把床单拉起来盖到脖子，这种羞怯的表示使恩格比斯发笑。她在隐藏什么？“我知道，”她说，“我该走了。”

“实际上，”他说，“派给我这次任务的是你的丈夫。”

“我们不谈他。”萝拉说。然后问：“是关于什么的？”

“我必须去接待一些从济勒斯特来的人。”

“在什么地方？”

“在西德兰士瓦。靠近博茨瓦纳的边境。”

“为什么派你去，图拉？”

“因为我可以假装是去采草药，”他说，“我不是被派去送死，不必担心。”

“你总是一个医师吗？”萝拉笑着问，“还是那只是一种接近其他男人老婆的借口？”

“我是我父亲的儿子，”恩格比斯说，“有一种召唤，是我无法拒绝的一些东西。”

“你本应该回绝我对你的要求，”萝拉说，“知道那是错误的。”

“我们命里注定要去做错误的事情，”恩格比斯说，“肉体是软弱的，总是被欲望所压倒。”一波柔情淹没了他。“到这里来。”他说。

然后，她要在梳妆打扮之前急急忙忙地将屋子恢复到原来的样子。看着镜子中的自己，她有些困惑不解为什么人们说她漂亮。她看到她的双眼距离过宽，对于女人来说眉毛过浓，鼻子扁平，嘴唇过厚。每当微笑时，左上唇突出的龅牙就将嘴角遮住，这更使她想象中的不完美进一步失分。但最奇怪的是，这些缺陷，在情绪低落的时刻她甚至视为畸形，却似乎把男人吸引到她身边。陌生人带着色眯眯的艳羡偷看着她。

在她的意识中，所有男人都不过是淫荡的山羊。那指的是，她所关心的在她生活中的两个男人。她不是一个相信宗教忏悔的人，但有时她会在家里偷偷花一点儿时间，在她寂静卧室里的孤独中，询问自己，他们两个人中任何一个在她生命中的意义。姆兹·塔比茨是一个钟情的男人，慷慨付出，也不是姑娘们所谓的哑嘴葫芦。更不可理解的是，尽管图拉西子威·恩格比斯，她的图拉，激情，具有冒险性，但却总是使她感到孤立无援。然而正是在他的陪伴下，她更为享受，也许完全是由于他们交往的出轨性质。

萝拉·穆敦吉坐在一台小巴士内，看着一位四十岁左右的妇女盘着辫子的后脑，想着她是否也在欺骗她的丈夫。这天是1989年12月20日，一周的中间。车上的大部分乘客是女人，可能是前往城市中的大商店，或者是去与他们的孩子和丈夫以及未能如愿的情人们聚会。

萝拉知道，她不会终止她的婚姻。在内心，她是一个叛逆的人。她记得是1971年初的一个或一系列事件，促使她结束了她曾经形成的对生活的理解并同时开始了新的人生。一直有警察袭击、围捕她认识的一些人。出于某种原因，萝拉过去不曾真正地想过自己是一个目标。她的单纯、不屈服的性格是来自一种认知：参与政治对于夸马舒的居民说来，就是生而为黑人的必然逻辑。

这种认知使她的叛逆不断加深、感情用事并且有些瞧不起老一代人，她觉得他们不能把力量放在重要的问题上。她的父亲是一个俗家传教士。总是阴郁地穿着黑色的西服和戴着黑色的帽子，他有资格以这样的穿戴来面对每一个向他打招呼的人。有些嘲讽的是，虔诚的穆敦吉先生经常不住在家里。这使得萝拉的母亲塞丽娜和她的舅舅姆兹翁克·马塞阔留下来看家。

萝拉认为老一代人对于这个国家巨大的不平等负有责任。与这个制度进行斗争的重任落在了年轻人的肩上，这其中包括她的男友姆兹·塔比茨。他们考虑，一旦时机成熟，他们就离家出走结婚，并且很快地将他们的关系从拉手升级到实际的接吻和搂抱。谁知道未来会是什么样子？现在，警察找上门了。

这是一个年长的、骨瘦如柴并且说话气喘的警官，他自称叫做杰克逊·勒如尔。他相信，表现出一种对询问对象的同情能诱使其吐露他所需要的情报。尽管他看上去身体很糟糕，但却是个烟不离手的家伙，他从一包莱克星顿中取出一只点上，将烟灰弹到一个他索要的碟子而不是烟灰缸中。正是这个习惯，萝拉的母亲认为是高度不敬的表现，也引起了所有人对他的敌意。塞丽娜·穆敦吉夫人是一位经常去教堂、敬畏上帝的女人，她听见他貌似有礼地介绍他来访的目的。然后他要求单独询问这个年轻的姑娘。塞丽娜进到卧室中，但把卧室门留下一条缝。她听见他咕咕噜噜地说着他一定是认为能够确使年轻的萝拉放心的话。她想，他根本不了解萝拉，连我都不了解我的萝拉。

“看着我，”他说，“我之所以干警察这个差事，是因为我需要喂养我未成年的孩子们。”

“那不错啊。”萝拉说。

他接着说：“你今年十四岁，据我听到的，你在学校中是一个非常聪明的学生。为什么你要和一些坏分子搅和在一起？”

“我不知道你在说什么。”

“我相信，你知道。年轻的小姐。共产党和恐怖分子……”

“我不认识任何共产党和恐怖分子。”

“那个叫塔比茨的男孩……你知道，他深陷麻烦之中。”

“那就是你所说的共产党分子吗？”

“注意……”塞丽娜·穆敦吉竖起了耳朵，她听到他语调升高，失去了耐心。“你现在也深陷麻烦。”

“如果我有麻烦，而且你有证据起诉我，你就去起诉吧。如果没有证据，你最好离开。”

“你这个愚蠢的小……”

塞丽娜出现在门口，双手叉腰站着。“勒如尔先生，我允许你和我女儿的交谈，”她说，“我认为应该到此为止。”

“穆敦吉太太，”杰克逊·勒如尔说，露出他细小的、被尼古丁熏黄的牙齿，“你不知道我们会给你带来什么样的麻烦……”

“我们？”萝拉喊道。“你说的‘我们’是什么愚蠢的东西？”

勒如尔警官张嘴想说什么没说出来，露出他棕黄的牙齿。萝拉胸脯起伏，向前跨步，从桌子上拿起被当做烟灰缸的碟子，把烟灰朝着勒如尔的方向撒去。他站起来，试图后退，仿佛烟灰和烟屁股还在着着火。他被他的座椅绊住，仰面摔倒在地，仿佛被重重的一拳放倒。

他两脚朝天，两个女人俯视着他爆发出大笑。椅子重重倒地的声音引来了一些邻居。他们已经注意到停在穆敦吉家门前路上的陌生的汽车。很快围观者涌入了门，加入到嘲笑者当中。勒如尔站起来，掸掉身上的尘土，拍拍上衣，感觉一下他的武器是否还在腰间的皮套内。惊讶使他的脸部变了形，他转过身恶狠狠地盯着萝拉，他的眼神威胁说，你还未听完我最后的话。目睹一个强权的代表处于劣势，不少邻居也变得勇敢了起来，大声喊道：操你这个该死的叛徒！在勒如尔靠近那台未加标志的警车之前，车已经发动起来。他一边躲避着飞来的石块和各种投掷物，一边拼命地逃跑。他的搭档始终待在车里，可能一直在与警察总部保持着联系。

在那次事件之后，警察成了这个家庭的常客。在一次次骚扰中，他们把房间翻了个底儿朝天，威胁她的母亲塞丽娜，并实实在在地向她的舅舅挥动着手枪。这给她的内心埋下了冷酷和愤怒的种子。

“你不过是一个年轻的女子，”塞丽娜说，“他们会把你碾碎。”

就这样，为了证明她自己的母亲是错的，并且也证明敌人是错的，她成为了一个组织者，一个情报员，一个解放运动的招募员。她记得在夸马舒的一些极度危险的时刻，在深夜与一些狂热的同志驾车飞驰去与东纽兰德的活动分子会合。当时是上个世纪 80 年代初期，解放运动这个名字还不像现在这样时髦。在路上，他们绕开路障，下车钻入灌木丛中并且冒着性命的危险。为了什么？去散布关于解放运动的小册子，去建立地下组织和机构，去与新兴的工会运动联手斗争。这种生活方式使萝拉·穆敦吉感到那时她从未有过的活力。经常要奔赴这个国家边远的地区，在那里年轻人学到了南非历史中震撼人心的课程，这种历史课在任何学校的课程表中都找不到。也正是在这里，这个世界中众多的萝拉不断地走出他们自己封闭的小天地，与其他的年轻人分享着他们的知识。也正是在这些活动中，她认识了恩格比斯，那是在很久之前，当时他什么也不是。目睹她的工作，他曾经说：“你是以自己出色的表现赢得了一个领袖的地位。”

“以我自己出色的表现成为了一个领袖。”她在行进的出租车中自言自语，导致坐在她前面的那个精心打扮的妇女转过身来，瞪着身后的这个疯癫的女人。“没事儿。”萝拉·穆敦吉说。

并非一切都没事儿。姆兹·塔比茨从监狱中返回，成为了一个英雄，而萝拉·穆敦吉成为了一个家庭妇女。在一连串地颁布实施紧急状态法的情况下，她以她自己的方式参加政治活动变得更加危险。她知道，姆兹·塔比茨已取消了她作为同志和战友的地位，而降为助手之一。

从斗争的角度来看，他们不再是平等的。在领导层中的其他女同志默默地接受了她的这种降职。例如，其中之一的诺玛松多·苏克拉，就是用一种表面屈尊俯就的态度对待她。男人们是没用的，只知逢迎地围绕在带头羊——她的丈夫——的周围。他们都要求她隐身在她丈夫的光环背后。他们都是多么无耻啊——如果他们知道她曾经达到的辉煌。然而更为可耻的是，一旦私情暴露，她的失贞可能把她打入地狱。而如果姆兹·塔比茨对她不忠，他的英雄地位会更加飞上了天，因为除了是一个革命英雄，他还证明他是一个真正的男人。恩格比斯曾经向她透露过一些高层领导成员的轶事，他们的滥交成为传奇的内容。一些到处炫耀他们放荡性欲的人会不知道什么时候就染上了一些不能明说的疾病。用恩格比斯的话来说，这是对放纵他们裤子中的那条蛇的惩罚。尽管有所有这些毛病，男人们还是会被看重，比所有妇女积极分子都被更加看重，即使她们都努力把她们的两腿比那些为搭车而准备当鸡的女人夹得更紧。

一个人独行，仍然在想着萝拉，在这个艰难的时代，图拉西子威·恩格比斯并没有沉溺在幻觉中。在与萝拉一起之后，他有一种负罪感，担心他是否违反了安全规定。例如，他不应该把某些政治人物的不检行为透露给她。

他深深吸了一口气，闻到高原地带干燥的空气味道。

这是 12 月 20 日的傍晚，他记得这一天是诺姆萨的生日。她是他唯一的妹妹。她总是设法吓唬他，把他看做是他们父亲的一个不良的复制品。乌云在西方远处的天空上翻滚，他知道，不会有雨，至少不会是马上。

使游击队员们相信他是来迎接他们的，要花一点儿时间，人们自然会想到要先嗅一嗅陌生人的气味。当汽车开过来时，他们躲在树丛后观察着，随时准备射击。恩格比斯从车中走出，先绕着这台两厢汽车转了一圈，对那些隐藏着的眼睛打开了所有的车门，表示里面没有等待伏击他们的敌人。然后他开始呼唤，他的声音在布满野草、灌木和山楂树的没有风的原野上回响。他问那些在暗处伺服的人们，他是否需要脱光了衣服来证明他是姆兹·塔比茨派出的密使。这是一些带有魔力的暗语，在那次致命的值哨之前，马霍贾尼在山洞中曾经告诉过他们。游击队员们缓慢地、一个一个地从隐蔽处走了出来。

他们是四个人，有着奇怪的名字的不好惹的家伙，全都饥肠辘辘，而且极力掩饰着他们的惊恐。恩格比斯等待着看他们挖出一个大的军用箱子并把它装进他的两厢大众牌皮卡的后部。他对他的这辆车颇为自豪，他是在1983年这种新的型号刚刚上市时买下的，因此对这些人投向这辆车的不屑的目光感到不爽，就好像某个人对他的老婆作吹毛求疵的评论一样。当他试图上前去帮助他们时，他们平静但是坚定地表示这个箱子不可触碰。而当早年曾当过的士司机的斯丁克伍德提出由他来驾驶时，恩格比斯拒绝了。对于他们这种强客欺主的要求他坚守着自己的地盘。这是他的皮卡。他们没有坚持。

在其后的驾驶中，他听着他们讲述的故事。恩格比斯搞清楚了，穆勤达是他们的领导人。1976年当他加入解放运动时只有十六岁，而他现在已经有三十岁了，是这个队伍中资深的成员。坐在前排穆勤达旁边、用一只手按压在他体侧子弹伤口血污的绷带上的是迪亚戈，二十九岁。他说话不多，每当皮卡碰到什么障碍物时，他就咬紧牙关。恩格比斯有一个感觉，他的沉默与疼痛无关，他应是天生寡言的那种人。当他听到坐在后排的斯丁克伍德和波米格拉内特讲述的迪亚戈的英雄事迹时，他更感到着迷。从这两个人的谈话中，他们似乎感觉已经摆脱了困境。恩格比斯想，尽管他们还很年轻，但他们经历了在丛林中长途跋涉的全部考验。

“我认为，我们回去是送死。”斯丁克伍德说。

“我们还没有走出森林，”恩格比斯警告他们，“前面可能有路障。”

“我有枪，”波米格拉内特说，“没有人可以活捉我。”

“你们两个牛仔，”穆勤达说，“少说些废话，多提高点儿警惕。”

“*Yebo*, *Komandir*（俄语，意为：是，政委）。”波米格拉内特说。

“你说‘*Komandir*’……”恩格比斯问，“是俄语吗？”

“不是，是泰卢固语[①]。”

波米格拉内特和斯丁克佤德两人大笑。迪亚戈向穆勤达严厉地瞥了一眼，摇了摇头。恩格比斯继续向前开。

他们认为我是一个傻瓜。他与穆勤达处于同一个年龄组[②]，但与游击队员们比较起来，他感到自己老了，一只脚已经进了坟墓。这是一种矛盾。这些人刚刚从一种真正的恐怖经历中走出来，但他们显示出对生活的激情，这使他感到自己是一个从未面对危险的人，像是一个新涂过防腐剂的尸体。他的自我意识并非主要是来自缺乏军事斗争的经验，而是来自总体上的无能和无用。他曾经经历过的最接近的类似情况，是他为从长期服刑后返回的前囚犯们进行治疗。他们的苦难看来使他们更加坚强，更能够面对每天的挑战。即使是目前昏昏沉沉的迪亚戈，一旦投入战斗，也一定会是一个了不起的人。但是，有一种隐约的感觉：他们不具有他所拥有的。他知道，这是十分幼稚的，这样的想法只有他的儿子姆温比才会有，而不应该属于一个成年人。然而，对激烈扭动的萝拉身体的回忆，仍使他脸上浮出笑容。

“是幸福的回忆，恩格比斯先生？”穆勤达问。

“只是想起我的妹妹和儿子。”恩格比斯撒了谎。但是他仍然有一种感觉，他不可能长期掩饰——他是处在这些有着丰富的生活阅历并精于此道的人们当中。与游击队员在一起，他就像是一个尚未进入启蒙学校的幼童。

“你的这些亲属都是做什么的？”迪亚戈问。这段时间，他一直在静静地望着车窗外飞驰而过的景色，并赶走一只围绕他嗡嗡叫着的苍蝇。

“我的妹妹今年二十八岁，”恩格比斯说，“她在夸马舒的一所聋哑学校教书。”他回想起曾经有段时间，诺姆萨试图让他学会手语的字母表，而他总是出错。

---

① Telugu，印度东南部一个民族，其语言称为泰卢固语。这里用于嘲讽恩格比斯的无知。

② 在历史上的军事术语中，25～35 岁的士兵是一个年龄组。

“听起来你为她感到骄傲，”迪亚戈说，“你的儿子怎么样？”

“他是一个十七岁的捣蛋鬼。”恩格比斯说，像一个有着矛盾心理的虚荣的父亲，因为他儿子的任性胡为可能就意味着那是他自身的影子。“当我看到他的所为，我就理解了那些鼓励他们的孩子跨越国境去流亡的父母。”

“他做了什么，追女孩子？”

“如果那样还好，”恩格比斯说，“但大多数这个年纪的男孩已经在吸毒，仿佛没有明天。”

汽车里一下沉寂下来。每个人都知道，当一个父亲说到由于他的孩子染上了毒瘾而陷入麻烦时，他是在指更加难于对付的那些毒品。

“这些毒品商贩已如同蘑菇一样遍地发展。”恩格比斯说。

“但是商贩是为需求服务的，”波米格拉内特从后座上说，“因此一定是有市场。”

“我感到，”恩格比斯有些生气地说，“这些商贩使我们的孩子对这些致他们于死亡的东西的渴求成为可能。”

“难道就没有办法来解决这个问题？”穆勤达说，仿佛他要减轻正在增长的紧张气氛。

“没有。人们都要疯了。”恩格比斯语调沉重地说，“搬家要花太多的钱。人们的心死了。到处都是毒品。”

“你的儿子叫什么名字？”穆勤达问。

“姆温比。我给他起这个名字是根据阿尔伯特·鲁图力酋长的故事，他的另外一个名字就是姆温比，”恩格比斯说，“但是你知道在大街上他们叫我的儿子什么？”

“不知道，”穆勤达说，“是什么？”

“母驴。”恩格比斯露出无奈的一笑，“想象一下，一个光荣的名字变成了一个笑料。”

“这不好笑，”穆勤达说，“我们必须跟他谈谈。”

“我会感谢的。”

已经是夜晚大约九点半钟，五个身影打开了一扇吱吱作响的大门，鱼贯而入，迈下几阶石台阶，走到了处于东倒西歪的棚户区之中的几座坚固房屋中一座的门前。引领他们的一个男人体态粗壮，走起路来毫不费力。跟着他的几个人身材消瘦，拖着一个像棺材一样笨重的箱子走过狭窄的通道，高低不平的路面更增加了他们行走的困难。另一个空手的人走路瘸着腿。在从路边的皮卡车下来到石房子入口的短短的一段路中，他走得很慢，有时几乎要停下来。正如参加了太多比赛的一个团队的成员，所有人都本能地知道，行进快慢的节奏要以最慢的人为准。这时他们停下来等着迪亚戈。

他们中的一个人招呼道："你能坚持吗？"

"我没事儿，穆勤达，"迪亚戈说，"你们进去吧。"

"好。"走在前面的黑影说，一边摸索着寻找钥匙。"我们必须快一些。"

"是啊。"穆勤达说话的口气既是同意也有些不愉快。在其他两个人还在忙着折腾箱子的时候，他将装着武器、火箭弹和手雷的沉重背包卸下来。"我们知道这里的人嘴杂，但我们也不能把他一个人丢在外面啊。"

"我只是说，他必须赶上来。"这个年纪较大的人听起来有些不快。"如果没有人看见你们进去，你们就都会更加安全。"

"是啊，恩格比斯，给他一个机会。"穆勤达说，"他必须要赶快进去。他的伤口一定已经开裂了。"

"我们明天会找个人给他检查一下。"恩格比斯说，"缝几针就能解决问题。"他用钥匙打开了屋门并且将这些人领进去。"我们到了，伙计们。"

到了屋内，黑暗的客厅有一种可怕的寂静。电源切断了，几乎完全靠摸黑。这些人逐渐才适应。他们感到放心的是，周围其他邻居的房间也全是黑的。逻辑就是，如果我看不到你，你也看不到我。即使完全没有灯火，迪亚戈仍然怀疑，本·贝拉镇是醒着的。

在他们到达这里的途中，路上连鬼也见不到一个。棚户屋之间的小道空空荡荡，只有两三只流浪狗在徘徊。他很奇怪，没有发现任何年轻的情侣——他们通常在这些隐蔽的地方从事非法的性行为。

但尽管没有这些的出现，仍然有着什么隐藏在那里，可能是在窗帘背后的黑暗中偷窥的一双专注的眼睛。即使是周围那些对于社区生活不可或缺的小酒馆，现在也是静悄悄的。今天晚上，这些小酒馆似乎不能用响亮的乐曲声和本地知识分子对于国家状态的充满激情的高谈阔论招引饥渴的游客。迪亚戈想象，每一个人都知道国家的这种状况。

他发现，恩格比斯很不错，尽管非常清楚他已经很疲倦了，但仍然很热情殷勤地提供帮助。他着手准备蜡烛和石蜡灯。从黄色火苗的光亮照出的这些人的面容和背影中，突显出他们已全都精疲力尽了。

“一切都会好的。”恩格比斯一边说着，一边把这些人领到他们睡觉的地方，并不时对于这些地方的状况表示着轻微的歉意。“这里不太通风。”他说。但是他警告不能开窗。然后他去了洗手间。

“恩格比斯，”穆勤达说，“你应该找个人到这里打扫一下，使这个地方舒适一些。”

“我有一个侄女，她过一段时间来打扫一次。”恩格比斯在洗手间里说。他尿在马桶内发出溅击的声响。“问题是她开始对男孩子感兴趣了。”

“她什么时间再来打扫?”斯丁克伍德问，这是他到达这里之后第一次说话。

“你们在这里的时候她不会来。”恩格比斯在冲马桶的水声中说，“我还没有疯，”他一边把裤子的拉锁拉上一边走出来说，“你们是一帮无法无天的家伙，没有人愿意接受你们合法成亲。”

“嘿，恩格比斯，”斯丁克伍德露出狡黠的一笑，“你怎么能这么说? 我们没有那么坏。”

“是啊，怎么能像对待麻风病人那样对待我们?”穆勤达问，“我还以为女人们喜欢游击队员呢?”

游击队员们是恩格比斯生活中的新元素，他还不知道如何与他们打交道。这句玩笑尽管使气氛轻松起来，却也提高了他的不安全感。“不开玩笑，”他一边说着一边摆出他医师的架子，“我曾经见过其他一些类似于你们的团体。他们中的一些人有病，我不得不给他们治疗。”

“有病？他们怎么了？”

“艾滋病，HIV，花柳病。死于这些疾病的人比死于暴力的还要多。”

接之而来的沉默是令人不舒服的。迪亚戈感到从他的肚脐到龟头有一股冰冷的战栗，他怀疑他的那话儿由于长久不用有一天会彻底萎缩失灵。他记得在卢萨卡郊区隐蔽犀中的几个同志，当时正准备被埋葬在那个国家内。正像童话书中描绘的，这些曾经勇敢的魔鬼变成了骷髅，不再说话，永不瞑目。当地医疗机构中的所有避孕药物全部告罄。问题已经迫在眉睫。不得不呼吁在世界各国首都的解放运动领导人提供大批的避孕套。罗伯特·斯托是住在英国克鲁郡的一位保守的工会领导人，当他被告知需要购买15000只避孕套时，大发雷霆。“你能想象我走进一家药店去签署这样一个避孕套的大订单吗？”他问，“他们全都会盯着我问：‘罗伯特先生，您什么时间才能休息？’”虽然他还是满足了这一需求。

尽管已是下半夜，夏季的苍蝇和蚊子在这块土地上仍然十分活跃。它们嗡嗡叫着在空气中盘旋，用骚扰这些初到者来显示它们的存在。

恩格比斯注视着迪亚戈。“迪亚戈？”他招呼道，“在我们弄点儿东西吃的工夫，你应该找个地方坐下。”然后他从他的背包中取出一个小的塑料盒，倒出两粒大的胶囊。“吞了。”他说。

“这是什么？”迪亚戈问，“我以为你只对草药内行。”

“所有使那些制药公司获利的原料都来自这块非洲的土壤。这是普瑞巴林。”

“这不会让我怀孕？”迪亚戈问，一边接过胶囊，扔进自己的嘴里，然后用水把它们送下去。

恩格比斯指挥着这些人，递给它们带有恢复功能的药片或药水，使他们的身体能够更结实地应对未来的任务。

“去休息吧，”恩格比斯说，“止疼片会让你很快就昏昏欲睡。”

迪亚戈瘸着腿走向沙发。他试图掩盖他的伤痛，祈祷着药物能尽快生效。“你说过有个医生……是能招之即来的吗？”他问，“如果真有这样的一个人，我一定向你和你的组织脱帽致敬。”

“医务人员从来就是纳塔尔解放斗争的脊梁，”恩格比斯用事实说话，

“过去我们有史蒂夫 · 比科、奥伯雷 · 姆考比、蒂尼萨 · 姆基……”

“……恩科萨赞娜 · 狄拉米尼……”另一个年轻人补充道。斯丁克伍德早年曾经想上学成为一名医生，而后来环境的现实逼迫他走上了另外一条道路。“我的一个兄弟曾经在卫生学校学习，但后来退学了，”他说，“我记得这里曾经有许多这样的医疗机构，人们称呼为‘甘姆巴’。而一个甘姆巴如果没有这些优秀的女人则是不完备的。在金 · 爱德华德医院或麦克库尔德医院中来自于东开普的护士们是真正的美女。”

“啊，”波米格拉内特说，“你承认了吧，你只喜欢科萨女人。”

“是的，”斯丁克伍德说，“她们确实长得好看。不像来自西开普的那些护士，从来不笑，看起来像是病人。”

在年轻的穆勤达、波米格拉内特和斯丁克伍德说笑时，恩格比斯看着他们。迪亚戈衣衫凌乱地横卧在沙发上，一条腿伸出来。他似乎是在寻找一个更舒服的姿势。

“让我们来看看我们的食物。”恩格比斯几乎是在自言自语，作为一个主人为如何招待他的客人们而焦虑。

迪亚戈看他进入了小小的厨房。在昏暗的光线中，他能看到用剪下来的图片装点的墙面：有褪色的女郎照片——可能是姆温比对装饰的贡献，足球俱乐部中运动员摆出抱着球的姿势，一系列著名人物从挂着市长标志的官员手中接过奖品。可能恩格比斯并不是他想让他们相信的那样一种人。迪亚戈听到用平底锅和汽化煤油炉做饭的声响。油烟的气味飘进客厅，与煎肉的嗞嗞声交织在一起。食物的气味非但没有加强他的食欲，反倒使他感到恶心。

吃完他们的玉米糊糊和肉，用橘汁冲下浓肉汤，这些人准备睡觉。他们将在主房内过夜，明早再移到后面单独的小屋。迪亚戈失去了原本健旺的胃口，在吃了少量的食物之后就放弃了。他的那份被永远饥饿的波米格拉内特狼吞虎咽地解决了。他十分疲倦，出着冷汗。他扫了一眼主人，迪亚戈觉得恩格比斯的眼神令他难以捉摸。他的脸色不断变化，或是他的情感在变化？他一会儿老练狡猾，不像是一个叔叔辈的人，一会儿又像是一个小饭店老板一样善于交际。迪亚戈想知道，哪个是真实的恩格比斯？他曾经在某个人的脸上看到过这种变化，但是不记得是哪个人和在哪里。一切都是不确定的。他也希望警告穆勤达注意某种不正常的情况，但由于后者正忙于组织夜晚的安全部署而被岔过去了。穆勤达和斯丁克伍德抽签决定如何轮流站哨警卫这所房子。虽然没有人说出来，但是所有人对于箱子和里面的东西的安全是不放心的，对于安全极端焦虑。可能发生的任何事情都会把恩格比斯——一个平民——卷入其中。在受到攻击的情况下，即使是他的那些医师巫术也救不了他。济勒斯特的血腥场面仍然沉重地笼罩在每一个人的心上。

恩格比斯看来没有感受到这种紧张，好像对危险一点儿也不担心。他说，鸡窝另一边有一所独栋的小屋，其中也有一间卧室，他到那里去睡。

大家向他道了晚安。等待屋门关上并且恩格比斯已经离开之后，他们才从背包中取出他们的武器：AK－47 步枪、F－1 手雷和 9mm 马卡洛夫手枪。这并非意味着好像他们认为恩格比斯不知道他们携带着武器。见鬼！他在西德兰士瓦已经目睹了他们携带着的杀人军械。这仅是出于两方面的考虑：在平民存在的条件下展示武器的有关行为准则；对恩格比斯个人以及他的房屋和他的慷慨的尊重。现在这个人已经在视线之外，他们可以回到他们丘八的本色了。

间隔一段距离，迪亚戈在武器碰撞的乒乒乓乓的声音中感到一些舒适。穆勤达演练了一下他的武器。啪！是撞针空击的声音，而不是击打到一个 7.62mm 实弹的底火。迪亚戈回想起在安哥拉发生的一起事故，某个人在取下弹仓时没有把最后一颗子弹从枪膛中弹出。“最后一颗，同志们，”武器教官会说，“最后一颗。即使是在床上，你也会表现得如同性爱大师一样，照射无误。但如果你的最后一颗是 *ploha*（俄语，意为臭子儿），同志们，忘掉它吧。”

在半睡半醒当中，迪亚戈回想起这个教官，身材短粗，肤色如此之浅，以致他给自己起了一个外号——“混血儿同志”。他记得他用俄语字母手写的 *Плоха*，然后解释，这代表人类所能取得的所有最糟糕的结果。这是一个包罗万象的词，根据使用的场合，可以表示支持或者反对。“混血儿同志”可以用他曾经在其中接受过训练的一系列国家的语言来骂人。他最喜欢使用的是 *filho da puta*（葡萄牙语，意为王八蛋，狗娘养的）或 *ploha*（俄语，意为坏、不好等)，用以表达的情感是如此激烈，以致没有一个学员敢要求他作出翻译。

迪亚戈挥手赶走了一只坚持不懈的蚊子。他想着那只箱子并怀疑里面是否还有比钱更重要的东西。任何被派遣执行这样一项任务的游击队员想擅自开箱都是违反纪律的。他们的情况是不同的，他对自己说。派遣他们执行任务的人也同样是谋杀我们自己同志的叛徒。原则在这里也适用吗？或者这是一个特殊的情况吗？他相信他的同志们在时间成熟之前是不会打开箱子的。但他不知道那要等到什么时候。一个想法在他的头脑中挥之不去：会不会是他们小组之外的某个人，比如说一个小偷，将会打开它。

在那个晚上的一段时间里，他为能够入睡而挣扎。他有一种未完成任务的感觉。出于这种悲观，一个声音告诉他，他现在的行为就像是一个真正的傻瓜。然而，药物的作用要比想象的更强，所有的声音都安静下来，迪亚戈进入了连梦都没有的沉睡。

提卡·乔伊在一个街角的路灯下他最喜欢的位置观察着。保险丝早就烧断了，这盏路灯好像从来就不存在。他向和他一起的两个小喽啰发出降低说话声音的警告。尽管他没有受到过地下工作或实战战术任何方面的训练，他也知道声音在夜晚如同气味一样会传得很远。因此他很高兴，对于停在恩格比斯门前的皮卡上下来的那一伙人来说，他们这三个用烟斗吸着大麻的家伙是处在逆风的位置上。

提卡·乔伊从来没有见过任何人在这么深的夜晚访问这个巫医的家，这吊起了他的兴趣。这些人帮助他们中的一个人从皮卡中出来并走下台阶进入了前门，其间看来是费力地抬着一只沉重的箱子。尽管移动困难，这些人仍然显示出了通常只有运动员或士兵才有的训练有素和敏捷。事实上，提卡·乔伊可能已经骂娘了——他看到了来复枪筒的闪光。出于他作为一个长期烟鬼需要的实际考虑，他更喜欢把最有价值的情报留给自己。不止一次，他被指责隐瞒真相。

现在他希望他的朋友们，总是乞求抽口烟的他的随从，能够离开这里，他需要向一个叫做加伯大哥的人报告这个最新的变化。这是他的责任，作为一个密探向他的老板提供任何非正常情况的情报。这些人来到这里就是这种非正常的情况。

但是他仍然在思考和盘算。

加伯大哥给他几个兰特，并保持供应给他大麻。但是他为这个老板收集到的情报的真实价值是多少？这些人抬着的这个箱子里装的是什么？他们如此小心，就像每周五下午押送装甲运钞车到镇子里来的保安人员，全副武装，带着墨镜，即使他们手中大枪的子弹没打中你，也会杀了你。箱子里是什么？

"听我说，伙计们，"他告诉两个小烟鬼，"我想，现在是我们可以说干完一天活儿的时候了。"他喜欢使用约翰内斯堡黑帮的街头语言。

"哦，提卡，"最年轻的博伊—博伊发牢骚说，"是不是又到了你和鸡们上床的时间了？"

"博伊—博伊，"提卡·乔伊说，"你这个小家伙，你抽大麻太多了。你会永远也长不大。"

一眨眼，这两个孩子就奔向他们各自所谓家的棚户，他们的父母——如果有的话——也不会对他们的这些孽种去哪里游荡提出任何质问。提卡·乔伊脚底抹油地奔向夸达姆布萨去见他的金主。加伯大哥有了一个新的女人，现在应正在热乎头儿上。

二比二。迪亚戈和穆勤达固执地坚持恩格比斯应当自己去寻求解决他儿子吸毒问题的办法，波米格拉内特和斯丁克伍德则建议采取直接的行动。然而在游击队员们到达恩格比斯家里的三天之后，这个问题几乎谁都没有再碰触。姆温比简直就是图拉西子威·恩格比斯的一个缩影：肥胖，脸上长满粉刺。他最近一直在他父亲的房子周围游荡。夸马舒市的本·贝拉是坐落在德班以北约 20 英里的一个乡镇，像这里的一些居民一样，姆温比的行为仿佛他丝毫也不知道父亲在家里接待了一伙人。这并不奇怪。恩格比斯作为一个传统医师不时地要在家里接待各种团体，例如来自北德兰士瓦的实习生，或刚刚接受了成人礼的初学者。事实上，迪亚戈的受伤增加了这些人编出的故事的可信度：他们是在为他们的一个遭雷电击中的同伴来此寻求治疗。此外，在那个时代，去刺探陌生人的来头也被认为是不合时宜的。许多强人领导的家族都是由有组织的男人来保护的，在一个各种型号的武器开始四处泛滥的国家中，他们并不担心私藏武器。到处传播着谣言，武装组织或是被国家安全机构、或是被解放组织训练的。也有一些保护社区不受劫匪骚扰的组织，称之为自卫团。十分明显的是看不到警察。据说是因为穿着制服的警察是不安全的，你的枪和生命成为抢劫和谋杀的对象。这是整个国家处于争斗状态的时代，暴力已经吞噬了成千上万条生命。经验法则就是，人们有怀疑的权力。但是他们永远要保持洁身自好，一定不要刺探他人的私事。

姆温比所做的任何事情都与他的毒瘾有关，赌瘾使他没有了道德底线。在他眼里，这些陌生人是块新鲜的肥肉，收入的来源。他们对这个地方来说是初来乍到，因此很容易对付。至少姆温比有这种想法。而且，圣诞节期间是生活变得轻松的夏天，尽管有些人是在以杀人为乐。这是一段放松的时期，即使是严厉的父母对他们子女的越轨行为也会更加容忍一些。

这些天，姆温比一直在旁边，显示出他非常想做更多的杂事来帮助这个家。事实上，他一直在监视着住在独栋小屋中他父亲的这些访客的日常生活规律。每天早上醒来之后，他们出早操，吃早饭，然后去执行他们各自的任务。例如，在为小组的成员洗完衣服之后，波米格拉内特和斯丁克伍德喜欢到外面透透气。他们大多数时间在院子内活动，检查院内是否有可疑的脚印，或者在存放煤和木柴的围栏旁各自点上一支烟交换着他们的故事。有时清晨可以听到他们砍劈柴的咔咔声。穆勤达偶然会加入他们，穿着短袖衫和牛仔裤，站在那里讲故事逗他们发笑。

有时他们看见姆温比，示意让他过来。“到这儿来，孩子。”穆勤达用祖鲁语招呼他。

然后或是波米格拉内特或是斯丁克伍德开始斥责他：“我们听说你现在是大人物了，还抽上了大烟。”这时姆温比就嗫嚅着，一边用他的大脚趾在煤灰和锯末上瞎画。“不是我，”他说，“是那些坐在街角的其他孩子，提卡·乔伊他们。”

“提卡·乔伊?”他们中的一个人会故意问，“那是什么他妈的名字?”

姆温比眼睛看着地说：“那是他的名字。”好像回答了一切问题。但是作为游击队员，他们看得很清楚，他每天鬼鬼祟祟的，是一种有目的的行动。

“现在，”穆勤达会说，“不要让你的父亲失望，抽起烟来像个烟囱。你的父亲是个非常好的人，他现在做的是很重要的工作。”

“是。”

他们三个人，穆勤达、斯丁克伍德和波米格拉内特经常加入到恩格比斯的工作中去并做些采购。对于他们来说，每一件事都很新鲜。商店里堆满了很多他们从未想象到会存在的商品。更令他们感兴趣的是，人们看起来有很大变化。妇女们更有吸引力，裙子更短，腿更长。当他们看到一些简单的东西，如从圆盒里吃水果酸奶，他们的表现就像是些小孩子。一些冰激凌的口味简直就是天上才有的。恩格比斯笑着看着他们，非常高兴他给他们带来了欢乐。

这些人喜欢去维多利亚大街上的市场或达奥敦路上的一个居民社区，那里有恩格比斯的同行们，向他们展示草药和药水。由于已经接近圣诞节了，社区的住户们正在准备回到他们乡下的家中去看望亲人。他们中的一个名叫别基西萨·鲁图力，是个身高6英尺、体重超过150公斤的巨人。他是一个专门经营低成本设备的商人。他毫不隐讳他的“印钞机”——一家旧车回收组装厂，出于夸马舒地区中这个男人社区①安全性的考虑，他住在里面。在恩格比斯身边，他像一座高塔。他称恩格比斯为姆扎拉或堂兄弟。他公开邀请这些人去他那里访问，不管他们有没有“红烫的煤块”——这个市镇上的人对偷来的汽车的俚语。

“给你一个好‘警察’。”纳塔尔某些地区当地的孩子发音搞不清“勒”和“呢”是相当普遍的，因此好“价钱” （price）就变成好“警察”

① 这是一种在城镇和工矿企业务工者的单身社区。

(plice)。当时那里有由基督教男性青年会（YMCA）组织的集体歌舞竞赛，在乡村乐曲磁带的伴奏下，那些身着时髦服装的男青年进行比赛，胜出的集体赢得现金奖励和一只白公山羊。穆勤达几乎可以流利地讲这个国家所有的语言，他和所有人一起像是在家里一样，用他们祖先的姓氏称呼他们，一起喝高粱啤酒，并像一个真正的勇士一样跳祖鲁的印德拉姆舞。最高潮的时候，他加入了用棍棒击斗的游戏——这是远离家乡的男人们用以表达他们战友情谊的最高形式。他们用这种城里人的游戏来娱乐自己。

姆温比虽然不知道迪亚戈的伤势严重的情况，但他认为这是迪亚戈留在那间独栋小屋里的原因。他看到迪亚戈每天经过鸡窝走到院中间的主屋，待一整天做饭，有时靠一条临时拐杖支撑着读书。下午或傍晚，恩格比斯和其他小组成员返回来和迪亚戈一起吃晚饭。然后留下恩格比斯一个人在主屋，其他人回到小屋中去睡觉。

12 月 23 日星期六的早晨，与平日习惯不同，迪亚戈和其他人一起坐上了恩格比斯的皮卡。姆温比注视着他们，直到汽车在街角处消逝。他等待着一个他认为是最合适的时刻，跳过了邻居家的篱笆进入了他父亲的院子。找到了隐藏着的钥匙之后，他毫无困难地打开了通向后面那栋小屋的门上的挂锁。一时间，他觉得不认识这里了。男人们的衣服整齐地挂在卧室内的衣架上；鞋子永远是有人存在的证明；几张狭窄的床，每一张上有一条床单和毯子，叠放整齐地如同医院的病房，多余的毯子整齐地卷起来靠着床头板。正是这种秩序感使姆温比感到不安，似乎暗示着这是一些能翻天覆地按照自己的方式来塑造世界的人。他注意到那个上了锁的木箱，它被推放到墙角，盖着一条斯瓦士兰桌布，上面摆放着一些书和旧杂志。他审视了一下那把锁，知道要想打开非常困难。除非他有一根撬棍……

当什么又冷又硬的东西顶压在他的后脖颈上时，一瞬间，他似乎觉得他的愿望变成了现实。毫无疑问，那是钢的，一把刀，或可能是一根他正梦想着的撬棍。

“你在干什么?”这是一个充满愤怒的声音。

他转过身面对这一威胁，感觉到一种压力使他的膀胱瞬间充满几乎要尿裤子。他身后的那个男人先把他的头按在床上。他闻到了毯子的味道。面对着衣架，姆温比看到了他一直没发现的东西：隐藏在一排大衣后面的是挂在衣钩上的步枪，在衣服下沿露出了木枪托。我要死在这里了。

“你认为我们应该做什么，指挥员？”在他身后的一个人问，这告诉姆温比，在这间屋子里不止一个人。

“毙了他？下命令吧，打死这个多管闲事的小王八蛋。”

“让他靠墙站着。”说话的声音使他听出来是波米格拉内特。

他被抓着汗衫猛地拽起来，姆温比看到的是波米格拉内特手中握着的手枪的枪口。他以前看到过枪，相当熟悉它们的破坏力。他也目睹过，不用一眨眼的工夫，就能把一个活蹦乱跳的人变成一具尸体。他突然想到还得活着。他乞求的眼光从波米格拉内特转到斯丁克伍德。

“求你们别打死我。”他哭喊着说。

“你在干什么？”斯丁克伍德问，“为什么要刺探我们的事？”

“说实话，孩子，”波米格拉内特摇晃着枪说，“要么告诉这个人实话，要么是死。”

“去卖，然后买东西。”

“说清楚，”斯丁克伍德说，“是什么？”

“卖掉你们的东西，然后去买大麻抽。”

“谁给你大麻抽？”波米格拉内特问。

“蜘蛛。”

“你把我们的东西给蜘蛛，反过来他供应你毒品。”

“是的，先生。”

波米格拉内特听到被称为“先生”几乎要笑出来，但强忍住绷起面孔，“这个蜘蛛在哪儿？”

“他在购物中心附近游荡，”姆温比说，“和其他几个家伙。”

“他们有武器吗？”波米格拉内特问，“他带着枪吗？”

“我想是的。”

这是四个难对付的年轻人，携带武器，习惯于在小的商业中心闲逛。他们的服装包括短袖衫、防风衣、匡威或普罗科德牌的运动鞋、低裆的粗布牛仔裤或条绒裤，因此内衣从皮带上沿露出。这被称之为朗加特或长臀风格，是酷的最高形式，是对流行时尚的补充，由此这个四人团伙在这个地区建立起自己的存在。他们的粉丝和喽啰们总是怂恿这个蜘蛛团伙肆意盘剥。这可能是对一些穷苦的乡下人的欺压，或者是对恰好路过的女学生的调戏。身体方面他们并不出众，是消瘦多粉刺型，彼此如此相像，宛如是由两对相同的双胞胎组成。在他们瘦弱的假象下面，隐藏的却是玩刀子的致命杀手，在附近乡镇颇负盛名。近来，蜘蛛帮已经弄到枪了，他们把枪别在腰带上，时而炫耀一下，去吓唬敌人。在这个地区巡逻的警察知道蜘蛛和他的领地；他们已经收到无数的投诉。对此他们睁一只眼闭一只眼，因为蜘蛛还有一个可靠线人的双重身份。同时他也是一个利润中心，警察从毒品的销售中获得提成。对此心知肚明的那些人早就不再向警察投诉蜘蛛了。

在圣诞节前的这个星期六的下午，姆温比被押着来到了购物中心。波米格拉内特和斯丁克伍德被姆温比关于蜘蛛恶行的故事撩起了兴趣。在每个星期天，一些教堂会众都会进行一次专门的祈祷，恳求上帝不要再浪费他的宝贵时间去拯救蜘蛛的灵魂了；他应该做的就是直接把这个狗娘养的送进地狱。

当时下起了小雨，许多商店的顾客在雨棚和撑开的雨伞下挤在一起。其他的人则沿着走廊排开，看着令人害怕的四个家伙趾高气扬地盯着从停车场镇静地走出来的姆温比、波米格拉内特和斯丁克伍德。游击队员们部分的脸和头被他们黑色汗衫的连衣帽所遮盖。蜘蛛早几秒从矮墙上他的栖身地走出来，示意他的马弁们跟着他。那些人顺从地紧随其后，一个肩膀高于另一个肩膀，仿佛是牛仔电影中的枪手们被他们佩戴的武器压歪了似的。

接下来发生的事有好几种版本。一些见证人说，是蜘蛛首先掮了姆温比一个耳光，骂他是一个“狗间谍”，而鼓起勇气的姆温比回敬一拳给了蜘蛛的人。另一个人发誓说，蜘蛛的手还没有击中目标之前就被挡住了。尽管一致的观点是，蜘蛛用脏话骂了姆温比。然后就是一阵拳打脚踢，待到尘埃落定，只见蜘蛛和他的马弁们脸朝地趴在水泥地面上，裤衩都没了，并用他们自己的腰带捆了个结结实实，如同圣诞节的火鸡。圣诞购物的顾客们对着蜘蛛带圆点的裤衩和画着一个咧嘴笑的傻瓜的短袖衫指指点点，并大声欢呼。

游击队员们一完事就立即消失了。夜幕降临后，蜘蛛帮被巡夜的人释放，这几个年轻人满怀羞辱地在黑暗中偷偷溜走了。

在恩格比斯家中的人们知道，这是一场无法取胜的战争。蜘蛛和他的人还会回来，可能是隐藏在一种极端致命的伪装下面。毒品仍会继续泛滥，金钱仍会继续倒手，警察仍是睁一只眼闭一只眼。

尽管没有流血，并且这些人十分注意没有暴露身份，迪亚戈仍然认为，这场闹剧本该避免。“我们已经在那里留下了话把儿，”在吃晚饭时他说，“恩格比斯的儿子认识一些有战斗技能的人。”

“即便如此，不是能更好地保护我们自己吗?”波米格拉内特争辩道，“我们能战斗的事实意味着没有人敢找我们的麻烦。”

“当一只狗咬你，”迪亚戈说，“通常是因为它认为你在打算攻击它。受到威胁的人是十分危险的。”

“但是我们没有威胁任何人。”斯丁克伍德说，支持他的战斗伙伴。“我们只是向一小撮恶棍提出警告，他们不能迫使人们吸毒。”

“好吧。”波米格拉内特说，眼光中闪过一丝痛苦。“对于我来说，这件事完全是出于我个人的原因。”

“为什么这么说?”迪亚戈问。

“我知道，这是错误的，”波米格拉内特说，“但是，我有一个妹妹，我的亲妹妹，她染上了毒瘾。但是我们不知道，知道时已太晚了。相信她已深陷其中无法自拔了。”

“说说后来发生了什么?”

“在阿瓦隆公墓中，她占据了一小块地，没有任何标志，”波米格拉内特说，“因此，”他继续道，“我们当然是狠狠地收拾了蜘蛛他们一顿，但如依着我，我们就应当宰了这帮狗娘养的。”

“我们让他们吓破了胆。”斯丁克伍德说，一边回忆着下午的事件。“他们再也不敢骚扰人们了。”

“好吧，干了就干了吧，”迪亚戈说，“如果吓跑一些流氓分子是我们伟大的成就之一，那么我们有大麻烦了。”

“迪亚戈是对的。”恩格比斯说。他一直旁听着这场争论。因为他的儿子姆温比的原因，他感到一些自责。“我现在的责任，就是确保你们不被暴露。”

“我们已经暴露了，恩格比斯，”迪亚戈说，“先有穆勤达在祖鲁小旅馆那边跳印德拉姆舞，然后是波米格拉内特和斯丁克伍德在购物中心像兰博一样英勇善战。下面轮到什么？可能我们需要在衬衫上印上标语：游击队已经来了。”

“我要给我们找一个新地方。”恩格比斯说。他有些不安，由于他儿子的毒瘾，导致必须采取如此重大的行动。但也许是出于避免被责备的人的本性，或更确切地说，要使每一个人都负有责任，他指责了游击队员们没有严格执行安全规定。当然不是所有人，迪亚戈一直是毫不动摇地坚持军事工作的原则。即使作为一个平民，恩格比斯也能直觉地清楚知道，暴露可能是构成处于地下活动的游击队员的最严重、或如一些人所说的致命的违规。事实上，不论这些人对他如何感谢，外出到购物中心是鲁莽的，对付蜘蛛和他的团伙能够使用其他的方法。毫不奇怪，迪亚戈十分生气。

蜘蛛越是想证明自己并非窝囊废，越是无法接受使这次他颜面尽扫的羞辱。那不是我，他对自己说。那不是当年那个蜘蛛，面对金迪，那个令F区恐惧的恶棍，他用一把Okapi牌匕首给了他一刀，从此扬名。那是玩刀子时髦的年代，当时他还只是一个十四岁的孩子，就已经威震四方。从那时起，他就知道，他的谋生之道就是靠他的机智和街头名声。这使一些人感到紧张。不时有某个人——通常是他的一位亲戚——建议他找个工作，如果他不愿意上学的话。没门儿。上学没有出路，并且他也不愿意干那种需要穿着工作服、在左上衣兜上印着名字的职业，一直干到死。不，先生们。那是为那些容易上当的家伙们准备的，蜘蛛是不会上当的，尽管他的命运是攥在那些家伙的手上。瞧吧，他比蝎子还要疯狂。那个姆温比将会为他的行为付出代价。即使要花上几年的时间，蜘蛛也要扯平。

淅沥的小雨提醒了蜘蛛，这是十二月。一年正在结束。他的思想回到姆温比和在恩格比斯家里的那些人，露出狞笑。传统上十二月是结清账目的月份。整个纳塔尔都知道，报复得罪了你的人的最好时间就在圣诞节期间。

大街上川流不息，有圣诞节的购物者、出租车以及天底下所有东西的兜售者。兜售者的叫卖声超过了警笛的尖叫声，竞相吸引关门前最后的顾客。晚上 7 点，在投下清晰阴影的明亮的路灯灯光下，出租车生意红火，或载入或放下路人，主要是那些提着带有各种时尚品牌店标志的满满的塑料袋的购物者们。蜘蛛尽管不是经济学家，但是十分熟悉这个城镇的金钱流向。他知道，大多数买主都在花冤枉钱，在新年的第一束阳光出现之前，所有他们购买的东西就都已过时了。

一辆行驶着的汽车投射出的黄色光柱改变了一盏路灯照射下的一些固定的阴影，约 80 米开外，蜘蛛站在他叔叔在 F 区家门的后面。一瞬间突然现形的两个阴影是提卡 · 乔伊和一个这个镇子的新人，高瘦，脸刮得很干净，他的身形和警觉的神态表明这是一个认真的顾客。过去，蜘蛛总会迎上去打招呼什么的，但这次的形式不同。因此，他集中盯着这个陌生人，心想，这准是提卡 · 乔伊的钱袋子。

如果提卡 · 乔伊是个女人，蜘蛛会认为他们两人的关系是性方面的。而从这两个人的身体语言看，十分清楚，他们也不是同性胡搞的那种关系。因为第一，这里并非是一个进行鸡奸的合适的地方；第二，提卡 · 乔伊与那种行当无关。他是一个乞丐、小偷和吸毒的家伙。他的脑子飞快地转着，跳过了那些无用的信息，蜘蛛认定，这一定与政治有关。在夸马舒的每一个人都知道，一些事情正在暗中酝酿着，是地下活动。警察到处都是。有时，在夜里，有一些人试图拦下行人来进行搜查，看你是否携带着传单什么的。这也就是他带着一把枪的原因。好，现在已经发生在姆温比父亲的家里了——他们一定是游击队员；除非受过俄国人的训练，没有人能有那样的身手。谁都知道，俄国人是来自太空的外星人；如果你要确认，你只需看电视 1 频道晚上 6 点 30 分的新闻。即使蜘蛛从心底里知道，这是自欺欺人，但还是短时间得到了一些安慰：使他被解除武装、大头向下地像圣诞火鸡一样捆绑起来的是来自其他地方的力量。外来人给予的羞辱还是他妈的可以接受的。

他看到提卡 · 乔伊像个大人物似地仰头大笑；这小子一定吃得不错才能笑成那样。蜘蛛的内心里有种感觉，凭着他的自我意识，那种得意洋洋与平日不同。没有继续多想，他竖起了他夹克的领子并把拉锁拉到脖子，推开了他叔叔的家门，走到了大街上。他等待着一些汽车和出租车通过后的车流间隔，汽车轮胎经过一些路面坑洼溅起的泥浆形成了晚间的彩虹。在他穿过马路到另一侧的工夫，那个高个儿的男人已经离开。没关系，他想。那个他实际上想找的人仍然在街角上，正在点燃一个烟屁股，弯着手指护着火苗，起风了。

“提卡 · 乔伊，”蜘蛛说，“你他妈的好吗？”

习惯于被蜘蛛和他的团伙欺负，提卡 · 乔伊的第一反应是后退一步，准备逃跑。然而看到蜘蛛放松和示好的行为，他略感放心。“嘿，蜘蛛侠。”他说。然后他笑了笑，头脑中迅速地整理着当日从镇上传来的小道消息——蜘蛛在大庭广众之下被人狠狠地收拾了一顿。他的笑做到恰到好处，因此没有冒犯感；蜘蛛毕竟还是蜘蛛。

“我们仍然在这里，”他说，“等待圣诞老人。”

“我想，他就生活在你的后院里。”蜘蛛说，“听说你得到一些好活儿。”

“嗨，蜘蛛，你怎么能这么说？”提卡 · 乔伊抗议道，“我们仍然在为得到大桌子上掉下来的面包渣而争斗。”

“一些人告诉我，你这些天正在布置你自己的桌子。提卡 · 乔伊，我的孩子。”蜘蛛说，他的声调带着恶意的威胁。“只是别忘了，谁才是拥有这些街区的主人。”

“人家说的，你知道那不过是……”

蜘蛛取出一包米奥斯牌香烟，并且夸张地从黄色的烟盒中取出一支。注意到提卡 · 乔伊羡慕的眼神，他从刺鼻的烟味中知道，这个还嫩的家伙正在抽的烟一定是一些廉价品牌，很可能是乐兴顿过滤嘴烤烟。提卡 · 乔伊把烟屁股轻轻地弹到泥水中，发出嗞嗞的声音。两个年轻人，事实上只是两个孩子，一起抽起了烟，并沉默地观察着过往的车辆。蜘蛛无法继续掩盖他的好奇心，斜瞥了一眼提卡·乔伊。

“那个高个儿的男人是谁，鸭子？”他问。

“高个儿男人？”

“是，高个儿的男人。”

“哦，你说的是那个高个儿的人。”提卡·乔伊说。要弄蜘蛛是危险的。“我不认为他与那件事有什么关系。”

“哪件事？”

“就是你与辛达伊和恩都西发生在购物中心……”

“你怎么知道那个事？”

“因为加伯大哥……”

“加伯大哥，那个高个儿男人的名字？”

“是的，但是他不让我乱讲他的任务……”

“哦，”蜘蛛说，“因此他是有任务的。”并且模仿着宣布一个动作影片获奖时的腔调。“《一个杀手的OSS117任务》，你看过这部电影吗？”没有等回答，他就问：“那么，他的任务是什么？”

“我不知道他是否是警察或什么的，但是他在搜集有关那伙人的情报。”

“在姆温比父亲家中的那伙人？”

“是的，我看见他们的到来。”

“他付你 *inyuku* 吗？”蜘蛛看见提卡·乔伊脸上露出的困惑，“*Inyuku*，*Shekels*，*Moola*（各种钞票的俚语）。你不懂 *nabobs*（英印语言中所说的富人）的语言？”

“没关系。”蜘蛛说，转变了话题，“他为谁工作……加伯大哥？”

“有其他六个人待在H区。我给他们提供食物。他们整个白天都不外出。”

“谁做饭？”最好不要催促。藏身的人总会为了安全而舍得花些钱的。

“他的女朋友。”他告诉蜘蛛他的女朋友的住处。蜘蛛熟知附近所有的小酒馆。

“你是个好孩子，提卡·乔伊。”

“你不会什么事都不干吧，蜘蛛侠?”提卡·乔伊突然担心起来，恳求地问。他所说的“不干”指的是“鲁莽地干任何事”。

“你把我当成了什么人，提卡·乔伊?”蜘蛛说，舒展开他的两臂表示不会有问题。“我只是认为，加伯大哥作为一个外来人，需要帮助一下本地社区。”这是他用自己的方式表示，他希望利用其他人使他重新回到他街区老大的位置上，也帮助他实现报复他的敌人的计划。

在圣诞节前夕的上午 8 点 30 分，恩格比斯与姆兹·塔比茨坐在格雷大街最末头的一间茶馆内。他们透过窗户看着熙熙攘攘的购物者和工人们。每一个购物袋，即使是食品袋，都有提醒人们圣诞节的标志。在一个交通安全岛的对面，远远地传来一个穿着黄色连体工作服的人正在用气钻拆除街道分隔设施的声音。

“这是愚蠢的。”

姆兹·塔比茨不想放过恩格比斯的错误。“想象一下，如果敌人听说了这个丑闻，他们会说我们引入了人民军的力量。”

在这次会面的几分钟之前，恩格比斯就已站在水泥路面上，透过玻璃窗观察着已经落座的塔比茨。塔比茨有些不耐烦地用手指敲着胶木的餐桌面，显得很自信。他有礼貌地向来到桌边的一位女侍者摇了摇手，表明他正在等人加入。恩格比斯内心里诅咒着自己的坏运气，要与萝拉的丈夫一起执行一项任务。更糟糕的是，这个人曾经关过监狱，是有很强的自我保护意识的那种人。他的外表矮小、结实，就像是一个精力充沛的最轻量级拳击手，大脑门上杂乱的黑发中已掺杂着一些银丝，一双机警的眼睛仿佛能看透任何事物；但比他外表更令人印象深刻的是，尽管身材矮小，只有约五呎七吋，但感觉上高大得多。穿着剪裁合体的便装：海军蓝的运动上衣，浅蓝的衬衣，土黄色的长裤和褐色的软皮鞋；他像是一个要会见顾客的咨询人。终于恩格比斯也坐下来，隔着一张桌子面对着坐得更靠近出口的塔比茨，这使他想起了在巴马南皋上学的时候，一个校园中的恶霸被一个几乎矮他一半的男孩揍了一顿。他打算有一天会问问塔比茨早期在哪里上的学。但首先，他不得不先处理手头的这件事。

“当对付那些流氓时，他们没带武器，”恩格比斯解释道，“并且这是他们自己的想法，我并不同意。”他想质疑“引入……力量”的说法。即便是当权者的宣传也不能贬低解放运动的活动能力，为什么他们还需要借助外部的力量？但是他现在是在顶撞塔比茨，他政治上的领导。如果他得知恩格比斯和他的老婆私通的任何蛛丝马迹，那就有大麻烦了。

“我们绝不能屈从我们个人的感情而影响了我们的任务。”塔比茨盯着恩格比斯说，“你的早饭要凉了。”

恩格比斯低头看了一下他的全套早餐：两个鸡蛋，许多培根，一块牛排，几根肠，土豆片和煎西红柿，以及堆得像小山一样的豆子。我在想什么？尽管他不曾留意赞成健康饮食的白衣天使们对于世界末日警告的说法，但这对于任何标准来说都太过分了。切下一块培根，叉上一片土豆，咬了一口，顿时他觉得像是自己在和萝拉做爱时得了心脏病。他闭上了眼睛。

“你没病吧？”塔比茨问。

“还好，”恩格比斯说，“可能有些不舒服。”

“有人告诉我，在夸马舒有另外一伙人，”塔比茨说，“他们可能是那些杀了你的客人们的同伙的那些人。”

“如果是那样的话，”恩格比斯说，“我的那些人是怎么回事儿？”

“你的人？”

“我们的人。在我家里的游击队员们。”

“我们关心的不是他们个人，”塔比茨说，“而是在箱子里的情报。”他停下来思考。“即使在监狱中我们已经知道——我们被秘密地告知——解放运动，甚至在高层，一直在受到损害。这就是说，有一条大毒蛇在偷吃鸡蛋。”

“鸡蛋？”恩格比斯看着他盘中的两个煎鸡蛋，尚未触碰的完整的蛋黄像两只眼睛在看着他。

“关于解放运动活动的情报，十分明显，对于某个人是非常宝贵的，”塔比茨说，“当人们说某人在出卖，就是指他在出卖情报以换取金钱，那些犹大的银币。”

“在箱子里的情报将会告诉我们是谁在出卖?”

“它们会为我们提供线索。在大多数情况，这些报告是用密码书写的，我们可能需要找人帮助我们来解码。”姆兹·塔比茨揉了揉他的眼角并且伸着懒腰打起哈欠。“涅丽莎牧师现在在约翰内斯堡，但已接到指示到海岸这边来。”

“她将帮助分析这些材料?”

“她是最好的人选之一。”姆兹·塔比茨说，并试图压下去一个顽固的哈欠，他的双眼最后有些潮湿了。

“你也劳累了一夜?”恩格比斯笑着问。

“你应当结过婚了，能懂得这句话的意思，‘命苦啊，没得休息’。”

我愿意有这个问题，恩格比斯想，同时阻止企图钻入他头脑中想象的情景。“其他一伙人，”他问，“你认为他们也拥有一箱情报吗?”

“有理由认为，他们可能拥有能补充我们已知的更多的情报，能填补空白。”

“我们知道什么?”

“谁知道?”他招呼女服务员过来，用手在空中做出签字的手势。一个可能还是一个学生的女孩拿来账单，并微笑地看着小费。工作结束了，塔比茨站起身来。

“我倒是希望这些人到我的地方来，但这个地方是受到监视的，对此我确信无疑。事实上，涅丽莎将很可能到这里来听取对目前状况的报告。她将一定要得到这个箱子。然后这些人就会成为自由人。在此期间，某个人必须为他们提供一个地方。你为什么不试试桑托? 她现在单身和她的姨妈和一个外甥女住在一起。”

“她的姨妈梅西亚不是在经营一家小酒馆吗?”恩格比斯问，“会不会太热闹了一点儿?”

“不记得是什么人说过，”姆兹·塔比茨打断说，“最好的隐藏地点就是在众目睽睽之下。因此一个热闹的地方是合适的地方。并且小酒馆附近对于搜集情报也是个理想的环境。正如你如果想与某个人的老婆通奸，永远合适的建议就是待在靠近她丈夫的地方。”

恩格比斯笑了笑，耸耸肩，试图用这种身体语言表达：我对此一无所知。然后他问：“泽福大哥怎么办？你能跟他谈谈吗？”

“关于泽福我有点儿紧张，”姆兹·塔比茨说，“我听说，他被一些带枪的年轻人所包围。”

“这我不知道。”

“那是一杯烈性的鸡尾酒，”姆兹·塔比茨继续说，“因为他在长期失业后又回到靠酗酒度日。他不知道我们都知道的。暴饮和不安定的帮派团伙可能是要出问题的。”

“你是否应该警告他一下？”

“我应该，”姆兹·塔比茨说，“但是泽福大哥从来不会真正接受他不是我们这里委员会领袖的地位。使他恼火的是，某个比他年轻的人，就是我，在发号施令。”他停下来，想了想。“萝拉和他相处得不错。你们两个人是否能花些时间，看看能否让泽福大哥来安置这些人？或者仅仅是建议，在我们寻找一个更稳定的住处的过程中，先找一个临时的藏身之所。”

“那么你是否让她去联系一下？”在塔比茨面前恩格比斯不愿直呼萝拉的名字，并努力直视对方的眼睛。

“我会的，”姆兹·塔比茨说，“我只是希望，泽福大哥能保持清醒，并且这些人不至于最后与那些来自自卫团体的武装捣乱分子搅在一起。”

他打开了一直占据他身边一张空椅子上的文件箱，取出了一个装满了钞票的褐色信封。

“这用来应付开支。”姆兹·塔比茨一边说，一边把信封从桌子上滑过去。“并且给这些人一个圣诞小礼盒。上帝知道，这是他们应得的。”

“你也一样。”恩格比斯说。但是姆兹·塔比茨已经离开了。

心 路 (1)

当她从中反应过来，已经太迟了。仿佛一切都从未发生过，留给她的只是一些记忆，记忆中的对话、色彩和感觉——特别是感觉——的片段。即使是最紧迫的调查，类似于面对严刑拷问的审讯，所有她能回忆起来的不过是一系列只是与她的肉体有关的事件。她能记得的就是她的身体对于质地、压力、气味和颜色——当然还有味道——的反应。这些感觉独立于她对事物的有意识的理解。时而痛苦，时而愉快。她回到了那些日子——她没有选择的过去——正如她曾经从书中读到的那个女人，直到她在靠近海边的某处的一座棚屋中被强暴，她才能开始理解，当时她听到了海鸥的叫声。

为什么是她?

她不知道。一方面，她感到她被这整个的经历所压倒，另一方面她就像是一个一直闭着眼睛走路的人，现在才能睁开双眼。但奇怪的是，闭着眼使她享受到无与伦比的欢愉。她回忆起一个时刻、一个节点，用她的身体演奏出的一个乐章。

他呢?

他就像是一位演奏一件他擅长的乐器——她的身体——的乐师。他也像是一位熟悉每一条曲线、每一个褶皱的按摩师。他时而发现一处他尚不知道的点位，听着她或是欢愉或是痛苦或是二者兼有的喘息声，他就会发出胜利的笑声。

是什么使她与众不同，成为他的目标?

她不知道。他的说法是，他是在某条街上看到她，并且总是听人说她有志成为一个革命者。她的美丽一定俘获了他。她很漂亮，人们都这样告诉她。她已经注意到约翰尼斯·西比思、泽福大哥看她的目光，虽然姆兹·塔比茨可能自己没有意识到但他也是以这种目光看着她，并且她知道，她有某种魅力，或可能有某种魅力，使男人跪倒在她的石榴裙下。

她是唯一的吗?

可能会有更多。他利用女人。他利用男人。他如何为此辩解?他只是简单地说,我们在进行战争。对于男人,对于女人,我们都不得不这样做。一些人是出于志愿,一些人并不情愿。在末日到来的时候,我们所有人,不论是俘获者还是被俘获者都被关在一个巨大的笼子里,并且我们不得不找到一条逃出来的路。在她讲述到这里时,她记起他在向她身体深处探索的感觉,触到她肚子的底部,是子宫结束而生命开始的地方。

他谈过有关他父亲的任何事吗?

他坚持他的父亲是受人尊敬的。他的原话是,虽然他现在比起当年是大为逊色了,但是仍然在人们当中受到高度尊敬。

那么斯特雷拉呢?他谈过他与斯特雷拉的联系吗?

没有。他从没有哪怕是提到或说出任何与他一起工作的那些人。但是她能回忆起他曾经说过关于某人的某事,并说那个人可能是他的双胞兄弟。正在成为一颗新星。

正在成为一颗新星……他是那么说的吗?

就是那个意思。她这时拒绝开口,主要不是出于像残存的羞耻感那样产生的血性。因为就在那个下午,他正在与她做爱,并有一个节奏的变化。

你又在考虑其他的事情,她对他说,觉得他的速度慢了下来。隐藏在她的脑子里的什么地方,她怀疑他是否在想事,他原本应该更加猛烈一些。她要求他什么也不想,就是一台自动机器,一个坚硬的肉体,唯一的目的——至少在这一时刻——就是提供欢愉。

是的,他说过。

关于什么?她问,希望在他的激情回来之前先和他聊两句。她与他在一起的所有时间都处在矛盾之中,她希望他是强大的,但又不要过于强大导致她受伤。

他说:我的父亲。

她想说,好像他老人家正在跟我做爱,但是这样的笑话可能招致她挨一个大嘴巴。我会很高兴有一天和他见面。我听到那么多关于他的事。

然后,他的激情又起,他又开始了。精力充沛地再次向新的顶峰前进,直到她发出呻吟。

这发生在什么时候？是在发生关系……爱情——不管是什么——的开始阶段？

对我来说，开始就是结束，她说。

好，这次就到这里。

3

幽　灵

车队从位于莫丘迪的营区驶出。1989 年 11 月 17 日的傍晚，斯特雷拉的整个身体舒适地享受着吹动马如拉树叶沙沙响的微风。回到现在的工作上：从一座小山的有利地点持续监视，他时而端起他的步枪瞄准某个无忧无虑的行人。尽管他知道专业的杀手宣称偏爱自动手枪，斯特雷拉感到可信赖的宝贝则是他的德拉古诺夫 SVD 狙击步枪，附带有一套瞄准镜，可以清楚地看到 500 米以外的一个正在滚粪球的屎壳郎。他并非讨厌昆虫或动物，除非是两条腿的物种，他们永远是问题的根源。此外，一个野兽的死亡，如一只羚羊，甚至是一头大型的库杜①，都没有什么意思。它们只是蜷起身来，温顺的双眼露出绝望的神情。人类则不同。他回忆起一个击中的目标脸部表情变化的过程，或者说——当高速飞行的金属皮包着的物体打在肉体上，啪的一声——在受到打击的那一刻留下的神情变化。一瞬间，眼神显示出痛苦的五个阶段，即不相信、气愤、挣扎、沮丧和接受。

① 非洲捻角羚。

这种远距离的暴力，尽管他出色的枪法令人恐惧，但这不能和贴身肉搏带来的激情相比，没有补救，短兵相接，顿时毙命：将一把锯齿形的刀锋插入胸腔，捅到尽头，有节奏地戳动，这种惊悚刺激如同一次电击从上至下直灌他的脊椎，因为他目睹了生命的飘荡，并最终在一声叹息中旋离升天。世界上没有什么能胜过鲜血的气味。

这种嗜血的欲望源于十七年前的哈巴罗内，准确说，是 1972 年。斯特雷拉对于在 9 月里越过皮特萨涅·莫罗坡河的情景有清晰的、几乎是鲜活的记忆。在河的对岸有人接应。接着是一段心神不定的汽车搭乘到达哈巴罗内，在哈巴罗内饭店短暂逗留之后就被安排在流亡驻地的第 14 兵营内。在那里他所记得的全部就是，在共同居住的营房内严格纪律下的同志关系以及政治课程——马克思、列宁、毛的小红书、恩格斯——令人困惑的《反杜林论》。

仍然会出现在他记忆中的是一首打油诗，易懂易记，如同烦人的广告词。*崇高的废话在诗里、在哲学里、在政治学里、在经济学里、在历史学里；崇高的废话在课堂上、在演讲台上；崇高的废话无处不在*……见鬼去吧！

在 1972 年 9 月初的一个星期五的晚上，他单独待在博茨瓦纳—莱索托—斯威士兰大学（UBLS）的一位学者宽大家中的内室里。一切的开始全是由于这家伙的老婆，一个表面正经、得体的上流社会女人，实际上是一个有着气球般涨起的乳房的母狗。就在那个书呆子不在家的时候，他没有感觉地和她上了床。她兴奋得疯了。但是在这个晚上，她说了一些他不理解的自作聪明的话。她表现得行为怪异，跟着他从一个房间走到另一个房间，就像是那些售货员，她们认为每个黑人进入她们的商店就意味着减少利润。这一定是到了例假的时间，或者她只是赚钱赚得太累了，也可能是她觉得他没有情趣或什么原因。他真想抽她个大嘴巴，但那可能导致他成为被禁止的移民，并且他曾经看见过，宣布为被禁止的移民的后果是什么。一些人被埋在沿着特洛孔的边境哨所到济勒斯特之间延伸地带的没有标志的荒冢中。

斯特雷拉耸耸肩，庆幸自己没干蠢事，开始沿着朱利叶斯·恩耶雷尔大道走去。在经过假日酒店时，看见过分涂脂抹粉和穿着暴露的招客的女人们在进口处徘徊，像是发情的火烈鸟，等待着被坐在挂有联合国难民署牌照的陆地巡洋舰或揽胜吉普上的趾高气扬的外国人挑拣。他走过专为这块土地上享有特权家族的孩子上学的马鲁阿普拉高中。这里有关于一个十二年级女学生的故事，当要求她写一篇关于她未来希望的作文时，她说她希望成为一名南非流亡者。当要求她作出解释时，她说："南非流亡者整天喝着啤酒，在哈巴罗内饭店讲着英语，而在月底，他们能够得到三十个普拉。"

在 UBLS 大学门口，他犹豫着是否要进去看望一些斯威士兰学生，也许喝一杯啤酒什么的；但现在是 9 月份，他们可能正在苦读，准备成为科学家和工程师，以及成为那样的讲师：他们不过是再循环有了证书的他们的无知，然后继续去克隆下一个循环中的书呆子们。他也有一种他自己使得学生们感到不安的印象。女人们爱他，但他知道，她们在他身上也看不到未来。她们中的一个，在一次灌多了啤酒的时刻吐露了真言，甚至告诉他，即使有着南非流亡者的光环，他们也被认为不过是行尸走肉。在博茨瓦纳众所周知，南非的安全机构保持着对他们的警戒。某一天，他们将会采取行动，而斯威士兰人没有兴趣成为交战中受到牵连的牺牲品。去他妈的。他继续着他无明确目标的前行。

离开通往村庄的主路不远，是一个年长的修鞋匠经营香烟、鞋带等杂货的小摊铺。周围到处都是商业绝望的迹象。高大的马如拉树使一个个空荡荡的棚屋显得更加矮小。大多数简陋的货亭现在都已关起遮板上了锁准备过夜。在这个老人的摊铺的上面竖立着软饮料和冰棍广告的招牌和旗帜，这使得很长时间以来，这个老人成为这里的一道风景线。在煤油灯光下，老人低着头修理着皮鞋，看来不急着到哪儿去。油灯的火苗在后墙上投下的影子仿佛在随着鞋锤敲打的节奏摇摆。可能是觉察到周围有什么人，老人抬起头盯着斯特雷拉。他的双眼是疲倦的，看不到任何希望。斯特雷拉想，真不知道他上一次是什么时间睡觉休息的。

"我能帮你吗？"老人问。

"我想要一根火柴点烟。"斯特雷拉说。

"你有香烟吗？"

"没有。"斯特雷拉承认，"我能买两根香烟吗？皮特·斯图易文森特牌的。"

“我没有皮特·斯图易文森特牌香烟，不论是单根的或成包的。”

“哈瓦那国王牌?”

“小子,”老人说,“你从哪儿来的? 现在没有人再抽哈瓦那国王了。”

“好，那你有什么?”他从那个书呆子的老婆那里得到了几个普拉作为报酬，不论他是否提供了服务。“什么都行。”

“你抽烟吗?”老人的手抓紧了锤子。

“不抽。”斯特雷拉说。尽管隔着柜台，斯特雷拉还是能闻到鞋匠口中的酸臭味。“但是没有规定说我就不能试试。”

“为什么? 说到规定，你知道什么?”

“我知道，这是一个自由国家，而我有钱,”斯特雷拉动了气,“也就是说，你必须为我服务。”

“小子，你是南非人吧?”老人问,“跳铁丝网过来的?”

这一天斯特雷拉第一次笑了。听到本地人把流亡者称为“跳铁丝网的人”可不是第一次了。这种描述总是使人想到跳越边境铁丝网的轻盈的、四肢细长的小羚羊。他说:“哈哈，我是从南非来的。”

“你认为你要在这儿待多长时间?”

“我不知道,”斯特雷拉说。“恐怕要待到家里的形势发生了变化的时候。”

“可是你知道，形势不会自己变化。”这个鞋匠说，继续回到他用锤子的敲打上。“你们的一些人在这里销售偷来的汽车，另一些人酗酒并和妓女鬼混，完全忘记了他们当初离家出走的理由。”他专注的目光仿佛在审视斯特雷拉属于哪一个范畴。

“你相信我，我从来不干那些事。”斯特雷拉说。

“脸皮别那么厚,”老人说,“你们用什么去战斗? 扔石头?”

“我可能会扔一些比石头更带有一点儿爆炸性的东西。”斯特雷拉忍住气说。他不是在说笑话，很可能在表达他的希望：黑色勇士组织[①]在利比亚

① 20世纪60年代末期，在当时黑人觉醒运动的支持下成立了形形色色的武装组织，黑色勇士组织是作者在上述背景下虚构的一个组织。

的军事训练计划将会结出硕果。事实上，在班通训练基地的小屋中的每一个人都已经得到了一册卡扎菲的绿皮书。他们都有点儿激动，因为传说利比亚的教官在训练中是不用哑弹的。

汽车沿街呼啸而过。郊区上空飘过的灰黑的炊烟表明是做晚饭的时候了。在远方的暮色中传来的叮当响的脖铃声显示，牧人正驱赶着昏昏欲睡的牛群在返回牛栏的路上。

老人对斯特雷拉语焉不详的回答不屑一顾，开始收拾他的摊铺。他把破损的鞋子装进一个木箱放到墙角。然后吹灭了油灯，使摊铺融入到暮色的昏暗中。他用一根钩杆把卷帘门拉下来，然后用一把挂锁锁上门。他把两个背包中的一个递给了斯特雷拉。“帮我一把。”他把一个拉绳袋子——可能装着他今天的收入——塞进夹克的内口袋。斯特雷拉从这个老人的动作中发现了一个可笑的现象：他是一个做鞋/卖鞋的家伙，但由于一只脚的畸形，他左脚的鞋多加了一个皮底以维持平衡。他走起路来仍然有些颠脚，如同一个水手走在晃动的船甲板上。他也要用一根拐棍来帮助。

他们经过了一位解放运动流亡领袖的家，一起走入了村庄，这里比工业园的第 4 区更安静。这个名叫马比特拉的老人——对于你小子来说，是马比特拉先生——认为，乔伊·马修斯是他认识的人当中最聪明的之一。多年在海外的努力学习之后，现在为塞雷茨·卡玛总统办公室工作。“我们的雄狮——我们这样称呼我们的总统——不会容忍愚蠢的人，”马比特拉说，“乔伊·马修斯与你们这里大多数的年轻南非人非常不一样。”

“怎么不一样，马比特拉先生?”

“他不是带着一只讨饭碗到这里来的。”马比特拉先生很快地回答，好像这个想法在他的头脑中一直占据着重要的位置。“他不像你们一些年轻的混球，忙于在小酒馆酗酒或吸食毒品后打架闹事。”

他们这么谈着一直走到老人的住所——这是在一座拥有常青藤和爬山虎竞相覆盖着墙面的生机勃勃的大房子后面的小屋，那座大房子和他几个小时前逃离的那个学者的家十分相似。——斯特雷拉决定保持沉默。停在柏油路上的三辆轿车和四轮驱动吉普显示出屋内传出的欢声笑语的人们的身份；透过玻璃窗，可以看见懒散地坐在沙发上端着酒杯的黑人主人和他的三位白人访客。在房屋外面，安全警戒灯闪着光，不时地闪现出这两个从柏油路向房屋后面走去的人。斯特雷拉原想放下马比特拉的背包后立即返回第 14 兵营，但是好奇心又把他拉了回来。

空气中充满着植物生长的气息；在房屋后面有一个不大的园子，种植着一些食品作物，如玉米、菠菜、一些挂枝的西红柿和洋白菜。但即使借助昏暗的光线，仍然可以看出这里没有丰收的迹象——尽管是一个城市长大的孩子，斯特雷拉仍然能够看到枯萎和其他病虫存在的证明，这些作物已经受到严重的伤害。这个老家伙，马比特拉先生，没有机会。

屋内的条件，肮脏到没有任何改善的可能，也确认了这种想法。马比特拉把他的包袱放在一张窄小的铁床上，然后点起了煤油炉开始做饭。他的厨艺奇迹般地做出了一顿还过得去的饭：玉米糊糊、野菜和鸡翅。饭后，喝着从一个铁壶中沏出的茶，他宽容地让这个满脸充满疑问的孩子坐在他的对面。“您听我说，马比特拉先生，”斯特雷拉在受到款待的鼓舞下说，“您的孩子们在哪儿?”

“老家伙们，”马比特拉用他的手背擦着嘴说，“仍然活着的事实就是他们的同龄人每天都在死去。孩子们都走了，去寻找一个地方，那里不用为上了年纪和死亡焦虑。你知道每一个——我是说每一个——老家伙的游戏吗?那就是假装发生在他或她周围的死亡与他们无关。我们抬着比我们年轻五到十岁的那些人的棺材，仍然告诉自己他们不过是坏运气的牺牲品。他们的数量在不断上升。先祖们的耐心已经耗尽了。而我们活着的只不过是拒绝承认我们目睹的现实的罪人。我们仍停留在对死亡的企盼上。”

“但这是为什么?”斯特雷拉问，无法抓住老人说的这些话的意思。他注意到一把黑柄长刃的刀，那是老人切洋葱做晚饭用的。老人不得不擦净刀柄上的油腻。

“因为，”马比特拉先生说，他的目光也移向刀刃，但可能是在注视着什么房间以外的东西，“因为那可能就是意味着某些事情必然会发生。”

在喝了一口茶后抿起双唇品味的沉静中过了一会儿，马比特拉说：“跟我来，看看外边。你看见了什么?”

这间房屋的后窗外是另一个后院，院子之外是一片延伸的沙地。“如果你继续向远看，”马比特拉用他的拐杖指着说，“那里有一块墓地，各个墓碑讲述着不同的故事，或者是富裕家庭存活的成员们用以展示着他们的富裕，或者是那些穷人用廉价的纪念石块显示出他们的贫穷。我知道他们所有的人。有基督教墓区和犹太教墓区。它们被对上帝真正含义的共同疑惑所分隔。约翰·麦克阿瑟，生于1906年苏格兰……戈万的什么地方，在另一边，从那个做成像一根灯柱样子的墓碑起，是朱利叶斯·马科维茨，生于1907年立陶宛的维尔纽斯。”

“您怎么知道的那么多?”斯特雷拉问，同时也是在呛他，用这些以事实和数据支持的知识，你这个老家伙可以出卖而转换成金钱吗？这是一些无用的知识，正如斯威士兰学生们学到的那些象征的知识，他们带回家去只能使他们的同胞困惑而变得更为无知。

“你也就快了，”马比特拉说，“当你因为知道那样多没用的东西而被压得走不动路的时候。”

在他们要准备休息的时候，马比特拉仔细地把他的夹克靠墙放好，就如一个人不得不和一个孩子同睡一张床时担心孩子会滚动从而被卷起的夹克窒息一样。斯特雷拉被安排睡在地上，他的褥子是一摞联合国难民署发的灰色毯子。担心其他同志会发现他缺席，他决定明天早上第一件事就是步行返回驻地。而当时在流亡者中有一条不言而喻的规定：如果你找到了金子，你必须保证你的同伴也得有一顿美餐。他想起了驻地后屋里共用的冰箱，它蹲在屋子中间灰蓝的地砖上。它发出的先是如打嗝般刺耳的声音，然后变成咯吱咯吱的动响，足以叫一个小酒店老板娘龇牙花子。冰箱内部运转产生噪声的提高是与它内部食品架的空置率成正比。一个能够为冰箱的噪声降低作出贡献的流亡者就是一个英雄，就是说他或她能够带回一些有价值的东西加入到公共基金中去。他不时地能从糖妈妈——那个学者的老婆——那里弄到些钱做贡献，但实际上微不足道，只能换来一些口香糖和薯片。想到马比特拉的拉绳口袋，他突然回想起住在这块土地上的茨瓦纳人，他们在哈巴罗内做买卖，实际上囤积了如果不是成千上万、也是成百的普拉以备带回到偏远乡村去办一个养牛场。这天晚上，斯特雷拉想要在返回他的集体时被认为是一个英雄，一个贡献者，一个冰箱噪声的综合消除器。

主屋中聚会的噪声一波又一波地渗入到这个后屋。听到谈话的内容十分困难，但斯特雷拉相信，那是由开怀畅饮燃起的欢乐。他突然感到一种巨大的空虚，他的胸膛被掏空了，而他想象那里是他灵魂居住的地方。他听着马比特拉的嘟囔，咒骂他的地主和他的母狗老婆，他们不能有孩子就是对他们最好的报应。这是上帝的惩罚，马比特拉以一种经常与上帝对话的人的方式说。

“卡拉哈姆沙漠的干旱，”他说，“早晚得让那个荡妇吃够苦头儿。”

斯特雷拉想象着，他可能是听到了那个他所谓的母狗在笑，咯咯咯地笑，如同冰块倒入一个高筒杯时发出的清脆的声音。马比特拉的咒骂很快就被刺耳的鼾声接替，几分钟之内，他的鼾声就像是一个永远不会醒来的人发出的，即使把他拖出房屋，扔到麦克阿瑟和马尔科维奇安眠的墓地中去。

至少斯特雷拉是这样认为的。马比特拉的脸在从窗外投入的光柱照射下，使斯特雷拉确信他一定是睡得结结实实了。斯特雷拉用力小心地爬起身来，他好像听到骨头在咯吱咯吱响。他慢慢地把身上的薄毯子掀到一边，对此没有多想，然后小心地把它叠起来，放在他地上的临时枕头上。他向挂着马比特拉衣服的椅子爬过去。他悄悄地迅速把手指伸进夹克的内衣兜内，他确信他看到马比特拉把那个拉绳包塞进那里。他的手指感到了什么，一个带有锋利的刃和尖利的刺的东西。他妈的，他骂着抽回了手，他的手指好像被一个带刺铁笼勾住过般火辣辣的疼。

在那一刻，斯特雷拉知道了，马比特拉的内衣口袋中内衬着装在一块木板上的手术刀片，从大小和质地看是单独一块木质地板。这是个什么人啊——为了挫败掏兜的小偷想出如此狠毒的招儿？如果是一个天真的小孙子只是想从爷爷的口袋里找糖吃怎么办？

仿佛是对这个尚未提出的问题的回答，一个暗自得意的马比特拉——可能根本就从没有睡着——从床上跳起来。他用他的拐杖轻而易举地对斯特雷拉迎头痛打，在狭窄的空间，斯特雷拉无处可逃，他的背成了承受重击的案板。在斯特雷拉正准备躲避另一次重击时，如同剧场中突然黑了，一切都慢了下来，他被什么东西绊倒，“呯”的一声仰面朝天倒在地上。“哼，”马比特拉对着这个躺倒在地、将成为抢劫犯的家伙吐着唾沫说，“你不过是又一个到处偷窃的贼。一只咬喂他的人的手的狗。呸!”马比特拉慷慨地给了他一口浓痰。

在极短的一瞬间，面颊上感受到湿热的黏痰、口中尝到鲜血可怕的咸味，在这如同闪电之后巨雷带来的恐惧一样的瞬间之后，什么东西在他的身体里一下子释放了出来。即使马比特拉是对他性侵，他的反应也不会更为暴力了。然而在一种揪心的极度痛苦中，他知道，他再也不会是和原来一样的人了。过了很久，在黑夜之后的黎明中，他醒过来，躺在他旁边的是一个折弯的包裹，里面包着曾经的马比特拉先生。在懵懵懂懂的瞬间，斯特雷拉看到了并排躺在太平间托盘上的两具尸体。到处都是血迹，甚至在天花板上。使他感到困惑的是，他发现事实上自己在一个死人身边睡大觉是可能的。他甚至记得自己做了一个活灵活现的梦，只可惜他无法把细节很好地拼接起来。与他心灵中的困惑形成反差的是，他的行动是清醒冷静的，具有一种不会感到丝毫自疚的处理任何事情的能力。他把自己身上的血迹擦干净，穿上老人的衣服。他已经知道一切东西的存放处。没有费力气，他就发现了在床下一个装杂货的鞋盒，在它的底部，藏着包在一个塑料袋中的钞票，几乎包括所有的面值，甚至有一些是已被博茨瓦纳政府停止使用的。

斯特雷拉在老人死后的追捕中消失了，在这个国家的报纸《博茨瓦纳每日新闻》刊登的照片上，马比特拉的眼睛似乎正在盯着他。博茨瓦纳广播电台也加入了民众的声讨，指责“外来分子的野蛮行为”。但是没有详细描述这些分子是哪个机构的成员。但即使说了，对于斯特雷拉也已没有任何关系了。事实上，当得知警察在无意中找到了可能逮捕他的证据时，他已经毫不关心了，就像听到宇航员发现了一颗添加到银河系中的新星一样遥远，遥远而且没有结果。

1972 年 11 月，这个国家最热的夏天之一，斯特雷拉实实在在听到的是飞机引擎发出的平稳的轰鸣声，当时黑色勇士组织的二十二名成员飞过克加拉加迪地区在前往利比亚的路上。最终有一种真实的可能性，这些人能够受到与南非民族解放运动无关的军事训练。而他们在的黎波里的机场降落时，更加真实的是他们与外界的一切联系均被切断。绿色的旗帜在空中飘扬。严肃无语的安全人员督促着他们上了大卡车，在一个人的检阅下毫无阻拦地穿过了海关；这个人就是自视为非洲唯一合法领袖的卡扎菲上校。

他的肖像挂在沿路的墙上，直到距离的黎波里机场南部十余公里的本·贾希尔训练营。坐在军用卡车后面，闷热、潮湿和颠簸，使他们觉得旅途似乎更长。他们的临时主人，护送他们的警卫人员，大多是年轻人，脸刮得很干净，看来并不愿意对他们的客人示好。这可能是规定。只有在几周之后，到了坐落在沙漠中更远、更为艰苦的不同的训练基地时，这些警卫人员和教官才变得较为容易接近。虽然存在着等级制度——即使是在游击队中也必须遵守严格服从命令和管理的制度，但与其他国家和严厉的种族隔离政权的隔绝还是有助于打破内部人与人之间的坚冰。即使回不到乡谊和家庭关系那样的亲密程度，主要是利比亚人和巴勒斯坦人的教官也还是比较的宽松，时而会向周围的人散发一些不允许抽的香烟。日益增加的新人数量远远超过了教官，这使得教官们也被学员们的国际化特点所感染。他们的肤色包括各种色调，从与苏丹贾法尔·尼梅瑞政府战斗的深黑的努比亚族人到来自克拉斯诺达尔的几乎白化了的雇佣兵，全都团结在推翻那些压迫政权的旗帜下。训练是艰苦的，不屈不挠的，教官的目的就是培养出像沙漠一样坚强——也一样难以捉摸——的战士。

1972 年 12 月，在经历了极度疲劳的步兵战斗训练之后的一天，如同在这个世界上最贫瘠地方的一条疲惫的流浪狗，斯特雷拉扑倒在他的床上，简直希望去死。没想到，他在梦中碰到了马比特拉。一直以来，他做的这些梦是如此真切，总是以一种相遇的形式。通常，老人用他的手试图止住从他脖子上的伤口喷涌而出的鲜血。有时候是一种斯特雷拉认为非常不可能的情况，死被过分地戏剧化了——老人的头没有了，他用手拿着自己的头像虫一样蠕动，纤维状成条的皮肤、肌肉和筋腱淌出的血散落到地上。在这些噩梦中，非常奇怪的是，斯特雷拉可以站在理性的角度上说，这不是真的，只是过度的想象。但又是如此之真，事实上他每天早上醒来，都能闻到马比特拉身上发出的恶臭充斥在空气中。这是一种霉烂和腐臭的气味，是年老和痛苦的混合。在一些夜晚，马比特拉带着被部分切开的血肉模糊的身体坐在床边，沉重的臀部压在薄薄的褥子上，迫使斯特雷拉不得不移动身体为他腾出地方。

在这些时候，马比特拉会从哲学的角度来谈论。“这么说，你仍然认为你们可以推翻布尔人？”他问。即使在这距离家乡几千公里的利比亚，死去的马比特拉仍然把南非白人称为布尔人。这里没有敌意或任何倾向，只是这么叫，可能是他来自的农村的叫法。这时斯特雷拉总是回应他：“我和你无话可说，你是他妈的死人。”

“斗争不就是那样吗？”马比特拉笑起来，暴露出掉了一颗牙留下的黑洞。“解放歌曲怎么唱的……它们都是号召死去的人们起来帮助你们。”

“我们歌颂曼德拉……”

“死了，”马比特拉像取得胜利一般地打断他，“埋在罗本岛。”他从他那像燃烧的煤一样火红的双眼中流露出轻蔑。“即使你们的国歌也是在求助上帝，另一个过气的死人。”斯特雷拉被这个幽灵以这种方式打断他感到困惑，同时也被激怒了。“难道这就是那个我杀掉的人？”对斯特雷拉举出的每一个领导人的名字，都在马比特拉的叫嚣中立即被否定，令他筋疲力尽。“你们的人，你们甚至从来没有发明过火柴，但是你们认为你们有能力和白人战斗。再长大点儿吧。”他继续说，“然后你们就会承认事实——黑人永远不会有太多的成就。”

斯特雷拉回想起在一次政治课的课堂上，他们讨论了赋予黑人觉醒以哲理的不同方法。其中有一个满脑子大杂烩的学员推荐了马尔科姆·埃克斯的小说《给草根们的话》。里面讲的是一个革命的九岁中国女孩用枪打死了四肢跪地的父亲，因为，用马尔科姆·埃克斯无与伦比的笔法来描述，他是一个“美国汤姆大叔的中国代理人”。然后，“当他们在那里干起革命来，所有整个一代人的汤姆大叔都被抓起来，并干脆把他们全部横扫出世。然而十年的光景，这个小女孩已长大成人，那时在中国不会再有汤姆了。”斯特雷拉为自己的行为找到理由，马比特拉这个令人讨厌的汤姆大叔，本来早就该被杀掉了。下一个晚上，一心想着与这个幽灵抗争，斯特雷拉睡着了。这个魔鬼没有出现。事实上，噩梦就如同戏剧般地到来一样戏剧般地消失了。

在那些无法入睡的夜晚，斯特雷拉发现他怀念起汤姆大叔来了，因为他已经把马比特拉叫做汤姆大叔了。“汤姆大叔昨天晚上来到这里了。”他告诉他的两个成为博茨瓦纳分队成员的同胞。杰斯罗和加茨比已经知道了斯特雷拉夜晚的访客，尽管他们不清楚这个幽灵来源的细节，或者说它是如何被派遣到精神世界占据了首要的地位。然而无论是在陈旧并已被废弃的网球场上的早操期间，还是这些未来游击队员们在嘈杂的食堂半个小时的早餐中，毫无例外地都有对早期每个人越轨行为的交谈，也包括这个来自他们祖先土地上的精神沮丧的人。

随着这个幽灵到访次数的减少，关于他的故事也就结束了。在军营枯燥的生活和为数不多的受到限制的娱乐活动中，幽灵的离去使他们有一种被叛变的感觉。“他一定会回来的。”杰斯罗说，他曾经是世俗生活中的一位乐师，说这话仿佛是在安慰某个丧失了亲人的人。“幽灵都是这样。”

但是他再也没有回来，至少斯特雷拉在本·贾希尔的期间。很快，斯特雷拉的注意力就转移了，当时这个分队进入了先进武器的培训。斯特雷拉做得很好，超过了所有他的同胞，即使在一辆移动的汽车上，他使用自动武器也能做到精确射击。他的技术得到阿布·尼达尔的一个指挥官阿德南·亚新的认可，并被收罗到他的羽翼下。“视力如此出色，”亚新说，“本能加耐心，能够在扣动扳机时控制住呼吸，这是精心挑选的极少数人能够拥有的一种天分。尽管短武器和手雷的训练十分关键，但用以替代射击的训练是不应允许的。”此后，亚新就亲自带着斯特雷拉练习。先是使用通用的武器，如李—恩菲尔德步枪。很快斯特雷拉就被允许使用更先进型号的狙击步枪，如德拉古诺夫型步枪。

十七年之后的现在，斯特雷拉又回到了他开始的地方。在诸多战场中的经历使他对自己有了一个更加透彻的认识，他懂得，自大轻敌将可能导致他很容易地被击败。他在莫丘迪没有任务，他是在被派到边界去执行任务的路上。这是一个他多次穿越的边界，甚至蒙上眼睛也能过去。他只是想近距离地见见派他去杀掉的人。因此，他要从望远镜头中观察聚焦在十字线上的这些人的面孔。

他并非总是如此自信或自大，也并非总能轻易地跨越他所熟悉的边界。当 1973 年 12 月他从利比亚的冒险中返回博茨瓦纳、并想回到南非境内亲手杀掉几个压迫者时，一切都改变了。也算是运气，立刻就碰到了完全同样的压迫者，但这是那些和博茨瓦纳安全官员合作的家伙。他们抓他的时候是清晨，他正在博罗德赫斯特的后屋中睡觉。当地的警察通过线人一直保持着对他的监视——斯特雷拉怀疑，线人或者是那个戴绿帽子的学者或者是他的老婆——发现他卷入了一个走私汽车的团伙。从上个世纪 70 年代初期到 80 年代初期，南非的诈骗集团一直在从事着一项蓬勃发展的事业：穿过边界走私旧车到博茨瓦纳，并由此将整车或部件进一步输送到卢萨卡或更远的金沙萨市场上。博茨瓦纳当局不愿得罪南非这个更为强大的邻居，决定向南非当局告发这个犯罪集团。当他们抓捕斯特雷拉时，以为他不过是一个不重要的人物，一个小偷。在一个所有人都相互认识的小地方，博茨瓦纳警察中的某一个人通过姻亲关系认识死去的克高辛索 · 马比特拉简直就是必然的，他可能是偶然发现了衣服和其中的秘密——如为了防止掏兜的小偷而制作的带钢刺的装置——这成为斯特雷拉在谋杀现场的证据。那天晚些时候，在拉莫茨瓦边界警察特别分部的办公室里，在包括博茨瓦纳警察和相应的南非警察组成的一个联合小组的共同审讯下，斯特雷拉无法解释清楚他砍死马比特拉先生的原因。而更为离奇的是，他承认在那个晚上他在那张狭窄的床上挨着尸首睡了一夜。

“他太孤独了。”斯特雷拉解释说，似乎他这样做只是为了帮助马比特拉。以西蒙 · 蒙纳克高特拉上校为首的博茨瓦纳公安警察们对于一个流亡者竟然杀害了他们的一个同胞感到气愤填膺，由于这个国家仍然存在死刑，他们看来非常希望他在博茨瓦纳接受审判。“我们抓他绝对是准确无误的，他的血还在杀人的凶器上。”蒙纳克高特拉短小精悍，留着军人式的小胡子，告诉他的南非同行杨 · 斯丹德上校。“我们要给他个教训，让他知道，他不能随随便便地滥杀无辜的博茨瓦纳人。”当被问到斯特雷拉事实上将会面临什么样的惩罚时，蒙纳克高特拉上校毫无嘲讽之意地回答：“我们将会公平地审判他，然后处以绞刑。”

斯丹德的反应是：“哦。”他是个巨人，灰色的胡须，一头灰色的卷发，像一只懒散的狗熊。他用手搓着下巴，屋里听到胡茬发出的爆裂声。房间外十分安静，只有远处一架监视飞机发出的嗡嗡声和徐徐飘来的牛群风铃声。“问题在于他需要回国去面对许多更为严重的罪行。”

“比谋杀更严重？”蒙纳克高特拉问，他的小胡子翘了起来。

“你相信我，”斯丹德说，“谋杀对这小子来说不过是在一个公园中的一次散步。”为了强调这个被抓获者犯罪性质的严重性，斯丹德死死地盯住斯特雷拉，就像是一头狮子盯着一头跳跃的瞪羚。“我们需要他的口供。”

蒙纳克高特拉可能是意识到日内瓦公约中处理寻求避难者和流亡者的有关条款——即使是那些有谋杀嫌疑的人——于是他说：“这个人是作为流亡者来到了这个国家，因此他是这个政府的客人，尽管他是个讨厌的家伙。我们有权保护他。如果他在博茨瓦纳的土地上犯了罪，那应由我们按照我们的刑事司法体制来处理。”

斯丹德上校冷笑地站了起来，显示出一种居高临下的姿态。因为即使懒懒散散，面对着他的博茨瓦纳同事，他仍然像一座高塔。他身穿皱皱巴巴的浅灰色猎服套装和褐色皮靴，更加强了他外表的粗野，这恰好与他无视日内瓦公约和执行细节的个性相符。“哦，”他问，“你们要让他按照你们的司法体制——然后呢？他可能会逃跑，看看你们的监狱，就像是丝瓜瓤一样到处都是孔。”

“这不完全正确。”蒙纳克高特拉说。这次他不再掩饰他对这个南非人的厌恶。“我们已经在设法加强我们对囚犯的管控。有几个人逃跑在任何刑罚体制中都是正常的和普遍的。”

斯特雷拉有一种感觉，尽管这些对话大都与他有关，但也绝对地和他无关。这是在南非和博茨瓦纳官僚之间正在进行的一场激烈的斗争。博茨瓦纳人仍然不能原谅南非的种族主义法律——当后来成为这个国家第一个黑人总理的领导人塞里茨·卡玛在英国娶了一个白人妇女时，南非人甚至想把他们的法律扩展到博茨瓦纳。接纳在博茨瓦纳寻求政治避难的南非流亡者也是对博茨瓦纳作为一个独立国家的肯定。这是博茨瓦纳将自己与南非反动的社会政策划清界限的一种方式。在的黎波里，斯特雷拉曾经与一个黑豹党的成员有短暂的相聚，按照美国法律他是一个逃犯，他对博茨瓦纳的立场发出惊叹。

"那个国家，"他说，"将南非捆绑在道德的刑柱上进行鞭笞并质问他们：'这就是你们喜欢的吗？'"

"好吧。"杨·斯丹德说，他的脸上一直挂着冷笑。"你愿意怎么办随你。但我要将这种缺乏合作的行为报告给赫施菲尔德[①]，他一定会向你们的克维拉戈比[①]部长提出警告，而你们的部长也一定会向你们的总统报告。我们将停止我们的边境行动，迄今这项行动已经使南非和扎伊尔犯罪集团将偷来的汽车输送入你们国家的走私行为几乎减少了一半。更不用说来自这个国家发动的恐怖分子行动的情况。"在他说"这个国家"的时候带着鄙视的神情，仿佛提到博茨瓦纳这个国名就意味着赋予了这个国家他不愿承认的地位。

"不必如此仓促行事，"蒙纳克高特拉说，"让我想一想。"

为了帮助他思考，斯丹德打开了他的公文包，取出了一个A4纸大小、印有"政府专用"字样的信封。他把一系列犯罪现场的照片如扇面似地铺在桌面上。露出白骨的炸弹的受害者，各种姿势的死尸。一个年龄无法确定的男人躺在地上，他的一只脚仍然挂在一辆自行车的脚蹬上。一个死去的大约三四岁的小女孩，她的头顶被弹片削掉，睁着的眼睛中仍保留着那一瞬间的惊恐。

"*Die's jou fokken gedoente*（布尔语：这就是你他妈的杰作）。"斯丹德说，一边用力按下斯特雷拉的头，迫使他去看那些展品。然后他解下了他的手枪皮套，"啪"的一声拍到了抛光桌面上。

斯特雷拉的头离桌面只有几英寸，尽管很不舒服，但他感到能看见斯丹

---

① 西蒙·赫施菲尔德，时任博茨瓦纳警察局局长。达尼奥·克维拉戈比，时任博茨瓦纳总统事务和公共管理部部长。二者直接或间接地负责处理难民和流亡者的有关事务。

德站在他的身后像一个气得失去控制的人那样发抖，而不仅仅是看到上演这部戏的剧场的一角。斯特雷拉知道，这个表演与愤怒无关，更多的是斯丹德想要展示，他准备违法行事，如果这些博茨瓦纳人想要挫败他。他要在他们的眼前处死这名囚犯，并看看他们如何向上级作出解释。仅仅是书面报告就足以让他们完蛋。斯特雷拉这时只能希望斯丹德不要真的失去理智。即使是在军事训练中，这种展示如果失控的话，也曾经造成一些人的死亡。斯特雷拉能够感到手枪的枪管顶在他的太阳穴上。"*Jou fokken hond*（布尔语，意为你个狗娘养的）。"斯丹德咆哮着，他本身就像是他咒骂的那个杂种。他嘴中吐出的热气喷在斯特雷拉的脖颈上。斯特雷拉无法知道斯丹德气愤的真正原因，他只知道这个在他身后的人，用什么硬硬的东西顶在他的屁股上。"我可以让你的脑浆喷到整个桌子上……"

"哇，停停停停……"蒙纳克高特拉说，听起来不像是一个警官，倒像是一个牧童在努力拉住一头受惊的牛。"啊，斯丹德先生……"

斯丹德先生？斯特雷拉几乎要笑出来，但是他半弯着腰头朝下的姿势导致他的脖子感到一阵痉挛。斯丹德先生……真的吗？

"让我们详细谈一下这件事，"蒙纳克高特拉请求地说，"把这小子交给其他人，我们到另一间办公室去吧。"

杨·斯丹德上校大步跟在蒙纳克高特拉后面。在门口他停下来，对仍然围在斯特雷拉旁边的那些人发出命令。"这是一个受过训练的恐怖分子，"他说，"因此要盯牢他。如果他试图逃跑，开枪打他的两个膝盖。"

正是这些话，决定了斯特雷拉的命运。在一个月内，他成为了南非秘密警察的一个全职特务，获得了一个新的名字和编号。1974 年 1 月，他开始了他在位于西南非洲（后来他被告知那里被西南非洲人民组织（SWAPO）称作纳米比亚）昂丹瓦的南非国防军基地中的培训，和他在一起的是一支由被捕叛变的前解放运动成员（Askaris①）组成的分队。在这里他们接受了一个谍报训练教程，学习如何处理情报、分析缴获的文件、反间谍和确定目标、接头等一系列日后需要的专业技能。最重要的是，斯特雷拉和其他被招

---

① 源于斯瓦希里语，意为被捕叛变或变节的前解放运动成员。

募者学会了如何利用陌生人的善意。

直到很久以后，当姆兹·塔比茨被问及有关他的早年生活的时候，他非常奇怪地无法回忆起他的父母的相貌。但他却能无比清晰地回忆起他与朋友和相识的人们分享的每一时刻。也是很久以后他才认识到，他周围的那些人帮助他加深了对于那个困惑的时代的理解。那是在上个世纪 70 年代中期德班的夸马舒，到处充斥着动乱，呼唤启蒙的声音却最终又加深了困惑。为此姆兹要感谢伍卡尼·马卓伊。姆兹继承了家族英俊而又受欢迎的良好基因，还有一个美丽的妹妹婉妲。由于 *Drum* 杂志的社交栏目中刊登了她作为配角的照片，婉妲成为了当地的一个小名人。婉妲有两个闺蜜，佳博丽奥·恩考斯和萝拉·穆敦吉。姆兹·塔比茨对萝拉·穆敦吉感兴趣，在她身上有一种安静但同时又野性的东西，使她具有超乎寻常的魅力。

1971 年 6 月 25 日星期五是范迪法尼高中的最后一天，姆兹·塔比茨接受了伍卡尼·马卓伊的邀请，到德班市与几个好朋友一起庆祝半年学期的结束。由于萝拉加入了这次聚会，接受邀请具有更加甜蜜的感觉。

姆兹·塔比茨应该会记得德班的这个寒冷的星期五晚上。史丹利·可卡纳也加入了这次聚会，对于姆兹来说，他是这所高中不可或缺的名人之一。史丹利永远是被众多的仰慕者所包围，他会用大多是讥讽当局的故事来取悦他的听众。他知道分布在德班偏僻街道上的所有酒吧，他称之为饮水池。

尽管姆兹·塔比茨还不太会喝酒，但他亦步亦趋地跟着萝拉接连进出围绕着历史上有名的大街区和印度市场区上的酒吧和小酒店，抓住一切机会坐在她身边喝一些酒。后来大约在晚上 9 点，史丹利把他的衬衫领子立起来阻挡着凛冽的寒风，带领着伍卡尼·马卓伊的这一伙人，沿着一条散发着从塞满的垃圾桶中发出臭味的小胡同来到了一排安静的房屋前。即使是在夜寒的笼罩下，姆兹·塔比茨仍然想象得出，由于这个郊区年久失修，人们甚至可以听到油漆剥落发出的爆裂声。

史丹利停了一会儿，然后打开了紧挨着水泥路面的一扇门。他领着他们上了一段短短的台阶，来到一座三或四层的建筑前，铸铁的阳台装有百叶门窗，外面是防盗的铁栅栏。他按了门铃等待着。对讲机中一个女人厉声问：“谁呀？”

“辛迪婶婶，是我，史丹利。”

“天哪，”辛迪婶婶嘟囔着，“等着，我就来。”

“她不太高兴。”史丹利说。然后看了看萝拉、婉妲和佳博丽奥，她们仍然全都穿着校服，感到她们一定是冻得要死了，他像是一条受到谴责的狼，微笑着软化了口气。“我知道错过了你们睡觉的时间，”他说，“但是请在这件事上相信我。你们会感到高兴的。”

她们确实是的。

辛迪婶婶朝街上扫了一眼，确认他们到这里来没有人跟踪，虽然开始时有些抱怨，但把这伙人带进屋里时已是满面笑容。她告诉他们爬楼梯时要小心，因为一些楼板已经松动了。姆兹·塔比茨心想，辛迪婶婶一定超过130公斤了，最应该小心地轻手轻脚的是她。在到达第一个平台时，姆兹开始闻到一些药水的气味，他猜想辛迪婶婶是否也在经营一家健身房。越接近楼顶，这股气味就越强烈。辛迪婶婶停下来查看一下访客们上楼的情况，对那几个年轻的女孩子小声说：“你们一定连骨头都冻透了，我要立刻搞点儿什么让你们暖和起来。”

1971年6月的那个星期五的晚上，辛迪婶婶以她自己独特的友爱的方式对待像姆兹·塔比茨那样的陌生人，标志着他们关系的开始。辛迪婶婶的热心肠和开朗的性格使姆兹为自己早先有关她体重的不敬的想法感到羞愧。他曾经认为她一定相当老了。现在在天花板上的灯光下，他能清楚地看到，她实际上年轻得多，可能四十多岁，椭圆形的脸，丰满的嘴唇，嘴角上似乎总挂着微笑。“嘿，朋友们，”她说，由于爬楼梯有点儿呼哧带喘，“今天晚上我们的屋子全满了。快来，斯丹和你的朋友们，见见这些人。”

一旦进了屋子，姆兹·塔比茨才有机会看到，“这些人”都包括了谁。这是一些不同年龄、体态和民族的男人，他们或者坐着或者四肢伸展地躺在所谓的床上。这是用长沙发改成的床。褥子铺在地板上。甚至还有一张按摩桌，一个光着上身的男人脸朝下趴在上面，他的躯干闪着油光。辛迪婶婶熟练地用一条毛巾迅速地盖住了他。“可怜的格力高，总是在按摩中就睡着了。”

“没睡着。”格力高含糊地说，并且开始打起了呼噜。

通过窗子，可以看到月光下灰色的鬼影般的屋顶，烟囱和教堂的尖顶如骷髅似地指向天空。远处格雷维尔跑马场黑色地面上的灯光点点闪烁；姆兹的父亲曾经说，那是一个让所有梦想都破灭的地方；而当下一个星期六到来时，他又会回到这个跑马场的计时牌下。

这间客厅里总共有 12 个人。“你们自己找个地方坐下，”辛迪婶婶说，“姑娘们跟我来。”史丹利也加入了她们。

伍卡尼和姆兹坐在长沙发的扶手上，一页一页地翻看着旧的 *Drum* 杂志，赞赏着 50 年代社交界的时尚感，浏览着各类三围出色的美女——达丽·拉茨比、米莉安·马克巴、珮姬·梵高。在 16 岁的时候，他们认为他们已经达到了知道有关男女一切事情的年纪，同时又怀疑他们所知道的等于零。因此他们目不转睛地看着那些黑白照片，似乎想看到绷紧在这些女性凹凸曲线身体上的外衣的里面。在靠着过道的厨房门后面，辛迪婶婶在与姑娘们开着玩笑。她一定是说了一些有趣的事情，女人们的笑声如潮水般涌入过道和客厅。在这一刻，伍卡尼和姆兹突然感觉到他们是在家庭之外与一些并非他们姐妹的女人们在一起。已经是晚上 10 点了，伍卡尼和姆兹责骂自己被史丹利和他疯狂的计划要弄了。我们在这里干什么呢？他们环视着周围发生的事情，怀疑辛迪婶婶这种蹩脚的努力是否能使她的这些已经昏昏欲睡的客人振奋起来。但是她的阳光般的性格收到了成效。

大约 20 分钟之后，那些在屋子里睡觉的人们一个一个地使自己清醒过来，整理着他们躺卧的地方，并大体上把客厅恢复到原先虽然简陋但尚有尊严的状态。随着把昏睡的格力高和他的按摩桌移开，这里从一个火车站变成了人们可以通过的客厅，原先睡觉的那些人最近涂了润发油的头在天花板上吊着的大灯泡的照耀下闪着光亮。突然音乐响起来，是一台高保真立体音响发出的由斯坦利特伦坦演唱的节奏强烈的舞曲。有各种食品：鸡翅、烤肠、咖喱角、洋葱饭、玉米饼、羊肉块；还有不同的软硬饮料、啤酒和葡萄酒以及果汁伏特加。

“我不会碰那些。”辛迪婶婶从后面说，在打击乐器和萨克斯管不断发出的巨大的音响中，没有人看见和听见她的到来。她从男孩子们的手中抢过盛着伏特加的酒杯，把酒精饮料倒回到一个碗里，然后换给他们听装的软饮料。“我不知道今天晚上你们的妈妈在哪里，但是我相信她们不喜欢看见你们这些男孩子喝酒，是不是？”

“我的妈妈不介意。”一个年纪较轻的男子说，一边说着一边向那一小群人中躲过去。“你知道，”他解释说，“我妈妈在克勒蒙特镇上经营一家小酒馆。她知道如果不从我们还是小孩子的时候就控制我们喝酒，我们长大后就会成为酒鬼。因此在每一顿饭中都有葡萄酒。这就使我和我的哥哥懂得，我们不必去喝烈酒就可以享受酒的味道。”

“兹瓦力，”辛迪婶婶严厉地说，“你不能到这里把你的那些胡说八道塞进这些孩子们的脑子。我认得你的妈妈，她是一位学校的老师……”

“并且作为副业经营着一家小酒馆。像你一样，辛迪婶婶。”兹瓦力说，带着胜利的微笑。

“你给我从这里滚出去。”她恼怒地说，匆忙地企图压制住另一次反唇相讥。

兹瓦力笑起来并主动妥协。“只是开个玩笑，”他坏笑着说，“我甚至不碰酒精。”然后问：“你们是封迪萨尼高中的吗？”

随着夜晚时间的流逝，姆兹・塔比茨开始对兹瓦力・加玛和佛兰克・涅姆比的出现感到困惑，后者是在聚会人群中冒出来的另一个年轻人。他们两个人在辛迪婶婶家里似乎没有任何真正的业务。其他人是来自这个国家不同地方的工人代表、工会干事，在德班参加成立一个工会联盟的会议。他们中的大多数，包括格力高在内，都是那种坦率、正经、值得信赖、散发着正能量并曾经从事过艰苦工作的人，他们大声地用一种毋庸置疑的语气争论着他们的观点。如果他们的争论不能通过语言来解决，他们是会首先向你下战书到外面去进行决斗的那种人。夜深了，他们的亲密感抑或辩驳对方的能力也都随着摄入酒精的比例而在不断提高。与此相反，兹瓦力和弗兰克却是滴酒不沾地保持着警觉，行为相当谨慎，交换观点时嘴唇都不动，像是口技表演者。他们像猫一样懒怠，他们的眼睛比他们的手更灵活。

姆兹仔细地观察他们，从未长胡须的脸上可以看出长期暴露在烈日下的肤色，在冲锋衣下的短袖衫，牛仔裤和阿迪达斯的运动鞋，像是短暂休息时在亲友面前夸夸其谈的运动员。虽然他们谈天说地，但都不是严肃的话题，姆兹有一种感觉，尽管他们年轻，但已饱经世故。

“是什么风把你们吹到这里？”兹瓦力问。

“史丹利，这里是他婶婶的地方。”

“史丹利是我的堂弟，”兹瓦力透露，“尽管我们不是在同样的圈子里，我们知道他是一个好男孩。”

“你们是什么圈子？”姆兹问。

所有四个人都笑了起来。弗兰克和伍卡尼躲开了去加入到跳舞的人群中。什么人放起了摇滚歌曲《The Low Spark of the High - Heeled Boys》，屋子里顿时沸腾起来。姆兹看见萝拉一只手在空中旋转，像一个牛仔打算套住一头母牛，另一只手放在臀部随着音乐的节拍扭动。从她的脸上可以看出尽情舞蹈带来的愉悦。他想搞清楚，是什么阻止他向她表白他的感觉，尽管事实是，他自己也不知道他的感觉是什么。随着音乐继续轰响，他的内心五味杂陈。

兹瓦力微笑着跟随着姆兹的视线。“那是你的姑娘吧？”他问。

“谁？”

“别装了，你知道我说的是谁？她非常漂亮。”

“我认为，她与众不同。”姆兹承认。

“现在你脸红了，”兹瓦力取笑他，“啊，真甜蜜。”

“别瞎说了。”

在 1971 年半学年的假期中，从 6 月的最后一个星期开始到 7 月中结束，兹瓦力和弗兰克成为姆兹和伍卡尼生活中的常客。而现在经常出现在姆兹在夸马舒 G 区家中的萝拉·穆敦吉却拒绝加入任何涉及兹瓦力和弗兰克的谈论。“他们两个，”她告诉姆兹，“是纯粹的毒药。”

“除了所谓女性的直觉，”姆兹会反驳，“你对他们指责的根据是什么？”

“记住我说的话，时间会告诉你。”这是她的回答。

但是他确实佩服她女性的直觉，因为在很多情况中，她都帮助他避免了可能的危害。例如一次她建议他改变路线，他听从了，其后得知，沿着他原本要走的路线上发现了一具男孩的尸体。萝拉总是不惜口舌地告诉他，她的祖母是一位女巫师，能够预见未来。她说，他是在她的未来当中，但要经历一个充满颠簸的、对他们的生活造成打击的阶段。在这三个星期的学校放假期间，姆兹一直对这些预言报以嘲笑，尽管他在任何夜晚单独外出时始终对危险保持着高度警觉。

7 月的第一个星期，姆兹和伍卡尼接到一个通知，要他们到 F 区的另一所房子中去和兹瓦力和弗兰克会面。最终是兹瓦力开口讲清事由。他的开场白表明他的脆弱——居然信任两个中学生。“在告诉你们需要帮助我们做什么之后，”他说，“你们有权说不，而我们会接受你们的拒绝。我们会背上我们的背包并从此消失。”他停下来舔了一下他的嘴唇。“我们到这里是为了杀一个人。他是一个给我们的解放运动带来很多损失的人。做出把他除掉的决定是十分慎重的。我们需要你们帮助我们对目标进行侦查。”

从伍卡尼坚定的目光中，姆兹知道，他的朋友已经加入了这两个人所说的事情。兹瓦力继续说：“没有任何任务不是在仔细地研究了敌人的领地、防备和他的弱点之后才能成功的。我们是人民军的一个小的分支。我们要依靠像你们这样的人民才能取得成功。”这让姆兹觉得置身于兹瓦力讲的历史不可抗拒的规律之外是不可能的。

在以后的几天中，四个人在一起讨论了如何进行计划。兹瓦力是这个小组的政委，因此是政治领导人。通常他从介绍时事讲起，把国际上的一些新闻与国内发生的事情联系起来。例如，兹瓦力给这个小组通报了海地独裁者杜瓦利埃之死，他曾经通过他的准军事组织——*Ton－Ton Macoute*①，发动了

① Ton－Ton Macoute，1961～1986 年期间，海地独裁者杜瓦利埃总统成立的用于恐怖镇压的准军事组织。

不为人知的恐怖行动。

“我们生活在被吹嘘为拥有这个大陆上最强大的军事机器的独裁统治下，”兹瓦力说，“但是所有这样的政权都有它们的软肋。它们的命运比不过人民争取自由的决心。”

以一种更加个性化的方式，兹瓦力为阿森纳赢得联盟杯而狂喜。

“那也是人民胜利的一部分吗？”姆兹问。

“不完全是，”兹瓦力嬉皮笑脸地说，“但是接近。”

这种轻松的谈话气氛为时不长，他很快地转向用历史去证明拿起武器与这个和海地独裁者别无二致的种族隔离政权战斗的必要性：1948 年国家党开始执政，这促使非国大在 1949 年 12 月采取了行动计划，为其后的反抗运动播下了种子。他列举了从 1955 年通过了自由宪章、有色人种被剥夺了公众选举权到 1956 年至 1961 年延续多年的叛国案等诸多事件。随着沙坡维尔和蓝加发生的屠杀事件到 1960 年颁布的紧急状态法、禁止解放运动组织以及处于流亡地位的奥列佛·坦博对组织的重建，时代的潮流变化了。还有……还有……兹瓦力从他的讲稿中抬起了头。

“你们对听历史课烦了吗？”他问。尽管年轻，兹瓦力戴着一副牛角边框的眼镜，瓶底般厚的镜片是长期在兵营营房中昏暗的灯光下近距离阅读损害了视力的结果。“这些数据、地点和名字没有意义吗？”

“不是，”伍卡尼说，“它们相当令人感兴趣。”

“那就好。”兹瓦力说。他看了一眼他一脸严肃的同事。“你想接下去讲吗，指挥员？”

“请你继续讲吧，”弗兰克·涅姆比说，“你干得很好。”

指挥员，政委。这些名词是陌生的，舶来的，对于他们像是一首催眠曲，起到魔咒的作用。当他们希望彼此交流而不想让他们的被招募者知道的时候，这两个人的嘴中就会流出其他一种奇怪的语言。听起来像是小段的俄语。这种语言与班图语广播的连续剧中代表俄国共产党的讲话形式有明显的不同。作为一个自称的学习小组，他们四个人经常收听广播中的连续剧。对于剧中人的口音，他们几乎会笑得直不起腰来。当兹瓦力被逗笑的时候，他全身抖动。他瘦弱的身材摇动起来就像是一个大风中的稻草人。

如果说姆兹对兹瓦力抱有亲近感，他对弗兰克则是较为疏远。这是一个矮小的、会意的微笑永远浮在脸上的人。姆兹认为，那是因为他懒。在有些领域，弗兰克会更加敏捷，更加勤快（姆兹认为这只是由于分工或专业使然），但他仍然感到，指挥员只不过是一个搭车的乘客。

有一次，授课正在进行中，姆兹不得不到与这所房子分开的一个砖结构的厕所去解大手。他蹲在那里，闻到一股抽大麻的气味。通过墙缝，尽管光线微弱，他仍能清楚地看见弗兰克正用一个破旧的啤酒瓶做成的烟斗匆忙地吸食着毒品。尽管姆兹本身也偶尔吸毒，但他无法把深刻的政治理念和革命热情与吸食大麻联在一起。有些事情是不能放在一起的。在这个镇里，人们都知道，你绝不能把你的命运交到一个吸食大麻的人手中。

即使当弗兰克回来后做了许多解释，姆兹仍然无法释怀。他无法接受弗兰克所说的事出偶然的澄清，这是那些精神出轨的人用大声背诵马克·安东尼葬礼演说的方式来为自己行为的辩解。他确信在什么地方出了问题并且被忽视了。姆兹对于弗兰克在谈到“目标”时那种轻率的方式也感觉不舒服。他多次不经意地听到一些议论，例如，“你认为我们应该为那个老家伙浪费我们的子弹？他已经像个死人了。”或者，“我会放过这小子，只要让我干一下他的老婆。”还有更多的使他不舒服的话。他得出结论，弗兰克有腐败和违纪的行为。

正是弗兰克狐疑不定的眼神和总不安生的双手最终证实了他的看法。

1971年7月2日星期五，姆兹·塔比茨不得不在预约的地点与弗兰克·涅姆比见面，这是一个废弃的旧游泳馆，现在成为垃圾堆放和水藻孳生的地方，散发着恶臭。这个被遗弃的建筑是市政府误导的捐助政策的结果。建筑的初衷是为了推动市镇青年人的游泳运动，现在却成为——用这个市镇居民的说法——约会滥交的“体育馆”。这样一个强奸犯和各种下流活动的天堂，是任何自尊的女人都会极力避免的地方。

正当姆兹与萝拉·穆敦吉朝会面的地点走去的时候——他陪着她去完超市，她正准备穿过一条步行街回家——听到了身后汽车的引擎声。他转过身看到了坐在方向盘后面满脸堆笑的弗兰克。尽管严格禁止小组内成员在公开场合相认，弗兰克还是把车停在旁边并落下了车窗玻璃。“上来。”他说。

“瞧，”姆兹说，“她正准备回家。我和你在约会地点见面。”

“不行，”弗兰克说着打开了车门，“进来。我会让她在她家的附近下车。谁知道这里潜伏着什么。”他指着高草覆盖着的通向萝拉家的小路。“没有问题。”

不是没有问题，姆兹想。高草中可能藏着像你这样的两脚蛇。车内不透气，呛人的烟草味已经渗入所有的车饰中。一如既往，萝拉夹坐在两个男人中间，弗兰克在变速操纵杆上滑动的手并不安生，手指在萝拉的膝盖上乱摸。萝拉绷着脸坐着，毫无表情地忍受着这种侮辱。即使是在由大麻激发下不停的搭讪中，弗兰克的笑容始终挂在脸上。姆兹恨不得跨过去给他一个大嘴巴，但是他知道不能那样。

终于熬到了汽车进入了萝拉家的街道上。“最好在这儿下车，”姆兹说，“我们不希望人们看到萝拉从车里出来。”

弗兰克停下来，与其说是出于理性的决定，不如说是一种被动的反应。他贪婪地看着正在下车的萝拉的身体，不经意地对姆兹说：“你还真把安全工作挺当回事啊？”

“如果我不当回事，”姆兹说，“我会为今天后悔的。”

“让后悔见鬼去吧，同志，”弗兰克说，“我们走。”

在车里，姆兹想，他会把这件事埋在心里。但是他感觉很不舒服。“这事儿不酷。”

“什么事不酷，同志？”弗兰克问。

“你知道。”

“不，我不知道。告诉我。”

“好，”姆兹说，“如果你不知道，那么我们的麻烦比我想象的还要大。”

“你在威胁我吗？”

“我什么也没做，”姆兹说，“我只是说，我们必须像同志一样彼此尊重。这就是我说的全部意思。”

弗兰克用手掌搓着脸颊。现在脸上的笑容看来是僵住了，像是画在小丑脸上的那种样子。他想说些什么，但还是决定不说为好。

其后的午餐聚会上，小组的成员们坐在堆着装吃剩的土豆片和啃净的骨头的纸盘的桌子旁边。桌上摆着几瓶可乐和汽水，旁边是一个吃空了的肯德基炸鸡纸盒。兹瓦力从一个杯子中用吸管喝着饮料，似乎并不知道发生在弗兰克和姆兹之间的争吵。他看来陷入了沉思。“我不喜欢这样。”他说。

“这与你是否喜欢无关，政委。”弗兰克正在说。十分明显，这是一个可能导致爆发全面冲突的问题。“我们已经接到了命令。”

“是的，”兹瓦力说，“但是我们处在这里，我们可以做决定，我们了解这里的情况，而根据我们了解的情况，这样做纯属是发疯。”

从他们的交谈中，姆兹搞清楚，他们是在谈论“打击”某个叫做资穆的准将。弗兰克重复着他的“为一个老家伙浪费弹药”的论调。“好吧，”他说，“鉴于这是我的任务。我来收拾这个老家伙。我一个人干。一击致命。”

“我还是不接受这个想法。”

“这是对我们完成主要任务的一次练兵。”

“这会打击我们全体的士气并使我们的行动失败。”

“你快变成一个胆小鬼了，政委。”

兹瓦力没有理睬对他的侮辱。“你也要亲自去侦察吗?”

“不必担心，”弗兰克充满信心，“我知道他的每一步行动。两星期前他作了一个结肠改道之类的手术，一直需要进行适应性恢复。作为一个军人，他不想在家里做这些事，宁愿驾车到位于H区的市政办公室，那里他有私人卫生间。我会在他早晨上车时进行突然袭击。”

“哦，”兹瓦力印象深刻地说，“你对你的目标进行了实实在在的研究。”

“这对我能做的来说微不足道，政委。”表扬使弗兰克洋洋得意，嘴巴从左耳咧到右耳。

“要小心。”兹瓦力听起来像是已经在考虑与此无关的另一个问题了。

几天之后的1971年7月4日，计划变了。这个小组，包括伍卡尼和姆兹（当地侦查员），以及弗兰克和兹瓦力（人民军的受过训练的特别突击队员），接到了打击一个新目标的任务。臭名昭著的特务分支机构官员卡列博·恩高兹上校，一个曾经的人民军成员。他在一次斯威士兰跨境袭击中被捕后被带回南非，然后叛变成为一个敌人的奸细。其他人觉得他一直是为南非安全机构工作，他的身份变化几乎是直接的。但他是十分危险的，在审判他曾经的战友时他曾提供致命的证词。

“背叛革命的人是不能得到原谅的，”在介绍情况时兹瓦力说，“完全不参加革命的人也比一个通敌者要强。”

尽管弗兰克表面同意他的同志的意见，但似乎心不在焉。好像有什么事先安排的事情，他不时地看着手表。兹瓦力注意到这一情况。

“你有一个约会，同志？”他问。

“不完全是，”弗兰克说，“只是在我们的会后要见一个我打算招募进来为我们工作的人。”

“是谁？”兹瓦力问，“说出来，这里都是自己的同志。”

“我猜是佳博丽奥，”伍卡尼说，“我听到她说，她已经与某个来自国外的人接触过。”

“佳博丽奥？”姆兹嚷出来，“她知道我们这个小组？”

“我还没有告诉她太多，”弗兰克为自己辩解地说，“只是勾画了个大概。”

“不论你是勾画了个大概还是告诉她整个计划，”姆兹说，“你都等于是在《每日新闻》上刊登了一个广告。”

“你想告诉我，我连如何对待一个招募者都不懂？”

“关于佳博丽奥，我的朋友，你什么都不知道。”

“同志们，”兹瓦力说，“让我们都降低点儿声音。”

“注意，”姆兹说，“我认为，在这里保密是我们的口号。现在看起来整个夸马舒都卷进这件事了……”

“你听见政委是怎么说的，”弗兰克说，“停止你的歇斯底里。”

“……这样的话，”姆兹继续说并站起身来，“我无法继续参加这一行动，如果我们的纪律是如此松懈。”

“坐下，姆兹同志。”兹瓦力说，并等着姆兹坐下，然后转向弗兰克。“这件事必须处理好。”

可惜没有。

当姆兹后来有充足的时间反思导致他被捕的事件的时候，他才认识到，暗杀是一种对其作用过高估计——如果不是误导的话——的策略。在大多数情况下，它是用来提高弱者的士气；有时软弱并非是军事力量的问题，而是道义和士气的问题。种族隔离政权的国家机器相当强大，但却要依靠暗杀试图打击反抗者的士气。难道人民军也要采取这种使种族隔离政权饱受国际谴责的策略来避免失去其革命士气吗？在妇女和儿童遭到屠杀并埋葬在简陋的墓地这样的惨烈的斗争中，从事暗杀这样的小伎俩有意义吗？

在夸马舒的藏身地，兹瓦力对策略路线作了这样的解释："我们必须将恐怖组织或疯狂的个人暗杀行为和我们所要干的进行严格区分，"他说，"我们不是暗杀，我们是在清除导致我们社会疾病的那些器官，是我们身体中需要切除的毒瘤，如果我们想使我们的身体恢复健康的话。我们与杀虫剂没有区别。"

"我完全赞同。"弗兰克说。

这年的 7 月中旬，德班遭遇了与季节不符的大雨。这对于掩护小组的行动是个好兆头。寒冷的气候或雨天使一个人携带武器更容易，甚至半自动步枪或一个火箭筒。两个男学生不带武器，为两个携带武器的男人带路来到 D 区佘拉的家——由卡列博 · 恩高兹的女友佘拉 · 恩达万迪经营的一家小酒馆。在大多数解放运动的斗争中，让年轻的成员参与是通常的做法，这样做的逻辑是，在游击队员被俘或阵亡的情况下，需要新鲜血液来继承战斗的传统。

是伍卡尼 · 马卓伊发现的，每星期四的晚上 7 点 30 分，恩高兹都会光顾这家小酒馆。常客们都知道，这天他们必须尽快喝完，早些离开；或者到门外面的台阶上去结束饮酒。因为大约两小时之后，晚饭结束，佘拉姐姐将会和她的男人到卧室去睡觉。

1971 年 7 月 15 日，大约晚上 10 点，姆兹和伍卡尼跟着兹瓦力和弗兰克爬行穿过围篱上一个通向佘拉住处的洞。虽然他们无法看见房屋前发生了什么，但是他们能够听见佘拉正在将一帮小流氓从她的院子里赶出去，并威胁着要用水枪喷他们。一个小子反唇相讥："我很高兴用我的管子喷你，佘拉。"佘拉对此的回答是："*Ja*，*voetsek*，*wena Lucas*（布尔语，意为滚你的，卢卡斯），我们知道得一清二楚，你那小水管上没有喷头。"

即使姆兹听到了消逝进夜幕的小流氓们的嬉笑声和关门上锁时发出的金属碰撞声，他仍然感到所有的事情发生在虚幻中。眼前的景象和耳边的声音仿佛来自另一个世界：窗子上安装着防盗用的铁栅栏，客厅内闪烁的灯光下，一个男人坐在沙发上随着立体声音响发出的什么音乐晃动着，并跟着音乐的节拍捻动着手指发出响声。他转向佘拉说了些什么，几分钟之后她递给他一只玻璃杯，她的身体挡住了他。当再次看到卡列博·恩高兹的时候，他正直直地凝视着窗外的黑暗，仿佛是已经看到那些派来刺杀他的人。

"这是我们要干掉的家伙吗？"兹瓦力问。伍卡尼点点头。

然后的事情使姆兹·塔比茨受到巨大的刺激。当身着睡袍的佘拉·恩达万迪开始为这个夜晚做最后的准备，拉上客厅的布帘，关上灯并进入做爱战场的卧室时，他想人们通常的生活就是这样的吧。佘拉手里拿着油灯，浸浴在卧室顶上的灯光中，站立的身影显示在卧室的窗框里。她把拉绳的窗帘降到一半，可能是想利用一些自然光。过了一会儿，在一盏油灯的光亮——可能是为了增加做爱的刺激性——中，两个身体在床上开始翻滚扭动。在姆兹看来，这一对儿是如此俗气，就像是野地里的一头公牛和一头母牛。他看到，恩高兹在那个女人身上拼命用劲，肚子上下运动，皮肉波纹般地翻滚，与其说是疯狂，看起来更像接近要犯心脏病的样子。这时，弗兰克举起了蝎牌自动手枪——他没想让男孩子们干——瞄准并隔着玻璃窗射击，从脖颈到屁股，弹孔整齐地分布在恩高兹的背部上，每一粒子弹似乎都在帮助死者体内未尽情欲的释放。看到佘拉浑身是血，推开恩高兹没有了生命的身体，她张大嘴尖叫，但说不出一句话。姆兹回想起在葬礼上悲恸的女人，他曾经见到他的母亲被哀伤所击倒。

后来，当弗兰克和伍卡尼再次回顾射击场面时，姆兹·塔比茨提出了一个问题："为什么压迫我们的是白人，而人民军正在杀死的只是黑人？为什么？"

那一年姆兹十六岁。

这次暗杀一结束，弗兰克就和兹瓦力吵翻了。现在佳博丽奥成为地下机关的常客，这本身就违反了安全规定。更过分的是，她成为了这个小组的一分子，有时还参加讨论，这导致了兹瓦力的不满。他担心他们到处闲逛，他知道在这个国家内的每一天都是在日益接近被捕的可能性。他把这归因于无视纪律的后果，特别指的是弗兰克。就在1971年7月18日星期日的黎明前，在一次由德班北部特警分支的袭击中，伍卡尼·马卓伊、姆兹·塔比茨和佳博丽奥·恩考斯落网。弗兰克·涅姆比——他的真名是安东尼·布鲁斯——在稍后的当天下午被抓获，当时他躲藏在德班爱德华王子街辛迪·马布塞拉的住宅中。警察仍然在寻找兹瓦林兹马·伽玛，也就是兹瓦力，一个属于人民军的受过专业训练的恐怖分子。一些被怀疑为破坏行动的参与者也在警察在德班和其周围地区拖网式搜索中被捕。

到1977年4月，昂丹瓦训练营的领导部门和教官都已确信，斯特雷拉现在能够派出执行任务了。他秘密潜入安哥拉，成为南非国防军中由Askaris组成的一个分队的一员，这个分队加入到由郝登·罗伯托领导的安哥拉民族解放阵线（FNLA）一边，当时FNLA正与处于主导地位的安哥拉人民解放运动（MPLA）进行一场权力斗争。在由西方世界大多数国家派出的雇佣军的领导下，斯特雷拉、Askaris分队的士兵以及一支安哥拉人的杂牌军——他们既不讲葡萄牙语又不讲英语——投入到针对安哥拉人民解放武装力量（FAPLA）和古巴军队进行的丛林游击战。FNLA从美国中央情报局获得资助已不是秘密。即使在内部也广泛地流传着一种说法，罗伯托和他的上校们，以及一些已经背弃了他们解放运动的南非人，不过是在他的姐夫、扎伊尔的蒙博托的帮助下洗劫国库。依靠非法所得生存的文化恣意泛滥。在各个兵营，也包括斯特雷拉所在的兵营，士兵开始出售由政府和其他如美国中央情报局等机构以及保守的基金会捐赠的各种物品。后者广泛传播提供慈善的福音主义，以与他们认为不可阻挡的共产主义在非洲的浪潮抗争。在博茨瓦纳所谓的使冰箱安静的原则在丛林中也照样适用，甚至有过之而无不及；任何值得抢劫的资源都被抢劫了，任何有价值的东西都被卖掉了。例如，一个到安哥拉北部关扎诺特省的访问者可能有理由认为北安哥拉的村民已经成为美国橄榄球大联盟华盛顿红皮队的狂热支持者，他们身着紫红—金黄的短袖衫和运动套装出场，缺少的只是浑身闪闪发光的踢着大腿的拉拉队。旱灾期间，没有东西可抢，也没有东西可卖，这支队伍干脆就去干那些最没有纪律的军队自然要干的事。他们全副武装，又是战争期间，那些被称为人民的农民亏欠着这些士兵。他们可以用各种各样的东西支付。一些人用他们的武器去换取米酒、甘蔗酒等这些当地的烈酒。然而到时候 FNLA 由于缺乏现代武器就该吃苦头了。一些队伍溃散了，并最终成为银行抢劫犯，有时绑架商店老板，搞得在当地声名狼藉。斯特雷拉所在的队伍也别无二致。

这是一支杂牌队伍，他们跨过旦芝河，没有向导，继续行军进入了尤支地区的桑扎·蓬博镇。这支队伍包括斯特雷拉率领的两个年轻的南非 Askaris，还有朱莉恩，一个以越共女游击队员为榜样的 24 岁的金发女汉子。朱莉恩的任务是斜背着改装的莫辛·纳干军用步枪在宿营地周围巡逻。疯狂的年纪不详的雇佣兵希腊人巴拉克是这支队伍的一个放荡不羁的成员，他的长发使他得了个绰号：耶稣。只是出于生存的共同需要而结合在一起的这伙人自认为是队伍中的精英。他们都来自城市，每个成员都见过大世面，他们的结合也是非种族主义的象征。

这支队伍的每个成员不论离开多远，都能像信鸽一样，总能在一两天后的夜幕中回到宿营地，一些人会讲述经历的故事，另一些人则是在安静地听着，但他们充血的双眼已说明了许多。这支分队是在数周的战斗之后离开他们的主力队伍被派去寻求武器和弹药、食物和水，但是再也没有归队。

1977 年 4 月 24 日星期六的傍晚，斯特雷拉的这支队伍从东北方向进入了桑扎·蓬博镇的郊区，这里仍然留着早先战斗的痕迹，翻成波浪般的路面上散落着残留的弹片。这里是一台烧毁了的装甲运兵车，那里是一座被火烧光房顶的茅屋。空气中弥漫着一种死尸的气味，表明丛林中还遗留着未掩埋的尸体。小雨在不停地下着，斯特雷拉希望雨水能冲走这一天的罪恶。污水和死尸的恶臭驱使这队人离开了公路，越过了一条壕沟，向一排倒塌了的黏土砖房走去。房子涂着鲜艳的色彩，给这个地区的肃杀带来些许生气，尽管这可能意味着突然爆发的危险。

这时雨越下越大，使这伙人忘记了危险，争着去寻找过夜的庇护所。他们否定了夜间行军的可能性，因为知道他们将不可避免地要经过一个敌人（MPLA）的检查站。在丛林中步行是自找麻烦。所有的交战方都埋设下地雷，以至于安哥拉现在创下了世界上最多截肢者的记录。这个小镇被遗弃了，路上连鬼也见不到一个。

"这个地方让我毛骨悚然。"朱莉恩说着发起抖来。斯特雷拉对她的变化如此之大感到吃惊。她加入昂丹瓦训练营时如一堆粉红的肥肉，重达120公斤，带着一种自虐的心态去承受数年的折磨。看着她超重的体态，教官们认为她不过是又一个来自自由省的精神不正常的布尔牛仔女，给她安排了一个为特别行动队员设计的军训计划。无论如何艰苦，她都毫无一句怨言地忍受，获得了无人敢惹的女汉子的名声。朱莉恩像一个疯狂的女人，在头几个月，每天六个小时的体能训练，穿越由骄阳烧焦了的岩石和疏松的沙砾构成的荒地，进行模拟军事战斗的实地演习，返回营地时如同烧红的龙虾。很长时间之后，她瘦了许多，皮肤几乎成为熟人都认不出的棕褐色。在她众所周知的名字之外，她有一个绰号，叫做"阁楼"，源自一次近身距离作战课上她的表现。当时斯丹德正在讲授全面警戒，提醒队员们，通常人们容易忽视地下室。"那阁楼呢?"朱莉恩问。由此得名。

在这距离昂丹瓦数百英里的荒郊野路上，她与希腊人发生了一场争执。透过她的墨镜，她看到的是烧焦了的树和很可能是某个死去的或面临死亡的人烧毁的曾经珍藏的东西。"巴拉克，"她说，"这他妈的是疯了。这个镇子……我们现在就得离开这个鬼地方。"

"瞧，"希腊人巴拉克说，"必须有个人承担起指挥员的责任。否则我们就他妈的完蛋了。"

"我不是在谈指挥权的问题，巴拉克，"朱莉恩拼命地压抑着怒气说，

“我是在说这个镇子。听着，我们会死在这里。”

开始时除了镇子死一般的寂静之外什么也听不见，但是渐渐地听到远处的枪炮声，如同潮湿的空气中传过来的闷雷声。

“哦，是啊，”希腊人巴拉克用一种轻描淡写的声调对爆炸声做出反应，“那是俄国的山炮，大约50公里以外。”

“是啊，”朱莉恩说，“我们在射程之内。”

“可能是，但是我们在这里有一个任务。”

“是吗?”朱莉恩说，“这可是一个新的变化。我还以为我们是来这里搜寻我们缺乏的物资呢。我不知道我们还带着一项任务。”她在说“任务”时用两手的四根手指，在空中画出引号。“是什么任务?”

“上面命令我们在这里潜伏。”

“我不记得上面——无论是谁——说过任何这种事，”朱莉恩说，“每个人都在努力找一个安全的地方。上面那些人只关心保护他们自己的屁股。”她停了一下。“潜伏在这里的目的是什么?”

斯特雷拉想象着那个高层领导宽大的臀部，笑了起来。“大炮和他放的那些臭屁比较起来，算不了什么。”

对于斯特雷拉这种放肆的言论，其他一些人也忍不住但是小心地露出笑容。他们耸了耸肩；这只是一个比喻。朱莉恩看了他一眼，然后爆发出大笑。

“别告诉我们，你又抽大麻了吧，斯特雷拉斯?”朱莉恩有一个习惯，如果她非常喜欢你，她会在你的名字后面加一个“斯”，如这支队伍中的南非人马卡阔或加贝拉，当朱莉恩用她浓重的布尔乡音流露出的亲昵方式称呼他们马克斯或加博斯时，他们都竖起耳朵享受。然而她从未尝试改变巴拉克的名字。

“真的，斯特雷拉，”马卡阔补充说，“多次警告过了，不能再抽了。”他以敏捷和猴子般的警觉著称。“伙计，我们需要你在这里有一个清醒的头脑。”

“算了吧，马卡阔，”加博拉说，“在这里你最没有资格说‘清醒的头脑’。你看看自己吧。”

所有人都把目光转向马卡阔。他皮包骨，双眼深陷在眼窝中，蹲在那里，似乎随时准备跳上最近的一棵树逃走。不需要专家，谁都可以看出他是一个大烟鬼。

“你们全都别吵了。”斯特雷拉说。他想要说的是，马卡阔看起来和这支队伍中的任何人都没有区别，也许，除了朱莉恩，因为众所周知，吸毒的女人外表发生变化的时间要比男人滞后。他本想说，我们都是吸毒者，但却转向希腊人巴拉克。“巴拉克，这位女士提出了一个问题。我们在这里是为了什么？”

“我们必须在这里等几个小时，”希腊人巴拉克说，“等到夜幕降临。”

“然后呢？”斯特雷拉问。朱莉恩厌恶地皱了皱鼻子。

“我们必须去接受一批货。”巴拉克说，“为了大老板。”

“我不喜欢这样干。”朱莉恩不满地抱怨，但仍然跟在希腊人巴拉克后面走。“我们可能直接进入敌人的伏击圈。”

“那就意味着我是 MPLA 或古巴人的间谍，是不是，朱莉恩？”希腊人巴拉克说，“我一直听说，雇佣兵是无法信任的，他们只忠于出价最高的雇主。”

“我不关心你对谁效忠，”朱莉恩说，“我只知道我要从这个鬼地方全身而退。”

“既然如此，”希腊人巴拉克提高了嗓音说，“你们全他妈的给我闭嘴，按我说的做，我就感激不尽了。”

“是，头儿。”朱莉恩不恭地嘟囔。

在队伍经过这片废墟朝一座毁坏的泥砖屋的行进中，夜幕也很快降临。他们选择的这个地方在道路旁边，周围的地上覆盖着野草，遮挡住正在盛开的野花。废弃的房屋、工棚、锈蚀的拖拉机骨架和各种废料，表明这里曾经是一个农场，同时也将这个地方与颠簸不平的道路隔开。在夜幕笼罩之下，大约 120 米之外，有一所房屋的废墟，曾经粉刷的白墙现在已经变成死灰的颜色，上面布满了弹孔。像几乎所有的葡萄牙式房屋一样，前面有一个阳台，铸铁栏杆的大门居然奇迹般的完好无损，窗户上装着的如同眼睛一样的活动遮阳板保护着里面的秘密不被暴露。

这里一定曾经有一个农场，在困难的年代衰败，最终变为废墟。牲畜死光了，种植物由于无人管理和其他无情的因素被破坏殆尽。从看到的死去的根判断木薯应该是这里主要的粮食作物，而现在只是一个记忆，红树一样的秸秆对于一个饥饿的游客来说就像是化石一样无用。队伍在一个建筑物前停了下来，这可能是一个破旧的谷仓。四面墙中的一面几乎没有遭到破坏，某个人，可能是一个乡村画家，在上面画了一幅安哥拉人民解放运动主席阿戈什蒂纽·内图博士的肖像，尽管有些粗糙但很准确。在戴着眼镜的主席脸部的上方，用油墨画出的思想球泡中写着："解决人民的问题"。字迹经历了时间的侵蚀仍然能够清晰地辨认。这幅肖像看来惹恼了希腊人巴拉克，他挥动着手中的步枪仿佛要射出一梭子弹，但什么东西提醒了他，可能是意识到：他们弹药缺乏，浪费在一副丑陋的画像上，简直是愚蠢。在他的身后，朱莉恩摇了摇头，那是当女人目睹男人做出傻瓜举动时典型的不屑表情。

斯特雷拉记起了他在昂丹瓦训练营中学到的一种求生的诀窍。他的教官说，在某种绝望的时刻，信任一个人的本能是有用的。他说："倾听向你发出危险警告的轻微的声音。"斯特雷拉能够发誓，他正一再听见这种声音，并且怀疑那是否不是马比特拉正在把他引诱到陷阱中，在那里斯特雷拉将会像在鱼钩上那样扭动挣扎，而他却在哈哈大笑。如果那不是马比特拉，那么他最好保持清醒。

希腊人巴拉克认为，他的雇佣军身份就是他担任领导的一枚证章。他开始下达命令，安排夜间警卫，指定睡觉地点。手握随时准备射击的比利时法莱步枪，希腊人巴拉克有着一副完美的战士形象，这掩盖了他不可靠的脾气。头戴软布帽，身穿丛林夹克，像一个步兵一样把裤脚塞进靴子中，他是唯一的一个在条形迷彩军装外穿着一件防弹背心的人。他的腰带上挂着吊裤带、弹药袋和身侧的装有 9mm 手枪的皮枪套。与他相对照，另外的两个男人，马卡阔和加贝拉，则是身穿旧的西南非洲人民组织（SWAPO）或安哥拉人民解放武装力量（FAPLA）发的迷彩军服，手拿中国制造的 AK 步枪，可能携带一两颗防御手雷。他们的鞋——基本是帆布运动鞋——已经破烂不堪，脚趾从一侧的帆布鞋面中钻了出来。他们瘦了不少，以至于他们在小跑时要提着裤子，像没收了皮带的囚犯一样。只有朱莉恩学会在逆境中保持着时尚，正像是斯特雷拉看到过的“幸运战士”杂志封面上的那些优雅的女人，这些杂志在军营中传递，为一些家伙在厕所中完成手淫。

现在他们躺靠在切成半高的、原来当作动物饮水槽的油桶上，凝视着黑夜的降临，天空中第一批星星已经在闪动。这是一个奇怪的安静时刻，仿佛平静即将到来。坐在斯特雷拉旁边、抽着手卷纸烟的朱莉恩发出叹息。

“这不是一个国家，”她说，“这是一个犯罪现场。”

斯特雷拉尽管从来不愿意附和任何人，但是他认为，朱莉恩说的是对的。

“是的，在这里没有任何意义，”斯特雷拉说，“我们什么时候去搜查这所房子？”

“什么时候，听头儿的。”朱莉恩说。

“你不喜欢他，是吧？”

“没有规定我们在这里必须相互喜爱。”

“我可以听见你们的话，”巴拉克说，“你们在策划谋反。你们这是他妈的自找麻烦。”

斯特雷拉摇了摇头。在这里没有什么东西是真的，即使希腊人巴拉克自己听起来也不像是平日的他。因为如果换个时间，某个人一定会被打倒在地，血从口中流出，满地找牙。虽然斯特雷拉执行安哥拉民族解放阵线（FNLA）指挥员的命令参加了许多激烈的战斗，而有时他所在的一方损失惨重，他仍然有一种一切都与他无关的怪异的感觉。在战斗中，喷溅的鲜血，目睹身边的同伴倒地，甚至一个无头的身体在蹒跚倒地之前还跑出数米这些惨烈的场面，他觉得不过是像做爱一样的亲密和心神迷乱。他经历的这一切都好像是发生在其他人身上。这使他感觉到的不安甚至比他杀死阿比特拉之后感觉到的还要严重。对于死亡和制造死亡的无动于衷；看见绿蝇在阳光暴晒下膨胀的尸体——他或他的同胞的杀人杰作——上嗡嗡乱飞而熟视无睹，这显示出他具有一种他不能接受的品质。这正如发现他或她自己是一个能够犯下令人发指罪行的人时的震颤。

我疯了吗？黑人认为精神错乱是人类最悲惨的状态，可能白人也同样，但因为他从来不是白人，因此不会知道他们如何看待这类症状。这是一种比死还可怕的折磨。没有归属感使人对距离和死亡的看法变得更为复杂。在他迄今短暂的生命中，他不得不在陌生的土地上生活了如此长的时间，开始在博茨瓦纳，然后是在利比亚。从那以后，他落入了一个叫做杨·斯丹德的人领导的敌人的手中。那是在昂丹瓦，一个到处是帐篷和灌木的沙暴区。而现在这里，一个拥有暴力死亡专利的国家。他是一个南非人，在外国的土地上和一个他从没想象过回到家中仍会碰到的敌人作战。他与安哥拉人、占巴人或是与安哥拉人民解放武装力量（FAPLA）结盟的人民军士兵没有任何芥蒂。他在利比亚接受的训练是去与法西斯种族隔离政权——就是马比特拉所谓的不可战胜的白种人——战斗。但是他已经完全改变了。他现在是白种人队伍中的一分子，去完成他们的任务。他们已经奴化和征服了他，就如同一些人驯服野马或把性感女人变为妓女那样。他是他们的妓女，他们的母狗；任何时间他们勃起了，他们就肆意地肏他的屁股，就像他肏那个学者的老婆那样。尽管最终是她强奸了他。看看他现在在哪里。这里不是一个真正的国家，而是一个到处都在痛苦呻吟、充满瘴气沼泽的闷热肮脏的地方，跳蚤和爬虫在人的皮肤下面产卵并在潮湿和隐蔽处孳生的脓包中繁衍它们的下一代。这是一个用太阳燃烧的盛满热带雨水的蒸锅，人的身体就浸泡在各种毒素混制的汁液当中。如果他是一个安哥拉人，他绝不会为这样一片土地而战。如果任何人想这样做，他将非常情愿地把这片土地割让给入侵者，并且希望他们在与黄蜂、毒蛇、红蚂蚁和沼泽以及不识字的农夫们共处中得到好运。那些啤酒肚的农夫们，靠着像棍子一样的细腿支撑，大拇指塞进口中，整日醉醺醺地赤着上身游逛。

希腊人巴拉克把一些杂草和少许大麻混合制成一种强烈的吸食品，气味经过烟斗散发到周围，仿佛在参加一个古老的宗教仪式。通过烟雾，斯特雷拉端详着希腊人巴拉克，他把背包当作枕头躺卧着，仿佛这里没有战争也无需警戒。在白天最后一抹光线的闪烁中，斯特雷拉能够看出，尽管这个希腊人显示自己像个年轻人：完美的年轻人的步姿，在软帽下用一条手绢扎起来的浓密的棕发，但他其实年纪不小了，可能过了 50 岁，一只脚已经踏进了坟墓。

“你多大岁数了，巴拉克?”斯特雷拉问，一股暖流在他身体里穿过，虽然仍然保持着距离，但这次不带有威胁。

希腊人巴拉克琢磨着如何回答这个问题。“我可以当你的父亲，斯特雷拉，”他说，“事实上，你可以把我看做是一个先辈。”

这支队伍的一名成员——一个难以记住名字的斯特雷拉的小同乡——笑起来，仿佛他是来自另一个世界的人。他强壮但很矮小，AK－47 在他手里看起来非常沉重，他像是一个父母那样的长辈，带着一种取笑的表情看着这些抽烟的家伙。“就你，巴拉克？”他问，“一个先辈？”

“为什么不能，加博拉？”希腊人巴拉克说，“现在很少有人能活到老死，因此先辈也变得更年轻了。”

“那我们呢？”加博拉问。这可能是他有生以来唯一想提出的问题。“我们能活到老年吗？”

“我没有那样的打算，”希腊人巴拉克冷冷地说，“然而，你为什么想活到变成了一个老糊涂的时候呢？”

“为什么？”加博拉反问，“就因为只有那样，我们才能经历你所经历的生活，吃上你曾经吃过的食物……”

“并且去睡你曾经睡过的女人。”马卡阔说，这是另一个南非人，从他们进入了这个临时营地，他的眼睛一直注视着公路。

“去你妈的，赶快回到你的哨位，”希腊人巴拉克说，“你还是一个处男。”

“你这个狗娘养的，”马卡阔说，“你妈妈才是处女。”

“你说得太对了，”希腊人巴拉克说，“难道你不知道我的另一个名字是‘耶稣’吗？我是一个纯洁的产品。”

“去你妈的。”马卡阔说。

人们笑起来。是的，这就是马卡阔，他有他反唇相讥的一套。就像时钟一样准确，每当受到侮辱，马卡阔的反击一定要把某人的妈妈捎上。你妈的这个，你妈的那个。如果他能随心所欲，他一定会当场把希腊人巴拉克一枪毙掉。但是愤慨使他的背部僵硬起来，他选择了从破损的墙上迈过去，在附近的一处灌木后面继续执行监视任务。

“嗨，嘿，”希腊人巴拉克说，“每个人这个晚上都要打起点儿精神来。

想抽抽我的小烟斗吗？”

“如果我是你的话，我就不会为那东西自豪地吹嘘。”朱莉恩说。

斯特雷拉怀疑，这两个人曾经有一段在一起的历史，因此积怨甚深。他想起了远在博茨瓦纳的那个学者的老婆，他感到有些凄凉，不知道她是如何成为那种人的。一切都是虚幻的。

他耸了耸肩摆脱了这些叩击他思想大门的讨厌的想法，代之以去聆听那像一张生活中的毛毯一样笼罩着他们的黑暗。那只烟斗现在像一只独眼的野兽一样闪着光，从一个人的手里转到另一个人的手里。“我们什么时候进去？”斯特雷拉想知道。

“现在，”希腊人巴拉克看了一眼他的手表说，“我们现在进去。”

“祖鲁时间。”朱莉恩说，然后情不自禁地咯咯笑出声来，就像曾经的那个小姑娘。“我一直想说……祖鲁时间。”

但当他们进入房屋之后，再也没有咯咯的笑声，以及关于祖鲁时间是与非的讨论。走廊里充斥着骇人的气味，老鼠穿过木制的地板四处逃窜。电灯光照亮了通往客厅的过道。家庭杂志、衣物、书和报纸散落的满地都是，明显是经历了一场仓促的洗劫。这座房屋看来像是一座非法占用的集体宿舍，原先住的学生们被下了驱逐令。任何能够拿走的东西都被拿走了，墙纸上留下了一些褪了色的长方形状的痕迹，标志着那里曾经挂着各种画框。存放玻璃杯的壁柜空空如也，一些打碎的陶罐散落在地上，破坏的程度要比想象中的仓促而为来得轻。抢劫者拿走了德律风根的高保真收音机，留下了混乱地卷在一起的连接线。某个看来不怀好意的家伙用一个硬东西，可能是步枪托，砸碎了巨大的麦克风。在各个卧室中也发生了这种精心选择的抢劫。

令人更惊骇的场面发生在餐厅中。在这里，展现的是一种虔诚的态度：这个家庭成员的尸体没有被触动过，更准确地说是没有被人碰过。巨大的老鼠在灯光的导引下四散奔逃，而它们中一些胆大的停留的时间更长，在这些尸体上啮噬。四个死者的身体倒在餐桌旁边，眼睛已经腐烂了。这个家庭包括母亲，两个十多岁的女儿和一个想必是她们父亲的男人。一颗子弹把男人的头顶整个削掉，一瓶红酒还剩一半，食品已经腐烂了，上面爬满了蠕动的蛆，仿佛食品自身有了生命一样。

“难道他们只是坐在那里让他杀?”朱莉恩问。

斯特雷拉不能确定，她的有些结巴的声音是出于恐惧还是厌恶。“可能射击得非常迅速，在他们还没有明白发生了什么事之前就已经结束了。”

“不对，”马卡阔说，“看看那几个酒杯。三个人已经从她们的杯子里喝过。而那个老家伙的杯子看来是满的。”

“毒死的?”朱莉恩问。那三个人的尸体上没有弹伤。

“是中毒。”马卡阔说。他把杯子举起来超过了死者手指可以达到的高度，然后放在他的鼻子前面闻了闻。他带着满意的神情把酒杯放下，表明他的判断是正确的。他毕竟是在南非当过警官，知道这类事情。

“这是谁干的?”斯特雷拉问希腊人巴拉克。

“大老板的收账员，”希腊人巴拉克说，“一个全国范围内勒索保护费的黑社会组织的首席杀手。”

“那么，”朱莉恩问，“我们算什么? 勒索集团的小喽啰?”

“勒索者，”马卡阔说，在他的嘴里咀嚼着这几个字。“这就是我们。”他听起来像是对他从一个护法者转变为一个违法者的经历感到难以想象。

“而他现在并没有强迫我们去做任何事。”斯特雷拉说。

“好。”希腊人巴拉克说，作为一个指挥者，他挺直了身体，“我们有我们的命令。现在我们就开始执行吧。”

“我们要找什么，”斯特雷拉问，“我们怎么知道其他人没有发现那个东西?”

“因为饭桌没有人碰过。”希腊人巴拉克知道每一件东西过去的位置。他有一张图。

朱莉恩直截了当地拒绝去帮助移动那张上面有死尸的餐桌。事实上，当巴拉克、斯特雷拉、马卡阔和加博拉忙着费力地移动桌椅，并徒劳地尝试着尽可能不触碰那些死尸时，朱莉恩走到了外面的黑暗中。斯特雷拉听见她划着火柴的声音，很快一股刺鼻的烟草味飘进了餐厅，和弥漫其中的死尸和腐烂的气味混合在一起。

他们没有花费太多的时间就发现了地板上正方形地毯下的地窖门。包在一件类似传家宝一样的纱巾中的门锁，本身就相当值钱，如果拿到市场上去可以卖一大笔钱。地窖里有一个木箱，箱角用铜螺栓固定的钢板包着，铸铁的搭扣上是锁住箱盖的挂锁。由于藏箱子的地方是一个四方形的深洞，只能容纳一个人，所以把它取出来非常困难。因此马卡阔不得不花大力把箱子抬起来并举过他的头顶，然后由斯特雷拉和巴拉克把它拖出来。

"加博拉在哪里？"斯特雷拉问。当他们把箱子移到餐桌旁边时，死尸已经被忘掉了。在他提出这个问题的瞬间，他知道有什么东西不对头了。声音突然停顿了，这本身就表明这个不和谐的夜晚的韵律的一个中断。这是这个死亡家庭成员的僵尸，在高高的天花板上悬挂的那盏诉说着这里逝去已久的辉煌的巨型烛台吊灯下面展现出的那种震慑人心的寂静。这证实，这是一所由阻止进一步被窃的鬼魂们占据的房屋。

仿佛被一个噩梦召唤，加博拉突然倒着退入了餐厅，两只胳膊举起。朱莉恩也是双手举着倒退进来，像是在进行一项疲劳锻炼，她的一只手里还拿着点燃的香烟，珍贵的莫辛—纳干步枪现在戳着她的腰。她看来像是在表演一种复杂的、以双曳步舞为中心的舞蹈套路。

进来的一伙人用步枪指着斯特雷拉这个小组的成员，这些带着面罩的职业杀手知道如何控制这座房屋和解除这些在昂丹瓦训练出来的家伙的武装，同时他们中两或三个人如闪电一般地扫过了这座屋子。在行动中他们几乎不使用语言，只是通过手势和暗号进行交流。这时，希腊人巴拉克卧倒开枪打灭了灯光，但是他忘记了在那个不合时宜的月亮发出的苍白的光中不存在黑暗。房屋中的寂静被激烈的枪声打破，大部分子弹打向希腊人巴拉克。在半明半暗中，斯特雷拉看见他的身体痉挛地扭动。除非他是一个超人才能躲过这一劫。斯特雷拉正想问，你他妈的怎么样了，这时一把大锤猛击在他的胸上，他知道使身体能够承受这种打击的盔甲还没有发明出来。接受了他即将死亡的事实，他想，路走到头了，孩子们。然后他被拖进了温暖和包容的黑暗中，在他的身体下面是黏糊糊的液体，他知道那是他的生命之血在慷慨地扩散并辐射出温暖，就像在后半夜警戒哨位上喝到的一口茶。他感觉到他听到了朱莉恩的尖叫声形成的话语。肏他妈的祖鲁时间。

1977 年 4 月 30 日，星期六，他在罗安达军医院的伤员病房中醒过来。他无法说话，因为疼痛像是宇宙一样巨大。过了很久，他的骨头被缝合在一起，但他的胳膊仍然不能动，他被告知，他的上半身被打碎了，但是他的关键器官没有受到任何损伤。"你老兄是个幸运的家伙。"他们说。

夜复一夜，涅丽莎·罗德里格斯牧师在一些人的陪同下来到医院。他们的面孔以前似乎模糊地见过，而从他们的举止可以看出，他已经从死亡中活过来了。他们提出的问题使他的头剧痛。你在哪里遇见了希腊人巴拉克？你知道他实际上是黎巴嫩的长枪党人、是巴希尔·杰马耶勒的一个朋友吗？我不知道。好，那就告诉我们有关杨·斯丹德的情况吧。他知道，这样的审问永远不会停止，直到他给出他们想要的东西。

他出院后在解放运动针对异见分子、俘虏的 UNITA（安哥拉彻底独立全国联盟）敌特设立的集中营里服刑，并且起了一个不同的名字——不，只是一个号码。他的左胫骨碎裂了，使他走路一瘸一拐的，就像马比特拉那样。这个老混蛋现在一定正在坟墓里窃笑。你以为你是个人物，但你什么也不是，孩子，你不过是一个普通的粪球。六个月之后，他发现自己成为第 37 军区监狱中一间恶臭的囚室中的囚犯，在那里他落到了人民军保卫部门的手里，受到了残忍的对待。像酸蚀一样刻印在他脑子上的是诺兹沙达的面孔。他发现，痛苦和快乐仅有一线之隔，诺兹沙达的每一次来访都为看守们提供了向囚犯讲述朱莉恩遭受了什么样的虐待的机会。因此，她还活着，并且也关在这个监狱中。一次，诺兹沙达在一种变态的疯狂的驱使下，在斯特雷拉的鼻孔下挥动着他的手指，欣赏他闻朱莉恩阴道黏液气味的反应。以后的一个晚上，他被带入关她的囚室，朱莉恩的眼睛瞪大得像一个圆碟，露出他从未见过的人类可以承受的恐惧。后来，他们利用他的专长、他的技能，在他们用枪顶着他的情况下让他去杀人。他发现，诺兹沙达和斯丹德是一种人，同样的货色。两个生在不同世界的人，但就像两粒豌豆一样的相同。再后来，斯特雷拉的专长得以在世人面前充分展示，这使他接受了这样一个道理，在政治的忠诚方面，也是近朱者赤，近墨者黑。

现在，1989 年 12 月 17 日，与 5 个携带着装有消音器枪支的人一起，斯特雷拉夹着一条散弹枪坐在被称作医生的驾驶员身边；他之所以称为医生，是因为他那些磨得像外科手术刀一样锋利的刀子。斯科瓦尼，这座横跨南非和博茨瓦纳边界的村庄，仿佛正在午睡那样的安静。百米之外，一个赶着一只孤零零的山羊的男孩停下来目视着这辆厢式货车飞驰而过。斯特雷拉从后视镜中看着路边的灌木向后退去，在车后越来越远，他怀疑，医生是否看见了那个男孩。所有人都害怕医生，斯特雷拉相信，他是最有效的杀人机器之一。对于他来说，杀人或使人致残只不过是在办公室里的普通一天，去执行一项分配给一个外科医生切除一个肿瘤的任务。汽车停在了一个迷彩伪装的宿营地旁边，这些人等待着夜晚的到来。

在夜半时分，他们鱼贯而出。在检查了他们的武器并在枪筒上安装好消音器之后，他们戴上了夜视镜。“是时候了，*Madoda*（南非科萨语，意为男人们）。”斯特雷拉说。

心 路(2)

开始他让她脱光衣服，然后突发奇想，他赤裸着岔开腿站在小小的卧室的地上，开始剥下她的衣服。“你以前曾经这么干过吗?”他说着，硬硬地顶着她的后面。“没有。”她说，既害怕又好奇，以前从来没有听见他表示过疑虑。“我从来没这样做过。”他说。她从房间对面的镜子中看着他的脸，考虑他是认真的还是要拿她做个尝试。很多的男人都这么要求过。但是她满足了他疑虑的要求，弯下腰来，他把她的衣服提高到她的臀部之上，她有一种奇怪的感觉，觉得她现在比全身一丝不挂还要赤裸。然后，慢慢地，开始头部进去，试探着，然后阴茎慢慢地滑进去，接着闻到一股令人晕眩的、陌生的硫磺的气味，然后她的内部松垮下来。

后来，他告诉她他的任务。这令她惊异但同时又不那么吃惊。他永远代表着两面：美好与邪恶，正确与错误，痛苦与兴奋。

深夜他带着她去见一个联系人，一个跑过来提供情报的年轻人。他下车后，她留在车里。与他见面的是一个穿着皮夹克的年轻人，头发剃成街头青少年炫耀的那种发型。她听见他表示吃惊。“你不是提卡·乔伊。”他说。这个年轻人用一种恭维的口气回答，但仍然听得出一丝傲慢。“计划有了变化，提卡·乔伊不再是这个交易的一部分了，”他说，“我的伙伴和我将为您服务。”

她感觉到而不是听见他在思考这个消息时的不安。他的回答是生硬的，她知道，他生气了。他不喜欢改变常规，特别是如果他不是改变计划的那个人。感觉到他的不悦，这个年轻人急忙说：“我的名字是蜘蛛，我们被叫做富人团。”

“富人团?”即使对她来说，这个名字也是十分滑稽的，像是从一本图画故事书中摘下来或从一部电影中听到的，由此她觉得对这些孩子们的话不能当真。这时，蜘蛛说：“我知道那所房子，你正在找的人就住在那里。恩格比斯的住处。”

“是提卡·乔伊……”

“他没有告诉我任何事。但我是消息灵通的。”

她听到这句话不禁笑起来。消息灵通？一个由十几岁的孩子组成的黑帮团伙怎么能够消息灵通？但当她想到所有这一切意味着什么的时候，她突然感到一阵惊悚。她是多么软弱无力，多么消息闭塞，甚至一无所知。

“好吧，”她听见他说，“让我们看看你这个富人团能够做点儿什么吧。”

4

联　系

1989 年圣诞日上午 11 点，穆勤达、迪亚戈、波米格拉内特和斯丁克伍德享受了一顿蛋糕加红茶的早午餐，试图振奋一下自己。有一条有关政府支持的一个叫做依姆博考都（*Imbokodo*）的组织与那些为自由而斗争的同志们之间发生战斗的消息。一个年轻人在距离恩格比斯家不远的地方遭到枪杀。游击队员们尽管相信他们保卫自己的能力，但已然开始认识到，他们回到家乡可能是又一次进入敌占区的冒险行动。这是一个没有道理那样寒冷的早晨，与无线电中天气预报员所保证的大热天大相径庭。可能一会儿到了中午会有所改善吧。

“像这样坐在阳光下，”穆勤达说，“使我想起了被放逐在斯库昆那些地方的人。那里什么事儿也没有。每天早晨起来就一直晒太阳，直到天黑了上床睡觉。”

“他们就不能工作?”波米格拉内特觉得实在无法理解。

“不能，”穆勤达说，“放逐令禁止超过两个人同时在一起，老板们不可能雇佣一个被指责为不合群的人。”

“除此之外，”迪亚戈说，“没有人能够给一个煽动群众的家伙工作。他可能会影响其他工人。”

斯丁克伍德沉迷在他的思想中。“我们正在做的事情是错误的。”

“是什么使你烦恼?”

“我们把我们的同志留在了济勒斯特。”

“是啊，但是我们无能为力。”

“我们应该给他们一个像样的埋葬，而不是把他们留在山洞里。”

几乎总是略带牵强地附和斯丁克伍德的波米格拉内特说：“可能我们需要做的一切就是告诉他们的家人，他们的儿子牺牲了。”

“或者我们可以做得更多，”斯丁克伍德受到启发说，“至少我们知道他们的尸骨在哪里。”

“知道他们的尸骨在哪里又有什么用?”迪亚戈问，“难道你们打算发起一个行动、奔袭300英里以上——如何实现?”

“我们不必到那里去，”穆勤达说，“我们只需知道，这些同志是谁、他们的真实名字，然后告诉他们的家人。”

“你们知道我们在这个国家中是非法的吗?”迪亚戈问。“我们仍然在安全警察的通缉名单上。在他们眼里，我们是受过训练的游击队员，恐怖分子。如果我们在这里被捕，我们会被判长期徒刑，甚至被绞死。”他可以感到，他在争论中处于下风。甚至连穆勤达也赞成超出原来规定任务的想法。“我们必须面对我们会被逮捕的现实。”

“谁会抓我们?”穆勤达问。“现在是圣诞节期间，所有人都处于欢乐的心情状态，没有人关注游击队员。并且我们也没有在无线电中听到任何消息。”

“你真的认为安全警察会使用公共媒体发布一个全面的公告?太天真了，你们这些人。”迪亚戈变得气愤起来。他有一种陷入了他无法控制的东西里面的感觉。“突击队战士的警惕性跑到哪里去了?”

“我们仍然是突击队，”波米格拉内特挑衅地说。他看着周围的其他人，以得到进一步的佐证：他们仍然值得信赖，不负使命。“对吗?”

没有人响应他，让他有些尴尬。穆勤达说：“好吧，让我们就此与恩格比斯谈谈吧。看他有什么建议。”

“哦，”迪亚戈说，“恩格比斯现在是你们新的情报主管。你们全都去找恩格比斯谈吧。可能他会建议一条更快地落到费舍尔大街警察局手里的途径。”他停了一下。“如果我们要求他让我们与涅丽莎牧师或任何来自高层的同志取得联系，我还能理解。”

“这是一个好主意，”穆勤达说，“涅丽莎牧师。”他点点头。然后对迪亚戈说：“瞧，我们面临的一切不过是一些不大的压力，现在你找到了一条解决的出路。”

“同志们，”迪亚戈说，“我们必须把这个问题想清楚。”

“如果有什么人对此能够有所帮助，”穆勤达说，“这个人就是你，迪亚戈。你和那些条子们打过交道，有机会接触人们的档案材料。”

他对安全警察使用的贬义词表明穆勤达自己将继续这场未结束的战斗。迪亚戈耸了耸肩：尽管不喜欢，但他接受他的说法，必须有某个人去做这件事。

“即使在最理想的情况下，”迪亚戈说，“要进行一个详细的核对仍然需要时间。辨认过程有大量的工作要做。”

“不需要拖延很长的时间，”穆勤达说，“你只需要把名字——化名——和可能保存在什么地方的记录上的真实名字相对照就可以了。”

“在我加入人民军的时候，”迪亚戈说，“保存那些死去同志的记录一直是十分重要的。我们需要这样的信息：姓名、时间和如何死去的。从不提出的问题是为什么。每一个加入解放运动、特别是人民军的人都充分知道为什么。这就是我与记录官员和政委——更后来是那位牧师——接近的原因，目的就是确保死者墓地的位置被保存在记录上。”因此，对于最近在西德兰士瓦执行的任务以及众多的死亡，他几乎本能地想到，那些牺牲者的父母和亲属应该被告之。

但是如何知道他们真实的名字呢？迪亚戈在沉思。游击队员们是非常秘密的。有时他们甚至被要求忘记他们原有的名字以严格遵照他们更改的身份。

他回想起在第 37 军区兵营中有一个叫做尼林达的人，他对每一个曾经进入安哥拉某个训练营大门的人都保存着一份记录。现在这个尼林达在哪里呢？可能仍然在安哥拉，或者在赞比亚，或者在欧洲的某个地方——甚至可能就在这个国家，正在执行着一项特别行动任务。

“我们到哪里去找到尼林达在兵营中整理出的这份记录？”迪亚戈问穆勤达。

“涅丽莎离开时带走了一些记录，”穆勤达说，“我知道，当时我在那里。”

“你认为她会保存它们吗？”

“她很聪明。可能会把它们转化为一些比较容易保存的文档，”穆勤达说，“我不可能看见她携带着那些带有人名和自传的文件出走。”

“我们如何能去问她？”

“恩格比斯是我们在这里的交通员，”穆勤达说，“我们把箱子给他，让他想法给我们这些记录。一个平等的交易。”

“你认为他会乐意这么做？”

“不乐意什么？”穆勤达笑着说，“现在是圣诞节。这些人的父母需要一些东西使他们高兴起来。”

“恩格比斯来了，”波米格拉内特对迪亚戈说：“你告诉他吧。”

“应该我告诉他吗？”迪亚戈感到中了套，“你们疯了吗？”

“他是对的，”穆勤达绷着脸说，“你来处理这件事，迪亚戈。你是政委。此外，恩格比斯对你怀有很大的尊敬。”

“他妈的，你们这些坏小子。”

从他自身的情况考虑，他知道这样做在情感方面是有意义的，虽然他甚至在思想深处也从未考虑过与他的家庭成员取得联系，但他们一定是从他流亡消失的第一天起就一直在为他担心，他们大多数是来自本地，也就是夸马舒的 D 区。资穆家族的成员对流亡知道些什么？对他们来说，可能就像居住在另一个银河系一样不可思议。他的父亲一定是一个八十多岁的老人了，他的母亲——一件使他心碎的事——得了一种怪病，在 1982 年就去世了，而他甚至没有一个机会去为她送葬。他认为，在种族隔离政权的所有罪恶中，重于一切的，像背叛一样不可原谅的，就是他被禁止返回向他的母亲道别。从某种意义上来说，正是这一次的死亡使他与他的家庭的联系完全中断了。他在头脑中仿佛看到哀悼者脸上困惑和哀伤的表情，他们所有人都在心里问：这是一个什么样的儿子，居然不能参加他母亲的葬礼？他的妹妹诺拉，嫁给了克列罗·马比茨，迪亚戈一度的好友，在他离开后，他们据说移居到一块更绿的草场上，如果约翰内斯堡有这样的地方。他们的孩子，迪亚戈的外甥和外甥女们，现在一定已经过了青春期了。他的哥哥尤斯塔思是史密斯叔侄公司的销售代理，住在德班的威斯汀威尔市。这个史密斯是谁？他的侄子长得什么样？

他的父亲是一个牧师，迪亚戈对这个职务抱有最大的不信任，坚决反对这个老人崇拜一个一定是把黑人置于不受尊敬的地位的上帝，此外为什么黑人的生活像他妈的一堆狗屎？想到马修·资穆牧师，迪亚戈不知道在他老年以后自我欺骗的水平是更加提高了，还是对过去十年种族隔离政权日甚残酷的统治期间制造的诸多事件采取了更多批评的态度？他对后者表示怀疑。在他父亲的眼中，白人是上帝在地球上的代表。在圣洁阶梯上，下一级的是相信他父亲观点——白人应当受到保佑——的一个黑人王子。在离开家庭的那一刻，他就背叛了他的父亲，迪亚戈曾公开发誓，他梦想有一天，他将把一个白人的头放在托盘上带给他的父亲。迪亚戈曾经听说，在特兰斯凯的 Poqo① 成员由于杀死白人而被处以绞刑。

很久以后，当他的一些同志死于非洲的不同地方，特别是在安哥拉，迪亚戈被一种恐惧抓住：死意味着一些重要的东西的消失，可能是历史吧，死者与家乡正在发生的事情的联系终止了。他憎恶这种想法：这些逝去的生命将归于虚无，这像在一场噩梦中见到的那样。同样可憎的是，一些负责登记的官员，也是安全部门的成员，是一些乳臭未干的年轻人，他们看来没有充分认识到保持连续性的必要。他们中的一些人，在记录新成员的自述时，对他们耳朵听到的和笔下描述的记录的重要性做了淡化的处理。当然这也是为抵御难以承受的个人感伤的自我保护，因为对这些远离家乡的年轻人来说，

① 非洲真正主人，是非国大和泛非大会的武装组织。

只有靠把个人情感包藏在麻木不仁的皮肤下面才能支撑他们自己不被痛苦所击倒。在第 37 军区与尼林达不长的共事期间，迪亚戈决定记住每一张面孔，每一个名字；他追忆这些男人和女人的故事，确保能够记住他经手的文件中的每一件事。他在他的掩体、战壕，甚至是指挥部中，每当在头脑中重放他当天听到的故事，例如一个参军者在埋葬了他的孩子或他的父亲或他的母亲的同一天离开了家乡，他私下里经常是泪流满面。就在那个晚上，在通常用于监听新闻的无线电中，迪亚戈抓住了一首感人的歌曲："轮回不会被打破"，他无法自拔，直到下一天的夜里。

他告诉恩格比斯游击队员们的建议。恩格比斯很不高兴。"你们这些家伙就不能给我买一张圣诞卡什么的？或从营地带回来的纪念品……这个？"他在空中挥着一只手，像是在挥动着一杆魔杖去粉碎那些在圣诞节仍然为他的生活制造困难的所有邪恶的阴谋。

"取得这些信息有什么困难吗？"迪亚戈不为所动。他对恩格比斯的态度是复杂的，他太放纵他的儿子了。他认为，如果一个孩子像你，你就有责任保证他成长为一个使你感到骄傲的人。

"首先，这意味着必须与姆兹·塔比茨商量。"恩格比斯停下来，斟酌着这样做的不合理性。"你们为什么一定要成为一伙社会工作者……我认为你们是游击队员。"

"我们在做什么，全世界正在战斗的人都在看着。"迪亚戈想告诉他，启发启发这个狗娘养的。"为什么你不愿意与姆兹商量？"他有一种感觉，恩格比斯刚才一直在饮酒。"你一直在喝酒吗？"然后有些恶意地说："借酒浇愁。"

"只有这一次，"恩格比斯说，"她是在和他浪费时间。"

迪亚戈知道，这一定是有关一个女人。"和姆兹·塔比茨？"

"还有谁？"

"这就是我们乘车到这里的一路上你想的事？"迪亚戈问，"姆兹的老婆……她叫什么？"

"萝拉。"

"你有权爱某个人。"迪亚戈说，感到一种违纪的冲动。如果为了获得他死去同志的资料需要付出支持和怂恿通奸的代价，那也值了，就由它去吧。然而，当按照所有说的和做的，通奸是出于爱情，那不也算误导吗？“恩格比斯先生，”他说，“使我们去做我们必须做的事也是出于爱。”他想说的意思是，促使他或任何其他爱国者去参加战斗的是出于对于人民的热爱，但实际上全都不是那么回事。

“因此我们都是有爱的人？”恩格比斯结结巴巴地说，眼泪夺眶而出。

“当然，恩格比斯先生，”见鬼，这小子喝醉了，“去他妈的姆兹，直接去找涅丽莎牧师。”

“你会掩护我吗？”

“我们是游击队员。我们的全部训练就是为了这个。”

接下来的一天是圣诞节的第二天，节礼日。下午，醉醺醺的穆勤达宣布，这一天的礼物就是不争论，游击队员们向恩格比斯确认，他得到他们的支持。他则必须确保涅丽莎牧师到德班来。“我又想了一下，”在再次向迪亚戈承诺他不会临阵退缩的同时，恩格比斯说，“我必须尽快就此告知委员会。”他告诉他们，委员会的成员包括姆兹·塔比茨、泽法尼亚·宗地（即泽福大哥）、约翰尼斯·西比思和诺玛桑托·索科拉。他们没有试图劝阻他。他们理解，这是组织的要求。

“这样做是不对的。”姆兹·塔比茨说。他一个人待在卧室里，其他人在客厅里等着他。萝拉在为他们安排一些点心。圣诞节是狂欢盛宴的时刻，在此期间他的妻子主持了长达一周的招待计划。这天清晨，留着鼻涕的顽童就通过篱笆窥视。对任何突然出现在你门口的人都要给些什么：茶、咖啡、饼干和糖果；孩子们喊着要冰激凌，仿佛冰箱的容量是无限的。这里显示的比耶和华见证会考虑得还要周到。

现在到了晚上，在远处的什么地方，他们听到了爆竹的声响，人们正在欢迎1990年的到来。节礼日实际就是表明，距离人们高喊“新年好”的元旦甚至不到一个星期了。而在房间里的气氛并不好，在姆兹·塔比茨的脸上看到的更不好。客厅的计时钟响了，现在是晚上 9 点。

实际情况是，塔比茨不是一个合群的人。同时有超过两个人在旁边的情况下，他就感到紧张和不舒服。对于他来说，三个人就不仅是几个人，而是使他感到陷入沼泽般恐惧的人群。人们在进行着一些愚蠢的谈话，开始是有关天气、季节的变化——甚至在任何看不到变化的地方——的冗长的交谈，然后是问候健康状况等等，同时质疑国家的状态，感叹在这个破裂的共和国中每个黑人肩上的沉重负担。但更令他不能忍受的是，他自己的一些同志，按照多数原则，每一种观点，不管多么平庸，也要以一种雄辩的方式表达出来，目的是提高讲演者在社会或其他什么地方的地位。现在，出于一些不清楚的原因，人们加上了某些手势，挥动手臂或用食指猛刺，当为了显示聚精会神，他们皱起了嘴唇，用拳头支撑着下巴。这时，塔比茨就知道，他们正在思考的是当晚可能赢得胜利所需要的支持人数。然后就是模仿一些解放运动导师们的方式，相互称为“头儿”，并且加重他们发音中的元音，使接近于一种非洲大陆的发音。他曾经听到过一些被尼日利亚移民教出来的同胞讲的混合式英语：“*Wetin de happen*, *Chief*（发生了什么，头儿）？”

现在这些人正聚集在他的客厅里，事实上是占据了他的客厅。在一个节假日里，他更愿意看看电视中的体育节目，或把脚跷起来去读完《战争与和平》。上帝呀，有时他甚至希望回到监狱里。至少在那里人们知道，什么时候让他自己安静一会儿。

“你不舒服吗，老公？”萝拉像一个幽灵一样突然出现在他背后，把他吓得几乎灵魂出窍。他回到了这间房子是因为想镇静下来，整理一下自己的思绪。萝拉在其他人的包围下更显得生气勃勃，这也使他不高兴。整个白天，她一直穿着家庭主妇平常的衣服，但当人们到来的时候，像闪电一样，她已经换上了紧身牛仔套装和高跟鞋，突出了她的身高和臀部。他不喜欢她高过自己，使他在其他人眼里显得弱小。他甚至闻到了一股香水的气味，使他回想起偶尔瞥到的一本萝拉的杂志，上面写道一些日本的家伙是如何推出了 1989 年 9 月的新款女用香水。

“我没事，”他说，“香水味道不错。”

“哦，”萝拉一脸不屑地说，“其实……如果我有时间洗个澡的话，我会觉得更舒服。老公，你的客人在等待着。”

“好，我马上过去。他们知道我已经见过他们了。”

尽管事实上他知道，她的美丽是给他加分的。早上当她打开门，他站在她身后的过道上，已经从她的肩膀上看到了她在来访的男人们眼中产生的效果。当时她尚没有换衣服，还穿着平底鞋，但仍然使那四个男人惊艳地睁大了眼睛。他们的护送者恩格比斯有意地看着别处，似乎避免与男女主人的目光接触。他怀疑让她与恩格比斯一起参加与泽福大哥的谈话是否明智。

几分钟之后，他微笑着出现在客厅里。“对不起，我鲁莽地回到这里，”他说，“刚才我不得不处理一些紧急的事务。”

恩格比斯首先介绍，喋喋不休地说着那些听起来奇怪的树的名字，这时他们中的一个人，迪亚戈，举起了一只手。

“我不认为我们还需要所有这些秘密活动的掩护品。我的名字是迪亚戈，真实的名字是埃泽基耶尔·资穆。在此之前，我被叫做西科理（山核桃树）。很久以前，我曾经是一个摄影师，但现在我只是一个失业的游击队员。”然后他向穆勤达示意。

“我是穆勤达。这是一个我喜欢的名字，虽然我真实的名字是西德维尔·宗地。我愿意任何人叫我西德维尔。”他怒视着窃笑的斯丁克伍德。“我最初的名字是塔博·斯托恩，然后叫做撒萨弗拉斯（檫树），出于不明的原因……既然迪亚戈已经揭开了我们的面具，我希望知道波米格拉内特（石榴树）和斯丁克伍德（臭木树）的真实姓名。”

斯丁克伍德立正说：“我是列克斯·马比纳，我和现在正在我们住所值班警戒的波米格拉内特在1974年一起离家出走。对任何有兴趣知道的人来说，他在家时也叫做斯戴尔斯。他的真实名字是列佛娄·莫括埃纳。在他离家流亡之前仍是个学生。我是一个出租汽车司机。”

“怪不得现在我看着你，”穆勤达说，“你就像那个在索维托把我从他的出租车里甩客的家伙。”

“那可能是因为你不愿意付车费。”列克斯·马比纳甚至说话的腔调都像是一个出租车司机。

所有人都笑了起来。寒冰被打破了。这些人仍然在入口周围处活动。

“请进来坐下吧，”姆兹·塔比茨说。“我是姆兹，前政治犯，萝拉的丈夫，她是穆敦吉先生唯一的女儿。”穿着宽松的卡基布长裤，简单的白衬衫和凉鞋，姆兹几乎放松下来。在他的旁边，萝拉·穆敦吉微笑着，但除了通常欢迎之类的话之外没有更多地说什么。然后她就消失到这所房屋的什么地方。

恩格比斯最后进入客厅，这里他以前已经来过多次，很难摆脱一种不适的感觉。负罪感像一只顽固的老鼠一样咬噬着他，他不知道萝拉能否把他们之间的这点儿小秘密像锁进钢制保险柜一样地保存在她的心里。即使在他闻到她留在空气中的一缕令他晕眩的香水味时，他依然意识到一种致命的震惊：没有秘密可以永远不泄露。

“今天你出奇的安静，恩格比斯，”姆兹·塔比茨一边引导着客人们坐下一边说，“艰难时刻，这个圣诞节，是吧？”

“如你知道的。”恩格比斯说着把他庞大的身躯坐进了沙发。他确实感到了疲劳。

“好啊，”姆兹·塔比茨说，“我刚好为你准备好治疗。”他带着讽刺笑着说。“一种为我们生病的医师准备的药。”

人们喝着饮料，包括专门为恩格比斯醒酒调制的饮料，讨论着目前纳塔尔卷入的战争和种族隔离政府与祖鲁班图斯坦当局成员的勾结。关于那些令人不寒而栗的后果，恩格比斯联想到现在惩罚叛徒流行的手段的恐怖：将灌满汽油的轮胎套在脖子上烧死。夜晚降临了。恩格比斯小心谨慎地提出了游击队员们的诉求：通过访问死者家属来向他们死去的同志表示追悼。

“但是，”姆兹·塔比茨问，“那能解决什么问题？只能是暴露你们自己。”他没有说，但是“你们自己”看来是包括了纳塔尔地下组织的活动。

“那将是一个悲剧，”迪亚戈说，“因为这对于我们来说非常重要。”

感觉到有了麻烦，恩格比斯插进来说：“这不应该是一个非白即黑的问题。他们必须找到一个折中的办法。”

“你怎么会希望解放运动能够搞折中主义，配药的人？”姆兹·塔比茨半开玩笑地问，尽管在他的声调中有不容置疑的坚定。“这些人的任务是把箱子从西德兰士瓦带回来。从没有讨论过表示追悼的问题，不论以何种形式。”

“你知道在济勒斯特的山洞里发生了什么吗，塔比茨先生?”迪亚戈低声地问。不等塔比茨回答他就讲开了。“我们到这里，就是准备保卫解放运动。并且以我们自己的方式，我们捍卫了解放运动的利益，这个国家人民的利益。而我们的同志死于完成他们任务的过程中。”

“听着，”姆兹·塔比茨说，“我也是为了解放运动在监狱中服刑多年……”

“是啊，”迪亚戈低声地打断他，“很多人都在为解放运动服务，并且每天都在服务，他们根本没有期望能得到奖赏。我们没有要求获得特殊对待。我们在这个国家是非法的。如果我们被逮捕，即使不被绞死，也会被判处终身监禁。因此，别来告诉我们你在监狱待过。我们尊重组织领导，但组织也应对我们回到这里表示尊重。”

“迪亚戈要说的是，塔比茨先生……”穆勤达开始说话。姆兹·塔比茨伸出他的一只手，这是一个习惯于被别人严肃对待的人。

“塔比茨同志。”他说。

“……塔比茨先生，”穆勤达似乎没有理会地继续说，“我们将原路返回恩格比斯的住处。但是，你或解放运动组织只有在能使我们对那些牺牲的同志表示追悼的那一天才能看到那只箱子。这些同志值得得到的不能再少了。”

“谁会获得箱子里的那些资料?”

“帕奥威尼将军或那些为他工作的人，”迪亚戈说，“现在他们应该就在这个国家。”他停了一下。“我认为，他们可能也在寻找这只箱子。”

“此外，”穆勤达说，“还有涅丽莎牧师。这可能需要更多的时间，但是她永远有资格看到那些资料。”

“你是如何认识她的?”

“我是在安哥拉有了对她的印象，”穆勤达说，“因此你会这么做吗?”

“我们将会试试。”然后说：“我怎么知道这只箱子是否在这里?”

“它在那里，”恩格比斯作证说，“我亲眼所见。”

“你在和游击队员打交道，配药的人。他们可以一眨眼消失得无影无踪。”

“箱子在那里，姆兹同志，”列克斯·马比纳说，“波米格拉内特……列佛娄·莫括埃纳现在就在那所房屋里保卫着它。它迄今没有被打开过或发生任何事情。仍然处于原来的状况。”

“好，”姆兹·塔比茨说，“我对此尚未得到授权，但是我们必须得到这些资料。那么我要求亲眼看到这只箱子，就在那所房子里。”

“你会看到它。”穆勤达说。

“这就像无线电播放的戏剧，”迪亚戈说，“要钱还是要箱子？”

“这只是告诉你，”恩格比斯无法容忍这种嘲弄，“你们已经耽误多长的时间了。这出戏早就应该结束了。”

他们听见了汽车停在外面的声音。萝拉·穆敦吉从厨房冲过客厅，在其余的来访者到达入口之前，打开了房门。

“老公，”她告诉姆兹·塔比茨。“桑托、约翰尼斯和泽福大哥到了。”

尽管没有所谓的社交动物，姆兹·塔比茨看来正在使自己在客厅里疯狂地跳起舞来的同志们中得到享受，即使是对于那些冒犯地称呼他为先生的好斗的家伙。尽管这四个人全然不同，姆兹·塔比茨仍然对他们的共同特点感到震撼。其中之一就是，毫无疑问，他们都是正当盛年，精力旺盛，即使迪亚戈走每一步也都试图掩盖他受伤的事实。他的健康一定正在恢复。穆勤达是一个硬汉，他剃过的头上露出两三块伤疤，那一定是在激烈的交火中留下的。穆勤达也是情绪最易冲动的，不难看出他内在的冷酷。列克斯·马比纳，曾经的出租汽车司机，比他们两个人年轻许多，但是姆兹可以看出在他青春岁月中已经积累了成千上万里程的经历，而且不是所有这些经历都是在顺境中度过的。不知从哪里他突然冒出一个奇怪的想法，在游击队员之间是否有性行为。他们中的任何人有同性恋吗？他很快就放弃了这种想法。在战争状态中存在爱吗？

乐曲强烈的节奏，客厅周围人们的喋喋不休，这使萝拉·穆敦吉感到自豪和喜悦；他看到他的妻子站在狂欢人们的圈外面，笑得前仰后合，在融入到欢快气氛中的同时，仍然保持着一定的距离。他有一种感觉，她有一种预设模式，使她完全缩进了自己的私人空间，在那里他感到他是不受欢迎的人，即使她对他说她是爱他的。爱是像风一样触摸不到的奇怪的感觉。他怀疑她心中有着某个人。一个像萝拉这样心中激情澎湃的女人是无法指望她只钟情于一个人的。他想知道，这个人可能是谁，曾瞬间怀疑她是否会倒入某个游击队员怀抱的可能性。他抓住了恩格比斯对她的长时间的钦羡的目光，但是恩格比斯是……恩格比斯，一个热衷于讨好的优柔寡断的笨蛋。姆兹甚至怀疑，恩格比斯所有男子气概的炫耀，正说明他可能是一个阳痿的家伙。他见到的女人只是那些易受影响的洗衣女工，她们寻求这位民间医师对于她们难言之隐的治疗建议。但是，在解放斗争期间，你被迫利用你现有的资源工作，所有各种资源。虽然萝拉看来是被迪亚戈所吸引，而另一方面，迪亚戈看来并没有意识到他的魅力。姆兹·塔比茨知道这种秘密，他就是这样在监狱中被杰菲特·马昆加所吸引。马昆加异常坚强，他能够在配有警棍的狱卒的打击下坚守立场。冥冥中，他真想知道现在这个人怎么样了。

“你住的这个地方不错，姆兹同志。”列克斯·马比纳说，他从沙发上起来站在他的旁边。他们背朝着饮料桌，面向着那几个人。

“我很幸运，”姆兹·塔比茨说，“这得感谢萝拉把这个地方弄得像个家。”

“一个女人的魔法，”列克斯·马比纳说，“我不知道我的家现在成了什么样。”

“在哪里?”

“索维托的东奥兰多。”

“小伙子，你离家远了去了。”

“我知道。我们是四海为家的人。”列克斯·马比纳斟酌着他的用词。“因此，同时，事实上哪里也不是家。我仍然觉得需要回到安哥拉去，那个距离这里三千英里以外的艰苦的地方。”他耸耸肩，有些茫然。“那里确实远，但同时……你知道我的意思。”

姆兹·塔比茨认为他懂他的意思。与他在监狱中的感觉是同样的。他仍然怀念拘禁中的许多情况。“你害怕吗？如果被发现了？”

“我不知道，今天几号了？”

“节礼日，1989 年 12 月 26 日。”

“我只是感觉局面已经到了白热化，”列克斯·马比纳说，“他们在十月中旬释放了塔塔·西苏鲁和八位判长期徒刑的政治犯，从那以后就开始了全新的局面。这个国家处于动乱。说实在的，现在被捕已经不会吓倒我。这并不意味着我们是鲁莽或积极地寻求被捕。只是……我们回家了。为此我们已经梦想了多年……几十年。”

两个精疲力竭的舞者——姆兹·塔比茨给他们起名为美国卡通片中的人物马特和杰夫，因为泽福大哥身材高瘦，而约翰尼斯·西比思相对矮胖——在舞场上停下来喘口气。早先，泽福大哥只是站在那里，随着音乐扭动，看着那些更加疯狂的舞者，心满意足地充当一个观众。更为年轻、也可能更为健壮的约翰尼斯则已经尝试跳一种庞秀拉与疯酷鸡（pantsula and the funky chicken）混合的舞步，引起桑托和穆勤达的阵阵笑声。恩格比斯加入了节日的活动，但似乎有点儿心不在焉，先是蹒跚地游走，像一只无精打采的河马，然后倒入一把椅子，可能是昨天晚上喝得太多了。这场派对的灵魂当然是桑托。诺玛桑托·索科拉，身材娇小但曲线丰满，相对于她的短发，她那双长在椭圆形脸上的大眼睛更加突出，这时完全沉醉于和穆勤达的激情舞步当中。他们扭动的屁股看起来几乎要和自己身体的躯干脱离，他们的双手在他们的头上随着低音鼓有节奏的击掌，时不时地又落在他们的臀部上，而同时他们的双脚又奇迹般地在快速移动。

萝拉在边上看了一会儿之后也加入了进来，她一把拉住了她的丈夫，但他表示婉拒，微笑着退到一边。她冲着迪亚戈摆头示意。迪亚戈尽管还有些瘸，但仍然挽住她的手，引导她跳一种基宗巴舞（kizonmba），先是带着她旋转，然后把她拥入他的怀抱。他笑着注意到，她极力跟上他的步子。闻着她香水的气味，他感到她柔软的身体紧贴着他，意识到自己一时产生的冲动，他略微向后躲开并告诉她，这种舞蹈在诸如安哥拉、刚果和莫桑比克这些国家非常流行。她说，这是一种充满潜能的性感的舞蹈。在他表示愿意教她的时候，他从眼角中看到姆兹·塔比茨注视他妻子的奇怪目光。

他不知道恩格比斯是否已经意识到他陷入了麻烦。这个女人像消化甘油炸药一样不稳定，她紧紧地抓着你说明她内心里有些什么东西正在等待着释放。她深不可测的眼睛、闪闪发光的头发和光滑的皮肤，这些色调的搭配使他想起了柯提斯·梅菲尔德的一首歌曲，*We People Who Are Darker Than Blue*——使她支起了一张摧毁任何男人抵抗的可怕的情网。恩格比斯，可怜的情人！他最好停止和这个女人的不论什么关系。不幸中的万幸，音乐终于停了下来，但是在他们已经停止跳舞并转移到站着谈话的不多的几个人中的很长时间之后，迪亚戈仍然感到她的手指在他的手里。桑托现在占据了中心位置，而斯丁克伍德——上帝啊，他尚不能完全习惯于列克斯·马比纳这个名字——和穆勤达正专注地听着她说的每一个字：“……他们在他的脖子上挂上了一个装满了汽油的轮胎并划着了一根火柴……”她的眼睛盯住她的听众，似乎在查看他们是否感到足够的恐怖。

他们故意睁圆了眼睛，装出恐惧的表情，以满足她希望的效果。穆勤达回想起一次参加了一个在卡库索郊区巡逻的小分队，指挥官鲁莽地探身到HTR60装甲运兵车的舱盖的外边。先是一声如西瓜跌到水泥地面的声响，接着是一颗炮弹的爆炸，然后是指挥官打断了的头颅噗通一声掉在了穆勤达的大腿上。他抑制了自己的想法，没有告诉桑托，一个人头的重量不过和一袋5公斤的玉米粉一样。

在晚上11点，由于所有人都不在了，波米格拉内特（他还不知道从那一刻以后，他将被人称为列佛娄·莫括埃纳）离开了独栋的住室，进入了恩格比斯家的客厅，并将一盒磁带塞进了录放机。尽管有一种擅离职守的负罪感，他还是自我开脱，理由是他已经连续站岗两个小时，监视着这一地带，防止有人闯入。没有发现任何不正常，只有这个市镇庆祝节礼日举行的一个舞会发出的乐声，这里那里断断续续发出的烟火爆炸的声响。一串五颜六色的烟花如蘑菇般升起散开，照亮了灰暗的天空。几发齐射划出抛物弧线，如同曳光弹。再没有别的了。

当他听到一台车停在外面，发动机在空转，觉得时间过长，他走了出来，看到一辆尼桑 Skyline 跑车驶了过去。他曾听说，这些人是恩格比斯的政治联系人泽福大哥的朋友们，这些孩子除了有枪之外，并无妨害。他认为，自从 1976 年电视出现以来，大多数年轻人都想仿效那些电视明星使自己时髦一把。他正是在播出最无聊节目的电视出现的那一年离开的家。事实上，他离开的那一天是一个星期天，他清楚地记得，那天白天播放的电视节目是介绍由赫伯特·范·卡拉扬指挥的交响乐团。这给他留下非常坏的感觉，音乐，这是让人可能自杀的东西。

但是现在很多事情不同了，他告诉自己。他不知道是从哪里听说的这些，现在准备让自己在这里享受一下。

他噗通一声倒进沙发，电视放在贴墙的边柜上，步枪搁在地板上，列佛娄·莫括埃纳观看着美国录像带“警花拍档”中警察和强盗的滑稽表演。在一场疯狂的汽车追逐中，一个恶棍罪有应得，他的车撞毁在一个电灯柱上。列佛娄这时听到另一辆车停在了房前，一瞬间有些恍惚，奇怪电视里的冒险怎么活了。列佛娄没太多想地站起来，捡起了枪，并通过窗角向外窥视。他看到一部两厢汽车横在了路上。他有些嘲弄地想，姆兹·塔比茨和委员会一定是给予了游击队代表们冷遇，否则他们不会这么快就回来了。

一边想着尽快回到电视屏幕上中断了的动作片，列佛娄·莫括埃纳打开了前门。这时，被一股巨大力量朝内撞开的门使他向后踉跄退去。正当他试图恢复平衡时，像石头一样硬的一拳击打在他的下颚上，他能够感到牙齿松动和嘴中一股血腥的味道。这一打击似乎有些离奇，因为他认出了攻击者，身材笔挺，肌肉健壮，在剃过的头上戴着的军帽仍然保持着他熟悉的流行角度，眼睛是警觉的，仿佛是刚刚从丛林中返回的那些人。这次攻击就好像是发生在另一个时间针对着另一个人。*箱子在哪里？*从一阵迷雾的后面他听到有人问，但很快就意识到，那是从他眉毛上方的伤口中流出的血挡住了他的眼睛。“在你他妈的地方。”他咧开嘴笑着说，知道他的牙一定是被鲜血染红了。“我不需要一个内奸的帮助”，攻击者几乎是在自言自语。这是他对于一个被送交行刑队执行枪决的敌人奸细的典型用语。然后他从腰带上拔出手枪，对准列佛娄·莫括埃纳的胸口开了一枪。

“我会自己找到它。”他说。垂死的列佛娄·莫括埃纳感到急需告诉这个杀手，他从来不是一个内奸。并且永远也不会是，但是已经太迟了，他堕入了一团由红色化作黑色的云雾。

在 1989 年 12 月 29 日，星期五，恩格比斯不得不做出决定。某个人已经死了。不论如何保密，人们还是被吸引到死者的住处。因为恩格比斯是当地的知名人物，一些失眠症患者事实上已经到处传言，医师来自斯丹格尔的侄子被杀了，一长队哀悼者走向这座房屋。这种死亡并非罕见，现在是圣诞季节，一个了结宿怨的时间。

游击队员们希望这个杀手会返回来查看他的战果。他们确定，这个谋杀者一定是某个受过军事训练的人，很可能是他们自己人中的一个，最可能的是来自在济勒斯特杀害马霍贾尼和攻击他的小分队的那伙人。因此他们先是坐在一处隐蔽的地方观察，后来他们干脆公开露面，因为他们知道混在人群中永远是最好的隐藏。他们审视着来到这所房屋哀悼的每一个人，希望找出一张与此时此处不相宜的面孔。基于过去的经验，他们知道这张面孔会是他们熟悉的。一些来访者是真正的邻居，他们是到这里表示他们对那个笨拙的——如果不是神秘的——医师的支持。也有少数是姆温比那些好奇的狐朋狗友，他们与蜘蛛一起经历了发生在购物中心那一场闹剧之后，还没有机会与他们那位匆忙逃匿免遭暴打的伙伴见过面。

事实上，有一个邻居，阿姆伯罗斯·马塞阔先生，一个啤酒肚、留着小胡子的中年汽车机械师，站出来建议恩格比斯在院里支起一架帐篷。恩格比斯开始有些犹豫，他不希望引起对这座房屋、进而对游击队员们活动的关注。但是姆兹·塔比茨和泽福大哥，再加上桑托和约翰尼斯的两票，使他不得不少数服从多数，接受了这个建议。保密工作做到了极致，使表面看起来一切正常。

“一个人在你的房屋中被枪打死，”泽福大哥说，“一些乐善好施或爱管闲事的人，随你愿意怎么说，已经传播了这件新闻。因此，举行某种仪式应该是人们理所当然的期望。”同时，也考虑到恩格比斯作为一个巫医的身份，事关祭祖事务的权威，他应当是最不反对给予活着的人充分发泄他们情感机会的人。

“但是，”恩格比斯争论说，“关于列佛娄·莫括埃纳的身份怎么说？我们不是要把注意力吸引到谋杀发生的这个地方吧？”

“对此不必担心，”姆兹·塔比茨说，“我们会解决这个问题。”他们确实解决了。首先，仔细地进行房屋的修理，最后用一块木板把门上打破的洞盖住。他们跳过了繁琐的官僚程序获得了关键的警察报告和列佛娄·莫括埃纳——图拉西子威·恩格比斯在斯丹格尔的姐姐的第二个儿子——的死亡证书。他们在停尸房安排了一个位置，并在夸马舒的公墓中安排了一块墓地。因此现在他们在这里，和那些来自卫理宗循道会教堂的信徒们站在一起。身着黑色套装的男人们面色忧郁，而身着红白紧身外衣和黑裙的几乎过节一样的女人们掺杂其中。他们与那些基督教堂的信徒们推挤着争夺重要的位置。身穿在后背上饰有蓝十字白袍的这群人具有一个更大的优势。他们带着象征着打击撒旦的武器：后面有钩的牧羊棍，在发生争执时随手可用。两个身着便衣的来访者从一辆挂着祖鲁地区警察局车牌的警车上下来。对于人群中众多敌视的目光，他们视若无睹，直接朝着姆兹·塔比茨和图拉西子威·恩格比斯这两个头几乎贴在一起耳语的人走过去。警察们没有觉察到，他们的到来已经导致那三个幸存的游击队员迅速地撤回到他们居住的那所独栋的房舍中。这所独立的房舍确实是恩格比斯房屋设计中的神来之笔。即使是列佛娄·莫括埃纳的那一个或多个杀手为了寻找那只有上帝知道是什么的东西，而把整所房屋翻了个底儿掉，也没想到穿过它到院子后面去，因为在两栋房舍之间为加固鸡窝安装的瓦楞铁板篱笆形成了一道明显的障碍。两个警官，一个年龄相当大，身高体胖，带着一种符合时宜的追悼的面容，另一个是看上去表情悲伤的较年轻的副手，尊敬地站在旁边。

“我是准尉警官布莱恩·库玛鲁。”年长的警官说，显示出自己的身份。“这位是军士警官姆祖基西·布伊。我们两人均服务于夸达姆布萨警察局。请接受我们和我们局长的哀悼。”

“谢谢你，姆屯格瓦。”恩格比斯说，使用了这个警察家族的姓名。“我们可以为你做些什么?”

“我们感到有些迷惑,”库玛鲁准尉说,“合适的说法是好奇。在没有惊动我的上级的情况下,我让我在斯丹格尔警察局的一个关系查了一下,在他们的记录上是否有列佛娄·莫括埃纳这个人。你知道,现在的年轻人是怎么回事。结果是没有这样一个人。只有在皮姆维尔镇有一个列佛娄·莫括埃纳,也叫斯戴尔斯,是在一份恐怖分子的通缉名单上。布伊,这个科萨族的年轻人,和我……”他一边继续说着,一边用他那厚厚的手掌朝他副手的上臂慈祥地重重地拍了一下,这一下一定会在这个年轻人身上留下一个红印。“……在格尔大街上的停尸房里为他拍了照片。他最终确定为一个枪击的受害者,这就是我们工作的正常程序。”

“正常程序。”布伊军士点头附和着。

“数据库给了我们一个肯定的核对,”库玛鲁准尉继续说,“通常情况下我们甚至不准谈论这些案子,而是直接交给在费舍尔大街上安全局的联络处。但是我们想,我们可以灵活一些处理。”

“我们这样做是违法的。”布伊军士说。某个可能是卫理宗兄弟会的成员开始唱一首歌,而其他人则努力跟上他的音高,歌声壮大起来。但通常一个悲剧事件会使众多的社区和不同的家族团结起来,卫理宗教徒和基督徒在经过一段交流磨合之后,终于在一个如竖笛一样清亮的女高音中统一了他们的频率。

“好,”姆兹·塔比茨使用一种掌控大局的强硬声调说,“你想做什么?”

“我们只是想说,人们必须小心一些。”库玛鲁准尉说,“同一般人的认识相反,我们也是这个社区的一部分。做你们必须做的事,但是不要以一种强迫我们出手的方式。”

“‘我们’?”姆兹·塔比茨问,“‘我们’是指谁?”

“一些警察,”布伊军士说,“我们中的几个人。”

“这些‘我们中的几个人’想做什么?”姆兹·塔比茨问。

“某个人或某几个人杀了你们的朋友……”

“列佛娄·莫括埃纳。”库玛鲁澄清道。

“……是的,莫括埃纳,”布伊军士继续说,“我们希望成为抓住他或他们的人。"

"这对你们来说为什么如此重要？"

"这里我们能够开诚布公地说吗？"库玛鲁问。此前他犹豫了大约有一分钟，像是为做出一项重大决策而进行着激烈的思想斗争。

姆兹·塔比茨点点头。"当然可以。"

"有几个警察局遭遇了袭击，"库玛鲁说，"大多数警察不敢穿警服在公开场合露面，因为他们是攻击的目标。我们可能一箭双雕。如果我们成功地抓捕，我们就会在我们的上司眼里提高我们的价值，同时因为杀害你们朋友的人被捉拿归案，你们也可以得到慰藉。"

"你们价值的提高对我们有什么意义？"

"我们可以秘密地接触到更多的行动信息，"库玛鲁说，"当然，这些信息对于你们是有价值的……"

"那么，为什么你们不加入到解放运动中来？"恩格比斯问。他早已意识到，他和姆兹是在和这个警察进行一场关键的谈判。

"不是那么简单。"

恩格比斯鼓起勇气提出一个要求，尽管这使姆兹·塔比茨怀疑地看着他。"我们需要你帮助我们。"

"如何帮助？"

"据我们理解，"恩格比斯说，"特务部门有一个离开这个国家的人的数据库。这个名单上包括照片。"

"你要说的意思是……？"

"我们需要得到一份复印件。"

"为了什么？"

"一些孩子死在了国境线上，"姆兹·塔比茨说，"我们需要查证他们的身份。"

"我认为给予我们更多的细节是不可能的……"

"我们自己只知道事情的梗概，有骨头没有肉。"塔比茨说，意想不到冒出的双关语使他的心都在颤抖。

"这将会十分困难，"库玛鲁准尉说，"特务部门对这些记录严加看管。"

“要感谢这个特务部门，我在监狱中被严加看管了十五年。”

“你要小心。”库玛鲁用这种方式表示告别。

“你也一样，”姆兹·塔比茨软化了一些他的语调，“谢谢你。”

库玛鲁挥了挥手，与布伊一起离开了。“后会有期。”他说。

其他不速之客来了。大多数穿着连帽的毛衣和牛仔裤，他们是泽福大哥的关系户——他们的行话——希望表达他们的敬意。在他们参加的以布道和唱诗为标志的冗长服务期间，不时把耶稣或圣经中任何英雄的名字用斗争英雄的名字来置换，从而把赞美诗转变成解放运动歌曲。音乐声震屋脊，他们跳起了活力四射的 toyi - toyi 舞，模仿着端着冲锋枪或扛着火箭筒射击的动作。他们的领队有一个简单的名字鲁西，或他喜欢人们称呼他为鲁西同志。这个瘦高的年轻人在庞秀拉舞大赛中曾经是家喻户晓的人物。他做了一个疯狂的跳跃动作，在他落在地面上的时候，他的手枪滚出来落到尘土飞扬的地面上。他眼都没眨地继续他的舞蹈，顺势捡起地面上的手枪，重新放回到他的夹克里，整个动作一气呵成，融入舞蹈当中。其他人拍着手在周围旋转，以表现欢乐的方式作为向一个游击队员告别仪式的一部分。在他们离去的时候，鲁西向恩格比斯吐露：“泽福大哥是我们的人。他告诉我们关于你的事。每天晚上我们在街上巡逻，因此你们是安全的。”

“非常感谢。”恩格比斯说，但他有一种不祥的感觉，这种安慰使人感到更不安全。当恩格比斯向游击队员们简要地报告下午发生的事情时，穆勤达告诉他，鲁西同志的这伙人一定是一个自卫组织。“去他妈的自卫组织，”他说，“他们是在把一个燃烧的轮胎套在你的脖子上。”

这是第一次，恩格比斯从穆勤达的声音中听到了焦虑。我寄希望于上帝，他认为，他们是站在你们一边的。

12 月 30 日星期六的早晨，游击队员们待在房屋内，以默默沉思的方式来哀悼他们的同志。由于他们不能亲身前往墓地，无论如何不能在白天的时间，他们委托恩格比斯、姆兹·塔比茨、泽福大哥和约翰尼斯作为代表转达他们的告别。姆兹·塔比茨告诉他们，桑托表示了她无法前往的歉意，因为她的表妹和姨妈梅西亚都因感冒病倒了。

他们心中充满了愤怒。但是这些男人们知道，愤怒与否都无济于事。葬礼之后姆兹·塔比茨将要回到这里，因此游击队员能够将箱子正式交给他。他承诺将给涅丽莎牧师打电话，并向她报告这里发生的情况。

心 路(3)

突然间，她要面对生活和生活中的各种可能性。她走向他在夸达姆布萨的藏身之所，想使他惊喜。这是一座棚户区的大杂院，其中一些舒适的房屋显示出自命不凡的高贵，但大多数已经放弃了任何改善。狭窄的通路，未铺路面的街道。污水在地面上四处流淌，与家庭垃圾混合在一起，被这一街区中从事着各种经营活动的人脚、畜蹄或车轮踩踏碾压成为生物泥浆。在这个不足一平方英里的街区中，空气中弥散着的腐烂气味成为它的标志。一群圆圆肚皮、半裸的孩子们在泥土中玩耍，完全不理会这种恶臭，仿佛那从来就是他们生活环境的一部分。与他们同样的是那些在垃圾堆上觅食的野狗。孩子们向它们投掷石块，咬字不清地骂道："滚开！"

她的双脚似乎带着她的身体沿路奔跑，穿过没有房屋号码、没有任何私密可言的棚户区。从路上她可以看到人们的房屋内部，卧室兼做厨房，同时也是客厅，一台小电视正在播放着新闻或给那些失业者们些许生气的肥皂剧。

失业者们现在正懒散地坐在门道上，一些人围成一个圈儿，弓腰驼背地玩着一种使用瓶子盖儿作为棋子的跳棋游戏。其他人独自或成群蜷缩地坐在那里，呆望着天空或分享着一瓶非法的饮料，有两三个人在听着收音机。她的出现激活了一些较年轻的人，他们吹起口哨或发出亲吻的声响。她知道，在大白天这只是欢快的亲昵表现，但是当夜幕降临，这将是近于恐吓的信号。其他人用一种古怪的目光看着她，仿佛他们十分清楚这对优雅的大腿的所有者是谁。但他们的目光只是一扫而过，迅速地移到其他地方。有些女人最好总是躲得远点儿为好。

当他为她开门时确实是大吃一惊，虽然她不知道这是好事还是坏事。她有一种感觉，他不喜欢吃惊。屋内处于黑暗中，床上已经完美地摆放好床单和毛毯，方方正正，比医院里的病床还要整洁。他打开了窗帘。她感到，他今天剃光了所有的须发，不是重新开始的那种，而是像要参加什么宗教仪式似的，可能是某个重要人物的葬礼。

“爸爸，你现在可以出来了，”他说。

一阵冲马桶的声响。一个穿着衬衫、短裤和凉鞋的男人出现了。尽管现在看来由于生病显得瘦弱，但十分清楚，他曾经是一个强壮的人。“这是我的父亲。”

“很高兴见到您，先生。”她说，接过了一只像砂纸一样粗糙的手。她和这个棚户长面对面地握着手。

棚户长用一种似乎心不在焉但实际是警觉的目光看了她一眼，这个多年的囚徒在获得自由之后仍然保持着谨慎。他回到另一个房间，留下了一股病房的气味。

他的儿子咧嘴笑着，充满了关切。突然，她感到了害怕。

他知道，她与妈妈死后抚养她成人的姨妈以及姨妈 12 岁的女儿、她的表妹特姆芭妮生活在一起。特姆芭妮在夸马舒 H 区的扎巴祖鲁中学上五年级。一次她无意中与他提到特姆芭妮及她的计划：一旦她的航船到港，她将把她带离这个镇子到一个更好的地方。她喜欢这种表述，因为这使她感到成熟，超过了她二十三岁的年纪。

一天他不带嘲讽地笑着说，当你的航船到港，你真实希望要做的是什么？我是说，除了让特姆芭妮上一所更好的学校之外。你自己需要的是什么？

她想了一会儿。她突然意识到，当她完全赤裸的时候，思考是令人沮丧的困难。并且和他在一起，她几乎永远是一丝不挂。即使她没有赤裸地和他待在一起，她仍然感到是被他剥得一丝不挂。他们肢体缠绕地做爱的时间永远有良宵苦短之感。我自己需要什么？是的。我不认为提出这个问题是合适的。什么？这个问题不合适？别扯了，每个人都有自己的需要。我们不是在谈论什么如金钱那样具体的东西吧，她问。他摇摇头。不，不是钱。钱这种东西我们可以得到，你和我一起。我想要得到安全感。这是一个他妈的鬼镇。这里没有人是安全的，特别是，如果你是一个女人。我为特姆芭妮担心，如果什么人强奸她，我们却无能为力，这座房子里全都是女人。他很快地说，我的父亲可以确保你们永远是安全的。他说，你知道吗？她回答：当然知道，但是周围都是潜伏的保镖，我们无法有一个正常的生活。那同样也令人毛骨悚然。

我要给你一件武器。事实上，他站起身，捡起整齐地叠在他运动鞋上的牛仔裤，他抽回来的手中拿着一把9mm的贝雷塔牌手枪。他把它递给她。她举起了枪，既对它的重量、同时也对它的出现感到吃惊。没有什么东西比手里攥着的一支枪更令人感到有活力、同时也更不安的了。那个下午，他迫使她手里拿着枪与他做爱，冰冷的钢铁作为一个道具，枪口不眨眼地见证了她的高潮。

后来，他提出了一个要求。我需要一个既安静又安全的藏身之处。我有一些不愿意暴露在灰光灯下的朋友。他使用的娱乐界的比喻用语使她发笑。这些需要安顿的人是一些演员吗？你可以称呼他们为杂技演员。真的吗？是的，他说，笑着回到了遥远的记忆中。我有七个人，驯狮者、荡秋千者、飞刀手、快枪手和烟火专家。

她想问问这些说法代表的是什么，但同时她对这个想法感到自责。知道意味着理解，理解则意味着接受和承担责任。她头脑中有一个想法，梅西亚姨妈有一个亲戚在H区、距离特姆芭妮学校不远的地方有一所四室的房屋要出租。它包围在一圈严实的篱笆墙里，对于这个杂技团来说应该没有问题。

5

同　志

1989年12月30日星期六的下午，几乎在列佛娄·莫括埃纳下葬的同时，两个女人在一起回顾过去，那是对于她们的未来具有关键意义的一段时光。

“好了，”涅丽莎牧师说，“所有的事情都以激动人心的方式开始，最终则归于沉寂。”致解放运动主席的信已经整齐地打印出来并经过校对，放在她身边的小桌子上。“我完成了。”

她和乔治娜·史密斯坐在她们在耶奥维尔市摄政街的房屋前的游廊上。她的背后有一台旋转着发出噪声的电风扇，围着它的轴吱吱呀呀地来回转动，吹出阵阵微风。早先，乔治娜想做件好事，错误地把电风扇的方向调整旋钮放在了固定风向的位置上。涅丽莎几乎骂死她，说她需要的是微风吹拂，她用的词是 *Zephyr*（和风）。“亲爱的，”她当时说，“和风必须关照我的后背，加快伤口痊愈疗程。”

现在谁还这么说话？乔治娜·史密斯想：痊愈疗程，没这回事儿。而 *Zephyr* 是林肯汽车的一个型号。虽然有些恼怒，但她还是决定迁就这个年纪比她大的女人的怪念头。并且还有一个好的理由。虽然乔治娜已经多次看到过，但她还是不愿放过看涅丽莎背部的机会。暂时那里还是纵横交错地布满十六个星期前一起包裹炸弹造成的狰狞的伤疤。但是乔治娜放心地看到伤口已经不那么明显，并且在开始痊愈。乔治娜不知道是否是她弟弟的努力加快了伤势的恢复，同时回想起当伤口看起来像是意大利肉酱面那样血肉模糊时，她曾试图成为一个素食主义者。这个下午的早些时候，当她打开电风扇的旋钮时，她问："现在这个和风你觉得怎么样?"涅丽莎回答："这他妈的是太美了。"两个女人爆发了大笑。

现在两个人陷入了沉思。尽管一瓶白诗南葡萄酒已经下去了四分之三，本应使任何社交活跃起来，这次却没有达到它的功效。涅丽莎心不在焉地摆弄着她的酒杯，倾斜到似乎要把其中的酒浇到花蕾上的角度。抬起头看着她的朋友问："你不同意?"

"我不同意你所说的，曼德拉的释放将使我们陷入困惑，"乔治娜说，"我们可能对此准备不足，但我相信，在我们的DNA中有一种自我纠正的基因。"

"我不想争辩，"涅丽莎牧师说，却仍在争辩，"但是我从来自罗安达的人那里听说，事情仍然是混乱的。压力在于人们如何能够以一种有序的方式返回南非。但是他们现在正在返回到一个相当混乱的体制中。这里的年轻人尚未成熟到足以避免成为自身怒火的牺牲品。"

"我认为你不应对所谓的体制有太多的忧虑，"乔治娜说，"你的关切应该是如何使自己变得更好、更强大。"她停了下来，抿了一小口她杯中的酒，两眼凝视着下面的街道，那里的人们熙熙攘攘，各种胖瘦高矮不同的黑人，完全没有意识到他们对历史的影响。

"看看他们，"她继续说，"他们可能已经在为沃尔特·西斯鲁等人举行的集会上听到，曼德拉的获释只不过是个时间早晚的问题。对于他们来说，他一定是一个解放的标志，一个象征着最美好人性的人。但那会是真的吗?"

"人们不会在意，他们是在谁的旗帜下庆祝他们的解放。曼德拉、佛朗索瓦·杜瓦利埃，随你挑。"涅丽莎不屑一顾地说，"最不应该发生的事情就是，让德克勒克摘了引导国家变革的桃子。”

“当孩子们在 1976 年遭受屠杀的时候，德克勒克是教育部长，”乔治娜说，“即使他倾注剩余的全部生命来给学校的孩子们喂糖果，他也无法改变他在我们心目中根深蒂固的种族主义者的形象。”

“那不是有些苛刻吗？”涅丽莎笑着问，现在有些吹毛求疵，“他已经进行了一些实际的改革。”

“我们将另起炉灶，涅丽莎。”她看着她的战友和恋人。“如果曼德拉……我是说，当他获释了，这将建立在他自己的力量和人民勇气的基础上，而与德克勒克或他的追随者完全无关。”

“我同意你的见解，”涅丽莎说，“但这个基础还应该包括我们对人类良知的信仰。”

“信仰对于你来说是重要的……”

“应该是的，对于我们所有人来说。”

“我们应为此干一杯。”

“但问题在于，乔吉，”涅丽莎用乔治娜的昵称对她说，“我们所有人都对未来充满了雄心壮志，但我有一种令我烦恼的感觉，我们可能会当众出丑。在我们的生活中有太多没有解决的问题——如此之多的没有举行过追悼仪式的遗体，如此巨大的破坏，并且贫穷将使任何接手这个烂摊子的政府倒台。”

她把眼睛转到大街上 5 点下班时间拥堵的交通上，似乎找到了与她内心世界一致的什么东西。她把酒杯放到一个带轱辘的饮料推车的托盘上，支起了她的双拐，这是她在室内活动的支撑工具，出门时则不带。“亲爱的，让我们来喝点儿真东西，”涅丽莎牧师说，一边蹒跚地走进洗手间，“这个葡萄酒让我头疼。”

夕阳的光线慢慢退去，黑暗正在压迫过来，逐步占据了所有角落，把这个城郊的悸动吞噬进去。耶奥维尔市的新居民们是习惯夜生活的人。不像过去那样，他们现在也不怕在光天化日之下、穿着与他们的肤色反差很大的衣服招摇过市。女人们服装的色彩暴露了她们自身的缺陷。男人们通常是外国移民，他们身穿的是曾经在巴马科、哈拉雷或温亚德风靡一时的套装，他们过气的服装反映了他们远离家乡后穷困的窘境。在他们的家乡，他们中的一些人可能属于被誉为王子的那类。只有那些在上帝世界上的任何地方都能在市场上占据一席之地的尼日利亚人或偶尔的索马里人沿着大街迈着镇静、炫耀的步伐走过。

事实上，从跨过边境来的移民的着装上或根据对时间说法不同的外国人中来区别哪个人是南非黑人已经越来越难了。现在麻烦造成的紧张空气已经像一个穹顶一样笼罩在耶奥维尔的上空，甚至现在沿着这所房屋的楼梯逐渐发展到她的游廊上了，在这里某个人竟然谦恭地请求牧师来帮助她的同胞，她自己是一个津巴布韦人。在很多感到被欺侮并要求补偿的人们的案例中，共性的问题就是南非黑人和外国人之间关系的紧张。涅丽莎内心里对于她的男女同胞对外国人的态度不以为然；她曾经遭受了巨大的痛苦，由于见他妈的鬼的原因被怀疑为恐怖主义者而被限制自由两年，在被监禁了一段时间之后，现在又被一枚炸弹所伤。但是她仍然认为她的同胞只不过是一些哭闹的婴儿，他们根本不懂得什么是痛苦。他们从折磨穷苦的外国非洲人那里得到他们的快感，只是因为他们无法惩罚白人。“这些外国人，”她说，“保护了我们，并且为此付出了巨大的代价——我们用什么来回报他们呢？用这种态度？不。”她晃动着她的头，因此她的尖下巴仿佛为她那不属于非洲人的高鼻子带路。每当这种情绪爆发的时候，乔治娜·史密斯通常不动声色。有时，这有点儿太过激了。

“可能，”一次在听腻了涅丽莎激烈的言辞之后，乔治娜相当不友好地说，“事实上是你的同志而不是特务部门寄给你了包裹炸弹，只是想让你闭嘴。”

从洗手间出来，涅丽莎坐下来看着乔治娜的侧影。她吃惊地注意到，她过去从未看出她长得和优素福如此相像。她原想说些挖苦的话，但还是改变了想法。乔治娜宠溺她的弟弟。

现在，在这个相聚的晚上，她们凝视着黑暗，可能在思考着，一个激动人心的新的一年正在来临。“今天早上，姆兹打电话给我。那些人出现了一个变化。”

“他们的情况怎么样了？”乔治娜·史密斯问。“我记得你告诉过我，他们中有一个人受伤了。”

“比那更糟糕。一个人被杀掉了。几天前被枪杀了。”

“那不妙。是谁干的?”

“没人知道。他们今天把他埋葬了。”

“我想，你必须到那里去。”

“是的，这就是曼德拉将要返回的国家。”阴影笼罩了她的面孔。“我想知道，他现在在想什么。”

“谁?”乔治娜问，虽然她有一个想法，这个人可能是谁。

“纳尔逊·塔塔。”什么东西卡在涅丽莎的喉咙里。

“你应该知道，”乔治娜说，“当一个囚犯即将被释放时有什么样的感觉。你曾经关在那里。”

“是啊，但是我们的时间很短，相比关在罗宾岛上的那些人来说，那只是一瞬间。”

“我看过沃尔特叔叔从里面带出来的一张他的照片。他看来仍然不错，”乔治娜说，“高高瘦瘦……几乎像个中国人。”

“如果我不知道你的倾向，”涅丽莎说，“我会说，你已经爱上他了。”

“即使，”乔治娜说，“事实上我没有，即使……我也会被温妮吓尿了。”她想演戏般做出发抖的样子。“虽然她挺漂亮。”

“是啊，”涅丽莎说，“但是谁会透露她与那些足球队员乱搞的任何事情。”

“你认为，纳尔逊怀疑什么了吗?”

“他知道。所有人都知道。”她停下来，然后笑了起来。那是一种无奈和阴郁的笑。“现在我们这两个好斗的婆娘在这里败坏人们的声誉……”

擅长于避免卷入是非的乔治娜转换了话题，她问：“那么你什么时候去德班?”

“早一点儿吧。我还不知道是否有周日上午到德班的航班。”

“你要我开车送你到机场吗?”

“还能指望谁?”涅丽莎问，“自从那些从博茨瓦纳返回的男孩子到来之后，德班的那些人就处于激动疯狂的状态。我们应该也能冷静下来，把他们随身带回来的资料保存好。”

“急什么?”乔治娜问，“我们不是应该集中地关注委员会的工作吗?”

“在曼德拉获释之前，委员会一定会全力以赴地创造机会来对在卢萨卡的领导们示好。”涅丽莎牧师打量着她。“我必须看看姆兹他们在做些什么。我有一种感觉，这些游击队员们可能不想和他们任何人打交道。”

“但那不意味着反叛吗?”

“但是，”涅丽莎说，“他们刚刚在一种暴力的环境中失去了他们自己中的一员。处在他们的位置，我也会反叛。”

“上帝呀，上帝。”

“绝对正确，”涅丽莎牧师说，“明天当你送我到机场返回之后，请确保你能善待我的那些小孩子。”

“你的小孩子?”

“是的，*die arme skepsels*（布尔语，意为可怜的生灵）——那些前来寻求咨询的可怜的家伙。”一片乌云滑过涅丽莎牧师的面孔。“这些人需要帮助。他们大多远离家乡。”

“你想超过杰西·杰克逊?”乔治娜脸上露出一个顽皮的笑容，举起了她的拳头。“希望万岁!”

“差不多就是那样，”涅丽莎牧师盯着她的朋友看了一会儿，“你只需要长出小胡子和改变口音，就和杰西一模一样了。”

当然这只是一句笑话，但相互取笑仍然是这两个女人喜欢的游戏，她们两个人和那个非裔的美国神父都没有任何相像之处。她们都是五十岁上下，灰白相间的头发或者编成辫子，或者优雅地藏在彩色的头巾里面。无论是工作还是外出，她们都喜欢身着正式的两件套装。有时，为了显示出她们是饱经风霜的中年政治女性，并不讳言她们是同性恋。然而她们拒绝身着相同的服装出现；即使相同并非是事先策划的，她们中的一个也不得不返回换装后再外出。在许多情况中，这是一种意志的测试，而善于以柔克刚的乔治娜往往成为最终的胜者。但是今天她们都身着运动衣和运动鞋，使她们看起来更年轻，酒精的效果也使得她们脸上的一些皱纹被抚平。虽然很放松，但可能是由于伤口在作怪，涅丽莎还是时不时地显现出难受的表情。乔治娜看出这种情况，尽量装作视而不见，虽然内心的疼爱还是无法完全地掩饰起来。

她担心涅丽莎工作太辛苦。在这座房屋的客厅中所做的咨询工作一定使她精疲力竭。她的服务对象——穷困的老战士、流浪者，这些没有希望的家伙，还有逃离家庭暴力的妇女，以及在自己荒唐的生活中出了麻烦的孩子们——全都一贫如洗。即使是与此相关的非政府组织也在抱怨资金的短缺。回答总是等待明天，那永远不会到来的明天。因此，她和乔吉汇集了她们的储蓄来使这种服务得以维系。关于未来，情况就更糟糕了，涅丽莎宁愿死也不愿意去申请一份养老金，这完全是由于长期以来的一种迷信。使自己身处靠养老金生活的身份被认为是加快了走向坟墓的进程。

乔治娜也担心着涅丽莎的嗜酒，这在被炸弹炸伤之前绝不是一个问题。那个炸弹似乎使蛰伏了全部生命几十年的魔鬼被唤醒了，现在以咒骂——一种苦涩的幽默方式表达出来。乔治娜为自己的伪善而发笑，事实上涅丽莎挂在嘴边的脏话三字经也引起了她的共鸣。一方面相比之下使自己感到道德高尚，另一方面也允许她有了一个以水手般咒骂的方式发泄自己的空间。她想，我们是老小孩，应该被允许有这些小过失。

“你知道，”她告诉涅丽莎，“我们是仅有的能够共享时间的两个老人。”她们现在待在这所房屋的客厅里。

“你怎么得出了这个结论？”涅丽莎问。

“那只是我的突发奇想，”乔治娜说，“老年人不愿意承认自己上了年纪的现实。因为那会使他们回想起他们不愿意回想的过去。”

“处于斗争中有一件事是好的，”涅丽莎说，“就是年龄不再是你真正的烦恼。你过的是一种危险的生活。当你庆祝你又过了一次生日时，那是一个真正的惊喜。”

“一次额外的奖励。”乔治娜说。

“年轻人很难有这样的体验，”涅丽莎说，“理由之一就是——几乎没有人知道——我是在 1976 年藏在冷藏车里离开了南非，在南部非洲经过了哈博罗内、哈拉雷、马塞卢、洛伦索马克斯刚刚改名为马普托——当然还有卢萨卡。不久我就搭上了安哥拉航空公司的航班到达了安哥拉的罗安达，然后在米拉马尔的地下据点之一中接受了使用枪械和炸药的训练。”

“你为什么要给我讲这些?”乔治娜问，“我可以将你那些异国旅行的经历背诵给你……甚至那些你没有提到的。”

“当然，”涅丽莎很快地说，“但你不知道的是我出逃的真正原因。我无法忍受我的弟弟甄周和他的太太莎莉玛尔，他们有一个患有自闭症的孩子，我的侄子阿卜杜尔。因为阿卜杜尔还在蹒跚学步，我想象他是在爬回到他那个乱七八糟的混乱黑暗的头脑中，但出于某种原因，每当我一出现，他就像一个正常的孩子一样激动和交流情感。这使我有一种负罪感，也许我身上的什么地方有打开他自闭的钥匙。这种困惑使我疲惫不堪。但是没有什么比看到甄周和莎莉玛尔打架更令我无法忍受的了。”

“这就是你离家出走的原因?”

“是一个原因，”涅丽莎说，“我打破了人民军的安全规定，并且成为了牧师。所有人，从安全部门的领导人、地区的政委们到最高委员会的委员们，都认为这是一个好的想法。我猜想，家乡遥远的距离和安哥拉炙热激情的生活一定是占据了我的头脑，因为有一天还能回到家乡的想法是那样遥不可及，以至于干脆从我的头脑中消失了。因此我使我在基督教中心接受的训练很好地发挥了作用。也是以一种奇怪的方式，在那个疯狂的地方，随时随地都需要某种信仰体系的支撑。我发现有许多需要心灵安抚的困惑的年轻人。但事实上，需要心灵安抚的是我自己。”

“并且你设法忘记阿卜杜尔……”乔治娜说，“以及甄周和莎莉玛尔。”

“这与忘记他们没有太多的关系。我怎么能够忘记他们——或这个国家的人民?可能更接近实际的说法是，我正在向他们注入新的价值观、眼界、素质或品质。”涅丽莎思索着合适的用语表达，“这就像你带着一个塑像的模具。然后遭遇了一些困难的、暴力的情况，这个模具被打成碎片，你不得不在另一个地方重塑这个雕像。你必须把这个形象保存在你的头脑中，然后把它再造出来，但不是拘泥于原来的尺寸，而是更宏伟、更巨大——更英雄化。”

因此在接触远离家乡加入人民军的年轻男女期间，涅丽莎针对人们受伤和脆弱的灵魂现身说法地进行布道。年轻的男女唱着他们的战歌代表着一个个阿卜杜尔没有止境地变得更加强壮。除了正义的伸张之外，解放的歌声也成为了解放了的土地上的圣歌，在那里已不再只是希望，而是成为了现实。在整个营地一小时布道的欢庆中，滚滚飞扬的尘土已不再让任何人厌烦，相反却转变成自由的土地，正如安哥拉总统阿戈什蒂纽·内图所说的，*a trincheira firme da revolução*——革命坚实的战壕。将近三十年前的1961年2月4日，反对葡萄牙殖民统治的有组织的武装抵抗开始了，当时安哥拉人民解放运动（MPLA）的城市游击队向圣保罗要塞和罗安达的警察总部发起了进攻。

这个晚上，耶奥维尔上空的云层被撕成碎片，使人想起雷电骤雨之后南非北部高原的气候景象。这天发生的一些事情和来自德班的报告使这两个女人的肩上承受着重担。这是一种感觉，众多巨大的变化正在发生，而在今天这代人能够完全抓住这些变化的意义之前，她们的尸骨恐怕早已成灰了。

涅丽莎和乔治娜一边沿着耶奥维尔市的比祖丁浩特大街溜达着，一边商量着如何在晚上七点半所有营业场所都关门之前穿过熙熙攘攘的人群。购物者们正在前往OK便利店的路上，那里有一些通常在上架前就早已过期的便宜货；其他人则是前往肉食店、各种小型食品店或酒精饮料销售点，所有这些店铺都沿着洛基大街。女人们则是疾步奔向理发美容沙龙，所有新式的发型都显示在凌乱的街头广告牌上，或者是直发或者是织成辫子，这些精美的北非女模特的照片确定了目标模式。

当涅丽莎费力地爬上一小段台阶时，她后悔拒绝了乔治娜提议她们一起坐汽车的想法。但是她仍然非常感谢乔治娜的坚持，使她让步——带上了她的双拐。她在笨拙地使用它们时，不时要停下来保持平衡，但她仍然显示出这是由于身体有些虚弱、呼吸不足造成的，而与伤口的疼痛无关。

涅丽莎执意地对她的伤痛的挑战，使乔治娜回想起当她的朋友被特务部门逮捕时的故事。1984年8月16日，在一次南非国防军对莱索托马塞卢的跨境袭击中，涅丽莎与冲突中的一部分人民军战士一起被俘。她被捆绑着蒙住双眼，坐在一辆丰田越野车后部，经历了一次前途莫测、骨头几乎被颠碎的旅行。在她的鼻孔中闻到血肉的气味，她觉得她可能听到了受伤的同志们的呻吟声，并奇怪为什么那些没有发出呻吟的人是如此安静。当这支车队抵达布隆方丹时，她已经失去了知觉。

只要一有机会，她都会坚持告诉乔治娜，她并非从一开始就那么勇敢。"种族隔离政权帮助锤炼了我。"当她们走进洛克桑迪罗餐馆一个独立的座位区时，她说。这是一家不大的、专门针对那些对于真正葡萄牙菜肴拥有怀旧情怀的顾客的特色餐馆，所有餐品都是葡萄牙的原汁原味，而不是来自那些都被油腻淹没了味道的殖民地食品。餐馆的内部显示了经典风格，似乎是要和时髦奢华的观念进行彻底决裂。沿着墙，在杂乱排列的镶在镜框内的葡萄牙贵族黑白或彩色肖像照片上面，是布拉干萨王朝军舰的旗帜。涅丽莎注意到每次在她不在这家餐馆时新增的装饰物。现在除了独裁者们、时尚歌剧与葡萄牙流行歌曲的歌星、英雄或强盗之外，又加上了航海家亨利·达伽马、安东尼·奥斯卡·卡莫纳，以及第十任葡萄牙总统和莫桑比克出生的足球传奇人物尤西比奥。

身穿红绿制服的男女招待们穿梭于铺着鲜红桌布的餐桌中间，接受着顾客们的订菜单。具有安玛莉亚·罗德里格斯特色、用铜管吹奏的粗犷的葡萄牙传统流行乐曲飘荡在大厅中，更加深了怀旧的气氛。

餐馆提供的菜肴用图画显示在菜单上，餐馆的名字洛克桑迪罗用大字凹印出来。这个外国名字是在著名的巴西电视连续剧的启发下，出自莫桑比克的商人路易斯·博纳多·姆查威的神来之笔，因为它吸引了那些不仅仅满足胃口对烹饪要求的顾客们。他的这家餐馆靠出售巴西的 CD 光盘、DVD 影碟和黑胶唱片，以及对于喜欢异国情调的顾客准备的黄色书刊杂志和工艺品等，生意火爆。尽管长期以来这类东西令出版审查部门的官员皱眉，但那时对此视而不见的执法部门保护着这些市场。不时地可以看到一个年轻的幽魂一般的混血儿领着一个大腹便便、贼眉鼠眼的顾客从通向一个院子的侧门进入。有一次涅丽莎在造访这家餐馆时，为了寻找女洗手间误入了这个院子，意外地碰到了两对看似不般配的男女，在清理垃圾桶的人漠然的注视下，进入了后面一排兵营式的屋子。

在溜进了这个座位区之后，涅丽莎一边庆幸着这个让双脚得以休息的机会，一边环顾周围确定没有政府的密探，对于那种人她在一英里之外就能嗅出来。没有，在正在大口咀嚼着盘中的卡露露鱼、蔬菜和木耳的顾客中没有发现受雇的线人。那个戴着帽子的尖下巴的年轻人胡乱弹着一把吉他，悲诉着在本格拉的法尔塔海湾被他的爱人抛弃的故事，看不出有任何不正常，只不过是一个戴了绿帽子的家伙。

餐馆的老板路易斯是一个高高瘦瘦、留着胡子的男子，隔着四张桌子，正背朝着站在餐厅中间的食物台前，在像夜晚一样的黑暗中，他看着这两个女人并做出了一个夸张的动作，几乎是同时，她们也看到了他。正如哑剧表演者那样，必须给予每个角色一个喘息的空间来使老生常谈充满意义。路易斯假装绕行经过那些正在俯身大吃的顾客，然后才继续走向这两个女人。他的双臂早早地张开做出了一个革命式的拥抱。他小心地不要给予涅丽莎过度的挤压，一边喃喃地发出一些表示亲昵的语句。"啊，"他说，"只有我需要的美丽的夫人，才能使我这小店蓬荜生辉……"

"……达到天堂的味道?"涅丽莎讥讽道，"你以前接着不是这么说的吗?"

"啊，夫人，"路易斯表示抗议，"那是我的前任，那是他表达的方式。"他把他的大眼睛转向乔治娜并且弯腰行礼。

"这位就是我久闻大名的乔治娜夫人吗?"

"很高兴见到你，"乔治娜说，"好地方。"

"涅丽莎夫人早就应该带你到这里来了，"路易斯说，两道眉毛弯成了一个拱形，"不过推迟到来的快乐也会留下更加深刻的印象。"

"我们只是两个老女人，路易斯，"涅丽莎厌倦地说，"我们他妈的什么时候享受过快乐？那对于我们是浪费时间。"

"老？不会。"路易斯把他的调情手段表现到极致。但是当他看到她们尚未得到服务的餐桌，一片乌云掠过他的面孔。"还没有给你们提供饮料?"

"没关系，"乔治娜说，"这给了我们谈话的时间。"

路易斯完全没有理会她的话。"这是不可接受的。"他一边抱怨地说，一边捶打着他上衣的翻领，仿佛他要打击他的心脏。他拦下了一个经过的正在走向吧台的女招待。"玛努艾拉!"

玛努艾拉是一个有着黑蓝眼球、橄榄肤色的美女，近距离看更为年轻。她带着不屑的表情看着路易斯。这似乎增加了他的不满。“为什么这两位夫人被忽视了？”玛努艾拉看来想解释，但可能觉得完全是白费力，干脆决定站着不动。在路易斯以葡萄牙式的急脾气羞辱她时，她面色坦然。

两个女人垂下眼睛，不看这场怒气表演，这纯属小题大做。最终路易斯的火气散尽。玛努艾拉拿着订酒单转身离开。路易斯再次展现魅力。“我能介绍给夫人们我店特制的凯匹林纳鸡尾酒吗？”

“不用，”涅丽莎说，“今晚我需要一个清醒的头脑。”

“我们在家里已经喝过了一些。”乔治娜说，使拒绝变得委婉一些。

“太遗憾了，”路易斯说，“那是我亲手调制的。”

“我相信那是一颗炸弹。”涅丽莎说。然后说：“可能我们可以过一会儿谈谈，在我们所谓的晚上之前。”

“当然可以。我能知道是关于什么的吗？”他的脸上表现出警觉，笑容几乎完全消失了，但仍尽量保持着谦恭。

“一个医生朋友说你能提供帮助。事关货物的存储。”

“好吧，可能在你们离开之前？我随时准备为你们效劳，”路易斯说，“现在请你们原谅……”在他离开准备去照顾其他顾客之前，他停了一下。“并且，”他说，“请接受我对于纳尔逊·曼德拉的有关传闻表示祝贺。”

“好人。”涅丽莎说。乔治娜不知道，这指的是那个囚犯还是对这个路易斯·博纳多·姆查威的赞许。其实这无关紧要。

她们点的饮料来了，随后是海鳌大虾和蔬菜。听着古代水手们悲伤的歌曲，两个女人在友好的沉默中享用了晚餐。

在付款并准备离开的时候，涅丽莎抓住路易斯·博纳多·姆查威的视线。后者无声地滑到了她们的桌前。

“你说过想谈谈。”他对涅丽莎说。

涅丽莎决定开门见山。“我认识的一些朋友有大量葡萄牙人的纪念品。油画和艺术品，在安哥拉内战期间收回的。”

“你希望把它们全部变卖出去，”姆查威说，“这些东西是真货吗？”

“无疑是真品，”涅丽莎说，“据我所知，全部是经过评估证实的。”

“为什么找我？”路易斯·姆查威问，“对于艺术品收藏我一无所知。”

“完全是因为你像一个诚实的人，”涅丽莎说，“并且收藏品对于你的一些顾客来说可能具有情感价值。”

“真是这样吗？”

“因为在警察中我有一些朋友，”涅丽莎回答说，“他们对我保证，如果我是从贼手中偷回东西，你一定会帮助我。这完全属于物归原主的正义之举。”

“啊，”路易斯·姆查威说，“像是罗宾汉。我是在帮助罗宾汉找一个银行家。”

“差不多。”

“我认识几个人可能对这个想法有兴趣，”路易斯·姆查威说，“你看见那里的那个人吗？坐在靠近吧台那张桌子前的女人旁边。”

“是那个有着一头耀眼银发的老头吗？”

这时，一位引人注目的身着黑衣的黑发女郎加入了这对夫妇。即使从涅丽莎和乔治娜的那张桌子远距离看过去，仍能感到她的正式着装像手套一样合身。“哇，”涅丽莎说，“那个女人真美，她是谁？”

“*Minha noiva*，我的未婚妻。”路易斯·姆查威说，带着难以掩饰的自豪。“玛莉艾拉。刚刚从里斯本飞过来。我们将在三月份结婚。”

“那么和她在一起的夫妇，”涅丽莎问，“你的岳父母？”

“玛莉艾拉的妈妈和爸爸，”路易斯·姆查威说，“眼睛看着我。”他笑起来。

“当我们进来的时候我就注意到他们，”乔治娜说，“那位女士戴着一副珍珠项链。我还以为那些珠子是假的，塑料做的。”

“是真的珍珠，”路易斯说，“*Minha sogra e meu sogro Juan de Matos*（葡语，意为我的岳母和岳父胡安·德马托斯）。”

涅丽莎牧师觉得，从他以如此正式的方式介绍来看，这对亲戚对他来说意义非同一般。即使他的发音也是拿腔作调，仿佛他是在宫廷中服侍一位布拉干萨王朝的公爵。

但是涅丽莎根本没有机会说出她的这些不敬的看法，因为路易斯·姆查威就像一个一刻不停的牧师一样又转身去服侍他的顾客们去了。大多数顾客完全不像是有钱人，但是通常有钱人都穿着低调，看起来像是法庭职员那样寒酸，以此来阻止那些想跟他们借钱的人。当然黑人除外。她曾经嘲笑道，越是穷的黑人，越是在出门时要求穿着完美，即使他们甚至付不起一顿正餐。他们可能饥肠辘辘地上床睡觉，但是早上醒来要穿上佛罗斯海姆牌的皮鞋和布鲁克斯兄弟牌的西服套装。他们在商店里购买昂贵的商品，十二个月分期付款，结果花费要更高。他们轻信那些优惠条款。这些优惠条款则使零售商们轻易获利。他们唯一不懂的是奢侈的结果是穷困。

在带有一身没落气息的路易斯向那个年龄不确定、体态丰满的女人和他的银发伴侣——刚才分别被介绍为胡安·德马托斯先生和夫人——大献殷勤的时候，涅丽莎和乔治娜注视并等待着。姆查威闪亮的白牙显露出他习以为常的虚情假意。那个女人肥大的手指几乎要被看似假货的闪亮的首饰压弯，珠宝刺眼的光亮加重了与她双眼下黑影的反差。男人脸上的皱纹为他漂亮的面孔添加了成熟感，他注视着路易斯，认真地听，不时伸长了他的脖子观察着其他就餐的人，最后落在涅丽莎牧师和乔治娜的桌子上。

"我不信任路易斯的岳父，"乔治娜说，"德马左斯先生。"

"德马托斯。"

"不管他叫什么。"

"怀疑是对的，"涅丽莎说，"这意味着你会长命百岁。"

"对于我这把年纪，你的话近乎诅咒。"乔治娜说。然后她的眼睛睁大了。"哇，他走过来了。"

德马托斯英俊的形象随着他走近这两个女人的桌子的每一步在减弱。在一番客气的自我介绍之后，他坐了下来，在近距离听到他温暖的男中音，这是一种精微的显示：在他盛年时期一定曾经是一位女性杀手，可悲的是风华已去。他黑色的眼睛充满忧郁，这是一种与以往回忆的沉重无关的一种忧郁。他以一种惹人怜爱的冷漠方式坦率地说，他的英语不是很好，对此表示歉意。

"我们的葡萄牙语，"涅丽莎牧师谦虚地说，"也同样不值一提。"

“啊，对此我表示怀疑，”德马托斯先生说，“这和我听见的大相径庭。”

“哦，”乔治娜说，“你听到的是什么？”

“约翰内斯堡是一个大型电话交换台，”德马托斯先生说，“这是在一个市场上的电话交换台，这个市场上真正的货币是信息。”

“那么，德马托斯先生一定是一个富人了？”涅丽莎牧师问。

“那不一定，有时你认为是重要的东西可能……结果是零。”他用他的拇指和食指做成一个圆圈来加重他的话语。

“这个地方是一个市场吗？”乔治娜紧追不放。

“我喜欢这里，”德马托斯先生说，“我的妻子和我已经结婚超过50年了。我们喜欢那些能够使我们回想起老葡萄牙的地方，如果你们相信的话，只有在非洲才可以发现老的葡萄牙。”

“可能，”涅丽莎牧师说，“在保留那些不是非洲天然存在的东西方面，非洲是非常好的。”

“可能吧，”德马托斯先生耸了一下肩膀说，“非洲在向西方寻求答案。但是西方从来就不是一个伟大的榜样。对于它自己比较贫穷的孩子们来说，处境一直是十分糟糕的，这意味着损失是绝不能再收回来了。我们葡萄牙人过去依靠北大西洋组织，当我们不能保存我们的殖民地时，我们就成为了一个笑料。即使是几内亚比绍的革命者阿米尔卡·卡布拉尔也嘲笑我们，说我们穷得连一台玩具飞机也造不出来。但是我们现在正在为西方维系着这些殖民地，为了他们。”

“可能你应该感谢上帝对你的恩典。”涅丽莎牧师说，奇怪是什么激发出了这种忏悔的倾诉。“要使所有人都唯命是从是一个实实在在的负担。他们想把你们扔出去，而且有时不会那么温柔。”

“我只是非常高兴离开了那辆所谓的西方公共汽车。”德马托斯先生露出了一脸可怜的微笑，仿佛失去殖民地意味着甩掉包袱般的轻松是一种异端的说法。“无论如何，它给了这个世界一份能够回忆得起的、带有种族清洗味道的独裁者的名单。”

“这意味着，”乔治娜说，“我们必须小心地对待从你们那里借来的东西。”

“特别是因为利率可能会非常高。”德马托斯先生长长地叹了口气。“我必须回到我的夫人和女儿那里去。”

“她们都是非常美丽的女人，”涅丽莎说出她的感觉，“你一定很自豪。”

“是的，”德马托斯承认，“但同时我又充满了恐惧。南非似乎是女人——有时是女人和孩子——的险恶之地。政府必须在确保她们的安全方面发挥作用。我的妻子和我将要返回里斯本。因此，如果你们能够影响这个国家未来的变化，请对我的玛莉艾拉保持关注。”

“我们一定会，德马托斯先生，”涅丽莎说，“谢谢你。”

“*Até amanhã*, *obrigado*（葡语，意为晚安，谢谢）。”

在下了飞机到德班路易斯·博塔机场内休息室会面处的路上，她仔细琢磨着这个老人的话，听起来像是一种警告。从机场中的一面镜子里——她知道这是特务部门占据的隐蔽办公室的观察镜——看到她的影像，涅丽莎承认，她看起来筋疲力尽。在这类场合，她身着变装，涤纶长裤，柠檬色上衣外套着一件轻薄的卡基布夹克，脚下是一双平底凉鞋。她揣测，对于监视她的任何人，我只是一个再普通不过的印度女商人。在南非的政治想象中，印度人是无害的，只关心生意并且自顾自。当然，自从那些令人扫兴的家伙——如菲利斯·奈杜、比利·奈尔、麦克·马哈拉杰、阿赫莫德·卡斯拉达——闯入舞台之后，这种稳重的形象被打得粉碎。

她考虑着把她昨晚的遭遇告诉正在站着等待她的姆兹·塔比茨，他由另一个男人陪伴，后来被介绍叫做图拉西子威·恩格比斯。在昨天晚饭后回家的路上，乔治娜——这块能吸收通常被大多数人忽略的最珍贵情报的海绵——告诉她，德马托斯先生的兄弟，或玛莉艾拉的叔叔，是在南非经营的众多葡萄牙人财团之一的著名大佬。他们拥有从贝德福、经过肯星顿和杰皮思敦、直到佛雷拉斯多普的所有资产。

“如果那个路易斯·姆查威对玛莉艾拉不好的话，”她说，“他必须小心安杰洛·德马托斯和他的黑帮。”涅丽莎曾经听说过安吉·德马托斯的名字，但没有联系起来。无论怎么说，这都与她无关。她现在已经在关心姆兹·塔比茨和那些游击队员了。

尽管这两个人是在执行任务，是肩并肩的同志，并且不管他们是如何企图生动地显示出南非人所谓的“*braskap*（布尔语，意为兄弟情谊）”或哥们义气，他们在互动中表现出的一些迹象立刻告诉涅丽莎，他们在一起工作纯粹是出于任务的需要。这不在于任何他们做的或说的，而可能是由于他们缺乏语言和身体的互动。姆兹看来年龄更大一些，体型也更瘦小一些，涅丽莎希望他不会是在为什么事情纠结。但当他拥抱她的时候，她的这种担心被他脸上笑容化解了。

“你的气色看起来还不错。”姆兹·塔比茨说。他接过了她的旅行袋并递给了恩格比斯。后者带着一种被赋予随从者地位时僵硬的笑容看着他们。

恩格比斯开车。涅丽莎牧师和姆兹·塔比茨一起坐在后座上。恩格比斯保持着对路面的注视，并不时地从后视镜中瞥视着他的乘客。当他猝不及防地发现涅丽莎的眼睛在看着他时，恩格比斯决定全神贯注地盯着路面。

尽管现在是早晨，迎面吹进汽车的十二月份的暖风仍然表明今天是个大热天。她回想起了安哥拉。在那里，热是从没有露珠的草地以及从太阳升起到落山昆虫燥热的叫声中感受到的。在这里，喷出刺鼻尾气的汽车沿着高速公路滚动，它们的发散物有效地窒息了大气中任何能呼吸的东西。这使她陷入到去罗安达码头卸载油轮的行军途中的回忆，闻到水中腐烂物令人窒息的恶臭，感受到凝滞天空下的油腻和汗水。然而所有难以忍受的代价得到了回报。当这支包括男人和女人的部队，赤脚沿着无人出没的海滩绕行之后，在随便一个散布在海边的小餐馆里可以享受到清凉美味的啤酒。来自大西洋的时而是滚滚风云，时而又是拂面清风，惊涛拍岸激起的水滴和泡沫显现出彩虹的色光，构成了一场视听的盛宴。待在阴凉处享受的这些时刻中，所有噩梦和不适的记忆都已无影无踪，饥渴消失了，啤酒举世无双。上帝啊，现在我死而无憾。如果不是曾经历过身处绝境的死亡威胁，我们绝对不会欣赏到这个世界的美丽。

透过车窗，这座城市展现在她的眼前，早晨看起来充满光辉和希望，一种对德班的亲密情感在她心中陡然而生。德班对于她来说很像是罗安达；一座海边的城市，与一望无垠、生生不息的大海不离不弃。正是在德班，她接受了文件分析技术的训练，在执行主席交给她的任务中，编码和解码这种新技术成为必需。这已是很久以前的事了。

“我们什么时间到达?”她问。

“很快。”恩格比斯说。

听到这种典型南非式的回答，涅丽莎大笑起来。她知道，她现在是到家了。

“那个受伤的人，”她问，“现在怎么样了?”

“迪亚戈?”恩格比斯问，很高兴他成为了对话中的一员。“他很坚强，已经恢复了。”

“是你草药魔力的作用吗?”涅丽莎问。

“他的草药……”姆兹·塔比茨不屑地说，“那是白人的医药……是不是，恩格比斯?”

在继续开行的几百英尺当中，恩格比斯一言未发，像是一个在心中数秒的人，然后清了清喉咙。“我不愿为我的工作做广告，姆兹同志，”恩格比斯平静地说，“但是如果你想知道我的治疗是否有效，可能最好是去问问其他的人。”

“其他的人?”姆兹听起来像是有些困惑，“比如谁?”

“你已经破解了许多秘密，”恩格比斯说，“这次不应该太难……”

“同志们，”涅丽莎·罗德里格斯激动地说，“看!”

一座城市的特色经常以一种混乱的形象展现出来。德班的街巷扮演了连续不断的狂欢节主办者的角色。从高速公路的出口出来，在一座桥下驶过，那里已经是人头攒动，往来的游客创造出了一个奇迹，成千上万的人在流动，但是看不见一个警察。1989 年 12 月 31 日，新年的前夕，整座城市活力四射，充满了色彩和喧嚣，乐曲和人声鼎沸，标志着一个有五个世纪积淀的国家正在试图进入胜利的时刻。一些表演者携带着音响设备，他们演奏的乐曲，涅丽莎已经很长时间没有听到过了。一些过去被国家禁止演唱的歌曲正在尽情地播放着。休米·麦赛克勒激情地唱着，希望纳尔逊·曼德拉将回到索维托。

“我奇怪，”涅丽莎打破了沉寂，“究竟是什么原因使休米大哥产生了曼德拉想回到索维托这个念头。他可能想在其他地方定居。”

“在罗宾岛或波尔斯莫监狱待过之后，”姆兹·塔比茨说，“任何地方——索维托、古古勒图、兰加、念加、夸马舒、伊穆雷兹——任何狗窝都是天堂。”

“我们的成长正是得益于这些地方。”恩格比斯说，一扫原有的诙谐。“你不能用这样的词语来贬损它们。”她对他们之间存在着潜在敌意的怀疑得到了证实。涅丽莎保持沉默。他们应该及时地解决他们之间的问题，不管是什么样的问题。我不必刨根问底，她想。

出了高速公路，人群堵塞了交通，汽车的笛声、无线电音响与狂欢人群的喊声竞相呼应。沿着混凝土道路的边缘，人们挤撞着隔离墙蜂拥而出，打着标语牌，舞动着旗帜，要求取消对解放运动的禁令，并尽早释放曼德拉。一面旗帜上写着：曼德拉是我们的非洲王！所有地方都欢迎您！

“是的，”涅丽莎说，“这个男人是我们未来的总统。他的选择是宽裕的。”

12 月份的太阳历来要无情地让位于阵雨的到来，但雨水无法浇灭人民要求自由的热情。毕竟雨水是对诸神的祭奠，雨水是先祖认可的签章。

混凝土地面腾起片片蒸汽云雾，游行的队伍像是从雾气中冒出来，如同童话书中的水怪在海水中浮现。恩格比斯降低了车速，一寸一寸地向前挪动，停停走走。这是可以理解的，因此也是可以忍受的。

涅丽莎感到浑身不舒服，想起身上穿的衣服该换了。滨海城市和不期而至的游行示威的人们散发在大气中的腥臭，混合着汽车喷射出来的柴油尾气，使她觉得闻到了自身发出的不清洁的气味。意识到一个人的崩溃这是一种奇特的感觉，她身体的不同部分都同时宣布独立并在慢慢地解体。这一切都是上了年纪的表现。药膏和胶布，正如老弱助步架和心脏起搏器一样，不过都是人为的措施，以延缓一个无法遏止的走向坟墓的人生旅程。

当涅丽莎回忆起曼德拉走进监狱大门开始他的无期徒刑时，他看起来是多么高大——一个自豪的健康的男人。她颤栗了。他的步履说明了一切。相比他的护送者，他鹤立鸡群，他是这个地球上最自由的人，毫无疑问，要比那些窃取了非正义权力而与他们自己灵魂纠结的抓捕者们更自由。她知道。她听说，狱方当局为了保留住囚犯，只要他们不是由于患病死在里面，就不断增加他们的服刑年限。而大多数人一旦出狱，又立即成为给予自由致命打击的当局者的猎物。现在有成千上万的人要求释放曼德拉——欢迎！在曼德拉真正释放的时刻，这个数字将会变为成百万上千万。当曼德拉去世的时刻到来时，又会有多少人站在他的坟墓前？一想到曼德拉总有一些匪夷所思的东西，用接地气的说法，他是一个超越人类的圣人。她感到了一阵内急。涅丽莎克服了找洗手间的想法。上帝保佑，别让我看到流水。她心中充斥着来自过去的魔鬼的影像。

汽车终于转弯进入了摩尔路，这是众多出口和匝道的交汇处，可以到前往贝利亚、斯丹格尔或皮特麻利茨伯格的主路。两辆警车停在桥下，警察是带着墨镜的年轻人。看见他们，涅丽莎感到肚内翻绞，仿佛是分娩的预警。那里堆满了大量的混凝土、煤渣块、砖、水泥板，看来随时准备用来沿着高速公路两侧筑起街垒。这种严阵以待的印象在加深，路边堆积的瓦砾在路左侧变成加油站，右侧是法院兼警察局。随着恩格比斯驱车深入城市，人群，度周末的人们，审视着这辆汽车和它的乘客，涅丽莎的那种被包围的感觉更强烈了。狂欢者和看来无所事事的行人全是黑人，视野之内看不到一张白人的面孔，即使在那些穿着凉鞋和袜子、驾驶着五颜六色大众牌小巴士、希望刺探德班各种颓废的异国情调的那些留着长发的冒险者们当中，也看不到白人的身影。这是一条只由黑人构成的河流，沿街滚动，在高层公寓中进进出出，一些人在豪饮着城堡牌、狮牌和黑方牌啤酒。人群中原先友好的气氛现在变得谨慎起来，而那些审视着这辆小汽车和它的乘客的面孔更加肆无忌惮，仿佛车窗已经全无遮挡。一些比较年轻的家伙穿着低腰的牛仔裤、赤着上身走着，明显地想制造麻烦。什么人开始敲打汽车的顶棚。

在她五十三年的生涯中，她曾经历了许多危急关头。她闻到了火药的气味。以前曾经发生过这样的事，一些人由于误入险境导致身亡，其后相互的指责瘫痪了进步运动。她想起乔治娜，突然地从躺卧状态坐直起来，为自己的生命重新充电。她想起了她的不再是孩子的侄子阿卜杜尔，和她的哥哥甄周以及她的嫂子莎莉玛尔。对于涅丽莎来说，他们所有人都安全是最关键的。人群中可能有人认出了姆兹·塔比茨，挥动旗帜放他们通过。

他们需要在什么地方找到一部电话。她需要给乔治娜打个电话，并让她通知其他人。

“恩格比斯同志？”涅丽莎从后座上说。

“什么事，牧师？”恩格比斯说。

“我们在这里下车。”

大约下午 4 点 30 分，他们给涅丽莎安排入住爱德华王子大街上精致的小夜曲旅馆，它坐落在城市中心，同时又不引人注目。旅馆的位置很理想，靠近商店和交通中心，距离伍姆哲尼大道只有几分钟，那是他们以后要去夸达姆布萨的主路。旅馆经理拉杰什 · 穆汉长时间地通过涅丽莎和姆兹与解放运动做生意，保留了一间特别套房来安排姆兹的客人。看车的保安和街上的孩子组成的安保系统针对任何威胁向旅馆发出警示，这可能包括打家劫舍的匪徒，也包括那些维护公安的警察。

在这间穆汉用生命做担保的旅馆三层的套房里，姆兹、涅丽莎和恩格比斯讨论了有关游击队员们的紧急事项。在烟火开始响起的时刻，他们的耳朵全竖起来了。“某个人打响了庆祝新年的发令枪。”涅丽莎说。然后她看着恩格比斯。“这里的委员会包括你、姆兹、约翰尼斯、泽福大哥和诺玛桑托 · 索科拉。”

“桑托，是的。”恩格比斯说。

“你对每个人都十分了解吗？包括桑托。”

“如果你指的是我们是否对她进行了彻底的审查，那么回答是肯定的。”

“肯定？”涅丽莎坚持问，“但是……”

“不过，总有那种人们疏忽了某些细节的可能性……”

“让我说得更明确一些。你知道关于她的情感生活的任何情况吗？”涅丽莎深究，“我听说她是一个美人……”

“我没想涉及那个领域……”

“那个领域，加上引号，通常是最重要的。爱情是使我们所有人都会变得脆弱的东西。”她转头看着姆兹，他正在不经心地看着电视屏幕，由于调小了音量，只看到足球运动员们在无声地飞跑。“你同意吗，姆兹？”

“你指的是爱情吗?”姆兹·塔比茨问,“我只知道,爱情能够转动这个世界。”

“也可以使这个世界变疯,记住我的话。”涅丽莎想起了朱莉恩,“同志们,请查一下是否这个女人已经获得了一张清洁的健康证明。我们正在进入非常危险的时刻。”

“为什么?牧师。”姆兹·塔比茨问,“关于她,你听到了什么吗?”实际上他正在想着萝拉。在这场肮脏的斗争中,谁能说是绝对的清白?

“我只知道生活的一条准则:安全第一强于吃后悔药。”涅丽莎问恩格比斯,“她见到了箱子里的东西吗?”

恩格比斯笑起来。“牧师,迄今没有任何一个人看到了箱子里的东西。我们所有人都在等您,或者来自最高委员会的任何人来指导我们。因此我很高兴您来到这里。”

“对箱子里的东西是什么你们不好奇吗?”

“您想听真话吗?”恩格比斯说,“我把这些人从济勒斯特接回来。我安顿他们住下,照顾他们,为他们提供食物。他们中的一个年轻人,活泼幽默,在我的房间被枪杀。一句话,所有尾随着这些人的噩梦来自于这只箱子。我不想知道里面是什么。我只想让它离开我的房子。”

“这是一定会的。”涅丽莎说。她有一种感觉,图拉西子威·恩格比斯可能承受着他自己心中秘密的压力,但是毫无疑问,他是一个好人。“我们将会处理它。”

“我将非常感谢。”

心　路（4）

"我犯有罪恶，请上帝拯救我。啊，我上次的忏悔是在一两个月前。迄今发生的事情使我陷入困惑、痛苦和恐惧。"在她陈述期间，神父保持着沉默。当她停下来，他说："有很多困难的时刻。你说，'发生的事情'，而不是'我做了这个或那个'，自己承担犯错误——罪恶——的责任。你还年轻，前面有着光辉的未来，但是你必须帮助其他人承担起责任。但是一切全在于你的主动。你必须确保你的行为不会危及你所爱的那些人，因为他们是无辜的。"在这个启导之后，神父给予了她豁免，祝福她平安，并送她离开。现在是一年的开始，大量赎罪的人排着长队在等待，他们已经很长时间没有进过忏悔室了。

她认真思考着神父的话，这些话的重量和预见性。她年轻，但她知道，她的未来可能不像神父想象的那样光辉。她想他是看走了眼，这令她感到心寒。星期天的人们涌上街道，他们大多数带有他们教派的色彩。新教教徒、英国国教徒、天主教徒、犹太教徒，教袍、圣服、像约瑟夫那样的多彩上衣——所有都展现在大街上，一些人吟诵着他们的圣经和赞美诗，歌颂着他们的上帝。

她不知道，列佛娄·莫括埃纳是否曾经进到过一座教堂里面。他最后想到的是什么？

尽管不能证明，但是从骨子里她知道，她的情人——他目前的身份——涉嫌那次谋杀。这不在于他说了什么，而在于所有他故意隐瞒不说的东西。比如，她告诉他，列佛娄被枪杀，而他说漏了嘴，提到有关波米格拉内特的一些事情。他怎么知道这个名字？关于这些名字不是只限于恩格比斯房间里住的那些人知道吗？她开始以为，可能他没有说，是她的自我想象。因此她说了一些有关恩格比斯的无聊的话，而他说："恩格比斯？那是谁？"从那时起，他一直小心谨慎地不再说任何事情。

就是在他沉默的那一刻，她知道，他知道她已经怀疑他了，不论多少次性高潮也无法根除这个令她纠结的事实。她已经从心里把他驱逐了。

他是一个杀人凶手。列佛娄·莫括埃纳只是一个开始。他把一群杀手藏匿在H区的那所房子中。

下一个是谁？

如果她处于危险之中，她最好离开这里。然而，当这个念头出现在她的头脑中时，她知道，这可能已经太晚了。

他在半夜接她上车。城镇外迎接新年的人们聚集在大街上，气氛热烈。1990年，新的一年将会带给人们什么？他们驾车离开了夸达姆布萨，穿过夸马舒镇。街道上到处留下了盛宴后的残迹，底朝天的垃圾桶，燃烧的轮胎，沿街爆炸后的烟花，它们内在的余火仍在燃烧。她读着街道的名字，看到的是这座城镇动荡的过去，好像是第一次，她体会到，它们讲述着斗争和崇尚英雄的支离破碎的故事。她不知道，当政府当局赋予公民为他们居住的地方起名的权力时，是否意识到会有这种微不足道的叛逆行为。从曾经听到她的姨妈以一种愤怒但无奈的方式的抱怨中，她知道，没有一个黑人居住的城镇是因为他们出于热爱而居住在那里的。几乎他们所有人在那里居住都是为白人腾地方的庞大计划的结果。因此在这些城镇中，无论有多少英雄的名字印在他们的街道上，都只能见证着白人世界是如何以一种蔑视的方式彻底地掌控着黑人。在这里她看到了一条街道起名为桑德尔瓦纳大道，就是来源于1879年祖鲁军队打垮英军的胜利。现在是1990年的1月，她二十三岁。桑德尔瓦纳的战斗，正如同百年战争一样，只不过是在另一个星球上一种模糊不清的生活方式、在历史考卷上出现的多选题中的一个。

当这辆真实的汽车驶向高速路时，左边经过的是黑暗笼罩着的甘蔗地，这座起名源自甘蔗巨商的城镇也随之从记忆中退去。右边，她知道，是棚户住户们——主要是单身汉——的居住区，这里居民的绰号是“犀牛”。在这些受人鄙视的居民中仍然分成三六九等，种甘蔗的工人们大多是来自东开普的移民，他们被排在最底层。她不知道，当或者如果自由到来之时，他们的命运将会是什么样的。

但是现在，到处一片寂静，仿佛昨天晚上的那些狂欢者们正在使自己为即将到来的早晨做准备。两三辆巡逻的警车开过，顶灯熄灭，坐在里面的警察匆匆地瞥了他们一眼就忙他们自己的事去了。她仿佛看到警察中有一张熟悉的面孔一闪而过，但那可能是她一直的想象，很快就抛到脑后去了。她想问问他，在这场他参与了全部计划的斗争中，他在想什么。这是因为她能够感觉到，他知道的远比他透露出来的多。他在武器方面的技能，如拆装AK47，或拆除一颗F-1手雷的撞针并且插回去，使它安全无害，这全套的技能属于一个士兵。在所有他们的谈话中，他一直机巧地回避任何可能诱使他详述过去经历的那些问题。因此对于她来说，他是一个有着神秘过去的男人。但是她知道——如她听到过的一些哲言所说——尽管未来是确定的，但仍然不可预料的是过去。

几分钟之后，他们到了伍姆哲尼河路，她希望停下来，这样她可以看看这条河。但是他继续朝着海滩方向开去。时间不长她就看到了伍姆哲尼河公园的标志和它墨绿色的围栏。他驶离了主路进入了一条没有水泥路面、穿过一片密林的道路，她可以认出长而尖的鹤望兰和水香桃树——它的黑紫色的果实一定会让猴子们大餐一顿。她怕蛇，因此希望她的同伴没有在这次印象深刻的旅行安排中让她见到什么爬行类动物。

我们到这里做什么？她问。在只能听见呼吸的寂静中，她可以听到附近波浪的拍打声。不用着急，他说。

他呼的一声打开了后备厢。疯了，她想，这将会是一种她在妇女杂志上看到的罗曼蒂克的行为，一些寻求刺激的情侣们想在那里进行一场比卧室里更新奇的游戏。但这不是卧室，后备厢里出现的是两个年轻人，都被捆住手脚堵着嘴。十分明显，他们都被毒打过，脸部浮肿，衣服上的斑斑血迹在月光下显现出可怕的黑色。

这仿佛是在梦中，她看他从腰带上取出一支枪并向一个年轻人打着手势，她认出这是提卡·乔伊，实际上还是一个孩子，另一个她不认识，跪在地上，面朝着发出海浪声音的方向。

这个孩子，他指着提卡·乔伊说，找到我并威胁要去告诉住在恩格比斯房子里的那些人。

她听着他的解释，仿佛像听见一个法官在一个死刑犯执行枪决前的宣判。

另一个孩子呢？她问。他也要告发你？

是他的朋友，叫做博伊—博伊。他坏笑着说，仿佛凭这个名字就够处死的了。我不能允许我的行动受挫。

但那就要杀掉他们？

这只是革命中的正常事情。

你真要这么做？她问，现在比她生命中的任何时刻都更感到恐惧。她想说，这是错误的，但是他眼睛中的什么东西告诉她，现在这样说是不明智的。但是然后她问，真正的原因是什么导致你——她停下来寻找一个不表现出任何冒犯的词语——用这种方式？

你是指，成为一个杀人者？

如果你是这么看你自己的……

我不会戴着任何有色眼镜看自己，他说。多年来，每当我追溯过去，我看到的自己都是充满乐观和信仰。我像和我同时代的年轻人一样投入到这场斗争中。

像这里的年轻人一样，她指着这两个受到谴责的年轻人说。

像他们，是的，但我是在一个预设的陷阱中被捕的，当时我从马普托的一个短训班返回。那是在1977年，我们携带着炸弹准备进攻在万特沃斯的炼油厂，但是由于某个人出卖了我，我在博鲁夫的霍普金斯路上被捕。我受到酷刑，并被要求为敌人工作，否则他们将散发一个审讯记录，表明我已忏悔并提供了在德班另一个正在运转的地下组织的人员名单。更厉害的是，我的父亲从监狱里放出来了，他们威胁说要散布一个谣言，说他一直就是他们的人。这是他们的陷阱。我无法承受这些。我谎称是逃脱，从而返回到流亡的队伍中。

但是这个……提卡·乔伊太年轻了，不可能一直卷入到这类事情中……

从一开始，我就注意到他了，他说。首先我知道没有人会放过他。其次，他已经知道的太多了，并且性格软弱，正像被蜘蛛威胁时表现的那样。他一定经不住考验而会出卖我……

但是你也没经受住考验而出卖了其他人，她想指出这种讽刺，但是她忍住了没有说出口。现在不是显示她多么尖锐的时候。但是解放运动……你对解放运动的忠诚方面没有愧疚吗？至少她可以提出这样一个问题。

解放运动抛弃了我的父亲。帕奥威尼将军计划资助的机构本应该确保我们这些组织内部的人得到福利、物品供应等，但是现在这些随着钱一起全都化作泡影。人们原想给他钱治病。你看见他的身体不好。你可能不知道这些，但是我的父亲把他的全部生命奉献给了争取自由的斗争。当他从监狱中出来不得不吃那些垃圾食品罐头时，他自己的解放运动抛弃了他。每个人都在说，解放运动陷入资金拮据状况，并且正在多条战线上为多种需求战斗，因此无法承受作为一个福利组织的要求。但是那些解放运动的掌权者们却正在积蓄着大量的钱财并过着奢华的生活。当我从流亡中秘密返回并发现他过着这样的生活时，父亲的命运才有了转机。我的母亲再婚了，并带着我的小妹妹一起搬到北德兰士瓦去了。我不知道她们在哪里，但是有一天我会找到她们。

在恩格比斯家里的那些人是怎么回事？她问，不知道是否用完了给她提问题的配额。他们是你的同志吗？

他们也占有了一些属于我的东西，他说，似乎突然厌烦起来。他们不知道这些，但是我怀疑，箱子中文件包含的内容可能最终会使我暴露。暴露那些我与之共事的人。我害怕他们会找到某个会解开密码的人，揭露出隐蔽在解放运动中的特务分子。他们中的一些人我不知道，但是我敢跟你打赌，有在高层中的大人物。

那么我呢？她知道，她现在命悬一线。

他看着她，仿佛对这个问题感到吃惊。你，他说……你是我武装起来的同志。我的支持者。就这些。

没有瞄准，他对着提卡·乔伊的脑后开了枪。这个年轻人的身体僵硬地倒下，整个过程中一声未发，脸朝下趴在了沙地上。

然后他对她说：你想成为一个革命者。在革命中，人们杀人。或者杀人，或者被杀。没有人清晨起来就说，我想成为一个杀人者。在这种环境中你没有选择。但是杀人也需要教。你不得不像一个临床实习医生那样。你学习杀生先从狗、猫、寄生虫开始练习，然后是无用的人，敌人。这是一个敌人。我无法给你一个速成的课程来培养你对杀生的适应。我现在帮助你，教会你如何杀人。我给你一支枪。使用它。我们站在一条战壕中。

这一瞬间似乎是永恒，她听到远处海浪拍击的声音，感到面对撬动宇宙杠杆的无限力量自己的渺小和无能为力。夜间的小鸟像是见证人，发出凄厉的叫声、拍打着翅膀飞走，仿佛要逃离必定要击发的子弹。

动手吧，他说。一旦你开了枪，你将会理解拥有那样的权力是多么的享受。有一天你会为此感谢我。

明知道如果拒绝，这件事永远不会结束，她从他的手里举起了枪，没有看着这个从堵住的嘴中发出无望挣扎声的剩下的孩子，瞄准。她感到内脏的一阵翻腾，知道他已经在排泄污物。她扣动了扳机。

6

鬼　诉

1985 年 3 月 31 日——即使在解放运动组织中也仍然是被清楚记住的一天，因为这一天标志着财政年度的开始——她被召唤到卢萨卡郊外卡布隆加地区的一所房屋中。她吃惊地发现，等待她的是解放运动的主席。他身着蓝白条纹的运动套装和软底便鞋，拿出时间向她和在客厅中的其他人阐述他为之奋斗的事业。

“我的全部生命，”他说，“一直着迷于重生——或再生——的过程。当我离开了放牧牛羊的生活，在庞杜兰德省的比赞纳学校的日子中，曾经花时间研究生命的形式：有机物从泥土到有生命然后又返回到泥土的轮回之路。在教堂的布道中，更多的是鼓动和华丽的词语，却不能对大自然每一天活生生展示的奇迹给予我们一个解释。”

“我成为了一名神父布道的助手，”他继续说，“目的是得到一个坐在前排的席位，去破解那些使我们的人民被震慑的魔咒。即使在后来的很长时间，我在福特哈尔大学中的一些同事仍然嘲笑我对生命轨迹探索的执着。正是在种族隔离政策每天亵渎的一种生命轨迹中，我们的人民在压迫的枷锁下呻吟，我们的人权被否定。当至爱之人被埋入土中的时候，妇女们坐在墓地的一角哀鸣——有时是无声的呜咽，她们的眼泪已经流干。”

“男人们很早就死去，”他满腔悲痛地说，“预期寿命非常低，这不仅是由于暴力、疾病、使用刀枪甚至绞索的屠戮，更主要的是出于对未来的绝望。我在还是一个孩子的时候就加入了解放运动。这不是一个自觉的行为，正如你们成为了工人阶级的一员那样。促成我的是在我能够声称自己是解放运动的一名成员很久之前的一些事件。在那之后，似乎没有解放运动整个世界都不存在。在那之前的生活就如同完全没有生命一样。”讲到这里，他用眼睛看着涅丽莎牧师；她吃惊地发现，他的眼睛是黑色的，眼圈是棕色的，浮现出似乎是一个把痛苦留给自己的殉道者眼中的那种彩虹。

他说：“因此，我对于我们中的一些人出于狂热所干出的伤害生命的行为感到痛苦。他们是在破坏我们这个始终宣扬生命神圣的解放运动。我听说了对关押的南非人囚犯动用酷刑的是我们自己的人。”他停了一下接着说，“我们甚至可能杀了我们自己的人，并且他们的遗骸没有以一种有尊严的方式来处理。在我的头脑中，我一直需要找一个有必要资格的人，也就是今天的你。我需要你去发现在我们的兵营中发生了什么，特别是在我们的第 37 军区。”

涅丽莎牧师想知道，这些必要的资格是指什么。她的宗教训练使她获得的挂职牧师的资格？哪个解放运动还需要牧师？这不过意味着主席需要找到一个懂得如何处理遗骨的人。她摇了摇头。涅丽莎曾经听到过一些传闻，特别是我们的一些同志骚扰妇女，一些人由于一些轻微的违纪而被关起来甚至被处决。她对于兵营的执掌者能张开臂膀来欢迎她不抱任何幻想。但是对于如何对付阻碍调查的人她是一个老手。

她对于主席的信任表示感谢后告辞。

自从 70 年代以来，这座城市散发出的令她惊叹的魅力从未消减过。罗安达给她的印象是，万里无云的天空笼罩着一切，高高地压向高耸的建筑，然后优雅地落在了海洋的边际上。尽管 4 月上旬仍然处于雨季之中，但这里气温凉爽，天空晴好。然而潮气还是无法抵御地透过了她的内衣直达她的脊背。她乘坐的是一辆拉达 Niva 牌吉普车，她蜷缩在塑料座椅之中试图抵御湿气的侵扰。

“你还好吧？”阿尔蒙·乔纳斯，人民军的地区指挥员，用眼睛的余光瞥了她一下问。“这里会很热。”

“你不必为天气道歉，阿尔蒙。”涅丽莎说。她转移到座椅右边的角落，把腿更好地伸展开。她怀疑患了血栓。她记得在近 3 个小时的航班中坐在狭窄的座椅上，夹在两个身着猎装、类似经商的人中间，他们可能由于过早地起床没来得及做个人卫生。他们没有与她交换座位，宁愿分别坐在靠窗和过道的座位上隔着她进行交谈。在到达罗安达 *Quatro Fevereiro*（葡语，意为 2 月 4 日）机场时，当看到他们中的一位似乎与海关官员有了麻烦时，她甚至感到高兴。机场上安哥拉国父内图博士在超过实际人高的巨幅画像上俯视着乘客们。

吉普车沿着拥挤的十月革命大道缓慢地行进，然后朝英雄路方向左转，这时通过阿尔蒙·乔纳斯头上能够看到的车窗外的什么东西吸引了他，可能是一个摊贩，涅丽莎注意到她的这位陪同脸上出现的苦笑。这是一种悲伤和痛苦的笑，使她想起了机场画像上内图博士勉强做出的露齿的笑容。安哥拉是个什么样的国家——把对生活的矛盾态度印刻在人们的脸上？现在沿着街道，在肯定安哥拉人民解放运动（MPLA）的英雄主义的同时，她试图理解人们脸上表现出的与过去剧烈冲突的那些迹象。自豪的女人们，她们的肤色从努比亚人的黝黑到高加索人的乳白，反映出在漫长历史中人种交融形成的多彩的舞台。她们的脸上表情生动夸张，大笑的声音听起来近乎哭号。年轻的男人们穿着五颜六色的衬衣，像是参加狂欢节，他们交谈的对象大部分是身着迷彩服的士兵，他们肩上挂着或手中端着步枪，但神态轻松。

在位于雷纳金珐大街上商务旅馆的大堂内，阿尔蒙·乔纳斯一边用葡萄牙语与柜台后一位美丽动人的三十岁左右的女接待员调情，一边办完了入住手续。她头顶高高盘起的红发和浅褐色的眼睛与她深棕的肤色和谐地搭配在一起。她身着轻薄的乳色上衣和米黄色裙子，再到装饰脖子的色彩斑斓的头巾，简直就是一个实用着装的典范。挂在上衣的金色别针显示出她的名字叫卡佳，这不禁使涅丽莎猜想，这位具有航空小姐效率模范般举止的姑娘有斯拉夫血统。她注意到涅丽莎审视的目光，当把钥匙递给乔纳斯的时候，露出有些羞涩的一笑。“祝今天好心情，”她的英语发音几乎毫无瑕疵，“享受这里的生活。”

“*Obrigada*（葡语，意为谢谢）。”涅丽莎说。

“你是巴西人。”涅丽莎说，从突然出现在她发音中的一些细节感觉到。

“*Sim*, *eu sou brasileira*（葡语，意为是的，我是巴西人）。”

对于涅丽莎来说，没有比听到巴西人说他们国家名字时的发音更具有诱惑力了。在她所遇到的所有人中，在涉及他们国家的精神时从没有发现比爱国主义更深刻的一种自豪。当他们说“巴西”时，从颚腔中快乐地流出的音节，就如同清凉的泉水流过鹅卵石，波拉－祖哦。

“你需要这样的人，当地的耳目。”当他们站在三楼房间的阳台上，阿尔蒙·乔纳斯告诉她。一阵凉爽的微风吹过了作为这家旅馆资产边界的棕榈树的枝叶，发出沙沙的响声。在折断的棕榈树枝头上，升起的由众多尖顶和圆顶的建筑构成的杂乱无章的天际线，柔和地融入了大海的湛蓝色之中。

“这是当地漂亮的耳目。”涅丽莎揶揄地说。她从房间的小酒吧中取出了第二瓶微型伏特加，拧下瓶盖，全部倒入了一只玻璃杯，又从一个纸盒中倒出柠檬汁。她用一只调羹搅拌着饮料，杯中的冰块发出哗啦哗啦的响声。阿尔蒙·乔纳斯取了一杯可乐，转过眼睛看着涅丽莎。

“不要只看她的外表，”他带有些辩解地说，“卡佳出身于工人阶级，我已经提醒她懂得哪些东西里含有重要情报。她承担着这一地区旅馆工人活动组织者的任务。就在那边是环球电视台。使命大道的特洛皮考酒店经常有名牌轿车出入，那里的情报满天飞。”

涅丽莎感觉到酒精的力量激发了她的食欲，她才意识到昨天晚饭以后就再也没吃任何东西。她喜欢美食，但是她的打折机票不提供食品。听着阿尔蒙·乔纳斯的述说，她了解到，他减掉了许多体重，但仍然穿着减重之前的军装，她为他的节俭感到自责。他训练出来的妇女是解放运动的宝贵财产；反过来，正是因为她们作为妇女，因此能够渗透到男人们无法发挥作用的领域，同时也把自己再造成为与过去不同的人，发展情报人员的数量应是女人的工作。

“监视重要人物的往来帮助了我们。”乔纳斯两眼盯着天空，似乎在斟酌，什么可以告诉她，什么应对她保密。他在经历内心的斗争。“我们从莫桑比克和莱索托得到了痛苦的教训，事实上，是从前线地区。如果我们放松了警惕，后果就如同悲剧一样。布尔人当然希望把我们从安哥拉踢出去。他们一直在威胁安哥拉人，甚至大规模在南部入侵。在他们被击退之前的某个阶段，他们已经非常接近罗安达了。”

上述事情是以一种令人作呕的方式发生的。南非人（布尔人）从陆路进入安哥拉领土，然后是安哥拉人把古巴人引进来。“他们根本不需要邀请，”阿尔蒙·乔纳斯说，“菲德尔·卡斯特罗总是想要给山姆大叔一个迎头痛击。干种族主义者他太喜欢了。”他在说“干”这个字的时候，用了一个大多数安哥拉人认为是淫秽的手势来加重语气，一只手张开了去击打另一只握拳手的拇指食指侧面。“对于他来说，种族隔离是可憎的，他对于把种族隔离政策赶出非洲充满激情。我说完了。”

可能是出于对他的情感突然爆发的自我意识，他从阳台上回到房间，把更多的冰块放进了他的玻璃杯。这是4月份第一个星期三的下午，旅馆楼下的大街上生活在继续，音乐声在空中奏响。涅丽莎知道这个下午可能会延续到一个令人不舒服的晚餐，只有上帝知道能有什么其他的事情会发生。涅丽莎穿过阳台回到了有空调的客厅。在桌子上的托盘里放着三明治、水果和一瓶葡萄酒，盖着防蝇的丝网。她招呼阿尔蒙·乔纳斯问他还需要什么其他的，他说不需要。

“周围还有其他人吗？”涅丽莎一边问，一边嚼着奶酪和火腿三明治。它们本应该是经过加热的。

“从领导层来说……帕奥威尼将军在这里，在列兹。”这是解放运动在维拉·爱丽丝市郊阿尼波尔大道上的官邸。在米拉马尔和圣保罗有地下居住点，在罗安达以东约50公里的维亚纳有中转兵营。

“他要去兵营吗？”

“我不能接触这样的信息，”阿尔蒙·乔纳斯说，“我只知道他想见你。”

“为什么？”

“他知道你是主席的耳目。当人们听说某个人是从总部来的，他们总有些紧张。他们知道，由于在高级委员会成员中发生了重大泄密而有了麻烦。否则布尔人怎么能知道我们的人渗透入这个国家内部的行动。”

“这样的猜疑有根据吗？”涅丽莎问，“并进而导致了我们的指挥官们更多的猜疑？一个分析各种变化可能的情报会根据我们公开的战略文件吗？在我们采取大规模行动的很早之前，我们确实要进行宣传。”

“可能是这样的，”阿尔蒙·乔纳斯说，“但是最近在斯瓦士兰边界发生的大规模逮捕，这些人掌握着内部信息。高层的。”

“但是帕奥威尼无需多虑，”涅丽莎说，“他的声誉是毋庸置疑的，他是为了渗透而进行武装准备和宣传资料工作最出色的人员之一。我听说，是他想出让来自国内的情报人员将报告藏在洗衣粉盒子里的点子。”

“是啊，”阿尔蒙·乔纳斯说，“尽管很快就不灵了；布尔人开始怀疑，在前线地区谁有这么多衣服要洗。”

“或者他们关心的是洗钱……”

“或者是把我们的罪孽洗干净……”

涅丽莎笑起来，她意识到，她很快就要醉了。“我们需要吃点儿东西。”

“好，但是记住，”阿尔蒙·乔纳斯郑重地说，“关于调查第 37 军区的任务应该从查阅所有的文件开始，如果你能发现它们。例如，我听说，一些关于关押的内奸——与 UNITA 或 FNLA 勾结在一起的南非人——的报告据说已经失踪了。这是你可能要追查的地方，由此你可以发现出卖我们的毒蛇。”

“怎么做？”

“如果我们的最高层已经被打入，”阿尔蒙·乔纳斯解释道，“那里会有经手这些事的人的线索。我怀疑是有几个人。当人们被告知这些事情发生时，将会使用一种共同的语言。”

“什么意思？”

“我来给你举个例子，”阿尔蒙·乔纳斯耐心地说，“当我们甚至在几百年前要从南非跳到这个国家，我们都会在博茨瓦纳落脚。那时候还叫贝专纳国，一个英国的保护国。解放运动过去一直教我们如何跟警察说话。当被警察盘问为什么我们来到博茨瓦纳，我们经常使用的回答就是，我们正在逃离种族隔离政权的迫害，我们视博茨瓦纳为我们的第二个家乡。当记录下我们这几句话以后，博茨瓦纳警察就能够把整个故事写下来，甚至在我们开口讲话之前。他们是拿我们来开心，在等待我们说出这句具有魔力的话时忍住不笑……"

"……视博茨瓦纳为我们的第二家乡……"

乔纳斯带着嘲讽的口气笑道。"就是这样。布尔人也一定会有选择地掌握关键词及签名，就是你会发现人们在加入解放运动时要求写出的那些自传报告中经常出现的那些。"乔纳斯皱起眉毛看着来访者，就像一个医生在查看他所开出的药方是否对一个病人产生效果。"追寻那些文件，涅丽莎同志。我们所有的问题的答案都在里面。"

"包括打入上层的内奸？"

"特别是打入上层的内奸。"

两星期之后，她到了奎巴克什。这是一座小镇，主要公路上的柏油一块一块的，如同一个恶作剧的理发师剃出的头。越过了小镇的边界，公路就完全消失了，变成了坑坑洼洼的道路。这种破落的迹象是战争的副产品——过去历届政府全力以赴应对的是生死问题。这里的建筑曾经是葡萄牙建筑和石雕组合的典范，现在大都覆盖着尘土，弹痕累累。如同奇迹般地从厚厚的尘埃和破碎的石雕中露出的零落的色彩，显示出精致书写的店面痕迹。这是这里曾经拥有着一种繁荣生活的证据，这里是一个古老的面包店，那里是一座弗罗雷拉式的公寓。在一家曾经的婚礼服装店地板上散落着瓦砾，倾斜的婚礼店匾额下面有缺少眼睛的、肢体不全的塑料模特摆着不同的造型躺在那里。它们茫然无表情的面容似乎是在记录着过往行人焦急的步履。

这是一座没有生气的城镇。奎巴克什现在像是在举行一场鬼魅的舞会，众多无形的鬼魂在破碎的玻璃中凝视着他们。曾经的一段水泥路面现在是一个弹坑，一些具有公德心的人会试图用碎石来填平它，而现在已经成为方便投弃废物的垃圾堆。镇上的人不慌不忙地走着。一些妇女背着打捆的商品走在前往市场的路上。破衣烂衫的老人及还在上学年龄的男孩和女孩被挤到原本没有的路上，为川流不息的军车让路，主要是吉普、科鲁兹或吉尔卡车，满载着身着帆布军装、携带重武器的男人们。在树林的中间，一座灰白外墙的建筑赫然出现，它已经失去了曾经可能的辉煌。原来是窗子的地方现在是一个个面对着大路的烧焦的空洞。

“这里发生了什么？”涅丽莎牧师问她的司机。这是一个有着老人般眼睛的年轻人，身着安哥拉人民解放武装力量（FAPLA）的迷彩军装、脚踏捷克军靴。坐在 Niva 牌 4 驱吉普后座上的安保人员保持着尊敬的沉默。涅丽莎牧师意识到，这是一个没有意义的问题。

“战争，领导同志。”这个年轻人说。他的回答解释了一切。

涅丽莎牧师转过脸看着他，判断他的年龄不比她 19 岁的侄子大，他的下颚仅仅是刚刚显露出雄性荷尔蒙的作用。“你叫什么名字？”

“塔博。”年轻人说。他转过身面对着她，没有皱纹的脸上显露出惊恐的神情，担心是否可能冒犯了她。“塔博·斯托恩，领导同志。”

“不要这么叫我，”涅丽莎牧师严厉地说，“我不是卡扎菲上校，叫我牧师或涅丽莎。你能做到吗？”

“是……领导同志……牧师。”

“这还差不多。”斟酌片刻，她问：“你就没有任何好奇心，我是什么人，为什么到这里来？等等。”

“没有，”塔博·斯托恩回答，“那不是我的任务。”

“你的任务是什么？”

“执行命令。开车。”

“你在这个兵营有多长时间了？”

“18 个月。在此之前，我在霍吉雅亨达。”

“你喜欢这里吗？”

“我必须服从命令。”

“即使要求你向某个人开枪？”牧师涅丽莎小心地问，知道后座上无声的幽灵正屏住呼吸仔细听着。“你会照做吗？就像这样？”她用两个手指

“啪”的一声打了一个榧子。

“不完全像那样，”塔博鼓起精神说，“但如果那是命令，我就必须执行。”

“你知道为什么我到这里来？”涅丽莎牧师问。

“这不是我的任务。”塔博·斯托恩再次说。他转向坐在后座上的那些人。“对不对，伙计们？那不是我们的任务。”

后座上的人嘟嘟囔囔地表示赞同。这不是他们的任务。他们的沉默寡言来自于与生俱来的敬畏。

“在今天结束的时刻，”涅丽莎说，突然感到厌倦，“这是我们所有人的任务。”她想向这个年轻人和在车里的所有人透露，主席派她来审查对在丛林中俘获的敌方囚犯的审讯情况。更多的是，记录下人民军自己的囚犯的生活状况。这些囚犯可按照敌对分子的性质分为不同的类型，包括间谍、破坏者、不服从命令或各类违犯军队纪律的拘禁者。她知道，现在透露她任务的全部性质还不到时机。她必须测试她出于本能的善意在塔博·斯托恩身上的效果。也许某些方法可使她能够感化他。

大约过了两个多小时，她听到的歌声告诉她，他们正在到达人民军的营地。如波浪般传来的阵阵歌声，使黑暗的北部安哥拉丛林如过了电般的震颤，因此也像是在和敌人交火。吉普车前灯的光线穿透了爬满植物的凝重的黑色高墙，如同分开了大海波涛的摩西之路，露出了一条通道。

“我们到了。”身着 FAPLA 迷彩服的年轻司机说。

包括政委和记录官的欢迎委员会正在等待她。年轻的政委巴佛·波佩珀，身着古巴浅绿色军装，头戴来自某个社会主义国家的尖顶帽，举止得体。他立正敬礼，说：“欢迎，牧师同志。”他对于兵营的指挥员由于被召到罗安达参加重要会议而缺席表示歉意。“但是我们在这里的几个人将尽全力帮助您。”

“啊，”涅丽莎牧师说，“我对此非常感谢，政委同志。我能麻烦你给我杯茶吗？”

“没问题，牧师，”巴佛·波佩珀说，“让我们一起到办公室去吧。”他们沿着水泥路走过去，碰见一个漂亮的女人，三十出头，棕色的皮肤光滑闪亮，肤色与她的迷彩军装和谐相衬。她让在一边，俏皮地行了一个军礼，等候着大首长们通过。

“她是谁?”在他们继续向前走时，涅丽莎问。

“维奥拉同志，”巴佛·波佩珀说，“她是一个医生，在古巴接受过培训，是热带医药的专家。”

“了不起，妇女们在这里发挥了显著的作用。”

“是啊，”巴佛·波佩珀说，“这是我们无法替代的。”

涅丽莎从巴佛·波佩珀的语调中感觉到了一种渴望的心情，并且怀疑，这个可怜的家伙是否有点儿爱上了这个女人。

“这是办公室。“巴佛·波佩珀指着两座单层的长方形简易房说。根据在各种人民军营地短暂停留的经历，涅丽莎已经熟悉了这种说法。办公室意味着指挥员的领地，在那里兵营的指挥员和政委藏匿着他们的宝贝。茶，出于一些晦涩的理由，被叫做参参；速溶咖啡，而不是那种带有舱底水味道的菊苣；高级饼干，啤酒，肉以及其他一些能够使一个游击战士忍受他们艰苦生活的物质享受。各种各样的只能在专供外交人员的商店才能找到的成条的香烟：万宝路、温斯顿、本森 & 海琴斯、骆驼等等。它们与一种古巴生产的宝普拉利尔牌发出的苦辣烟味有着天壤之别。涅丽莎牧师经常有感于一种具有讽刺意味的现象：西方消费文化的象征却在润滑着反对帝国主义的斗争。当然，其后果是相反的，这些奢侈品是有副作用的，不论声称的这种副作用会延续多久。在一个没有出具死亡证明习惯的地方，一个死于肺癌的游击队领袖直接地进入了纪念英雄的殿堂。

从精致的参参茶杯上面看过去，她抓住了政委和记录官诺兹沙达互相交换的目光。她知道——在她出发之前很长的时间就已经知道——他们会试图搞定她。他们尊重解放运动的主席和人民军的总司令，但如果他们允许自己的兵营被丑化，他们是会受到责骂的。涅丽莎明白，他们是在猜想，她是否能不去追查那些鬼魂，或者能同时懂得对敌斗争中强调的保密文化。她决定让他们知道，没有疑神疑鬼的必要。

“我不是，”涅丽莎说，“特地来找你的麻烦，政委。”

“我知道，”巴佛·波佩珀说，“事实上，我们不认为有那样的理由。”

这是任何一个政委都会做出的表态。

“但事实是，”涅丽莎牧师说，“我被领导人派到这里来就是为了确定，他所听到的是否是事实。”

“那是什么呢？”诺兹沙达问。

“你们正对你们的囚犯施加酷刑。”直截了当，她对自己说。他们期望你有所遮掩，在这场博弈中，这些人是最大的说谎者。“就在这里，第37军区的这所兵营中。”

外面的歌声如一条河流般在回旋流动。在时而悲伤时而雄壮的旋律下面，是脚步踏地发出的有节奏的声响，咚—咚—咚—咚，使墙在震动。

“牧师，”诺兹沙达说，“在此表达我们对您的崇高敬意。我们是在第37军区，正是因为这里是一个军事区。一场战争正在进行。而我们正在进行着战斗。进步的敌人，帝国主义分子，与美国中情局勾结的FNLA和UNITA以及布尔人正在试图消灭新生的安哥拉民主。为了民主的胜利，人民军联合安哥拉人民解放武装力量……”他熟练飞快地说出这个长长的名字。

“FAPLA。”巴佛·波佩珀说，一个好的政委总是能够提供帮助。

“谢谢，政委。”诺兹沙达说，然后转向涅丽莎。“我们自己家里出的叛徒使我们的工作变得复杂化……”他的声调降了下来，“您看来没有被说服，牧师。您不相信我们周围有敌对分子在活动？”

“我相信你们周围有敌人，”涅丽莎说，“我只是疑惑，为什么人们要冒着生命和身体的危险来打入人民军。例如，一些人冒着穿过封锁线死亡的威胁进入一个邻国，通过审查加入解放运动，我知道，这种审查程序是非常严格的，然后摇身一变，他们成为在安哥拉中的敌人奸细。这没有道理。”

诺兹沙达笑了起来，仿佛这是他预料到的看法。“种族隔离政权，”他说，“一直在动用大量的资源培养敌对分子。他们从一些正在服刑的囚犯中雇佣人员。他们的目标是那些害怕牺牲的脆弱的懦夫。此外，他们还控制了这些人的家属来索取赎金。”

“无论如何，”涅丽莎说，“我认为我是得到同意的，从明天开始视察那些囚室。”她打了个哈欠。“对吧，政委？”

巴佛·波佩珀在回答之前看了一眼诺兹沙达。“当然，”然后说，“我已经为您准备了客房。您可以稍微休息一下，然后我们一起去吃点儿东西。”

当这两个男人和一个女人穿过院子走向由一个旧的哨所改造成的独立的客房时，歌声也达到了高潮。他们来到了围绕在几个领唱的游击队员周围排成环形的人群中，人们看来由于领导的到来而显得愈加活跃。涅丽莎不知道这是一种对她认可的好的迹象，还是相反。诺兹沙达是那种强有力和充满信心的领导人，他领着他的政委和来访者走进了人群的最中央。他像一只昂首阔步的小公鸡，立即把身体的周围据为自己的领地，他跳起了 toyi – toyi 舞，忽而前扑，忽而后撤，仿佛用声东击西的战法来迷惑一个假想的敌人。他双脚踏地，激起尘土，又蹲在地上，弯下一个肩膀，两只手臂做出瞄准一支想象中的步枪的姿势。这是一场赢得战士们崇拜的表演秀。他们用鼓掌和欢呼怂恿他继续，宛如他们时代的黑色王子。直到他筋疲力尽，汗水如小河般从脸上流下来。他兴致勃勃地做了一个标准的单脚小旋转动作，然后回到了和巴佛·波佩珀站在一起的涅丽莎身边。

“我想邀请您，”诺兹沙达对她说，“加入到我们忠诚同志的队伍中。”

涅丽莎不知道这句话是一种蔑视的表现，还是出于真心想要把她列入同志的行列。诺兹沙达是一个兼具极度力量和优雅的男人，一个身着战服、光辉耀眼的勇士；闪光的枪套中装着一把军官用的手枪，可以把这种威武变成破坏性的力量。但是当她注视着他的眼睛时，碰到的是深藏的蔑视的傲慢的目光。涅丽莎知道，任何不幸地落入诺兹沙达修剪整齐的手中的囚犯绝对得不到任何怜悯。

涅丽莎发现，尽管歌声不断，她仍然很容易入睡。但是在大约凌晨 3 点钟当她醒过来时，直觉地感到有什么人在这间屋子里。没有武器的她吃惊地感到，她竟然没有对可能经历一场谋杀的一丝恐惧。可能常识告诉她，如果有人想让她死，她早就被杀掉了。然而像任何女人一样，她害怕被强奸。

“谁？”她问并摸索着试图打开床头灯。

“牧师，是我，巴佛。政委。”好像巴佛·波佩珀对自己的身份不太确认。“我有事需要告诉您。”

“就不能等到明天吗？”涅丽莎问。

“请原谅我，”巴佛·波佩珀说，“事情非常紧急。”

“转过身去，”她说，“让我披上点儿什么。”

一分钟后，他们坐在半黑当中，月亮提供了足够的光亮为各种物体投下阴影。他随身带来一个装着茶水的瓶子。“我知道你喜欢参参。”他说着把瓶子放在桌子上，仿佛是表示歉意。她呷着过甜的热茶，看着热气后面波佩珀的面孔。她感觉出他的紧张，他把头偏向一边，试图放松自己。

“我们已经尝试提醒地区司令部关注我们这里的需要。但是我认为在面临一场战争的时候，大多数人都把注意力集中在东部前线打击匪帮的战事，关心一个单独的兵营成为完全没有意义的多此一举。南非的国防军正在纳米比亚集结，并且我们知道，他们的部队已经离这里不远。因此，给那些被认为是敌对分子的人一个快速解决……”

“哇，这里停一下，巴佛政委，”涅丽莎说，“你说‘快速解决’是什么意思？”

“在他们身上花费时间是没有意义的，”巴佛说，“战士们已经从东部前线返回来了。他们一些人带着伤，其他一些人则是带着对牺牲在战场上的同志的回忆。他们所有人想要做的就是回家去战斗。然而由于人民军完全没有做好让成千上万的男人和女人潜回南非的准备，现在这个希望是根本不可持续的。”

所有的希望都是不可持续的。“但是解放运动不能没有持续的凝聚力。”

“解放运动是不会分裂的，”波佩珀政委说，“可以说，主席在保持所有人的凝聚力上做出了奇迹。整个解放运动发出一个声音。从卢萨卡发出的清晰的政策立场传到了吉隆坡或者纽约。但是这里是一个薄弱环节，在这个兵营中。我有一个感觉，一些事情正在酝酿中，并一定会在我们的面前爆炸。”

“什么样的事情？”

“就是要回家的冲动，事实上，干部们正在挨饿，他们在经历饥荒。”

“我觉得你们所有人都吃的不错。”

“存货已经空了。如果在未来的一个星期不能得到任何补给，我们可能也要撤退到丛林中去了。”

“记住，你们不是就在丛林中吗？”

“更大的丛林，”波佩珀政委看来突然有点儿不知所云，“在那里不像这里，没有平等主义的位置。我试图告诉战士们对目前的形势持现实的态度，但是他们把我轰下来。您看到了昨天爵士乐时刻的情况……”

“爵士乐时刻？”涅丽莎感到疑惑，“指的什么？”

“在广场上唱歌跳舞，”波佩珀说，“人们唱革命歌曲，他们援引曼德拉、达度和考塔涅的名字。他们唱他们的渴望。到后来，歌声采用了一种更加不祥的曲调。他们在唱：他们正在克服重重障碍，将进行通往比勒陀利亚的长征。”

“他们知道到达南非必须经过的地区吗？”她突然开始明白，这一地区的指挥员，阿尔蒙·乔纳斯，拥有一个这个世界最没人嫉妒的职位。“从罗安达到约翰斯堡中间有3000多公里的距离。”

“你作为一个政委培育他们懂得革命的道理，现在他们告诉你要进行长征。”

“他们知道开始长征的8万人仅有8千人完成了吗？”

“那没有任何意义。”

“你的总记录官呢？”

“诺兹沙达？”

“是的，诺兹沙达。在所有这些活动中他扮演的是什么角色？”

“在歌声中，”波佩珀说，“诺兹沙达被选为指挥员，走在攻击总统府队伍的最前面。”

“他知道所有这些吗？”

“有时，有时我认为实际上是他编制了这些滥调。”波佩珀咧开嘴笑着说，“这不可笑吗？人们想要回家去战斗。他们的领导人则因为鼓动回家遭到了监禁。而协力促成监禁他们的这个人就是许诺率领他们回家的同一个人。能做到这样的唯一方法，就是这个人有一个计划。”

对于波佩珀所表达的无奈，涅丽莎尽管有些同情但不能打动她。她恨不得揪住他的衬衫前襟使劲摇晃他。他毕竟是这块地盘上最有力量的人。她开始懂得，南非人对于如何行使他们手中的权力并不十分自信。如果这种趋势不能在刚刚露出苗头时就加以制止，涅丽莎对于在未来一个自由国家中的施政将感到悲凉和绝望。同时，涅丽莎希望把波佩珀抱在自己的怀中安慰他，一切都会好的。这个来访的女人和这个年轻的男人彼此对视着，对于他们正在面对的局面两人都摇着头。

“我相信，您将获得什么。”波佩珀说，以一种类似沉重咒语的方式来告别，“人们会试图把事情的真相隐藏起来。”然后他起身道别，在门口停下向她庄重地敬礼。

时间是6点30分。天色尚黑，不停的小雨加重了她为新一天做准备的懒意。她打开了窗户，看见她的陪同人员已经在进行早饭前的晨练。热带温润的雨滴洒落在她的脸上，使她想起了在那些已经忘记地方的度假情景。穿上运动套装，她试图也跟着进行广场上的那些活动，原地跑、下蹲和伸展。但是战士们是健壮的，她无法跟上他们。她喘着大气，决定退出。“没有得心脏病的必要。”

当涅丽莎从她的房间走出来时，有点儿不舒服地突然看到，诺兹沙达坐在Niva车的后座上。塔博·斯托恩下了车，绕过去为她打开车门，并请她与诺兹沙达一起坐在后座上。诺兹沙达移到最靠边的位置给她腾出更多的地方。他以一种不冷不热的士兵的方式致意，表明他知道面前的人是他政治上的领导。在人民军的信条中，政治高于军事。

涅丽莎与司机开起玩笑：“昨天我忘了问你，你花了多长时间来习惯在错误的马路一侧驾驶？”诺兹沙达和斯托恩都礼貌地笑了一下。

“政委在哪儿？”她问。

“哦，”诺兹沙达说，“他被召到罗安达去了。”

“和指挥员一样？”娜丽莎问，“那里一定有什么重要的行动。”

“有时会是那样，”诺兹沙达说，“人们被召唤过去，很少是个人的选择。传你了，你就赶快过去。是吧，塔博？”

“当然，指挥员。”塔博·斯托恩说，一边注视着马路两侧的植物。

开车到达办公室建筑用时不长。这是一座L型的单层建筑，褐色的石头显示出年头不少了。这座建筑物包括一个诊所，一座武器库和一个食堂。这个地方看来与昨天晚上完全不同，没有唱着丧失信念歌曲的人群。几个卫兵警卫着建筑的进口。雨下起来了。气温在上升，潮热增加了空气的湿度。涅丽莎可以听见连队在进行体力、战术或武器演练的跑步声。

在主办公室内部，温度更容易接受；一个小型的索尼风扇的扇叶使封闭的空气循环起来，吹乱了粗糙桌面上的一些案卷，桌子上摆着几本书，有亚历山德拉·柯伦泰、尼古拉·奥斯特洛夫斯基和马克西姆·高尔基的。两三本其他的书打开扣着，书脊上的字看不清。涅丽莎想拿起它们合上，但还是决定不动它们。尽管诺兹沙达有一个正直的形象，表现出了一种有距离的亲切，她还是无法摆脱一种对他不放心的感觉。昨天晚上对他的印象仍然在头脑中盘旋，一会儿像是真实的，一会儿又像是梦中的那样虚幻。

“你不认可我。”他说，这令她吃惊。在她回答之前，他补充说：“在任何情况下，这并不重要。我们在这里是为解放运动服务，我们人民的自由应是我们的最爱。我们相互的感受没有关系。”

“我到这里只是尽职，同志，”涅丽莎说，“与个人无关。”

“真相就是，”诺兹沙达说，“这是一场长期的战斗，有许多章节，是一部厚书，我们数不清有多少页。我们可能认为我们是重要的，但是最后，我们对这部长卷的贡献可能还不及一个微不足道的句子。”

“你知道，”涅丽莎说，“你说的很对。我目前的关切就是人，南非人，曾经是某个人的孩子的那些人，他们可能犯有某些错误——并且已被判刑，上帝知道是什么。我在这个地方就是想看到您所说的‘句子（判刑）’[①]。所有其他的都是瞎扯。”

“一句话，您在寻找正义？”

“正义，可能是吧，”涅丽莎说，“但是我真正要求你帮助的是给我带有这些人名字的文件，他们可能被认为是不重要的，因此也被当做不重要的东西进行处理。这就是全部。”

“我得到指示向您提供您所要求的所有帮助。”诺兹沙达说，用一脸媚笑表示自己无力对抗。“看来您有些朋友身居高位……”

---

① 在英文中，“句子”和“判刑”是同一个词，牧师用一词双关来回答。

“文件，诺兹沙达。这些他妈的文件在什么地方?”

“就在这张桌子上，”他说，“更多的正从不同的中心汇集以满足您阅读的愿望。祝您阅读愉快，结束后您可以在其他办公室找到我。”

他抬脚走出去了。涅丽莎感到，在整个对话中，她一直忍着气。坐在桌前，在潮气的围绕下，她开始一页一页地翻阅装订的卷宗，随机地阅读那些以各种罪名指控的同志们的自传记述。诺兹沙达没说谎，他留下的文件现在塞进了一个抽屉，摞起来有一英尺厚。涅丽莎把它们一个一个地取出来，加入到桌子上的卷宗中。

她不知道她正在找什么，因此只是逐页从头看到尾。开始她误以为全部都很一般化，后来她发现自己被一些只有编号的人们的命运越来越多地吸引。然而正是由于是匿名的，触发了她的想象力，她能够自由地把他们想象成在她的生活中出现过的那些面孔，就像是把肌肉和血液赋予死人的骨架中，使无名的灵魂恢复了生命。在大多数的记述中，她可以从用语的一致性总结出，是记录官在引导他们的询问对象。通常都有一个悲惨的故事，人们由于贫穷和不公正被迫加入了斗争。

一个年轻的女人，实际上还是一个孩子，本应该承担一个社会工作者的责任，她在逃脱了被她父母支持和教唆下的虐待之后，又落在了一个狡猾的施虐者手中，引诱她吸毒和卖淫，直到她被她的一个老同学介绍加入了解放运动。也有一些具有悲痛故事的男青年，他们被迫匆匆出走，一些是在与酗酒和殴打母亲的父亲发生冲突之后。但是大多数是出于他们对种族隔离政权的憎恶，希望拿起武器，能有机会对他们熟悉和热爱的人所遭受的沉重的不公正进行复仇。

她嗅到了可疑之处：这全都太容易了。没有关于在这个兵营中被抓起来的那些人的记述或报告，也没有提到作为一个安全区的第 37 军区。根据她在处理文件方面的经验，她知道如何审查和编辑。

她没有感觉到时间的流逝，直到过了三四个小时，第一支连队唱着歌走回了基地。她站了起来，看着那些男女战士。他们的卡基布军装上沾着红色的泥巴和黑色的水迹，那是作为训练的一部分，他们渡过一片沼泽地带时留下的。她听到这样的歌词：

Sobashiy' abazal' ekhaya
Saphuma sangena kwamany' amazwe
Lapho kungabikhon' ubaba nomama
Silandel' inkeululeko.
(祖鲁语，意为
我们把父母留在了遥远的家乡，
我们离去并生活在异国他乡，
那里没有爸爸和妈妈，
为了自由我们不惜一切牺牲。)

她被歌曲传达的超越歌词本身的朴素情感所感动：一群年轻人离开了他们的家乡，为了寻求自由而来到各种陌生的土地上。这些人代表着这个国家最好的希望。我们没有权利欺骗他们相信，自由将会在明天通过枪杆子获得。自由将会到来，因为这是必须的，没有任何力量能够阻挡。但是，这些年轻人不值得为此被监禁并进而成为炮灰。实际发生的是什么？

在这个晚上，正当涅丽莎准备走一小段路到食堂去吃她在这个营地的第二次晚餐时，诺兹沙达敲响了她的房门。“晚上好，”他说，“我知道，我应该与您一起吃晚饭。问题是，我们要去打猎。人们厌倦了他们一直在吃的常规的饭菜。”

在他的身后站着的是形影不离的塔博·斯托恩和两个其他的人，其中一个她觉得有些面熟，但不能断定他的身份。他们在昏暗中显得有些不耐烦。每个人带着的，除了如同他们臂膀延伸一样的 AK-47 之外，肩膀上还挂着一杆狙击步枪。涅丽莎欣赏着这些擦拭得干干净净的家伙和闪闪发光的枪管，这种致命的美丽既诱人也令她反感。

“我希望参加。”她突然说。

“您是认真的吗，牧师？”诺兹沙达问，听起来令人沮丧。

“我是。”涅丽莎说，她感到了而不是看到了其他男人们不情愿的耸肩。只有那个她记不清面孔的人不动声色，试图借昏暗的光线来遮掩表情。她听到一句话：“在这次狩猎中，我没有狗。”这个在那次特殊的狩猎中没有狗的人，以一种在沉重枷锁下卑躬屈膝的方式表示歉意。

“是的，我愿意和你们一起去。”她感到有重申她的意愿的必要，并且使用一种清楚的焦急的语调。她回想起她自己的父亲，每当对自家周围的流氓混混感到不安时，就是用的这种语调。可能她认为，那个似曾相识的一直不讲话的人将会被杀掉。如果那样的事发生，我是他的唯一希望。她回忆起在老的“*Drum*”杂志上看到过的在加纳或尼日利亚被行刑队枪杀的受害者的画质粗糙的照片。

“您以前打过猎吗？”诺兹沙达问，“可是相当复杂。”

“从来没有。但是我听说，在打猎中，女人加入是不吉利的。女人和盐是禁忌。但是在人民军中，性别歧视、迷信和落后的观点是受到批判的，可能那正是你想要彻底改变的蒙昧主义者的滥调。”

“好啊，”诺兹沙达用一种表示顺从的赞赏语气说，“您当然知道如何按您的方式去做，牧师。”

夜晚的森林就像一条河，静谧，深邃，凝滞，尽管绝对的寂静正意味着，那里有生命存在，不过全都屏住呼吸。河水是黑色的，深不可测，既有诱惑力又有欺骗性，对于涅丽莎来说，这是同样的一件事。猎人们不时鱼贯潜行，尽可能摸着黑小心翼翼地踩着前面一个人的军靴印走；一只大鸟被从它的栖息处惊起，突然拍打着翅膀飞出，盘旋瞬刻又落到另一个地方，令他们感到一阵惊悚；涅丽莎认为，这可能是在警告其他的动物，危险正在接近。在不同的物种之间，比如走兽和飞禽，也能互通信息吗？如果它们知道人类发现它们的肉味适合他们的胃口这样一个简单的事实，它们就不能团结起来？

尽管诺兹沙达是指挥员，这伙猎人的领导，但是影响行进的是走在这个单行纵队排头的猎手。如果他弯腰疾走，其他人就照做。如果他直起身来或发出要绝对安静的信号，大家马上就执行。如果这个人表示出一种不满的神情，所有人都感到受到了责难，包括诺兹沙达在内。跟在他后面的是那个陌生人，开始时没有带武器，但现在则高兴地抱着他自己的狙击步枪，看来盼望着按照带头人的每一个动作，向诺兹沙达、塔博·斯托恩和涅丽莎传达指令。

“到了那边谁是我们可怜的枪手?”涅丽莎问。

“哦，是斯特雷拉，”塔博·斯托恩看了她一眼说，“第37军区最好的射手。”

“他现在是我们的人吗?”涅丽莎问。她记起在与阿尔蒙·乔纳斯讨论时听到的一个细节，是关于一个曾经受过杨·斯丹德上校训练、后来被我们俘虏的FNLA士兵的一些事。那个人也叫斯特雷拉，很长时间以前，他曾经在罗安达的医院中治伤。是同一个人吗？她曾经认为那个斯特雷拉已经不在人世了。难道他会从一个射杀他的敌人的人演变成为一个支持他的敌人的人吗?

“对此我无权谈论。”塔博·斯托恩说。

“嘘，安静，同志。”涅丽莎用葡语说。

在继之而来的沉寂中，相交呼应的只有踩在脚下的草木发出的咯吱咯吱的声音和把森林变成自然音乐堂的昆虫的齐鸣。涅丽莎感到了家乡的遥远。这种感觉她以前从未有过，即使是在最遥远的土地上。她在越南、甚至在玻利维亚都没有过这种陌生感，这可能是因为在她的血管中流淌的来自非洲、亚洲和欧洲的混血使她能够和世界上几乎所有的人对话。但是这里……她热爱这个国家，热爱这个国家英勇的历史，但是她知道，她绝对无法接受它。

她感到夜幕正在向他们、向她降临，冷漠的夜空点缀着的星光闪烁，仿佛知道将有什么会使黑暗中凝视者震惊的东西正在等待着它们。对于她来说，那看来是疯狂和不真实的——那些生命即将结束的野兽也会对黑夜、起伏的土地、高耸的树尖和美妙的天空的神秘性感到震惊。

就在这个时候，仿佛受到涅丽莎冥思的感召，从烟云般的迷雾中，它昂首阔步地走出来了。这是一头库度，黑色的皮毛在黑暗中闪亮，她估计它的体重要超过200磅，分开的两只长角雍容华贵。即使是从几乎300英尺开外，它的明显的大眼睛——她相信这个动物也能够在黑暗中看见她——立刻向她投出了自豪和友善的一瞥。

“呼”!

她没有注意到斯特雷拉改变了位置，因此他现在就在她背后一步的旁边。在枪响的那一刻，她仍沉迷于正回头看着她——似乎在建立友好——的库度的眼神中。尽管她有预见，但是她还是没想到那完全难以令人相信的枪声的巨响。她的心脏突然剧烈颤动，双膝跪倒在地，正像那头踉跄跌倒的动物，先是两条前腿，然后是整个庞大的躯体扑倒在地上。鸟儿发出尖叫惊飞而去。曾经把它们从森林中的一个地方赶到另一个地方的战争的声音，又再一次回来骚扰它们。

涅丽莎不记得她是如何返回到营地的，只是记得在吉普车上，她从什么人递给她的瓶子中不停地喝水。

她在大约凌晨 3 点醒来。她是和衣而睡的，她知道，对于她来说，一些非常重要的事情发生了。房间翻滚着，她似乎是在水下，地面不时地在摇动，仿佛要碰到屋顶。在床上使自己稳定下来，她听见在外面广场上一些庆祝活动正在进入高潮。

开始她简直不敢相信她的眼睛。在一个长长的搁板桌上排列着软饮料和啤酒的瓶瓶罐罐，甚至还有那种可爱的矮胖形状的，主要品牌是嘉士伯和用陶瓶装的葡萄酒。在旁边，那只库度正在一个铁架子上烤着，脂油滴入火中，使火苗飞向半空。库度昔日的威武荡然无存，现在只剩下一副残骸——用铁丝捆着串起来像一只野猪。两个军装外穿着围裙的厨师用长柄的勺子不停地翻烤着褐色的肉，跳跃的火焰迫使他们不时后退。

她看见诺兹沙达站在一群围成圆形的人群中间，摆出一副高谈阔论的架势，仿佛要以这种方式告诉涅丽莎，这不过是一场为她的表演。他转过身咧开大嘴笑着，以一种居高临下的姿态向她致意。

“啊，牧师，”他说，“过来，牧师，和我们一起喝一杯。上帝知道，这里有您的功劳。”

带着她能尽力做出的笑容，涅丽莎走到诺兹沙达的支持者围成的圆圈中。“看来这就是那头库度的结局?”这句话听起来像是一句废话，但她必须说点儿什么。

“我想，这是所有猎物的结局，”诺兹沙达说，“如果我们没杀掉它，别人也会杀掉它。或者是一些盗猎者用邪恶的陷阱，使落入其中的动物受更多的罪。”

“你的意思是，我们的方法是人道的。”

“是在这种情况下它可能得到的人道的方法。”

“那是很多的肉啊。”涅丽莎伸出一只手指着烤肉架的大致方向说。她知道其他人都在听着，不能加入谈话，他们保持着尊敬和貌似友善的沉默。塔博·斯托恩也在这群人中，直挺挺地站着，仿佛不知道应该如何保持住严肃。

“我们会送一些给其他的营地。”诺兹沙达说。

“还有酒，”涅丽莎说，“你也给他们一些吗?”

“不，”诺兹沙达说，“那是我们的。我们从 FNLA 那里缴获了大量的战利品。”

“是啊，”塔博·斯托恩说，“那是我们任务的一半。”

“你们就是在那里抓到了斯特雷拉?”涅丽莎眼睛盯着塔博·斯托恩，像是谈话一般地问。

很长的沉默。塔博·斯托恩有点儿愧疚地看了一眼诺兹沙达。“在打猎的时候她曾经问过我，指挥员。”

“那你怎么说的?”诺兹沙达突然正经严肃起来。

“他告诉了我什么?”涅丽莎问，“或者说，是他接到指示不告诉我什么吧?”

“穆勤达，”诺兹沙达说，“你的做法越轨了。”

“塔博·斯托恩，”涅丽莎说，“你也叫穆勤达?”

“那是我许多名字中的一个。”塔博·斯托恩/穆勤达说。

“如果我是你的话，我就闭嘴，穆勤达。”诺兹沙达说。

那些作为听众围成圈的战士们都不吭声了，有两个人嘟囔着什么要去拿些啤酒，其他人则发现需要去厕所。

“你是一个士兵，穆勤达，”诺兹沙达继续不放过，“有些事情是不应该告诉平民的。”

“如果我是一个平民，”涅丽莎说，“我就不会在这里。”

“你在这里，”诺兹沙达开始怒火燃烧，“就是因为来自卢萨卡的那些受过教育的娘娘腔的平民……”

“你称我们的主席是一个娘娘腔的平民?”涅丽莎问。她极力压住自己积蓄已久的怒火不要爆发出来。

“我不是想攻击主席。”

“他不是娘娘腔，诺兹沙达，”涅丽莎说，“我也不是。你不了解我。”

“她是一个战士，”穆勤达说，“人民军是在解放运动的政治方向领导之下。”

“哦，”诺兹沙达说，“你现在是另一个政委。”

“我是一个政委，”穆勤达带着内心的抗拒说，“所有人民军的战士都是政委。即使是指挥员们。”

“人民军能够战斗需要的是少点儿同情心，多点儿真正的战士，”诺兹沙达说，“我们处在一个新的阶段。过去的游击战和过去的战士已经不适应新的形势了。我们正在这里从事着第二次世界大战那样的战斗。”

“在第二次世界大战中普通战士的牺牲，”穆勤达说，“为我们今天为之奋斗的民主奠定了基础。”

“去他妈的，穆勤达，”诺兹沙达说，“我已经听够了亚历山大・马特洛索夫那样的陈词滥调了。”他哼了一下鼻子。“普通战士……”

然后是天崩地裂。

很久之后，当她回想那次攻击，似乎实际上从未发生过一样。迅速，如闪电一般，对这次袭击的精确性留下深刻印象。记忆中是混乱的，她无法清楚地说出首先发生的是什么，是身边一枚手榴弹巨大的爆炸声，还是几百英尺外的迫击炮声。但是她记得，在一次猛烈撞击后的一瞬间，她平卧在地上，脸部压在尘土中。由于先是在吉普车上喝了水，随后又在广场上喝了一杯威士忌加可乐，涅丽莎害怕二者叠加的效果将会使她呕吐起来。每当她处于失控的边缘，都会发生这样的事情。她开始反胃，她的鼻孔中充斥着强烈的烤肉气味。大地开始隆隆作响，仿佛发生了地震。当她跪起来，看见兵营的建筑着起大火。吉普车东倒西歪地横冲直撞，压平了围栏，碾烂了草坪，同时一些貌似白人的士兵投掷着冒烟的手榴弹。然后是满载着武装的卡车开进来，最初远远听到的闷雷般的隆隆声现在震耳欲聋。固定在卡车上的机枪在扫射，引起了广场上四处逃散的士兵和培训人员的尖叫。

兵营变得一片漆黑，电路或者是被切断、短路，或者是被摧毁了，留下了在照明最后瞬间看到的物体在黑暗中的轮廓。黑暗让位给了音乐，一首主要由一台钢琴弹奏的软绵绵的旋律。然后是一首低音单簧管独奏，即使是处于惊惑时刻，涅丽莎还是立刻听出这是艾瑞克·达菲吹奏的。是什么曲调？"印度"，她认为。正在这时，有什么东西在她头顶几英尺的地方发出巨响。一道弧形的红光划过天空，落在草坪上，如同城市的烟花，嗖的一下从地面上飞起来，照亮了四散奔逃的人们的背影。

在夜幕下，照在墙上的火光和人的身影在剧烈地跳动。其中一个身影就是正在用一个无水的石头喷泉作掩护的塔博·斯托恩——穆勤达。在这闪动的一瞬间，涅丽莎及时地看到了他。她跟着他沿着走廊拼命跑入了营房，在经过走廊时跌倒在一个坑里。她一边揉着麻木的大腿肌肉，一边一瘸一拐地跟在塔博·斯托恩身后，试图追上他。他停下来。"我在这里，牧师同志。"他说。他的话听起来像是被什么鼓起了勇气，可能是恐惧吧。乐曲的音量在增加，在持续的中低音萨克斯管的曲调中配合了一声钹的撞响。斯托恩坐在地上，用他的步枪托敲击着地面，直到他听到了空洞的声音。他满意地嘟噜着。"一个地窖门。"他说，在几乎黑暗中他的眼睛在闪动。一道突然的闪亮，带着令人惊恐的血色，照亮了他的面孔，她注意到他上唇周围的汗珠。他把枪放在一边，把他的刀从鞘中抽出来，开始砍开木地板，露出地下的一个金属把手，这是一个仍然锁着的门，与地面成45度角，闪着亮光。穆勤达用力去推关闭的地窖门钢板上的锁，听到清脆的"咔哒"一声，使人想起打开枪栓的声音。穆勤达将金属板提起离地几英寸，脸上浮出笑容，或只是由于用力露出了牙齿。他往后坐了一下，用他的军靴后跟朝钢板踢着，仿佛是尝试着跳俄罗斯军舞。最终随着毁坏的把手向后搬动，发出了低沉的嘎吱声。抬起地窖的门，打开的是一个比夜晚更黑的方形洞口。穆勤达爬下去，头部很快就消失了，只剩下一只手扶着洞穴的边缘。

战争的噪声一瞬间减弱了，但很快又以更剧烈的声响继续，即使在兵营的掩蔽所里，仍然震耳欲聋。涅丽莎毫不犹豫地爬进了洞口，她的脚触到了台阶，一阶，两阶，三阶，然后发现到了平地。这个地下的掩蔽所，也是防空洞，用数盏随便摆放在地下和桌上的煤油灯照明，在粗糙的桌子旁边，放着一部上世纪50年代的波老庞克特高保真立体音响，乐声就是它发出来的。十分奇怪，毫无疑问是由阿尔文·琼斯敲打出的急促鼓点，与地面上爆炸的隆隆声竟然相辅相成谱出乐章。难道是约翰·卡特兰和艾瑞克·达菲这两位神秘主义萨克斯手专为这个世界末日在一起排演？其他令人回想起过去的传奇人物则是出现在墙上贴着的招贴画和钢笔素描中，在闪烁的灯光下，他们看来全都活灵活现。即使是在惊魂的瞬间，她仍认出这是代表斗争历史的人物形象的展示，从如车把一样弯曲的上唇小胡子作为标志的约翰·蓝加立博利尔·度别，到穿戴整洁的索傲·普拉杰，到夏洛特·马克斯克、朵拉·塔马娜、弗洛伦撒·马佛绍，还有其他一些她不能立即辨认出的面孔。

这个地方把她带回到对她父亲的教堂的回忆中。作为一个孩子，她经常在晚上教徒的祷告声中入睡。涅丽莎记得那座宽敞建筑，玛利亚和耶稣圣像幽深怪异，耶稣的两臂伸出，一个被荆棘王冠刺透的心占据了前胸的主要位置。尽管在一所神学院经过了多年，像黑暗中蓝煤一样发光的耶稣的眼睛仍然在她心中萦绕不去。

乐曲在继续，进入了一连串的哀鸣，涅丽莎一开始不能识别这些曲调，她的脑海中出现了在他父亲的教堂中跳快节奏的圣洁舞蹈的情景。当涅丽莎完全清楚地意识到她周围的环境时，正如一个刚刚从毒品的麻醉中苏醒过来仍然失去方向感的人，她看到，她处于一个地下室中。地下室是用结实的木材构筑，强壮的柱子支撑着屋顶。

这个地洞伸展到一个没有灯光的区域，用铁栏杆分开。看不到栏杆后面的人，但是能够听到。这一刻展现的景象与刚才想象中赎罪的场面形成了鲜明的对照，看起来就像是一位恶毒的画家的作品，可能是希尔洛尼姆斯·波什的。赎罪和罚入地狱天壤之别。这里的他们个个面容憔悴，骨瘦如柴，抓住监狱的栏杆，几乎所有人都叫嚷着对涅丽莎说话，同时又是乱七八糟，语无伦次。塔博·斯托恩看着涅丽莎。她反过来看着这些人的面孔，大约有六十个人，塞在相邻的两个囚室中，有男人，有女人。

“你能打开囚室吗？”涅丽莎问塔博·斯托恩，“请打开。”

“是，”他说，“靠后站。”他用他的步枪瞄准门锁。

“你不必那样做，”一个人从栏杆的另一侧说，对采取这样的行动是否正确提出质疑。他是斯特雷拉。

“斯特雷拉？”涅丽莎牧师说，“你不是在参加庆祝吗？享用你打死的那头库度的美味吗？”

“没有，”斯特雷拉苦笑着说，“我永远是执行大头儿命令的枪手，打死的不论是人还是动物。任务完成了，我就和其他人一起锁在这里。”停了一下。“这个门只需要用一根撬棍就足够了。”

塔博·斯托恩抽出刀来用。对于涅丽莎来说，眼前的情景恍若隔世。接着的是一通窜逃，囚徒们蜂拥般逃离囚室。一些蹒跚走出的人用狂野的目光审视着他们。在带着疑惑的匆忙中，一些人撞上了塔博·斯托恩和涅丽莎牧师。原来就窒息的空气现在变得更加浑浊，充斥着肮脏的身体、粪便和感染的伤口的恶臭。我们是谁？我们成了什么人？他们是在这样想吗？斯特雷拉只是站在一边，而一些囚徒仍然待在光线昏暗的囚室中犹豫，仿佛像一些孩子在等待那意味着他们应当出去玩的铃声响起。

“他们有什么问题？”涅丽莎牧师问。

“他们不知道该做什么，”斯特雷拉说。“一些人已经在这里很长时间了。”

涅丽莎和塔博·斯托恩跟着斯特雷拉进入了囚室，现在的武器是一把火炬。在密不透风的墙上有原先这里的囚犯留下的潦草字迹和刻痕。三个女人蜷缩在屋角的地面上，两个黑人，一个白人，后者挡着她的眼睛躲开光线。她很年轻，黄色头发剪短到接近头皮。她穿着的军服破烂不堪，她看起来几乎是涅丽莎曾经碰到过的最没有掩饰的女人，是那种一定见证过不能暴露在光天化日下的任何事情的眼睛中的一丝不挂。当斯特雷拉走近时，火炬的光照在她的脸上，她畏缩地颤抖。“朱莉恩？”他说。

“斯特雷拉？”她的反应是柔弱犹豫的。

“朱莉恩？”斯特雷拉又说了一遍，“你为什么不出去？”

“朱莉恩？”涅丽莎牧师说，眼前的是一个最接近人体衣服架的女人，包着骨头的是一件短制服上衣和用一条麻绳捆在几乎不存在的腰上的肥大的裤子。“她曾和你一起在桑扎·蓬博。”

“是的。”朱莉恩说。然后她开始哭起来，双肩颤抖。涅丽莎抱了抱她。她想，这个苍白的孩子会死在我们面前。

“一切都会好的。”她不知道她为什么要这么说或跟着将会发生什么。他们已经闯入了诺兹沙达的至圣所，他的谎话不可能再继续了。她希望在她尚未看到的文件中会有更多的信息。

在基巴谢郊区一处为古巴志愿者准备的生活区中安顿下来，涅丽莎能够用无线电与阿尔蒙·乔纳斯联系上，并告诉他她的任务执行的情况。乔纳斯将安排到罗安达去的交通。在听到她是如何的失望、恐惧时，他说，只是等待就行了。

看来健康非常糟糕的朱莉恩在恢复，外表出现了改善的迹象。她的头发开始长起来，苍白的肤色也有所改善。涅丽莎对朱莉恩的态度是矛盾的，一方面，她明显的有那种处世不深的狡黠，另一方面，有一个受到摧残的灵魂。她知道要了解这个女人所有的故事需要一些时间，而在安哥拉，时间有的是。在以后的几天中，朱莉恩讲述了她的故事，关于她的招募，最后到纳米比亚翁丹瓜的训练，糟糕的自我形象，在男人中证明自己的需要。最后她总结道，有权的男人们利用女人，最坏的虐待发生在第 37 军区。她对诺兹沙达的踪迹感到好奇，但同时，她并不真想知道他的下落。

“奇怪的是，”她告诉涅丽莎，“我不想让他们死。”讲这话的时候是在一周之后，她们刚刚离开位于基巴谢和罗安达中间的栋多市检查站。在上厕所之后，涅丽莎和朱莉恩坐在卡车的后面，分享了一瓶水，伸开身体使肌肉放松，在她们的周围是年轻的 FAPLA 士兵，他们装出对这两个女人冷漠的神情。因为，尽管涅丽莎在正常情况下已是中年，过了 40 岁，在这些年轻人的认知中，她已经是一只脚迈入了坟墓，但是她知道，在战争中男人的世界里，她是一个女人。

军营中女人的问题需要审视。一些同志有滥用职权的倾向，总有侵犯妇女的可能性。当然她认为也有真正的爱情和关系的情况，尽管如此，但在多数情况下，不是十分健康的。在由诺兹沙达领导的男人手中的朱莉恩的命运证明了这一点。有时她在被他们以脔这个敌人淫妇和白色母狗的名义轮奸之后，几天不能走路。

“一条阴茎是不加区别的，”她告诉涅丽莎，“它向它遇到的每一个孔射精，大的，小的，深的，浅的，黑的，白的，黄的或褐色的。”皱起她的鼻子，朱莉恩脸上的雀斑聚在一起使脸变成紫红色。出于一种少女的但是永恒的情结，导致涅丽莎希望把这个年轻女人包裹起来，挡住她免遭由于自己的脆弱而受到的伤害。现在坐在卡车后面，剪了头发、蜷缩在褶皱的军装中时而打着瞌睡的女人，毫无疑问的，曾经有某个人，一个上学的男孩，也许发现朱莉恩是他希望的姑娘。

“我现在还是俘虏吗？”朱莉恩问，从这个时刻自己的回忆中苏醒过来。“我是说，*jy ken mos*（布尔语，意为你知道）。”

Jy ken mos。朱莉恩用语的随意性表明她有点儿轻松了。同时也暴露出她与出生地无法切断的联系。她绝不会抛弃她的根。尽管她在翁丹瓜待过，以后又到过基巴谢，朱莉恩永远把南非的卡尔维尼亚记在心中。“那是在Oorlogskloof（布尔语地名，意为战争鸿沟）河边上的一个小镇，”她早前告诉涅丽莎，“坐落在汉达姆山脚下。”然后，她用眼睛盯着涅丽莎问：“你知道，汉达姆是什么意思吗？”

涅丽莎摇了摇头，不知道。

“在霍屯督人的语言中，是红球树生长的地方。”她笑着说，一边看着车外掠过的树和穿着校服的男孩子们。“在主路上有几座商店，像桑扎·蓬博，没有肯德基炸鸡，没有OK便利店，没有Foschini连锁店，只有许多药店，因为人们有病并且厌倦了这个地方。”*Want mense is siek en sat van daardie plek*（布尔语，意为难以忘却）。“难以忘却。”

“忘却什么？卡尔维尼亚？”涅丽莎突然感到不舒服，觉得朱莉恩表现出的惊恐下的无辜是一种虚伪。她生气的是，那样完美的嘴唇中居然会吐出如此伤人的话。但是朱莉恩知道把人称为霍屯督人是绝对禁止的吗？她已经对涅丽莎坦白，在她作为由一个叫做杨·斯丹德上校训练的特工的生涯中，已经杀过人。多少人？她没有回答，只是耸了耸肩。他们只是不知所终的猴子或毛驴。现在涅丽莎觉得，这些被鄙视的人是多么顽固地制造他们与你的冲突，侮辱你所释放的所有善意。朱莉恩从她的救世主眼中看到仇恨的闪光，像燃烧的煤一样炽烈。

“有什么问题吗？”她用布尔语问——*Wat makeer*？

“什么问题（重复她的布尔语），我亲爱的朱莉恩，”涅丽莎恶狠狠地说，“我必须和地区指挥部研究怎么处理你。”

“那斯特雷拉呢？”朱莉恩的话听起来若有所失，仿佛是一个小学生要尝试对一班无所不知的同学讲话。从她颤抖的声音中可以十分清楚地感到，她喜欢斯特雷拉，可能把他排除在轮奸她的那些邪恶的黑家伙们之外。这种只有年轻女人才会有的犹豫不决的口气，表明在对待爱与恨这个基本问题上她内心的自我冲突，这化解了涅丽莎的敌视。朱莉恩不只是又一个玉米喂大的布尔人农家的女儿。她是人类的一员，另一个女人的孩子，受到伤害但仍值得挽救。她认为，这就是为什么朱莉恩在乎斯特雷拉，一个魔鬼，一个被人教唆变成以盗窃为生的南非人。她想从朱莉恩那里得到南非国防军在制造这个地区动乱中所起作用的情报。她想告诉她像斯丹德那样的人的背景，以及他们在一个不设防的共和国中制造不为人知的恐怖的能力。但这样做有用吗？而且，要想使朱莉恩转变并被训练成一个解放运动的特工几乎是不可能的。

“我们不知道斯特雷拉发生了什么，”涅丽莎说，“他一逃出军营，就拼命地窜进了丛林。”

“斯特雷拉是一个优秀的勇士。他会没事的。”

“那里可是野兽出没的地方，还有各色的巡逻队和土匪，更不用说地雷。”

“他会没事的。”朱莉恩挠着她的头皮，这是一种长期遭受头虱侵扰的下意识的反应。然后说：“你认为我是一个种族主义者？”

“你就是你，朱莉恩。”

“我不是。”

“我想现在是时候了，告诉我你有什么黑人朋友吗？”

“不，我恨的有黑人也有白人，”朱莉恩说，“在昂丹瓦，我有一个黑人男友，是来自安哥拉的穆孔戈人。”

“哇，我打赌，他动摇了你的世界。”

“你讽刺我，”朱莉恩说，“但是真的。我们在一起约会了一段时间，当然是以军营纪律允许的方式。然后他们使他中了毒。”

“杀了他?”

“不，他们使他的脑子中了毒。给他洗了脑。”朱莉恩平静了一下。“他离开了一段不长的时间，回来就变了一个人。当我尝试恢复我们的关系时，他告诉我，尽管白人政府在赞助我们，但白人是魔鬼。我们过去所做的是错误的。”

“然后是斯特雷拉?”涅丽莎问，“他接替了那个穆孔戈的家伙?”

“你小看他了，”朱莉恩说，她的眼睛闪着光，“指挥官本应是斯特雷拉，而不是希腊人巴拉克。他唯一的希望就是夺回人民军在桑扎·蓬博从我们那里拿走的财宝。没有别的。”

“他对女人不感兴趣?”

“我不认为他感兴趣，”朱莉恩说，“不是以那种方式。”

朱莉恩没有说是哪种方式，因为她知道，她无法解释在斯特雷拉胸中涌动的那种暴力。“在训练中，他经历了一段艰苦的时间。”

她是想和那时指挥官们的残酷做法联系起来，而那些指挥官几乎都是按照杨·斯丹德的命令行事。原先解放运动的战士后来叛变的非洲本土的士兵是不被信任的。在很多情况中，派遣他们去执行任务只是为了考验他们是否忠诚。斯丹德想出了一个主意，他认为是创造性的，给这些前游击队员的军装上安置一种能够遥控引爆的装置。“就像自杀背心，”朱莉恩说，“只是不让穿的人知道。”

朱莉恩不说话了，涅丽莎感觉她可能是睡着了。她想知道下面的故事——如果能知道任务的全部内容不就能得到尽可能多的情报吗?

“后来发生了什么?”

“很多次，”朱莉恩说，“斯特雷拉发现他的战友在他们身体的左边、右边或中间发生爆炸，因此清楚地知道，某一天就该轮到他了。”

“你们……或者某个人……就不能杀了他?”涅丽莎想象着某个人将一把刀插进斯丹德的胸膛并用力搅动。

“即使想那样做也纯属是自杀，斯丹德过去是……现在也是一个神。”

当他们到达罗安达的时候，一定是晚上 8 点左右了，在他们驱车通过城市时没有遇到一个路障。在维拉·爱丽丝（安哥拉人的发音中是维拉·里斯伊）市的郊区，涅丽莎和朱莉恩被护送到在绿树排列的街道尽头、未标明住户姓名的解放运动领导的房子门前。在门口，涅丽莎注意到这处住所的警卫是多么严密。两个军服上套着防弹背心的男人领着她们进去，安排她们住在上层的一间卧室中，并告诉她们厨房的位置。其中一个人简单地说：“领导现在不在。他会在明天早上见你们。”

当她们两人在卧室中安顿下来，朱莉恩问：“领导是谁？”在开始的一瞬间有些尴尬，因为卧室中只有一张双人床。但是很快就过去了。现在完全清醒的朱莉恩指着床说：“我猜这可能是我在这里的最后一晚。由于我们有许多话要说，我们就将就睡在这儿吧。”然后接着说：“我保证，我睡觉就像一块木头，绝不会踢你，也不会折腾和翻身。”

“保证？”涅丽莎感觉到这个年轻女人心中的一种悲凉。她可能认为，现在一切正在成为真实的。

“我保证。但领导是谁？”

“他安排了这场逃亡。阿尔蒙·乔纳斯是个好人。”

“你是指不像斯特雷拉？”朱莉恩带着一丝苦涩问。

“我没有那样说。虽然，按常理说，斯特雷拉不能被称作一个好人。”涅丽莎停了一下。“同样，诺兹沙达也不能。”

“但是你，”朱莉恩说，“你是一个相信上帝的女人，不是吗？你应该把整个人类看作是上帝创造的一个整体。”

“是啊，但是你必须和魔鬼划清界限。我不是那种相信上帝的仁慈应该扩展到这个世界上像斯丹德之类的人。”

涅丽莎感到极度的疲倦袭身，她奇怪，有些不解，是什么使朱莉恩恢复了精神。一个解释突然冒出来，她是敌人，她怕死。她现在在敌人的手中，她尝到过作为报复的对象的滋味。但是她提醒自己，朱莉恩是一个伪装高手。“我们是不是关上灯？”当她们两人都上了床，她问。

“诺兹沙达说过，他开始时不是那样。”

“什么？”涅丽莎突然清醒起来，“什么时候？”

“诺兹沙达曾经是在这个国家执行一项任务的成员，”朱莉恩说，“他被俘虏了并且受到折磨。他所受到的折磨是不同的，因为斯丹德——又是这个斯丹德——说，如果他拒绝为我们工作，我们不会杀掉他。取而代之的是，他们将让他的父亲活在地狱中，他必须承受这种折磨。他的父亲那时刚刚离开罗本岛，健康状况很差。”

“为了救他的父亲，他成为了奸细？”涅丽莎大吃一惊，她怀疑这能成为叛变的理由。“他告诉你这些……诺兹沙达？”

“当时他正在强奸我……*hy het my verkrag*（布尔语，意为他强奸了我）。”用她的母语口述她的经历一下子使朱莉恩像是在对家人倾诉她的遭遇。她的脸上展现出一波一波的情感起伏并最终停留在接受事实的冷笑。“他一定以为我绝不可能活着讲述这段遭遇。”

“你告诉过这个兵营中的什么人吗？”

“你根本不知道在第46号兵营中我们的生活。我们不能说话。只要能活下来就是对我们的恩赐。不允许我们看着官员们的眼睛，所有时间我们不得不保持双眼盯着地面。”她哼了一声，摇着头。“告诉什么人……上帝啊。”

涅丽莎感到精疲力竭，她想，在这里坐在被告席上的，是我的解放运动，以及她的军事组织——人民军。我们现在就坐在被告席上，听着那些淫猥体制的设计师们制造出来的女儿们的倾诉，这只是因为我们在政治需要的祭坛上牺牲了我们的人性。

原本可以在其他地方舒适生活的涅丽莎，迄今完全献身于为了非洲大多数人的自由而斗争的事业。但怎么这大多数人中的一些分子却被发现可能成为自由的障碍逆历史而动？随波逐流而堕落？是什么使人成为叛徒？但是朱莉恩却向她提出了一个现实的而又难以回答的问题。她作为一个牧师的使命是拯救灵魂，怎么能够为了追求政治目的而赞成杀戮和暴乱？如斯丹德、诺兹沙达或者斯特雷拉那些人嗜血的灵魂能够被拯救吗？

“不！”她的苦思被朱莉恩的惊叫打断。已经在涅丽莎身边安静入睡的她被一个噩梦惊醒。

涅丽莎花了一些时间使她安静下来。她下床走过去关了灯。白天的潮湿仍然缠溺不去——在突然的黑暗中，夜晚含混的声音开始变得清晰起来。在这所房子的什么地方有一台收音机发出教堂音乐的曲调，然后是两个人发起了一场有关非洲和独立的辩论。

不知是在睡眠中还是在半睡半醒中，也不知道是有意的还是特意的，这两个在年龄和信仰上都不一样的女人彼此拥抱在一起，开始像是一场暴风雨的幸存者，到后来则像是一对情人。她们彼此不熟悉的身体成了被探索的疆域。两个人都知道，这所房子随时都可能变成一所监狱，外面在巡逻的卫兵对可能遭遇的南非国防军或其代理、UNITA 匪徒的袭击保持着全神贯注的警惕。

在这个带着还没有散尽白天热气的寂静、湿热的夜晚，她们聆听着遥远大海阵阵的波涛，如同她们血管中血液流淌的回声。在遥远的地方，有一艘正在驶离码头的轮船发出了汽笛声，虽然无法判断是表示惜别还是欢迎，但是有一点是确定的，在这个晚上这件事发生了，并留下了在听觉中这艘船的背影。在这所房子的什么地方，某个人发出了睡觉的呼噜声。她们希望，那不是一个卫兵。

两个女人交流着她们经历的生与死的故事。朱莉恩回忆起一次搜捕袭击，当时他们与西南非洲人民组织的游击队员激战，射击、爆炸以及在高温下腐烂的尸体，这种令人类减少的腐烂使我们不能够再无情地面对生命。涅丽莎目睹了来自不同风俗的女人们试图帮助其他人悼念和埋葬被南非军队杀死的受难者的遗体，“我们不相信，在死者没有按照传统的方式进行悼念之前，他们的灵魂可以找到安息的位置。”她说。有些传统其实是相当荒谬的：年轻人死在诺夫格拉德或新西伯利亚的大雪中。把他们冻僵的身体解冻来温暖他们的灵魂是可能的吗？一些来自伦敦的妇女参加她们在卢萨卡离去的男人的葬礼，被迫用披肩把自己围得严严实实，在热带的酷热中坐在厚厚的垫子上。这有什么意义吗？

她们谈论有关解放运动及南非支持 UNITA 和美国人的介入，有关中情局、萨文比、罗贝托和蒙博托以及种族隔离。“说萨文比是一个革命者是不可信的，”涅丽莎说，“因为人们知道有文件表明他是葡萄牙的奸细，就是那个他假装与之战斗的同一个葡萄牙。”

“那么内图呢?”朱莉恩问，就像在一个山洞的黑暗中一根火柴擦出的火光一闪，“他怎么能一边声称自己是一个民族主义者，一边和一个白人女子结婚，一个葡萄牙的白女人。你能去与那个使你达到性高潮的人战斗吗?”

她们决定接受，她们绝不会达成一致。唯一的现实是她们同居一室，在一个蚊帐中，两人都很孤独，而且有些害怕。然后在夜晚的死寂中，她们扭动的肢体缠绕成一个球，两个女人叫喊出来，每一个人都从屈服中感到了解放的力量。在不知疲倦的蚊子的叮咬下，她们大汗淋漓地躺下来。早上，当涅丽莎下楼去看早饭准备的情况时，人民军安全部的一个六人小组经过她大步上楼，甚至对她要去的方向未置一顾。他们带走了朱莉恩。

7

宣　言

1989 年 12 月 29 日星期五上午 7 点，高级大脑们的会议开始进行，这是那些拥有政治实力和影响的男人和女人们的一次聚会。

对于鲍勃·琼斯来说，这是一个重要的日子。几乎一百年前的 1890 年，就在这一天，美国第七骑兵旅在南达科他州伤膝溪屠杀了超过四百个男人、女人和儿童。尽管这被称为是印第安人和美国军队之间最后的一次重要冲突，但对于鲍勃·琼斯来说，这个故事点燃了他成为那个时代勇士的强烈愿望，标志着他作为一个行动主义者的开始。这不仅是因为祖先印第安苏人勇士的血液在他的血管中流淌，而且是由于他的母亲——一个拖着她的儿子从一个会议到另一个会议的流浪诗人——告诉他，他是干大事业的人。这种他是异于常人的期望导致他加入了黑豹党。在他对那块贫瘠的土地说再见的时候，他认为自己已是一位完全成熟的国际革命者了。

但是一个没有技能的革命者是没用的。利用他的父亲罗伯特·沙伟尔·琼斯，德克萨斯州古德法罗空军基地的一位在编的高级顾问在军队中的关系，鲍勃完成了情报分析的专业训练。当他决然离开并加入了黑豹党的时候，他已不是那种只会摇旗呐喊的黑人跟班，而是具有专业技能可以轻易挫败山姆大叔的反侦察和假情报计划的专家。

他曾经在许多国家过着流亡生活，古巴、阿尔及利亚、赞比亚，最近来到南非，事实证明，在接受他的这个新国家里波澜壮阔的发展中，他能有所作为。他没有被给予公民身份，不得不每两周麻烦一次到兰德堡的移民局去更新他的外国人许可证，并且忍受那些一定认为他的身份相当奇特的黑人职员的不理不睬。他知道，他处在经常的监视之下，不仅是他的本地接待者，而且是这里美国使馆中的间谍。尽管他发现与南非人打交道很难，南非人也同样对他抱怀疑态度，鲍勃·琼斯的一切的确都值得怀疑。但没有关系，他们把一切秘密都藏在公开性的外衣之下。这是一种友好的态度。这要比那些阿尔及利亚人的精明好得多；就阶级的观点而论，他们可能是真正的革命者——如果阶级的概念是基于法农、萨特或加缪所信奉的定义——曾经与法国殖民主义者进行过残酷的斗争。但现在，他们已经加入了浪漫主义者的俱乐部，他们的上层阶级成为他们曾经要推翻的政权的忠诚效仿者。在赞比亚，鲍勃·琼斯已经极度厌倦了在帕莫兹旅馆中，或者在丽芝维饭店及赞比亚大学由醉醺醺的南非外行们主导的二流剧场里，知识分子们哗众取宠的那种表演。他发现，南非是不同的。他赞赏这里的斗争理念：真实的、可触及的而且是暴力的。在全面暴力的基础上演进成一个新的国家。正是这种暴力，带有血腥的暴力，使他加入了黑豹党。他曾经折服于鲍比·希奥和艾德里希·克力维尔的雄辩，并通过马尔科姆·艾克斯关于非洲革命的描述费尽周折来到了非洲。他记得见到拉坡·布朗和那个南非诗人，一个留着小胡子、皮包骨、矮小的家伙，有一个奇怪的名字：威力厄·考席慈尔。他给他这个非裔美国人念了一首诗，《最后的诗人》。他喜欢其中的诗句，“每一次的诞生都是在鲜血中……” 这就是当时鲍勃·琼斯对自己的定位，一个助产士，为了一个复兴非洲的再生而双手沾满了鲜血。这就是为什么他加入了这个摆出一副要塑造一个新国家架势的一帮活动分子的组织。鲍勃·琼斯喜欢这样的一个组织，新国家——他要做的只是为了这样一个新的体制继续提供思想。鲍勃·琼斯知道，新的体制——一个对南非未来的观点，已经成为机会主义者和冒险政客们挂在嘴边的热门口号。他承认，他可能也被视为一个机会主义者，但是，他相信，他可以提供稀缺的技能。并且他的远见超出了那些未来情景策划者和时事评论员的预测。从前得出的结论是，解放运动和人民军将建立一个新的政府。他们将从现在的种族主义者们手中接管。但是他们是要沿着一条真正革命的道路前进呢？抑或认为需要向那些正在向他们银库中注资的西方大国妥协和讨好呢？他知道——他已经听说了——美国和英国正在准备为南非可能发生的任何变化提供信贷。因此他对自己说，我们不过是在建立这样一种社会民主政权——在这种政权下，革命的成果、我们的血汗和泪水将在交易的祭坛上成为牺牲品。那么面对这样一种结局，鲍勃·琼斯必须将目光越过现有的传统的领导集团，而投到强有力的领导人身上，如帕奥威尼将军。为了自己的未来，鲍勃·琼斯不得不确保帕奥威尼将军高兴。帕奥威尼打动他是因为他视其为能使他的理想不致落空的那类人。

但是这时，帕奥威尼将军远远谈不上高兴。在他看到的每一个地方，人们都搞砸了他的计划。12 月 17 日，在这个国家内，他曾经派出分别带着钱和资料的两支队伍。现在他已经两次向他的下属们发出指示，先是在罗安达，然后是在莫丘迪：先出发的那一队人中包括受到怀疑或已知的敌人的奸细，在这里实际上都一样。当时解放运动仍然处于一系列组织震动的过程中，包括从几个前线国家中的撤离和在安哥拉的一些营地中的骚乱，这使得对于导致问题的任何被怀疑为敌人奸细的人的深恶痛绝。这给了帕奥威尼最好的机会来编织一个详细的故事去取得那些寻求解决方法的领导们的信任。计划执行的建议——在这个国家内第一队人的任务将被第二队人监督——最先是由帕奥威尼提出的，但是后来成为集体的决定。一名取名为尼林达的指挥员从罗安达到来并隐藏在莫丘迪安全屋中。他雄辩和激情地讲述允许武装的敌人接近记录文件和资料的危险性，并自告奋勇地担任第二队的领导。出于不知道的原因，他称这个小队为“第二分遣队”；人员的组成是由他与帕奥威尼秘密决定的。

尼林达的第二分遣队成员包括 Askaris、雇佣兵以及各色反叛者，是由斯丹德上校拼凑起来并由帕奥威尼将军提供住处的一支队伍。斯特雷拉、医生和六个其他的男人全部是从人民军第 37 军区的牢房中逃出来的囚犯，并成为这支队伍指挥机构的领导者。尽管他们知道尼林达是他们实际的指挥官，但是他们怀疑，他们的生命是在把他们组织成这支队伍的帕奥威尼将军手中。

但使帕奥威尼恼火的是，尽管经历了训练和拥有各种技能，第二分遣队还是把事情彻底地搞砸了。首先，他们让第一分队的一些成员逃跑了，然后他们拿错了箱子。可以说是一团糟。按照原来的设想，第一分队中没有人能够活下来，在非法越境之后死在南非境内的这些人全部是匿名的，无法追踪。这些活物和死物应该不留任何痕迹。但是现在，斯特雷拉、医生和尼林达消失了，最大的可能是成为在这块土地上散播恐惧和混乱的散兵游勇。

现在有幸存者，并且他们手中掌握着装有一些致命报告的箱子，这些报告经过一个好的分析者，将会暴露出他与斯丹德在各种行动中的共谋。解放运动不会原谅他事实上长期为敌人工作的行为。即使在新的政权中，他也会受到审判。那他就完了。

他知道，现在每个人都在寻找的第一个人就是涅丽莎牧师，她与组织内外都有有效的联系。她是一个难于打碎的坚果，曾经逃过了一次炸弹爆炸。他个人不知道炸弹的来源，还有其他诸如克雷格·威廉森那样的精神病，他们从向女人们寄送包裹炸弹中得到乐趣。涅丽莎一定还没有接触过那只箱子。

迄今他所知道的是，感谢上帝，这些东西藏在德班地区夸达姆布萨乡镇里的不知什么地方。他摇摇头，看着那些令人作呕的墙纸，沿墙排列的镶着框的那些死去的压迫者们的照片，他们的眼睛向下凝视着椭圆形的会议桌，桌上摆着印有约翰内斯堡报春花饭店冠顶的餐垫。还有玻璃水罐和配套的水杯，装满薄荷糖的小碗，桌边还摆放着记事簿和铅笔。见他妈的鬼，现在谁还用铅笔?！事实上，他气得发了疯，如同一条杀气腾腾的黑色眼镜蛇。在他正常的生活中，他是镇静的，很少说脏话，但是天啊，他激怒起来，像一个发毒誓的水手。但是仅仅咒骂还没有算完。当帕奥威尼将军发火的时候，他可能去踩踏某个人，至少踢得他或她围着会议室满地爬。在这里没有性别平等，“砰”，一只十四号的军靴准准地落在屁股上。

帕奥威尼将军的恼怒也可能源于这样一个事实，他听说，最高委员会已经对在这个国家中的领导机构发出警告：帕奥威尼已经把解放运动的财产卖光了，至少是把他的手指伸进了解放运动的金库。因此，在 1989 年 12 月的最后一个星期，他在西子威·恩达沃的陪同下，也穿过了皮特萨涅·摩罗坡河进入了济勒斯特，身上带着几千兰特和一只马卡洛夫 9mm 手枪。他松了一口气，那里没有发现巡逻队的踪迹。他原来设想西子威会带着大量的资产和吓人的武器。没人想到西子威会这样冒险行事。一旦进入了这个国家，帕奥威尼感到有了自辩的理由，他现在单独凌驾于他的那些领导层的同事们之上，他们只是嘴上说迫切地想回国，但是不敢离开他们在卢萨卡和无论什么地方的轻松的办公室工作。在这里他是站在祖国故乡的土地上，生龙活虎地准备在他的同事们眼中挽回自己的形象。如果解放运动成为一些股票交易所的上市公司，他将拥有成堆的大量股票；如果它变成了黑社会，他也能够拥有相当于创始老大的地位。

他的回忆发生在他们安全地坐在汽车上行驶的途中。这是一辆科提纳发明的那种唯一目的就是折磨乘客的老爷车。但是它的引擎是结实的，尽管在路上发生了两三次故障，它还是经受住二级道路颠簸不平路面的考验。在路过的一些地方，有两三次帕奥威尼觉得他看到了一些在汽车前灯的照射中小动物惊恐的眼睛，可能是一条豺狗，接着是一声哀嚎。帕奥威尼希望没有羚羊或其他身体较大的蹄类动物，因为它们能一下子把这台小小的老爷车变成一堆废铁。他自嘲地笑起来，再次体味到一种讽刺：在流亡和各种危险中大难不死捡回的一条命会断送在该死的小羚羊身上。他不知道坐在车里他的陪同们是否感受到任何焦虑。西子威·恩达沃——你相信这些吗？——坐在旁边打着鼾，胸脯一起一伏。向导是唯一试图与帕奥威尼交谈的人，他指出看不见的地标、路标，这里有一座矿山，那里有一座水坝。对于他来说，在机器帮助下制造出的任何东西都是进步的标志，这个自豪的乡巴佬。全身心应对高原路面极端状况的司机则双眼一刻也不敢离开道路，即使在他对向导的指示做出简短反应的时刻。只是到了马拉茨带领第一队游击队员到山洞的岔路上他才开口说话。

“他是我的表弟，”他说，“他们村子到今天还在追悼他。”然后他们在黑暗中经过了一些甚至听不到一声狗叫的村庄。不久，他们到达了在斯瓦特勒亨斯市的一所庄重的、用高墙围起来的老式多居室的房子。司机向乘客们闪出了一个罕见的微笑，为能成功地将一批贵重的货物送到目的地而自豪。大门刚刚在车的后面关上，屋子里的灯就亮了。两个年轻人从屋内走出来帮助搬动行李，并示意帕奥威尼跟他们走。西子威把司机和向导拉到一边。帕奥威尼想象有一个金钱转手的简短会面。

终于安全了。回报是令人激动的，但是没有到地震的程度。迄今没有任何人喜欢我。

"你不再受到你那该死的解放运动的喜爱，"杨·斯丹德上校在电话中告诉帕奥威尼将军，"我只是抱歉，你不得不以一种没有尊严的方式跳过了边界，像个普通的 *letlolaterata*①。"这就是斯丹德，总是利用他的语言、甚至是贬损的话来对待你，这句话指的是一些博茨瓦纳人针对难民所说的"一个跳过铁丝网的人"。帕奥威尼记起在 1987 年 9 月时的他。那是发生在莫桑比克马普托的一次复杂的俘虏交换中，涉及安哥拉士兵，反种族隔离活动分子，荷兰人类学家克拉斯·德琼支和法国大学讲师皮埃尔·安德烈·阿尔波特尼，以及于 1985 年在安哥拉被俘虏的南非国防军军官威兰德·杜托伊特少校。在马普托机场航站楼的俘虏交换仪式上，斯丹德对 133 个新近获得自由的安哥拉俘虏说"*Adeus*（葡语：再见）"，对南非国防军少校威兰德·杜托伊特说"*Welkom terug*（布尔语：欢迎回家）"。

"我已经喜欢上这些人了，"他告诉帕奥威尼，"我们很高兴把德琼支这根扎在右翼皇家荷兰脖子上的刺交出去。"

"我们也很高兴让杜托伊特走人。"帕奥威尼坦白地说。他没有解释原因。但就是在那里，两个敌人建立起了关系。斯丹德可能向他的上级报告，他已经发现了一个可以收买的解放运动的高级官员。在卢萨卡，帕奥威尼则为这次在马普托机场上自己的机敏策略而吹嘘。

"我们相互都欠对方的情，"他对斯丹德说，"那是高于政治派别的。"

"为此感谢上帝，"斯丹德说，"这是你的付费电话。"

随着小心的敲门声，他简短的回忆时刻结束了。一名整洁的身着制服的

① 跳过铁丝网的人，南非和博茨瓦纳警方对非法移民的蔑称。

饭店女职员走进来，身后跟着一个穿白色衣服、戴厨师帽的男人，推着的轮车上装满各种水果、三明治、松饼和不同的早点、茶和咖啡。这个女人身上发出与她的办公室身份相称的清新的气息，俯身递给帕奥威尼一张账单，他看都没看就签了字，他知道，在任何情况下自己都得挨宰。

“谢谢，先生。”她说完就悄无声息地离开了，像一个幽灵。

还有另一些事情令他像一头挨宰的山羊。现在他认识到，任何事情都是要付钱的。如果能够把呼吸的空气装进一个饮料罐中，这些杂种也会加价去兜售的。不论在哪里，你都要面对一个计价表。不论从哪里出发的一辆出租车，也不论距离是多少，计价表不停地走动，像是一个收款机。你几乎可以听到从钱包中抽出钞票时的刷刷声。你需要服务，人们用眼扫视着钟，他们的计价表。他们甚至毫不掩饰地告诉你，他们要他们的小费。不，不是需要——就是要，他们要他们的该死的小费。每个人。当克里斯·巴纳德医生在这里移植心脏时，他一定是把在心脏起搏器旁边装入计价表作为一项小的副业，买二送一。

既然他要召开一个会议，自然必须为一群参加者提供饮食。没有人可以空着肚子思考。帕奥威尼从他的外衣口袋中掏出一个装着各种药片的盒子，把它们沿着印花餐巾排列起来，仿佛这些五颜六色的药片在等待着排队。确保要按照一定的顺序，第一是高血压的，接着是胆固醇的。这种安排没有逻辑关系。这只是一种个人习惯，他个人的迷信。不管怎么样，他的血管在硬化，每走一步，他都能感到他六十二岁的年龄像沙袋一样压在他的肩膀上。今天，他心疼他的这副受到被迫在马兰吉一座山上跑上跑下惩罚的残躯。他看了看墙上的钟，清晨 6 点 40 分。他想，看看今天有没有人能够准时。

鲍勃·琼斯像一阵加勒比海飓风闯进了会议室，后面一个慌张的女服务员在追赶，她不相信，一个身着鲜亮赭色上衣、红色条绒裤、黄色圣雷莫靴子的家伙能和将军有什么业务关系。但当她看到这两个人在以一种革命者致敬的方式，即比情人间更热烈的拥吻时，她收住了脚步。她几乎听到了他们肩膀猛烈碰撞的声音，一种能使凡夫俗子骨头融化的动作，接着是又一次熊抱。然后，两个人的双手依然紧紧相扣地审视着彼此的面孔。

“我的兄弟，我的兄弟。”帕奥威尼说，扫视着朋友的服装，眨了一两下眼睛，仿佛面前是一个幻影。“我看你还是没改变穿着睡衣出席会议的习惯。”

习惯于对他服装的调侃，鲍勃·琼斯笑起来。“老兄，”他说，“这是我出门的服装。你应该看看我的睡衣。”

他们笑着坐下来。鲍勃·琼斯给自己倒了一杯咖啡，拿了一块黄油和一只羊角面包放在旁边的盘子里。然后舀了一勺糖倒入咖啡，并喝下了这杯黑咖啡。将军抿了一口用草药和蜂蜜浸泡的茶水。“我的兄弟，这是身体失调的原因。”他说，为他的无糖早餐表示歉意。

然后他们开始谈及正事。“你到这里的路上遇到了麻烦吗？”帕奥威尼将军问。

“到现在，我的证件没有问题。你呢？”鲍勃·琼斯上次遇见帕奥威尼将军是在几个月之前。据他所知，帕奥威尼当时还处于流亡之中。

“我有一个特殊身份，”帕奥威尼说，“安全部门的那些人知道我们在这里。他们会不时把我们中的一个人带走并粗暴地对待他。但是所有这些只不过是做个姿态。他们作威作福的日子结束了。”

“是真的吗？”鲍勃·琼斯问，指的是曼德拉即将被释放的谣传满天飞。

“我听说任何一天都可能。”帕奥威尼只是到了这里才听说有关释放曼德拉的传闻。在两年前，世界的媒体、电视台、各种知识分子和所有报刊的记者都在卢萨卡解放运动的总部外安营扎寨，希望一睹究竟，就是因为听说了曼德拉将被释放。

“他们将很快发表声明？”

“是的，”帕奥威尼说，“我从一个可靠的来源得知。”他否定了告诉他的来源就是杨·斯丹德的想法。虽然不是十分确定，斯丹德是从德克勒克圈子内的某个人那里得到这个消息。十分重要的是，帕奥威尼要被视为是有权得到秘密信息的人。但是吹嘘有不利的一面。当他还是一个孩子的时候，他的母亲给他讲了一个金伯利巴茨瓦纳的民间故事来逗他。讲的是一支会唱歌的鸟由于骄傲而把肉被狐狸骗了去。但是信任鲍勃·琼斯而告诉他与斯丹德的秘密联系，这无异于是相信一头猎犬可以保护小鸡一样。在卢萨卡，解放运动的人认为鲍勃·琼斯是一个CIA[①]的间谍，他们或者给他一些半真半假的情报以此来达到迷惑敌人的目的，或者干脆对他敬而远之。他擅长通过一个笔名，写作一些小订阅量的通讯而为左倾组织筹集资金和建立网络联系。这个通讯发展得越来越强，即使到不了美国的评论员、银行家和强大的游说者珠光宝气的手中，也会进入到他们的邮箱中。他承诺要塑造帕奥威尼将军的形象，就如同他的媒体同行们把乔纳斯·萨文比从一个被社会抛弃的游击队领袖转变成一个家喻户晓的名字一样。通过与将军的近距离接触，鲍勃·琼斯宣称，他也会帮助将军编纂资料出一本权威的自传。帕奥威尼为了流芳百世而期望这样一本自传，但是他对这个美国人保持严格的界限，不把一切都完全对他公开。

“将会发生什么?”鲍勃·琼斯想知道。

“怎么说呢，”帕奥威尼将军说，“我们现在处于冲刺阶段。解放运动毫无疑问地会施加压力要求与政府对话。”

“你个人能起什么作用吗?”

“我不知道你的意思。”

“十分简单，将军，”鲍勃·琼斯进一步说，“当那边论功行赏时，对你来说会发生什么。”

“你明显是受了那些小道消息的影响，琼斯兄弟，”帕奥威尼说，“那可能是重要的，但对于我没有意义。”

“好吧，”鲍勃·琼斯小心翼翼地说，注意到将军的眼睛眯起来，“据我所知，你已经有些疏离了解放运动。他们可能在没有你的情况下继续前行吗?”

没有看见、但是一定能清楚地听到，一台收音机在播放天气预报。当日新闻主要内容的标题在重复播放：在纳塔尔内陆地区的另一场屠杀；在夸达姆布萨发生的一次用装满汽油的轮胎套在脖子上燃烧的事件之后，一个男人的尸体被烧成黑炭……一连串的恐怖。

“鲍勃·琼斯先生，”他说，但这次没有用“兄弟”或其他表示亲切的

① 美国中央情报局。

称呼，“我们进入了政治，众所周知，我们就像摩西在领导着那些以色列孩子们逃出埃及、但是没有看到许诺的土地一样。”他停了一下。“现在我们在西奈山不远的地方，可能达成一个协议，导致大选并打造出一部统一的宪法。那就是我们可以说我们正在接近迦南圣地的时候。”

“好，我必须说……”鲍勃敬佩地说，“你是在很好地诠释着你的旧约全书。”

帕奥威尼向空中摆了摆手，不为这种赞美所动。“我知道，我可能到不了迦南，”他说，“正如我知道什么时候某个人给我扣上了屎盘子。但是我要让你知道，那里有人民准备把自己宝贵的身体投入火海来保护我。坚信我所致力的也是为了取得谈判桌上的回旋余地。”

“那么，”鲍勃·琼斯问。“交易是什么？这个国家变成火海，因此你在谈判桌上得到一个位置？”

“为了让你受到重视，”帕奥威尼将军说，“你必须把一些东西扔进大火中。不正是你们这些家伙在怂恿我们，烧啊，亲爱的，烧啊？”

“我想你是疯了，”鲍勃·琼斯说，“你情愿挂着一个军阀的头衔被写入历史吗？”

“我相信，你知道有关成吉思汗的历史。”帕奥威尼将军说。

“当然，”鲍勃·琼斯端详着帕奥威尼的面孔。“你的意思是什么？”

“那么贾拉勒·丁苏丹呢？”

“你考住我了，”鲍勃·琼斯说，“他是谁？”

“就自身而言，他是一个强壮的人，但是被成吉思汗打败了。”帕奥威尼说。“几乎没有人，即使是学者，知道他的名字。我的意思是，成吉思汗开始的时候是一个军阀，但是随着事情的发展，他最终成为了一个伟大帝国的统治者。我并非要将我和他进行对比，但是我认为，他是一个好的军事指挥者并且拥有丰富的武器知识，那恰好也是我的特长，如果我可以这么评价我自己的话。但是在现代，我们必须用现代的方式来实现我们的目的。如果那需要我成为一个军阀，我就当这个军阀。尽管在我的内心深处，我视自己为一个爱国者。”

“我不那么相信爱国主义，”鲍勃·琼斯说，“但是我可以在空气中嗅到强烈欲望的味道。"

"坐在那里听会吧，" 帕奥威尼将军建议，"作为一个旁观者让自己受受教育。最后看看我们所做的一切只是强烈欲望还是切实可行的。" 他还想继续阐述有关军阀的话题，事实上，过去几乎所有国家的建立都是通过曾经的军阀用剑与火来实现的。以后会有时间。现在，开会的时间到了。从鲍勃·琼斯的肩膀上看过去，帕奥威尼的眼睛亮了。"爱国者们来了。" 时间是早晨 7 点整。

他们鱼贯而入，先是两个中年的黑衣人，如同要去哭城祈祷，后面跟着的是一对带着厌世眼神的年轻人，身着不合身的棕色套装，好像全然无视时尚趋势。然后是一个身着银色夏季套装的敦实、谢顶、貌似礼貌的人，伴随的是两个类似贴身保镖的家伙，他们都穿着猎装套服，肩上时髦地挂着皮枪套。他们身后是两个长相十分相似的女人，可能是姐妹，身穿细条纹粉色套装，大步走进房间，尽管拉着笨重的带轮的公文箱。她们昂首阔步的样子显示出一种无所畏惧的信心。最后进来的是西子威·恩达沃，将军的副官。他带来记事本和各种文具，并递给每个人一套文件，在文件的上角夹着名牌。一些客人把装在塑料套内的名牌固定在他们胸前的衣兜上。在完成了这些之后，西子威·恩达沃确信会议室的双层门已经关闭，然后大步走过去坐在他的长官后方的左面。

身着一件宽松的西班牙上衣，脚上是黑色布鞋，可能因为是在一个休闲的星期五，阿布萨龙·帕奥威尼将军塑造出的是一个尽管务实但非正式的形象。他点了一下头致意。然而他开会的方式可是一点儿也没有休闲的气氛。

"你们都来到这里，" 他开始讲话，"是因为自身的利益。正如我们崇尚利他主义的价值观认为的，利己主义是一种垂死的传统。现在要考虑的是靠什么来保护大公司、公民社会和个人安全的利益，也就是军队、警察，当然还有宗教组织。后者是为了确保在捍卫我们所有的物质财富的同时，我们的精神健康也要得以维护，否则我们和土匪将没有区别。"

他笑了起来，仿佛再次向会议承诺，他不是土匪。"我相信，你们一定会对今天显露出来的各种前景感兴趣。我们开始就请有水晶球的先生们发言。”

那两个身份不明的人穿戴得如同殡仪馆仪式上的工作人员。A·罗斯和S·弗林托夫先生把他们的讲稿摆放在面前。他们是曾经的期货分析师，现在已经改行来做方案策划。他们的口号是：一个没有愿景的国家是一个没有未来的国家。没有太多的开场白，他们先后阐述了曼德拉从监狱释放后可能产生的影响。

“毫无疑问，”罗斯以一种不容置疑的铿锵有力的语气说，“曼德拉的释放将使许多不可能实现的期望扩散。我用圣诞节即将来临时不同家庭成员的期望来类比。在一个黑人家庭中，父亲不得不节衣缩食来拼命满足妻子和孩子们的期望，这段时间累得人蛋疼。请原谅我的用语不恭，女士们。对于孩子们来说，这是在一年中谁都没有过的、而在这一星期中奇迹般地获得享受蛋羹和果冻以及其他好吃东西的时间。父亲必须要创造出这个奇迹。曼德拉就是被期望做出令最出色的空中飞人演员也要吃惊的表演。”他喝了一口水。

“还有暴力，”他继续说，“没有保证人们会放下他们手中的武器，这是因为在一个武器泛滥的国家，不带武器让人没有安全感，特别是因为我们的执法机构本身就与流血事件连在一起。这种动乱状况的继续意味着，军阀们能够巩固他们的既得利益并保护他们自己。一种战争的状况对于那些从灾难中获益的精明的家伙而言通常是令人难以置信的获利机会，如军火商、恶棍和洗钱者。这是一个暴发户的天堂。”

在大多数人眼中这种世界末日的景象引起短暂波动的时候，看起来相像的两个女人中的一个举起了手，打断了演说者，她称他为罗茨先生。她注意到，召开这次会议的目的是讨论曼德拉获释后的负面后果——强调的是负面后果，而不是影响。这是罗茨先生对这个突然转向的解释，或者仅仅是语义上的问题。

首先，演说者必须纠正这位女士。他弯下腰仔细看她的名牌，塞西莉亚·巴特尔女士。他的名字是罗斯先生，而不是罗茨，尽管他经常发现这种混淆的美意，因为他是作家菲利普·罗茨的仰慕者。“后果和影响可能经常被互换着使用，但是，嘿，该使自己清醒了，我们将面对的是灾难，如果它降临到你的身上。”

另一个姐妹插进来说，她讨厌罗茨——或者罗斯，不管是什么——使用的语调。“这是一种该死的居高临下，是对所有的家庭和普通人的羞辱，特别是你们的人民。”

这时弗林托夫先生站起来问：“谁的人民？”

“你们的人民，你知道。”

在这个关头，阿布萨龙·帕奥威尼将军用他的拳头敲桌子，要求会议保持秩序。“继续讲，罗斯先生。任何想要不服从的人，大门在那里。”

“谢谢你，我的将军，”罗斯先生说，“我们代表着这个国家中非常强大的个人。各种组织和公司以及有钱人的利益需要一个新南非。现在的南非病入膏肓，经济已套在绞索上了，请原谅这种民间的说法……”

“直截了当些，罗斯先生，”帕奥威尼说，“跳过那些评论。”

“好。”这次轮到弗林托夫先生。“尽管我的同事描绘的情景有些凄惨，但是所有这些还有一线希望。南非将会有一个再生的机会。预判是，一个由曼德拉领导的新南非——因为我们相信，没有其他任何人具有领导这个国家的道义上的权威——新南非将会是繁荣昌盛的，来自各个国家的良好的愿望将转化为投资、项目和健康的预算。但是平稳实现这一切的唯一前提是，曼德拉回来成为一个超级领导人，国父，如果你们希望，他只效忠于整个国家，而不仅仅是一个政党。”

“如果他领导一个党，”弗林托夫继续说，“他的形象将不得不受到由于从事斗争而被玷污的个性的损害。就本质而言，斗争意味着，人们必须做出为了实现与他们的道义信仰相悖的长远利益而妥协的决定。在过去的三十年，曼德拉先生一直是处于超脱争议的与世隔绝的环境中。一些向我们喊话的领导人提出建议，帕奥威尼将军必须设法告诉曼德拉，他需要把自己看作是凌驾于争议之上而承担重任的领导人。我的同事和我将给将军就如何实行一个他能够递交曼德拉的计划提供更多的细节。”

鲍勃·琼斯举起他的手。“你是想告诉我们，”他问道，“曼德拉需要放弃他的政治运动而成为一个没有政治支持的他妈的挂名领袖，某种超人，一个没有权力基础的和平主义者？”

弗林托夫先生发怒了，“你在歪曲我的话……”

“你的话本身就是歪理，老兄，”鲍勃·琼斯反驳道，“这是个什么计划，欺骗一个关了他妈的二十七年之后的人去做一个政治阉人？”

“琼斯先生？”帕奥威尼将军警告说，“你在这里是一个观察员。请控制你自己。”

鲍勃·琼斯缩了回来，如同一只用漂亮的翅膀遮盖住自己身体的蝴蝶。那个穿灰套装的敦实的男人在他的座位上说话了，首先向周围扫视了一圈，这是一个不习惯说话被人打断的人。

“我的名字是杨·斯丹德上校，”他开始说，“我坐在这里，将军，听大家说，人们看来对我们到这里的目的并不了解。我们到这里的目的并非是要显示我们有多么聪明，而是要应对一个紧急的状况。”他停了一下。“这位将军还没有告诉你们，他到这里并非偶然。他必须到这里，而且他的使命必须成功。我不想讲述我们是如何成为盟友的细节，那会使你们不耐烦，只是想说，在更宏大的事业的进程中，人们将会承认，我们有愿景。”

他知道，这些人将会作出他们自己的分析并最终知道他与将军的关系背后的全部真相，因此他在挂纸板上画出一幅关系图。这是一幅安哥拉冲突发展以及最终导致了需要南非军事力量介入的示意图。他讲述了不同的战争派别，由乔纳斯·萨文比领导的UNITA是我们的朋友，与FNLA——我们大一些的朋友——有不太重要的结盟关系，对手是MPLA，绝对不是朋友，由共产党领导并得到古巴人和苏联人的帮助。皇冠上的钻石当然是西南非洲，现在受到SWAPO（西南非洲人民组织）的威胁。

“现在很清楚，”斯丹德说，“多米诺骨牌正在倒下，尽管受到里根先生和克罗克①先生以及他们建设性接触政策的无济于事的反抗。我们在国境上的孩子们正在被装在裹尸袋和密封的骨灰盒中运回来。一句话，我们的责任就是确保即使在解放运动赢得胜利的情况下，我们也应当是这场胜利的受益者。”

---

① Chester Arthur Crocker，在1981～1989年的里根政府期间担任助理国务卿，推出了建设性接触政策（Constructive engagement），目的是减少对种族隔离政权的制裁。

他告诉他们，未来将属于那些能够展示他们经济肌肉的人。一直赋予将军的任务就是建立起发动洗劫银行的队伍。我们必须以创造性的方式来将毒品——是的，毒品——引入市场，就是因为，如果要接管经济，你必须破坏它能够维持生存的能力。

“那时当然将会有暴力，”斯丹德说，“我们将建立在解放运动自身已经建立起来的框架上，即煽动青年使这个国家无法治理。”

他笑了起来，在鲍勃·琼斯的耳中笑声很难听。“我们要向他们显示那是如何实现的。”他停了下来，全部陷入沉寂。

“你是在说，”鲍勃·琼斯像一个无法忍受长时间沉寂的人那样问，“你已经把那些……资源带入了这个国家吗？”他不理会那两个女人中的一个不赞成的目光。他曾经接触过那样的人，派遣女人出来，作为一些银行或者公司的代表，目的是探测风向。

一种恼怒的神情闪过斯丹德的脸，他是一个主导审讯的人。许多问题是没有预设脚本的。“正如在这些事情中发生的那样，”他说，“这些物资是被其他人劫持了。”

“其他人？”

“是的，我们训练出来的人。”

“东西现在在哪儿，”一个好出风头的女人问，“这些财宝？”

“我们听说是在夸达姆布萨，”斯丹德说，“顺便说一下，在人民军在桑扎·蓬博袭击之前，是我负责最初的小分队派出去从安哥拉取箱子的。”

他考虑是否要做出一个解释，他是如何派出一个由希腊人巴拉克领导的小分队去从桑扎·蓬博取资产，后来这个小分队的成员又如何被杀掉或俘虏了。他想告诉他们有关那个精心策划的计划，在帕奥威尼将军和他的两个特别行动人员——斯特雷拉和诺兹沙达——的保护下把那些物资的一部分运回南非。但是当那个本不应该活着的小分队活了下来，尽管是残存，整个计划失败了。

但是他想道出秘密的想法被打断了。

“那么，”罗斯先生问，“你与将军的伙伴或结盟关系，你认为能够保持下去吗？”

“我们只能这样说，”斯丹德回答，“战争创立的是彼此发誓要消灭对方的敌人，而和平产生的是基于合作而能继续生存的敌人。我们为生存而共存。”

“但是为什么你还要将军待在您的阵营中?”罗斯先生的疑惑也扩展到其他人。突然出现了一阵窃窃私语。西子威·恩达沃像一条由于紧张而焦虑的狗，半站起身，紧张地审视着每一张脸。阿布萨龙·帕奥威尼没有要行动的迹象，示意他的副官放松一点儿。杨·斯丹德仍然在继续讲。

“在战争中我们是对立面。当我了解到帕奥威尼将军的战绩，我知道他就是那种我以为之服务而自豪的人。理由是简单明了的，帕奥威尼将军有组织能力。军事行动是有关组织的。一个好的将军也知道什么时候前进什么时候撤退。”他停了一下，仿佛展示在战争的经典影片中，生命是如何由于鲁莽的指挥而被无谓地断送掉。

“当他自己的一方将要杀掉他变得十分清楚时，我们进行了接触。他拥有一些我们需要的东西，而我们拥有一些可以拯救他的东西。很简单，但是，”斯丹德说，“我们现在正在进入不明水域，而我可以告诉你们，未来是黑人的，无论你怎么想。一个时代马上就要来临，那时仅仅有白人是不够的。”

他让这些话像一个诅咒一样在这间屋子中盘旋。在外面，轰轰的交通声像一台电冰箱。这时候，与斯丹德一起进来的男人们中的一个突然站起来，他的反应仿佛是接到一个性质紧急的电话，要去查看寻呼机。几分钟之后他返回来，伏到斯丹德身边耳语。一片乌云闪过斯丹德的面孔。然后斯丹德转向帕奥威尼将军。

“将军，”他说，“似乎斯特雷拉和医生再次出现了。”

“这次是为什么?”

“我推测，他们可能是在寻找涅丽莎牧师。”

“谁是涅丽莎牧师?”鲍勃·琼斯问。

“一个拦在我们和我们的使命中间的人。”帕奥威尼说。

“那么说，她拿到了箱子?”

“她可能是被牵连进来分析箱子里的东西。”

“你的话听起来有点儿……”鲍勃·琼斯用手指打了个榧子企图缓解一下对立的气氛。

“可能是，紧张吧?”姐妹中的一个立刻接上说。

“是的，”鲍勃·琼斯说，对这个女人做了一个感激的表示，“紧张，对。是她让你心惊肉跳了吗?”

斯丹德上校和帕奥威尼将军议论了一会儿。然后做出了一个决定，斯丹德用叉子敲了敲玻璃水瓶的边沿让大家注意。

“鲍勃·琼斯先生，”斯丹德上校说，“以及这间屋子中的每一位，我们现在休会，等待进一步的通知。我们不久复会，将会通知你们。这里说的和听到的所有事情都是保密的。”

在1989年的最后一星期，外面的天空是阴沉的。一张报纸的头条在问：1990年将会带来什么？读到这儿，斯丹德对自己说，这一年的重要性是最易遗忘的。他问站在旁边的帕奥威尼他对释放沃尔特·西斯鲁和那些其他一直关押在罗宾岛的领导人的想法。帕奥威尼似乎是全神贯注地看着约翰内斯堡市居民的面孔。他们步行在街道上，将手提包紧紧地抓住贴在身上；布鲁姆方丹在这座城市的郊区，对不小心的步行者是个极不安全的地方。在普里姆罗斯饭店的外面，是迎接新年的公众的喧嚣。出租车按着喇叭，试图在排队等待去约里森大街的索利·克拉默商店批发烈酒的顾客中凑集车票钱。

从地下车库传来脚步声，安杰洛·德马托斯直接朝着正靠在普里姆罗斯饭店水泥涂饰墙面上的斯丹德、帕奥威尼和鲍勃·琼斯走过来。

德马托斯几乎有六英尺高，接近五十岁，身穿一件褐色的外套，里面是上排扣的府绸衬衫，下面是牛仔裤和鹿皮鞋，极力把自己装扮成一个壮汉的样子。与斯丹德不修边幅、显示出一种野蛮的威仪不同，德马托斯的须发是黑的夹杂着灰色，与他的谢顶搭配，看起来十分窘迫。鲍勃·琼斯在流离失所者的棚户区中看到过这样的人。

但是安杰洛·德马托斯的强壮表现在他的骄狂易怒上。做着疯狂的动作，他告诉斯丹德，他的人干出了一件恐怖的事。

“对此，”他说，“你要负责任。”

“嘿嘿,”斯丹德说,“告诉这些人,发生了什么。”

安杰洛·德马托斯的黑眼珠在这两个黑人的脸上停留了一下,他感到内心的什么东西崩溃了。他看起来想哭。他是如此愤怒。当他最终能够张嘴说话时,他说,“我有一辆车停在地下车库。我们必须立刻赶到诺伍德。我的侄女马丽埃拉报告说,你的两个杀手下手了。”

“斯特雷拉和医生?”

“就是这两个人,”安杰洛·德马托斯说,“快!”

8

会　面

一些醉鬼在喊着："你们好，兄弟们!"时间是中午 12 点 41 分。斯特雷拉似乎无法找到一个能播放对于今天有意义的电台，每一个频道都仍然充斥着迎接新年的精神。他胡乱地转动着汽车中无线收音机的旋钮想寻找一个音乐台，任何音乐，流行的、摇滚的、宗教福音的，除了他尽力回避的经典爵士乐。他仍记得在哈博罗内大学教授家客厅中听到查理·明格斯或特洛尼厄斯·蒙克的乐曲时的紧张。那个女人，教授的老婆，疯狂的爵士乐迷，收集了大量的书籍和唱片，深信那些乐手编织的鬼话甚至超越了理智。一天，她告诉斯特雷拉，蒙克是一个天才，他的唱片封套上的文字与她不谋而合，她要斯特雷拉去听，只是去聆听那个人所说的：有时人们认为你疯了是你的优势。然后她就随着一些复杂的钢琴反复音节用她的手指打着拍子，双眼在狂喜中合上，呀呀地用拟声模仿一首猫王爵士乐。真是萝卜白菜各有所爱。

然而，在收音机中，他无法找到任何氛围音乐，只有谈话。南非人似乎突然发现了他们的声带，不论在什么地方，都会有某个人在谈论一些实在是不着边际的庞大话题。

他回想起在本·哈希尔训练营中一位巴勒斯坦教官，对于一些想参加军事训练的黑豹党成员所表示的怀疑。“小心那些美国黑鬼，”他说，“他们头发光滑，伶牙俐齿。他们说的话比收音机中的还要虚伪。”今天，斯特雷拉会告诉萨利姆·阿里·哈马迪教官，一个美国黑人不可能给一个南非人指明道路。

这里，他们处在一块喧闹的土地上，演讲嘉宾们大话连篇，对那些堆积如山的老问题每个人都拿出一个即刻可解决的方案，有的时候对那些虚构的问题竟提出了精致的解决途径。这就是这些小丑们的伟大之处。主持人是最坏的，他们大多数华而不实，会用这样的开场白：从我本人所站的角度出发。斯特雷拉希望他们全部都到什么地方去找一个实在的工作，最好是迫使他们站在那里不动直到脚拇指充血肿胀，女人们去当女招待，男人们去哪儿挖沟，看看他们是否喜欢。

“我们要在这里坐多久，”医生问，“听着这些无休止的空谈？你就不能找到一些现实的人们所关心的问题吗？”

“医生，”斯特雷拉问，“你为什么总是抱怨？而你所谓的现实的人们需要听什么？”

“游戏节目和测试？”医生迅速反应，“人们喜欢那些证明他们无知的节目。”

“那么，”斯特雷拉说，“一个部长在1989年最后的一次演说中告诉人们要等待，这不是很滑稽吗？我想你应就此发表评论。”

“说什么？”医生无法掩饰他的恼火，“部长们总是告诉人民要等待。那是他们的职业。正如我们的工作是找到那只该死的箱子，然后分道扬镳。”

“为什么要分道扬镳？”斯特雷拉问，“人多不是更有力量吗？”

“人们散布这类谬论，不过是哭嚎的婴儿害怕孤独罢了。”他停了一下，用一把锋利刀子的尖头从他的指甲里挑出黑泥。“关键是取决于我们各自得到多少。”

“你就不能停下来，”斯特雷拉说，“我感到紧张。”

“你是说刀子还是修理指甲？”

“都有。刀子使我紧张。并且我一直担心你会切掉你的手指头。”但是，斯特雷拉不能告诉医生，他的第一次重罪就是用一把刀子杀掉一个老人，因此每当看到一把刀子，他就要经历一次血涌上头的感觉，与一些人站在高处顶端的感觉没有区别，仿佛如果有一把刀子伸手可及，他就无法控制自己要去使用它。

“好吧。”医生说着，把刀子刷的一声插进了刀鞘。“现在你该关掉那个愚蠢的收音机了吧？”

“好。”现在车里安静下来。

但是医生不愿意维持这种安静。“你知道，我们是被出卖了。”

“你说这话是什么意思，医生？”

“我们一直被人坑苦了，”医生说，“否则，你怎么解释现在斯丹德和将军成为一伙儿的？”

“他们原本就是一丘之貉。”

“是啊，但是他们曾经是敌人。斯丹德是我们这边的，将军是人民军那边的。但是他们现在穿一条裤子。我知道这个。”医生一拳击在仪表盘上。

“你怎么知道的这么全？”

“他们今天正在开会，”医生说，“不要问我是如何知道的。我知道。”

“我是这个小分队的指挥官，医生。你回答我。”

医生恢复了他抠手指甲的动作，同时瞥了斯特雷拉一眼。“我们别到那里去，头儿。现在只有我们两个被扔在这里了。当大戏落幕时，我们会更孤独。”

“你是说一个人？”

“不是，是孤独感。”

在车外的摄政街上，是耶奥维尔市川流不息繁忙的人群。他们或者漫步或者急匆匆地经过，似乎没人注意这辆停在伏泰斯克街角的浅灰蓝色丰田Cressida牌汽车。车中的两个人注视着街对面的一栋房屋。这座房子的地面略高于街面，石头与红砖结构，窗子很高，有一个巨大光滑的橡树木门。前面是一个规则的花园，整座房子用严密的带电网的高墙包围，有一个遥控的滑动钢门。

“给多少钱？”医生又继续问。他不会被分散注意力。“你知道，我做了我应该做的每一件事。看看我的手。今天我宰了一个可怜的 *grigamba*[①]。”

“你又在抱怨了，医生。”斯特雷拉说。

“好吧，我只是有点儿累了。”

“好，”停了一分钟，斯特雷拉说，“这将是最后一次工作。”

“谁，这次是？另一个莫桑比克人？”

“不是。你不要张嘴闭嘴地谈论 *grigamba*。”斯特雷拉表现出明显的不高兴。

“发生了什么？”医生问。不清楚他指的是谁。

“你杀了一个人，医生。”斯特雷拉看着坐在乘客席位上的他的同事，他的两膝中间放着一个装着甘蔗烈酒的扁瓶子。医生不时地喝上一大口并把瓶子递给斯特雷拉。斯特雷拉摇摇头，不。

“杀了一个人，是吗？”医生觉得奇怪地问，“那算个事吗？”

“你干了一些你不擅长干的，”斯特雷拉冷酷地说，“但是你似乎渴望干的事。我不理解你有什么可以抱怨的。”

“我没有抱怨，斯特雷拉，”医生说，“我只是感到悲伤，你不愿意和我喝一杯。”

“干完这次工作之后，”斯特雷拉说，“这次工作之后。”

他们两人陷入了沉默。

那天的早些时候，清晨六点钟，斯特雷拉开着丰田 Cressida 沿着如同枪毙死囚刑场上弹痕累累的后墙一样坑洼不平的路面行驶，然后停在一座大门前。那里有两个保安好像是在警戒，虽然他们一定知道他们已是醉醺醺的了。这是诺伍德市的一部分，可以追溯到上个世纪 20 年代的房屋依然矗立，不屑地看着新建的居所。这里北面临界舒尔茨区，东面是阿尔戈农区，西面是弗朗西斯区，而南面是格兰特区。尽管时间尚早，一些人已经在人行道上

① 南非人对外国移民的蔑称。

走动了。有些人精神抖擞，但也有不少人拖着沉重的脚步，仿佛是经历了在盐矿劳累了一天后终于要回家了。

走在医生后面一步的斯特雷拉打开了大门，里面一条青苔覆盖的窄路把房屋分开。运动背包碰了门柱一下，里面金属工具可疑的撞击声把保安吓得一溜烟跑了。在通向后院的路边、这座院子的一个角落里，有一条不知是否纯种的狗用几乎人眼的表情扫过这两个入侵者，坐在它的后尾巴上发出低沉的呜呜。这两个人不慌不忙地将一台千斤顶支在房屋的铁格栅门下面，熟练地操纵把门向上顶，按部就班地，门的折页发出嘎吱嘎吱的声音脱离开，门锁咔嚓一声断掉。他们抬下沉重的门把它靠立在墙上。他们等了一分钟，以确定没有任何人听见。房间里没有任何动静；外面只有小鸟叽叽喳喳地叫着，从一个垃圾桶飞到另一个垃圾桶，为它们看到的腐皮而高兴。看来一切安全，斯特雷拉和医生迅速地撬开了后门进入了厨房。

这是与一家餐馆所有者身份相符的出色的厨房。时髦的镀铬设备，一台双门的铝门冰箱，炉灶足可以满足一整排饥饿的士兵用餐，现代餐具包括勒克鲁赛特牌的铸铁锅和餐盘。还有各种厨房用品、冷藏箱和咖啡机以及配套的刀具仍然在包装箱中原封未动。从品牌的范围看，这些东西似乎有些随意，不是配套的。

“是什么人偷来的东西，”医生说，听起来愤愤不平，“你的这位餐馆老板是一个收赃的家伙。”

“也是一个野心勃勃的革命者。”斯特雷拉一边说，一边看着一些旧的小册子和莫桑比克解放阵线的领别徽章，上面印着萨莫拉·马塞尔和他的前任埃杜尔多·蒙德拉纳的黑白肖像。他下意识地拿起一枚领徽装进口袋。“但是他能在哪儿呢?”

他们的疑问很快就揭晓了。从地板下面，他们听到模糊的摸索和脚步的声音，地上的活动门突然翻开了，撞在地板上，使医生惊得向后踉跄了两步。斯特雷拉感到一阵幻觉，仿佛又回到了桑扎·蓬博。路易斯·博纳多·姆查威的眼睛瞪得像茶碟一样圆，在惊叫中试图将活动门关上时被抓住了，他选择了更为谨慎的行动，将双手举到和肩膀一样高，一步一步慢慢走出来。

他穿着乳白色运动套装，红蓝色条纹沿着两边的衣裤缝上下贯穿，脚上是锐步牌运动鞋，体态健硕，看来是在检查完他的库存之后准备去进行他清晨的跑步。“有什么问题吗，同志们?”路易斯·姆查威问，“如果你们需要钱的话……”

“我们在寻找涅丽莎，”斯特雷拉说，“涅丽莎牧师。”

“我不知道她在哪儿，”路易斯·博纳多·姆查威说，“她说要去德班。”

“她曾经到过你的餐馆?”

“和谁一起?”医生问，“我认为，人们现在不再独自吃饭了。”

“她和一个朋友，”路易斯·姆查威说，“乔治娜。乔治娜·史密斯。”

“这里有人和你在一起吗?”斯特雷拉问。

路易斯·博纳多·姆查威有些犹豫，抬头看着天花板。“没有，*estousaozinho*（葡语，意为我独自一人）。就我一个人。”

斯特雷拉盯着姆查威的眼睛很长一段时间，一个房主面对着一个携带武器的入侵者，莫桑比克人也只能迎着他的目光保持一个适当的时间，然后他谦恭地垂下了目光，这是面对南非入室行凶者而能逃命的招法。

“这下面你存放了什么?”斯特雷拉抖动着他的枪口指着敞开的地窖门问。

“很多东西。”路易斯·姆查威说，他脸上绝望的表情有所舒缓。他正在与普通的抢劫犯打交道，最终他们不过是想找点儿东西拿到黑市上去卖。

“涅丽莎从没有提到过有关从安哥拉弄来的一只箱子的任何事情吗?”

“没，”接着又说，“没有，同志。”

“你没有对我隐瞒任何事情吗?”

“没有，一点儿都没有。”

问到这里，斯特雷拉对医生说：“我要下去搜查。你要确保他不许动。”

“没问题，”医生一边说，一边环顾四周，“这里有酒吗?”

“这么早就喝酒，这个想法不好，医生。”斯特雷拉说着迈步走进昏暗的地窖。

不知什么时候这个原先的酒窖已经被改造成了一个仓库。路易斯·博纳多·姆查威以及在不管什么人的帮助下建起了一个地下存储供应中心。地上是用平垫子摞起来的床，一台冰柜，足以维持一个被围困的家庭渡过几个星期。一台小发电机为地下设施供电，黄色的灯光能保证最低的照明需要，马达发出的有规律的嗡嗡声表明电源正在使用。

他在搜查中看到一些油画仍然带着框封在纸板中，外面用泡沫塑料包裹，证明是从某个地方抢来的，但不会远到像他的——他要找的财宝——那样遥远的地方。没有箱子。有两三个小柜子和军用提包，装着麻布和杂七杂八的小工艺品，看起来像是葡萄牙的手工艺品、宗教头像和纹章的徽章。可能这个路易斯·姆查威曾经在某支葡萄牙军队中服务过，这有些荒唐，因为这意味着，他一直属于战争中右派的一方。

他回想着所有那些面孔，他们的特点已经被时间、恐惧和绝望消磨得看不清楚了。从第 37 军区逃出的那个晚上以后在数个难以置信的黑夜中流窜，在如浓墨一样的漆黑中，他只能像一个盲人那样凭伸出的双手摸索着前进。在他的生命中第一次，他真希望他是一个盲人，因为这样他可能会有更好的一个机会逃命。既在预料之外，也在预料之中。他曾跌入山石峡谷几乎粉身碎骨，陷入沼泽中几乎窒息死去，冥冥中他从内心深处找到了自己，唤醒了在阿拉伯人残酷的训练中学到的生存技能。他们相信，一个人身体的每一部分都应该被训练成为可以预料和发现危险的探头。“你的鼻子必须长眼睛。”阿德南·亚新曾经说。在安哥拉这块背信弃义的土地上五天的流浪，他的鼻子靠一只步枪的枪口来指路，这支带刺刀的 AK47 是塔博·斯托恩的分手礼物，在基巴谢市外路的尽头他们离开他时，塔博·斯托恩最后的话是：“我不知道是什么原因使你到了这里，并且我也不需要知道，但是你好自为之吧。”从吉普车的后窗望进去，朱莉恩的脸色苍白吓人，涅丽莎催促着塔博·斯托恩——穆勤达——快点儿离开。他，斯特雷拉，冲入黑暗，他的步枪的瞄准镜中是诺兹沙达的形象，诺兹沙达，这个如同一个祈祷者在他心中不断重复的名字，而现在，他意识到一支枪的重要性。在他睡眠中，他曾经听到直升飞机在上面盘旋，但那是一次熟睡，他很可能是处在昏迷中。一个中国人长相的驾驶员和部分机组成员是医务人员的事实告诉他，他是在加贝拉。他想到了桑扎·蓬博和他的同志，他们可能与希腊人巴拉克一起被杀掉或俘虏了。所有这些人怎么样了？他尝试着张开他的嘴，而他们告诉他继续闭嘴。

朱莉恩怎么样了，这个阁楼女士？

“是朱莉恩，”当斯特雷拉最终安全到达翁丹瓜接受治疗时，杨·斯丹德告诉他，“救了你的命并且告诉我们你还活着。她在人民军的驻地发现了一台无线电，电告了这里。我十分吃惊，她居然仍记得坐标。”

“嘿，斯特雷拉，”医生的喊声把他带回到现在，他的声音在这些黑货中回响，“你还在那里吗?”

“来了。”斯特雷拉说。可能他们需要更大的一个小组来彻底搜查这里的东西，但是他相信，这次访问是白费了。唯一有价值的信息是涅丽莎去了哪里。他期望能再次见到她。就在这一时刻，他仿佛面对面地见到了马比特拉，现在几乎完全衰老得无法辨认了。“你去拉屎吧，”这个老魔鬼说，用了一个像山峦一样古老的塞茨瓦纳俚语，“你最终一定会发现你真正的本性。”

“去你妈的。”斯特雷拉说。但这次他真的有些恐惧。这个老人的评论触动了他的神经。

“嘿，斯特雷拉，兄弟，”医生有些紧张地问，“你是疯了还是怎么啦?你在和谁说话呢?”

“不必担心。”斯特雷拉说，认识到恍惚的启示不过是预感的不断加强。同时他也感到，突袭这个莫桑比克人的家是一个错误。斯丹德把他们出卖了。他现在是在和一条大鱼一起游泳。每一个人都在出卖他们，帕奥威尼也一样。

但是他有麻烦了，迫在眉睫的麻烦。医生说话的声调和节奏显示，有什么地方不对了。这是错误的一天，他无力肩负如此之多期待的重担，每一个人都有他或她对未来的愿景。在他向上迈出一步的时候，他听见刀刺血肉的噗嗤声，一刀，两刀……他大喊：“不要!”

“不要。”这是玛莉艾拉·德马托斯站在楼上、躲藏在卧室窗户沉重的窗帘后面听到的。她知道，路易斯完了。路易斯，路易斯，上帝为什么这么残酷？他们只差几天就要到里斯本去举办婚礼了。她感到一种无所畏惧的冲动，想冲下楼去面对那些强盗，他们即使杀了她也在所不惜。但是，她很快恢复了理智，即使死了也无助于路易斯。那样就没有人会知道这两个入室抢劫者的任何信息。十分奇怪，当听到一辆汽车驶到房前时就引起了她的警觉，一种直觉告诉她走到窗前去观望。她感觉到这两个人是死亡的信使——他们走路的姿势，沉重的运动背包，低垂的目光——然后他们进入了房屋，她可以看清他们了，是那种认为可以胡作非为而不受惩罚的骄蛮的人。现在听见大门关上了，一片寂静，她知道，她必须通知安杰洛，她在肯星敦的叔叔。他会知道该做什么。她知道她叔叔愤怒的表达可能是爆炸性的，他是一个睚眦必报的 *o anjo zangado*（葡语，意为愤怒天使）。但不管发生了什么，任何事情，对她都是一种安慰。在玛莉艾拉迈步下楼梯到厨房的时候，在她的思想深处，已经开始感到一种幸存者沉重的负罪感。

三十分钟之后，斯特雷拉把车驶进了在路易斯·博塔大街上的一家 BP 加油站。路易斯·博塔是一条穿过包括亚历山大镇和阔勒特大道的许多郊区的很长的大街。他们加满油并在加油工检查机油、水和轮胎压力的工夫喝了杯咖啡。医生坐在副驾驶的座位上沉默无语，在斯特雷拉叱骂他的时候，他拉低了帽子盖住了眼睛。斯特雷拉告诉他，他把整个事情都他妈的搞砸了。

“你为什么杀了那个人？”

“因为我以为他要掏枪。”

“掏枪？！一个穿着运动衣的人？”

“看你，斯特雷拉，”医生阴沉地、又如狐狸般狡黠地笑着说，“我知道你是心疼了，因为你的眼睛一直盯着那件时髦的运动衣，我知道你。”

斯特雷拉几乎要叫起来：“运动衣？运动衣，医生？你是不是他妈的疯了？”但这时他看见一辆警车尾随着他们的车开了进来。两个警察，都是黑人，都很年轻，一个瘦高，另一个大腹便便却要矮一个头，从车里钻出来，一边与加油站的工人打着招呼，一边信步走向商店的入口。他们停下来，高个子看着丰田 Cressida 车扫视了一遍，对他的搭档低声地说了些什么，后者停下来，露出了对这辆车不加掩饰的欣赏的表情。

斯特雷拉和医生打开手枪的保险做好准备，一边装作若无其事地观望着。两个警察走进了商店，站在柜台前买了咖啡和三明治，然后转身离开。高个子警察走到了丰田车驾驶座位一侧，把他的两只长胳膊放在车顶上，仿佛准备被搜身。他的脸看起来更年轻。

“好车，”他对斯特雷拉说，“一直在找像这样的一部车，有段时间了。”

“哦，是啊。”斯特雷拉表示赞同。滚他妈远点儿。

“三升的引擎，是吗？”

“是，”医生说，关于车他懂得更多一些，“想开它兜一圈吗？”

“不了，”这个警察说，迅速扫了一眼他的正准备吃三明治的搭档，“整天都在忙着关于那个新闻，可能，曼德拉要放出来了。”

“遗憾。”斯特雷拉说。

“遗憾什么？”警察问。“曼德拉将要出来了？”

“当然不是，长官，”斯特雷拉说，“遗憾你们不能开着这辆车兜兜风。”

“我知道你的意思，走你的吧。”警察说，像是开玩笑。“你们自己小心。我的名字是斯蒂文·马比，如果你什么时候想扔掉这个宝贝。我在耶奥维尔警察局。”

“我们保持联系，马比警官。”斯特雷拉说，他没做自我介绍。马比最后看了他们一眼，然后挥了挥手，走回他们的警车。

他们注视着这个穿着警服的家伙和他的搭档钻进警车。一分钟后，丰田做了一个违法的掉头，朝着贝利亚方向的大街驶去。

玛莉艾拉担心她叔叔的反应是对的。路易斯的死导致了一场圣战。一个广为接受的事实是，没有一个辛勤的警察的帮助，有组织的犯罪不可能泛滥起来。在打了一个电话给杨·斯丹德之后，安杰洛·德马托斯派出他的人确保他的侄女的安全并帮助警察保护犯罪现场。这些人也必须把地窖封锁起来并对应消毒的地方进行消毒。他悲伤地回想起死在贝利亚一栋寓所中的一个古怪的老头，在不知道是从哪个热带丛林中钻出来的野蛮人入侵之前，贝利亚还是一个值得尊敬的社区。他的侄女与一个黑人订婚不是问题。路易斯是一个葡萄牙人，他文雅而有风度。无论如何，他们赶到了那个死去的老人的家里，打开门，将犯罪证据装入了一个黑袋子。然后，安杰洛打开了卧室壁柜的门，几乎被洪水一样冲出来的五花八门的色情杂志和录像带吓倒，其中的一些是进口的。这个老家伙哪里来这么多的时间看所有这些性变态的材料？而且是独享。

路易斯不是那样的，他是表里如一的，他是一个家庭成员，一个注重内心修养、值得信任的人，但结果却是这样。现在是早晨 8 点，应当是开始一天繁重工作的时候了。斯丹德已经向他提供了继续工作的一些线索，这两个野兽的姓名，并且他也得到了他们驾驶的汽车的描述。这一定是一台偷来的汽车，因此在公安部门查询机动车注册登记不会有太多的帮助，除非警察永远监视着三立升的丰田 Cressida 或尼桑 Skyline 型汽车，特别是黑人所有的，因为这类车已经成为出租车战争中杀手们的选择车型。安杰洛·德马托斯制定出自己对这台车进行全面通缉的要点，包括官方和非官方的有关信息。

下午 1 点，紧急追逃令下达后的 20 分钟，这两个人撞上了大运。沿路上下颠簸的巴士车这时到站，大量的上帝造物在这里上下，男人、女人和孩子们，色彩缤纷，一些有着美腿的漂亮的女士，一些双倍体型的人（打赌他们被迫付了双倍的车票），还有学龄的孩子们踢着球，实际上用球在他们的车身上弹打。一些女人在闲逛，扭动着臀部，她们法兰绒的衣服慢慢摆动，露出了她们短裤的松紧带。这是一个工作日，证据就是，男人们穿着海军蓝的电力公司的工作服，其他人穿着黄色的，一些人带着安全帽。对于斯特雷拉来说，这仍然是一个全新的国家，他觉得自己像个陌生人。他的朋友帮不了他，医生喝了第二瓶甘蔗烈酒，变得醉醺醺的。但是发现乔治娜的却是医生。

“她在那里。”他慢吞吞地说。

“好，”斯特雷拉说着，把手枪插进他的腰带，“你在这里等着，让我来处理。”

“为什么？”医生瞪着眼睛问，“就因为你认为我醉了吗？”

“因为我知道你醉了。现在，你给我原地不动。”

“你无权下命令，斯特雷拉。”

“在这里，对于这项任务，我有权。”

他走出汽车，如同他在他的学生时代受到的教育那样观察道路，右看，左看，再右看，然后穿过马路。他看见乔治娜从她的汽车上下来，身体靠在车里面，正从后座上取出几个包裹。斯特雷拉迅速地将他短上衣的拉锁拉上掩盖住他的武器，大步走向这个娇小的女人。正当他打算抽枪时，他看见乔治娜跑向汽车的另一侧，解开了一个坐在儿童椅上大约五岁小女孩的安全带，他停住了。“来，托尼，”她柔声地说，“让我们带你找妈妈去。”

这时，乔治娜感觉到在车的另一侧一个男人的强烈注视，用她在多次遭遇敌人而侥幸逃生经历中磨炼出来的直觉，她决定蹲下来，放开了那个小姑娘，在她的背上拍了两下，然后坚决地把她向前推出去。

“快跑，小托尼。”她低声紧急地说。然后她就放声尖叫，比午间的汽笛声还要凄厉。

“你觉得那些家伙是什么人，克利福？”斯蒂文·马比中士问。他们正在阔列特大道和路易斯·博塔路交汇角落上的泽考斯快餐店的柜台前研究着菜单。克利福德·穆吉泽中士的肠胃，从无差错的预警系统，已经提醒警察们，午餐时间很快就要到了。

“你指谁，中士？”穆吉泽问。然后，好像突然明白过来，“我应该说‘所长’吧？我听说你要被提拔了。”

“没有，”马比说，“我认为那不过是谣传。”

“我不那样认为，中士，”穆吉泽不放过，“但是，你刚才说的是哪些人？”

“在加油站坐在 Cressida 车里的家伙。”

“我们刚才在那里看到的那两个无赖？他们不应该出现在任何加油站，

他们应当是在警察局接受审问。”

“或者在填犯罪记录表。”马比说，做了个鬼脸。

“那样对他们更合适。”

“关于这两个家伙知道什么吗？”

“是啊，某一天我们可能在识别嫌犯的行列中碰到他们。”

他们买的快餐来了，汉堡、薯条和几加仑可乐，他们拿着纸袋回到了他们的车上。

“小心点儿，”马比说，“别把你的屁股坐在我的讲义上。”

“你到底在研究什么？”穆吉泽捡起了文件夹中的一个。《切斯特·海姆斯：愤怒的研究》。他瞥了一眼他的搭档。“你不是在研究警察学吗？怎么研究起愤怒来了？”

“我喜爱切斯特·海姆斯的小说，”马比说，“他的两个侦探……”

“看看那个，”穆吉泽用他的油手指着一个穿着讲究的年轻女人，“不必介意把她介绍给我的妈妈。”

“然后你就是睡觉也得睁开一只眼，”马比说，“除非你想要在醒来的时候是在开水缸中游泳。”

他们以警察喜欢的方式打发着时间。在这样一个不平静的日子里，他们在查看女人，是否在撩人的外表下面，是带着邪恶动机的潜伏的危险犯罪分子。他们注视着男人，年轻的和老的，穿着考究的和褴褛的，预测着他们异样的命运，一些人被捧到天上，而另一些人——大多数人——则被贬为芸芸众生。马比，比较年轻，因此通常更有热情，今天却感到情绪空前的低落，他看着他的正在大口喝着可乐的搭档，他的喉头一起一落，像是一只火鸡。他羡慕穆吉泽对待生活的态度不那么复杂，一切事物非白即黑，从不会陷入灰色的沼泽而无法动弹。

“一旦曼德拉放出来，你认为我们这些警察会发生什么？”

“他们将需要更强的警力。”穆吉泽调整了一下他的大块头身体，看着比他年轻的搭档，仿佛在怀疑他被问及的只是一个捉弄人的问题。“警察在曼德拉诞生很久之前就已存在，并且在他去见他的先祖很久以后仍将存在。黑人力量在 1976 年的索维托把所有他们的孩子激发出来，导致法律和秩序被严重破坏。奥利弗·坦博干的是同样的事，他鼓动人民起来使这个国家无法治理。如果你鼓吹来自卢萨卡的观点，这是好的，没有问题的。但是在家里，完全是不同的另一回事。所有这些都会遭受报应，并纠结着我们。这些孩子们说，没有解放就没有教育，结果他们烧毁了学校。他们有委员会，召开会议。当你问，你七岁的孩子到哪儿去了，你被告知，他去开会了。更坏的是，人们实际上是去听那些只会训练孩子如何大小便的家伙的胡说八道。南非将需要更多的警察，只是因为当那些大便从天上掉下来的时候，需要由我们组成的武力像雨伞和铲子一样保护人们和清除垃圾。”

马比中士尚未摆脱成桶的大粪暴雨般地浇向毫无准备的民众的视觉影像，无线对讲机就噼里啪啦响起来。穆吉泽听到控制台正在发布命令和指示，同时示意马比加大油门，火箭点火了。

“紧急事件升级，”他说，“嫌犯有枪。”

“我的下午开始了，”马比说，“我想什么呢?”

对于穆吉泽来说，约翰内斯堡司机的驾车习惯应该是任何从事紧急服务的人的义务示范。约翰内斯堡的司机是一伙最自私的、自杀式的家伙，但对他们不幸的是，他从来都不让路。警笛算个屁，那只不过是打扰司机享受凯斯·姆恩预示世界灾难的鼓点或亨德里克斯的难以置信的吉他独奏的另一种音响。不论什么时候，他从不在意那些扎着马尾辫的坏小子被挤下马路时的反应。最近，他试图在交通中杀出一条通路的办法，就是干脆朝不遵守规则的驾驶员挥舞他那非警察的武器——0. 357 加仑的大酒瓶，尽管这对于马比是一种羞辱。这通常的结果是开出一条干净的道路，虽然跟着的是肮脏的骂声、攻击的手势和一些撞坏的保险杠。但是所有这些最终不是穆吉泽中士的问题。马比把他比作切斯特·海姆斯小说中的带枪盲人。他不顾轮胎紧急刹车刺耳的声音和人们疯狂的尖叫——意味着满大街都是坏司机，制造了哈莱姆街区的大混乱。

今天是星期五。出于某种原因，交通相当有秩序，仿佛坐在大马力汽车里的这个城市的居民都希望完整地活着到达 1990 年。警车沿着路易斯·博塔大道飞驰，马比看着外面掠过的景色，流露出他的赞同：约翰内斯堡真正是名副其实的世界上最绿的城市之一。

沿着圣安德鲁大道，从伯纳姆、伯德海文、迈尔罗斯不动产、基拉尔尼乡村俱乐部，直到拉雷大街——这些地名使人回想起一个被忘却的时代——全是用树和篱墙形成的绿篱分割开的一栋栋房屋，除了使人浮想联翩，也增加了这一地区的美丽。作为一个警察，马比知道得太清楚了，这些绿色的树丛和灌木是如何成为窃贼的天堂。

在烟尘的包围中，警车转入了福特斯科路。即使是最无聊的闲人，即使是刚从诊疗所出院的病人，都能感到警笛的紧迫性。马比的印象是仿佛看到所有人都冻僵在那里的一幅画面，连空气也是静止的。Cressida 汽车仿佛只是画面上另一个生命静止的元素。马比立刻把它指给穆吉泽，后者掏出了他的枪。枪，他亲昵地称呼史密斯维森警用 0.357 口径的左轮手枪为一个小“加农炮”。

他从仍在行驶的警车上跳下来，在人行道路面上留下皮靴底踩出的印记。正在这时，嫌疑人中的一个打开了丰田 Cressida 副驾驶一侧的车门走出来，一手持刀，一手举枪。穆吉泽开了第一枪，红色的鲜血从一个已不存在的脑袋上喷出，形成了一个闪亮的光环，嫌犯的身体笨拙地向内倒下，仿佛支撑他的框架断掉了。然后是第二枪。这一刻围观的人更多了，发出一阵喊叫声，仿佛在观看一场烟火表演。

“当心。”什么人在喊，一个女人，像个老保姆，试图一边逃跑，同时一边躲避。被枪声震惊，另一个嫌犯——马比早些时候在加油站看到的那个驾车者——在寻求掩护和对新的危险源——可能是冷枪——做出反应之间稍有犹豫，然后选择了像一个摔跤手那样半蹲的姿势，手中的枪与他的头齐平。当最终确认他的同伙已没有了生命，只是血还在向外流淌，斯特雷拉大喊了一声，将他的枪瞄向穆吉泽中士。

两支枪几乎同时开火。马比中士一只脚在警车的踏板上，动弹不得。他看见那个开枪的人迅速地连续射击，直到他手枪中的子弹打光。他扔掉了武器，向前冲去，仿佛要撞击那个中枪的警察。克利福德·穆吉泽中士跪在地上，然后倒向马路，弯曲的身体就像一些非裔的美国寻根者在亲吻祖国的土地。马比中士用自己的枪向这个年轻人开火，没击中，又没击中，直到感觉到手指发麻他才知道，他的上臂也受伤了。为什么穆吉泽没有想到要穿防弹衣呢，他问自己，同时感到极端的疲倦袭身。远处传来警笛声，刺耳，急迫。他想，他在说着什么，但他知道只能是抿着嘴嚼，并试图吐出嘴中令人恶心的盐和铁的味道。听到说话的声音。

“一切还好，我是斯丹德上校，”一个有权威的人在说话，“是的，这是安杰洛·德马托斯，特务部门的……我们将从这里接管。这个人必须进医院。其他人……装进送太平间的车。”

“在哪里……？”马比中士问，意思是问杀了他的朋友的那个枪手的下落。还有那把枪，那个倒下的警察的那把枪怎么样了？

“一切都在我们的控制之下。”斯丹德上校说。

在普里姆罗斯酒店中，鲍勃·琼斯对于一系列混乱的行为现在仍然有点儿不知所措。先是两个军人，斯丹德和帕奥威尼以他们特有的狂暴方式震惊了他；在那场讨论中，他就像一只在波涛汹涌的大海中失去了方向的小船，已经感到精神极度紧张。当安杰洛·德马托斯带着他的悲惨的故事闯入后，事情变得更加令人头晕目眩。之后，德马托斯、帕奥威尼和斯丹德又一阵风似地冲出了酒店。现在只有他在收拾行李。

他从房间的迷你酒吧中取出杜松子酒喝，几小时后，正在他几乎能使自己镇定下来的时候，帕奥威尼将军和斯丹德冲进了房间。他们帮助他把剩余的衣服塞进了一个手提箱，然后几乎是把他推进了电梯。在电梯里，他才把衣服穿好。他们直接下到地下停车场，在那里他又一次被介绍给安杰洛·德马托斯，这个白人家伙长得却像是南非人所谓的“有色人”。德马托斯用一只看来致命的步枪对着一个不动地躺在一台红色丰田四驱车的后部、满身是血的年轻男人的身体。

“你一直想知道这个国家，鲍勃，”帕奥威尼将军说，“现在是你的机会。”

德马托斯关上这台车的后门走到司机的座位。“坐到后面去。”斯丹德打开车门，把德马托斯从驾驶座上推开。“我来开车。”

德马托斯虽然满脸通红，但还是服从了，坐到后排的座位上。看到那个囚犯仍然处于昏迷中，他把步枪支在两膝中间。鲍勃·琼斯继续观察着，猜想如果他们的车经过南非有名的坑洼不平的路面时会发生什么。

“我们去哪里?” 他问。

“德班,” 帕奥威尼说,“祖鲁人的王国。”

“你的祖先。” 斯丹德说。坐在前排的两个男人开始大笑,像是一对老豺狗。鲍勃·琼斯完全不觉得有什么可笑。

心　路 (5)

在大约清晨2点30分，他们没有返回夸达姆布萨，而是开车驶向南边的谢珀斯都恩港口。沿着海岸，他们保持着对大海的亲近，轮胎与柏油路摩擦发出的刺耳声夹杂着海风的呜呜。这次开车就好像是在从这个世界、从血泊和尸骨堆中逃离，想象中的圣水将为他们提供洗净污秽的可能。远处响起雷声，天空闪烁，一场暴风雨正在来临。尽管年轻并纠结于如何在复杂的现实中做出正确的判断，她知道，不论用多少水，即使是山洪暴发，也无法清洗她身上的污浊。她的鼻孔无法摆脱硝烟和粪便的味道，她也无法从记忆中驱除那个被打倒的孩子，一瞬间还是活蹦乱跳令人怜爱，下一瞬间就失去了生命。

你临阵退缩了，他说。她不知道，她是否在受到谴责。你无法把握争辩的结果。

我们从未同意做这种事，她说。她继续自我辩解：我试图向那个孩子开枪，但我没有打中。

不要称呼他为孩子，他咆哮起来，第一次显露出他的情感。是一个男人，一个敌人。你没有打中，是因为你的心没想打。

难道一颗心曾经想去执行一次谋杀?

你会再干的。那不是一次谋杀，而是执行枪决。

可能某一天，你会教育我明白它们的区别。

你先自己想明白，他说。如果我们公然藐视上面来的命令，将会有大麻烦。我先干，你跟着，这样不会有任何失误。

他沉默了一会儿，然后说，那个逃过一死的男人是你的责任。

那是什么意思?

由于你没有打中，他说。如果我杀掉他，那意味着坏运气。因此你救了他。他欠你一条命。

我不负那个责任。是你让他走的，不是我。

他害怕不敢报告。但是你要为很多条生命负责。你的行动可以决定他们的命运。

你指哪些生命?

你的姨妈和你的小表妹。你在决定她们生活的方向上起着作用。

这是一个威胁吗?

你可以用你想到的任何方式来解读。事实是，不论你是否扣动了扳机，你也被认为是参与了谋杀。他纠正自己，是执行枪决。在射杀提卡·乔伊的枪上有你的指纹。很多非常色的警察渴望着通宵拷问你。

他们想从我这里得到什么?

在恩格比斯家里的那一伙人，他说。我不知道有关他们所处环境的全部情报。我有一个感觉，他们中的一个或两个人受伤了。你必须告诉我，他们所拥有的武器，无论哪种；他们有手榴弹吗，塑料的……

塑料的?

我指塑料炸药、引信、起爆装置、雷管，以及所有他妈的发射器。我知道他们有箱子……

箱子?什么箱子?

他摇了摇头并且淡淡地挥了一下手。不必担心它。箱子就是箱子，里面装着什么东西。

别哄我，我不是傻瓜。

对不起，但这非常紧急。我需要这方面的情报。他停下来想了一分钟:以及搞清楚他们是否期望有任何人加入他们。

你是如何知道我能够接近恩格比斯的房子。

现在是你在哄我，他说。我知道。

这可能很困难，她说。

这些事情从来都是困难的。但是12岁的特姆芭妮在扎马组鲁中等学校得5分甚至可能是更为困难。这些姑娘长得真快。在你不知不觉中，一个孩子已经成为了一个女人。就这一点也应帮助你想出一个计划。

她想，他真可怕，说出的话就像一颗子弹击中脑袋。但是这一次，她不想让他知道，他的话使她害怕。她说，你说你认识那里的人……在恩格比斯住的地方。

我知道，有撒萨弗拉斯或穆勤达，又称为塔博·斯托恩，真的名字是西德维尔·宗地。我不知道他是否知道他自己是谁。还有西科理或迪亚戈，真的名字是埃泽基耶尔·资穆；还有波米格拉内特……斯戴尔斯，真名是列佛娄·莫括埃纳，但是他死了。还有斯丁克伍德，乔·马布扎。我不清楚他是否曾经用过另一个假名。

她问，谁杀了列佛娄？她严厉指责自己的冲动，意识到，她不论怎么表现，绝不能有愚蠢的举动。我知道你不会告诉我。但是你应该能够告诉我，你怎么会知道那么多他们的情况。

让我们这么说吧，我们所有人曾经是一个幸福的家庭，他说，笑着露出了他的牙齿。但是现在我们全都已经分道扬镳。

你要用那些情报做什么？

你知道，我不能回答这个问题。

我应该担心我的生命吗？

不，他回答，望着窗外的黑暗。

她知道，他在撒谎。他们总是撒谎。

她不知道她能否想个办法通知她的姨妈梅西亚——她在恩东加和库兹瓦尤两条街的夹角处经营一家小酒馆——并告诉她带着特姆芭妮离开他妈的夸马舒。离开但是去哪里？并且藏在哪儿？有被认为是安全的地方吗？事实上，她知道首先反对的就是梅西亚姨妈本身。她可以想象，梅西亚双手叉腰站在那里。姑娘，你说离开是什么意思？我绝不会离开这个地方到那些无法生存的荒郊野地去！逃离一个男人？看看，特务部门和警察给我们所有人带来了多少麻烦，我们逃过吗？见鬼去吧，不。我们就待在这里。我们哪儿也不去。我一直警告你不要和那些黑人政客们搞在一起。她想象着自己争辩说，他不是黑人解放运动的成员。那他是什么，一个流亡者？他可能是那类的吧。梅西亚姨妈会以一种宽容但是失望的表情看着她：姑娘，我没告诉过你要远离那些流亡者吗？他们是穷光蛋，他们甚至会让你染上性病，并且他们鼻孔朝天，因为他们一直在肏那些俄国白女人。呸！

她在座位上睡着了，汽车有节奏的行驶就像是波涛的起伏，使她忘记了这麻烦的一天。在她短暂的梦境中，世界充满阳光；不需要她去保护她的小表妹或她的姨妈免受伤害。当汽车开进一条坑洼不平的岔路时，路上的石子弹打在高速行驶的汽车底盘上，她醒过来。可能是天黑，模糊的视觉，但她觉得仿佛到了另一个国家。首先是大面积的耕地，农舍和谷仓，甚至有一架风车，一些家畜，牛或马，在朦胧的光线中，不可能看清楚。然后，击打汽车底盘的石子变得越来越大，保护和确定边界的电网被安装在木桩上的铁丝网取代，直到到达某个像门的地方。有更多的房子和空地，空地中的石堆上是报废汽车的外壳，像祭品一样。几只好奇的狗从它们蜷缩的姿势中跑过来，汽车的前灯照在它们的眼睛上，闪烁出畏惧的目光。

她想问他这次旅行的最终目的是什么，但是这个问题会暴露出她极力想掩盖的恐惧的心跳。这个地方看起来像是一个恐怖片的拍摄场，废墟，一个仓库，摇摇欲坠的房屋包围着一条黑暗的街道，树木没有给这个地区增加魅力，反倒是更适于拦路抢劫的匪徒。她曾经在德班看到过这样的一些地方，从以前优雅的郊区衰败成流浪汉和吸毒者的非法居民区。

我饿了，她说；意识到她几乎十八个小时没吃一口东西。在目睹了枪击之后，她觉得恶心，倚在一棵小树上强撑着没有吐出来。她现在仍然记得，他在那里窃笑并说，他非常吃惊，她对这些东西居然没有胃口。可当时她没有的胃口现在却是迫不及待了。

我们可能会在吉斯瓦的家里吃点儿东西。他是一个巫医，我父亲的一个朋友。在汽车缓慢的行驶中，他的头左顾右盼，希望在沿街的房门上发现一个号码或住户的名字。一些人已经把这些房子重新装修了，他说，只是为了迷惑敌人。啊，他像是取得胜利一般地说，我们到了。

汽车停在一座不起眼的小房子的门前。走廊上只有一盏灯，集中照在装饰过的门廊部分。他从车上下来，绕到她坐的一侧，敲车窗示意她把玻璃摇下来。

在这里等着，他说。用不了一分钟。

快点儿回来，她说。这个地方我不放心。

你有一把枪，他说。这次不要错失目标。

去你妈的，她在心里说，但是她已无需防范，因为他已经走出听觉范围了，他大步走过去打开院子的门并走到屋门边。但这时她看见一只阿尔萨斯牧羊犬突然从房子旁边朝他冲过来，吓得他骤然却步，这使她笑出声来。与固定在一根桩子上的铁链相连接的一条皮带拽住了这只动物。它无奈的吠叫向什么人发出了警报。整座房子灯全亮了。窗帘上出现了一个黑影。谁呀？

是我，*Malume*（祖鲁语，意为叔叔），他说。

“我”是谁呀？这附近有很多“我”……

我是马昆加的孩子。请开门。

你的父亲出了什么问题吗？这么晚了你来做什么？

随着一阵金属碰撞的哗哗声，各种锁打开。然后一个年长的人，吉斯瓦，穿着过大的短袖衫，下垂的睡裤，靠在门柱上；在门前的过道上留下了一个侧影。通过汽车的窗子看着这幅画面，她有一个感觉，吉斯瓦可能拿着一把枪。不相信巫术的保护能力可以提供足够的安全措施吗？

车里有人吧？老人指着说。

是，他说。我的女友。

哦，你的新娘。带她进来。不能让女人单独留在那里。

尽管对吉斯瓦赋予她的、她不想接受的未来新娘的头衔不悦，她还是走出汽车，和他们一起来到门边。她向这个异常矮胖的老人问候并跟随他进入客厅，那里乱糟糟地塞满了跨越几代人的各色家具。装饰已经磨损的长短沙发把她带回到在格鲁特维尔的她的祖父母家。一幅装在画框内、表情严肃的夫妇的肖像——可能是吉斯瓦自己的父母——吸引了她。或者用钩子悬挂着、或者是固定在墙上的，是动物的头、尾和神秘的身体其他部分。看着这些野兽凝滞的眼睛，她有一种感觉，这些动物与画像中古老的夫妇有一个共同的过去。弥漫在房间中的是动物脂肪、草药和熏香的醉人气味。

想喝点儿什么吗？吉斯瓦问。

白水就好，谢谢，她说。突然觉得不再饿了。她的陪同者站在那里，恭敬地看着吉斯瓦。她感觉到，他想和她说点儿什么，但是她避免表现出任何可以看作是友情的迹象。

跟我来，吉斯瓦对他说，告诉我你有什么麻烦。一边递给她一杯水。在两个人消失在一扇门后之前，她瞥了一眼昏暗的走廊。马上就回来，他说。

不必着急，她想，一边倒进沙发，真希望她能带着一本书来读。

几小时之后，在他们回来时，她问：都谈了些什么？

我现在正式的名字是诺兹沙达，他说。我的祖先已经同意更改了我的名字。

9

元　旦

“是他说的吗？一切都在他们的控制之下？”涅丽莎问，她的声音突然降低，以至于乔治娜不得不把听筒紧贴在她的耳朵上。“他说了‘他们’是谁吗？”

“涅丽莎，”乔治娜说，“我几乎被打中。不对，纠正一下，我是枪击的目标，子弹擦着我的耳朵飞过去，嗖嗖嗖的。我知道你要我告诉你幕后的真相。当然，那是斯丹德，即使我闭着眼也能听出他的声音。而且我也亲眼看到了他。我不知道‘他们’是谁，但是我可以告诉你我的一两个猜测。”

“他们把那个杀手塞进了他们的汽车？”

“是的，我认为他也受伤了。他浑身是血。”

“那不是死去的警察的血？”

“不是，”乔治娜说，“我认为，那个葡萄牙家伙和斯丹德对他很粗暴，铐起了他，并塞进了一辆警车的后部。你知道，就是你和一条狗共处的那种车的后部。”

“葡萄牙家伙……他是谁？”

“他是另外一个德马托斯。我想，我听到斯丹德那样说。”

“你还听到什么?”

“他们管杀手叫斯特雷拉。好像是他和另一个死者在今天早上杀了某个人。”

“谁?”

“你猜?”

“他们杀了姆查威，”涅丽莎说，“我不知道我是如何知道的。但是如果你看到了安杰洛和斯丹德，那么很清楚，他们杀的是这个人。”

“为什么?”

“可能因为他们认为，他知道我在哪里。”一段长时间的沉默之后，涅丽莎问：“帕奥威尼在那里吗?”

“没有，”乔治娜说，“只有两个杀手，两个黑警察，以及斯丹德和他的葡萄牙朋友。”

“不要做种族主义者。”

“我不是，”乔治娜说，“如果帕奥威尼也在那里，当这些针对我们的骚乱发生的时候，他一定是待在警车里。”

“好，”涅丽莎说，“你自己保重。”

“彼此彼此，姑娘，”乔治娜不得不结束电话，“我认为，你才是他们要杀的人。我吗？不过是个小人物。”她听起来有些不安。

涅丽莎挂上了电话。时间是下午 2 点 30 分，新年的第一天。

当涅丽莎在一个付费电话亭打电话的时候，恩格比斯在旅馆的前厅等着她。像大多数南非黑人一样，他不觉得住旅馆和在家一样。通常光顾这里的人看来与他所熟悉的生活没有任何联系。男人散发出傲慢的氛围，他们到旅馆谈生意只在会议室里，在小夜曲的背景音乐下达成交易。女人们通常是高人一等、不可接近的样子，像是来自另一个星球。他注视着一个难以确定国籍的年轻女人，瘦得像根竹竿，鞋跟达到难以想象的高度，一只弯曲的胳膊摇晃着一个皮质的手提包，同时，瘦得像鸡爪子一样的手指夹着一根长长的香烟，在她鲜红的嘴唇和一只想象的烟灰缸之间前后挥动。时间是下午 2 点

45 分，对于新年的第一天来说，还是很早，考虑到她还穿着昨天的服装，她一定是从一个通宵的舞会上回来，舞会一直延续到第二天最好的那部分时间。她一边旁若无人地长长地吸了一口烟，一边大步地走到电梯旁边。恩格比斯经常奇怪，这些女人怎么能避免绊倒，因为看来她们总是要穿过烟雾走路。

“她不是个美女吗？”他旁边的一个人说。打完电话后，涅丽莎已经悄无声息地回来了。她的观察迫使他露出了带有些负罪感的微笑，她可以看到他还是个孩子时的模样。“我没有责备你，她很漂亮，如果你喜欢这一类的。”

“对于我来说，她太瘦了。”恩格比斯找了个借口。他们走向违规地停在一串光亮的德国车后面的他们的车。

“是啊，”涅丽莎一边说着一边进了车，“有另外一些男人喜欢他们的女人能有一个更丰满的曲线。”

恩格比斯笑起来。“多点儿肉没有坏处，涅丽莎同志。”

“我不知道这是否是你在调情时或回答为什么南非人永远患痛风这样的问题时的标准答案。”突然，她觉得头昏，可能是由于海面上吹过来的冷风，她的和风。“你记得我告诉你有关斯特雷拉的事吗？”

“在安哥拉的神枪手吗？”

“是，他在这里。在德班。或至少在到这里的路上。”

“我相信我的那些人知道他。他们知道该怎么做。”

“我真心地希望如此，”涅丽莎说，“失去列佛娄不会使我充满信心，但是，嘿，你的人在那边。看。”

恩格比斯注意到她的脸亮了起来。他顺着她目视的方向。“看。”

几十个人朝着西街涌过去。或者是一个人，或者是一伙人，几乎全穿着五颜六色的沙滩装。孩子们拿着塑料桶和铲子。一些成人把冷箱、郊游食盒、小毯子、草垫子和毛巾摊在地上。涅丽莎想象着她能闻到防晒霜的气味在风中飘荡。

“这是一年一度的海滩朝圣活动，”恩格比斯说，“每年的元旦都要举行。过去人们在海滩上的聚会通宵达旦以迎接新一年的黎明。当这样做变得危险了的时候，人们停止了这些活动。”

“那么，”涅丽莎说，“我确实认为我们是生活在日益危险的时代。”她扫了一眼汽车的后视镜。“就像后面跟着我们的那辆车……就可能构成了危险。”

恩格比斯保持着每小时40公里的稳重的速度夹在朝着伍姆哲尼路方向的车流里面。他查看了一下后视镜，一辆有着带色车窗玻璃的赭红色雪佛兰Caprice牌轿车稳稳地在隔着两辆车的后面跟着。“什么时候你注意到了它？”

“当我从电话亭出来的时候，”涅丽莎说，“这辆车就停在马路的对面，一棵棕榈树的阴影下。我注意到是政府的车牌，后面有大型的无线电天线，装在前格栅中的附加灯可以当闪光警灯用。我记得，当年我们被拘留时，在警察局的停车区里就看到了许多这样的车。”

“仅仅是从车牌、天线和车灯就能看出来？”

“不明显的细节有时就变成了生和死的区别。”涅丽莎本想补充说，即使没有这些标记，仅凭着围绕它们的气场就可以把它们和民用汽车区别开。但是那会显得炫耀。

在立交桥处，恩格比斯从165号出口出来，保持在路左边，驶上朝着斯丹格方向的2号国道。雪佛兰从应急车道上超过一辆卡车，现在是紧随在他们的车后面。恩格比斯注意到，即使有些鲁莽，跟踪他们的那个家伙，不管是谁，是懂得怎么开车的。

“你为什么被拘留？”

“通常人们问我的问题是‘你在里面待了多久？’”涅丽莎说，“这个问题是一个误导，因为，关键是在里面经历的事情。你可能在里面待了180天，但是什么事也没发生。而你可能只是被拘禁了一个星期，但那是待在真正地狱里的168小时。我在里面关了6个月，180天，我能够记得那段时间的每一分钟。每一分钟，是指我没有昏迷的时候。”

所有这些在恩格比斯脑海中翻腾的问题浓缩成一个想法。“他们应该甩掉这个尾巴脱身。”后面那辆车一直想超过挂在一起的两台厢式货车但没有成功，绝不能让坐在那辆车里的人抓住这个女人。他用眼睛的余光看着他的乘客，一个修道者面孔的侧面，鹰钩状的鼻子不像非洲人，更像是来自中东地区的人。她注视着远方的黑色眼睛像光亮的玛瑙那样闪烁，加重了她橄榄的肤色。她的脸上基本没有皱纹，尽管从嘴角上有发散出的细纹，这或者是由于上了年纪，或者是由于那两片嘴唇经常在斥责傻瓜。

“你在盯着我。”涅丽莎说。然后安慰似地把一只手放在他的胳膊上，她告诉他，这种状况没有什么特别的。“我总是碰到些不好的人。这也就是我变得引人注意的原因。”

“不好的人？”恩格比斯问。雪佛兰已经设法超过了连在一起的货车，毫不隐蔽地紧紧追逐着恩格比斯的两厢大众皮卡。他谨慎地加速，希望涅丽莎不会注意，避免造成她的惊恐。这是一条双向车道，中间隔开，排除了做出掉头那样躲闪动作的可能性。加之，他是在最左边的车道，在快车道上的其他车快速地超过他。像波涛一样起伏的甘蔗林一直拓展到地平线，喷洒浇灌的水雾形成了道道彩虹。看到在快车道上有一个空隙，恩格比斯突然把车头扎入右边，引起后面的车猛踩刹车和鸣笛。雪佛兰减速，在转入右侧车道之前几乎被一辆卡车顶飞。在前面大约400米的丁字路上，一些开往尹安达或凤凰居民点的公共巴士到站停下来，接一些乘客上车。一些人从车上下来，等待着开往夸马舒和夸达姆布萨的车辆。

“我在东纽兰德长大，那个地方实际上离这里不远……”涅丽莎沉思地说，试图摆脱紧张的压迫。

“我知道东纽兰德，”恩格比斯说，“那里的家庭主妇们认为，我们中的任何人都是园林工人……”

“没错。我的亲友们也一样。我的父亲生活在一个巨大的幻觉中，相信他是一个白人。”涅丽莎回想着，露出厌恶的笑容。“一个家庭里通常见到的东西就是：酒精和大麻，太多的孩子，我的兄弟，我的姐妹，全是不同肤色的。因为我的肤色较浅——至少在我父亲的眼里——我受到喜爱。他到哪儿都带着我。在公共汽车上，他强迫我和他一起待在白人专享区。他经常去和白人争吵，那是可悲的，因为他把他们看作同胞骨肉。他很少和他的较深色皮肤的孩子们待在一起，更不用说黑人。”

“后来发生了什么？”

“他吗？他死了。那时他已不再和我们生活在一起。也是因为在夸马舒变成像现在一样的怪物之前，他不愿意看到他视为珍宝的孩子总是和来自夸马舒或恩图祖玛那些在地里偷甘蔗的野孩子们混在一起。”她看了看时间：下午 3 点 10 分。“他们还跟在我们后面吗？”

“是的，但现在是我们容易甩掉他们的交通高峰时间。”

“现在你是指挥员。”

“上帝保佑你。”恩格比斯说。在他从快车道急速变道时，他没有看左面车道的情况，在他车的侧面几乎被重创时，他瞥见了一辆小巴士上目瞪口呆的乘客的目光。他挣扎着避免汽车失去控制，极力把车转入马兰德拉路并缓慢地沿着一条长着矮草的沟行进。后轮空转了一阵，甩起了泥土，然后抓住了涩滞的路面，终于他把车开回到水泥路。加入到开往夸马舒方向的车流中，他听到后面激动的喊声和警笛。

“你觉得我们甩掉了他们吗？”涅丽莎问。

“我不知道。我不认为甩掉了。但是我们可能得到了足够的时间给我的一个朋友打电话。”他把车开进了一个壳牌石油加油站，希望能够找到一个尚未毁坏的电话亭。

别基西萨·鲁图力像任何商人一样，相信要保护他的地盘。他决定在 B 区经营夸姆沙雅扎夫居住区就是一个实例。由于夸姆沙雅扎夫一直是各种武装政治派别的血腥战场，对于那些非本地居民，主要是被称作城里人的乡镇居民，这里已成为名副其实的禁区。因此鲁图力得以毫无干扰地经营他的生意。甚至那些很少经营头脑的本地居民也支持对这个居民区施行保护措施。尽管对于那些城里人把他们看做是从事卑微工作的乡巴佬不满，但是他们对于外来人的敌意要远远低于他们对警察的仇恨。在南非种族隔离的全盛期，当一个人在他的注册地区之外被发现，就会遭到逮捕，接着的就是被驱逐到那些毫无希望的特别保留区。这个居民区的居住者大多是移民的打工者，都遭受到这种非人道政策的打击。他们尊重法律，但只是规定，这种政策决不能在他们的领地上实行。

与其说是一个居民区，它更像是一所不整洁的大学校园。它包含许多小的三层结构的楼房构成的街区，整个外表都需要重新进行喷刷涂漆。由于女人只被视作是流动人口，男人的主导意味着，整洁是被忽视的。再经过昨晚的狂欢，这里情况更恶劣。空酒瓶躺在红色的土地上，纸板箱沿墙散落地堆着。一些灵魂高尚的人试图通过把几个箱子摞起来以保持整洁，但可能很快就被他们的这种努力累趴下了。

当别基西萨·鲁图力接到恩格比斯的电话时，他正在考虑使这些人更明智地去组织学校的孩子们来清理场地并付给他们一些小费。上帝呀，孩子和钱！不论如何，现在注意力转移了，他听着他堂兄的电话，最后告诉他，他会直接过去。他立刻打电话给他信得过的人，并让他们准备行动。

作为夸姆沙雅扎夫的祖鲁首领并在战斗中以勇猛著称，鲁图力甚至让来自穆新佳他家乡的孩子们害怕，那些孩子可是名副其实的铁血勇士（见证了圣诞节期间在图杰拉渡口激烈的派别争斗）。这种争斗有时也扩展到城镇中，他们也派些人过去参加打斗，完全不考虑那里是他们宿怨的根源。今天这类打斗在某种程度上有所减少，但是他们的声誉和从事神秘活动的本能还是在这个居民区中继续保留着。这里安保严密，周围是6英尺高的焦渣砖围墙，墙上砌着玻璃瓶碎片。一个穿制服的警卫从木制的警卫室中指挥着通过主门的车辆和行人。一个贸然冒险进入这个大门的敌人通常难以全身而退。

因此，像准备袭击猎物的狼一样的急迫，鲁图力等待着那辆跟踪的雪佛兰 Caprice 车的到来。几分钟之后，大约下午3点30分，恩格比斯的皮卡到了。警卫引导他把车开到公寓街区的后面。在那里，鲁图力与他们会合。

"*Awu*，*Mzala*（祖鲁语，意为好了，堂兄），"他说，眼睛看着涅丽莎，"*manj' usushaya ngamaNdiya*——现在你搞上了印度女人?"然后问："*Umshiyeph'u Lola*——娄拉（萝拉）在哪里?"

恩格比斯一边取笑着他的堂兄弟叫萝拉名字时发音的困难，一边为背着涅丽莎的越轨行为感到尴尬。她自我介绍说："*Ngingu*（祖鲁语，意为我是）涅丽莎·罗德里格斯。"

"呵呵，"鲁图力说，"*bengingaz' ukuth' uyakhuluma*（祖鲁语，意为我不知道你会说我们的语言），涅丽斯娃。"他把她的名字发音成涅丽斯娃。

“我没有特意表现出来。当人们把我看作一个印度哑巴女人用脏话谈论之后我回敬他们时，我享受他们尴尬的表情。”

“你的丈夫是葡萄牙人吗——罗德里格斯?”

“我们的老家是高阿，一个在印度的葡萄牙殖民地。”

一个会说祖鲁语的印度葡萄牙女人！别基西萨·鲁图力这才全搞明白了。他摇了摇头，大步离开，要去看看欢迎委员正在做什么。涅丽莎转向恩格比斯。

“你还没有回答这个人，”她说，“娄拉在哪里?”

“我不知道你的意思。”恩格比斯说。

“你只是知道的他妈的太清楚了。萝拉？姆兹的那个老婆，不是吗?”

“请……”

“姆兹一定会杀了你。”涅丽莎盯着他看了很长的时间，然后摇了摇头。“一个同志的老婆……”

“我不是有意……”

“是什么？一个生殖器的错误?”

“完全不是那样。我会解释。”

“我不是清教徒，恩格比斯。但是这……这可能导致一个政治运动中的毁灭灾难。而我们现在正处于一个敏感的十字路口。”

“我知道你的意思了。别基西萨来了。”

他引导他们进入了三层楼的一个房间，在那里他们能够观看夸姆沙雅扎夫的全景。从灰色的石棉房顶、许多空地和一片片灌木——恩格比斯曾经在那里寻找过草药——上望过去，就是川流不息的高速公路。车流不紧不慢，似乎驾驶者们都对于在新年这么早的时间出行保持谨慎。一阵警笛声——他们曾经听到过的——表明执法者的到来。警卫打开了主门，挥手让雪佛兰 Caprice 车进入。进入居民区大约 30 米，车停下来，车头几乎被下面市场的屋顶挡住。市场上出售各种东西，从柚子到汽车的排气管。两个身材高大、四肢修长的人明显地想让人们知道他们是警察：从棕褐色的制服——过大尺寸的系紧风纪扣的上衣里面藏着肩枪套——到他们下车时傲慢的步态。恩格比斯有些身心不定，不知道他们是否在列佛娄被打死后与曾经到过他家的那两个黑人警察有过交流。应该没有机会，他想，因为他知道在一般警察和特务部门之间的等级关系。当他们试图绕过院子里熙熙攘攘的人流时，这两个特务部门的官员显得渺小可笑。一群社区居民，大部分光着上身，或只穿着汗背心，正坐在一个瓦楞铁皮做成的凉棚下，围绕着一个称为瓦尔的高粱啤酒锡桶分发着啤酒。两个警察走过来。

“认得他们中的任何一个人吗？”恩格比斯问。

“很困难，”涅丽莎回答道，“很长时间以前发生的事了。”

“真的吗？”恩格比斯觉得她隐藏了些什么。

“真的。”是他们，千真万确，亚考伯·斯特罗欧文上尉和本·哈廷夫准尉。她撒了个谎，因为她无法承受承认他们存在的事实，虽然已经过去了那么多年，即使只提起他们的名字也使她感到恐惧。将要看到他们本人……

尽管有对个人经历的回忆，涅丽莎·罗德里格斯还是很快把注意力集中到楼下的行动。别基西萨·鲁图力在另一伙人的陪伴下，把警察围在中间，所有的人，警察和居民区的住户们，好像是在表演一场求偶舞蹈。然后，一切事情如电闪雷鸣般凶猛地发生了，而所有行动却相反地慢了下来。事情有些离奇，就像是一场无声的暴力场面的表演。舞蹈变得活力四射。先是许多手的挥舞和指点，然后是哈廷夫准尉直戳鲁图力前胸的一个手指被反击回来，一支枪突然飞向天空，并很快地消失在人手的森林中。

尽管当时他们在约20英尺的高处观察下面发生的骚乱，而且他们看到的所有东西都是隔着玻璃，涅丽莎和恩格比斯还是被这无声、却雨点般地对两位警官的群殴场面所震慑。声音很快就传到了窗边他们观察的地方。某个人发出尖叫，不知是因为痛苦还是胜利，接着就变成了警笛紧急的哀嚎。这两个警察一定是用无线电呼叫正在通向居民区路上的增援人员。瞬间，院子里已空无一人，只剩下两个被剥光衣服的家伙脸朝下趴在地上。那辆绛红色的雪佛兰 Caprice 警车也不见了。

她进入恩格比斯客厅的第一个感觉就是一种不能公开表达的悲伤。仿佛又再现了她秘密离开这个国家的时刻，在博茨瓦纳、赞比亚和坦桑尼亚无法拒绝地被塞进了没有卫生条件的难民营房间里。她回想起那些勉强糊口的日子，不禁眼含泪水。这里也同样回荡着的死亡气息使她的眼光投向地面上列佛娄·莫括埃纳的陈尸之处，他的血迹已经被努力冲洗过。因为没有强力洗净剂，仍然可以看到一些痕迹。

她也回想起，那些被摧毁的房屋和伤残的幸存者，妇女们害羞地笑着坦白她们想要得到卫生巾的困难。但是这所有的记忆都匆匆而过——包括占据她思想的是毁灭还是剥夺这两个不同的印象也相互重叠了——正如多镜头拍出的生动的电影里、在画面合成过程中看到的那样。

她注视着那些年轻人的面孔，他们已将恩格比斯的房屋收拾得整整齐齐，并且准备了一顿有炖羊肉、玉米面糊糊和土豆的晚餐，作为一种欢迎的象征。她感受到一种自责的痛苦，仿佛她在工作中有什么疏漏。她认为这是因为今天发生的种种事情，从机场被接上车，在夸姆沙雅扎夫居民区的闹剧，她仍然享受着汽车追逐大战的事实，所有这些的矛头所向都是这个处于重生的风口浪尖上的国家。所有过去时代的挫折、失误、失败和羞辱已经过去了，用时髦的话说，就是要把这些事情置于次要的位置。痛苦是在次要的位置。所有过去的牺牲一直都在为这关键的一刻奠定基础。

“我非常高兴见到你们大家，”她说，并特别指出，“恩格比斯告诉我，穆勤达也在这里，请你原谅我的眼睛不好，毕竟我是孩子们所说的一个老糊涂……”

“那不是事实，”穆勤达笑着说，“你只是有些部分老了。我认为，一旦我们说起在基巴谢那些美好的过去，你的记忆就恢复了。”

“美好的过去，是吗?”迪亚戈说，“我以为你恨基巴谢呢……”

“那里是一个苦难的场所，”穆勤达承认，“但在牧师到了以后，情况有所改变。”

“我想，”列克斯·马比纳插嘴说，“那个营地在烈火中灰飞烟灭了。”

“那是一场模拟攻击。”穆勤达解释道。他转过身面对涅丽莎说：“你离开之后，我们向罗安达的地区司令部提交了一份报告，当我们从罗安达返回之后，整个第 37 军区发生了很大的变化。尼林达被撤职并在马兰热接受处罚。当时他被向您介绍为记录官诺兹沙达。”

“上帝呀，”涅丽莎说，一边回忆。“我想知道，他当时是怎么了。”

“当时怎么了？是权力欲望占据了他的头脑。”穆勤达想了一会儿说。“您去执行那个任务是非常勇敢的。”

“我认为你过奖了，游击队员不应该以阿谀奉承的方式来显示我是一个战士。”涅丽莎说。

看着他们在交谈，恩格比斯把列克斯和迪亚戈带到旁边，留下涅丽莎和穆勤达单独谈话。“姆兹同志正在来这里的路上。他对于事情发展到今天这一步很不高兴。”

“什么事情？”迪亚戈问。

“在到这里的路上碰到的一些麻烦，与警察的麻烦。”

事实上，后来那个下午涅丽莎·罗德里格斯和穆勤达重聚的喜悦被减弱了，因为他们有一种几乎是后怕的感觉，正如俗话说的，捅了大娄子了：哈廷夫准尉伤得动弹不得，而斯特罗欧文上尉在他们最后听说时仍处于昏迷状态。“他们不会躺着起不来。”姆兹·塔比茨说。“他们”当然指的是国家和国家的控制权力。

“我真希望当时我能在那里。”列克斯·马比纳说。他对待涅丽莎和恩格比斯的态度就像是一个新教徒在欢迎朝圣者的返回。“当时是怎么回事？”

“同志！”姆兹·塔比茨火儿不打一处来，“这算什么？讽刺剧中的英雄崇拜。”说话的时候眼睛一直瞪着恩格比斯。

“嘿，”恩格比斯说，一边举起了他的双手，仿佛在挡开一次重击，“我不是攻击警察的那个人。”

“你是把车改变方向到夸姆沙雅扎夫的那个人，”塔比茨苦笑着说，“你们知道那个地方的名字意味着什么？”在任何人能做出反应之前，他自己回答了他的问题，“那意味着，揍他到死。这就是夸姆沙雅扎夫的意思。”

“那你是觉得我把警察带到这里更好吗？”

“是啊，”列克斯·马比纳补充说，“这个同志不得不采取躲避的行动。”

“可能，”迪亚戈说，“应当采取躲避行动的是警察。那样的话他们也不至于被打死或受伤。”

“这算什么？”穆勤达问，“我们是只会抱怨警察的救世军吗？他们是敌人，上帝作证。”

“好，”涅丽莎说，“够了，”她转向塔比茨，“姆兹·塔比茨？当时我们没有任何出路可以摆脱特务部门警察的拦截。恩格比斯做了他不得不做的事。唯一的错误是不该让别基西萨搅和进来，他有他自己的问题。”

“好吧，”塔比茨不情愿地说，“我们现在尝到这些问题的后果了。感谢我们这里主人的精神。”

被激怒的恩格比斯想站起来回击。涅丽莎给了他一个警告的眼色。不要。

姆兹·塔比茨感到受挫是因为他知道，除了涅丽莎曾经在拘留时受过酷刑，在这间屋子中没有一个人坐过监狱。流亡，即使是在兵营，在他的思想中，也远远不能和监狱相比。监狱是在这个地球上可能最接近地狱的地方。那里发生的事情使人们相信，他们的结局是在太平间里，如果不是死在冰冷的石头上的话。

对于他来说，恩格比斯能够如此鲁莽，他完全不吃惊。他从来不喜欢恩格比斯，但是出于政治的原因，毕竟造成了这种同床异梦的情况。塔比茨绝不希望对于这样一个敏感的任务要和像恩格比斯那样的人一起工作，但是上面的人明显是因为什么原因看中了这个人——一个生活中带有秘密的人。这与看到一个美丽的女人被一个毫无吸引力的追求者搞得神魂颠倒没有区别。斗争把各种不合适的人也拉进了它的轨道。

然而，姆兹·塔比茨仍然对涅丽莎的行为感到吃惊。他原以为，她会表示出让恩格比斯在不受纪律处罚或监禁的前提下更严重一些的指责。许多服刑的囚犯之所以被囚禁是因为其他人的错误。他个人就是因为其他人把事情搞糟了而被捕入狱的。

傍晚时分下起了雨，所有人都不得不待在屋里。涅丽莎感到，滂沱的大雨加重了每一个人被禁锢的感觉。

穆勤达在主持辩论会。涅丽莎明显地附和从穆勤达嘴里说出来的每一句话，这看来使姆兹·塔比茨感到恼火。看着他的表情，恩格比斯笑着把目光转开，他想，当你在一群年轻的游击队员面前显得相形见绌时就可以知道，成为一个革命者是多么艰难。

“当一个人，如列佛娄，被杀死了，”涅丽莎问，“你们认为应该发生什么事情?”

“发生什么事情?”姆兹·塔比茨重复了一句，他的声音有些发紧，“在那种情况下发生的就是我们中的任何一个人死的时候都要发生的事情。人们哀悼，他们去下葬，然后忘掉。那就是要发生的事情。”

“我不同意。”穆勤达说。迪亚戈听到这斩钉截铁地表示，预感到有麻烦了。“我完全不能同意……”

“原因呢?”姆兹·塔比茨一脸严肃，坐在沙发上，身体前倾，双手抱紧膝盖。

“因为游击队员是特殊的人，”穆勤达说，“他们通常是带枪的黑人，是那些以粉碎压迫者的痴心梦想为使命的英雄。他们体现出一些罕见的、危险的和不为人知的品质。他们铲除不平等。”

姆兹·塔比茨笑了。这是那种通常可能被忽视的轻蔑的笑，涅丽莎注意到这点，她迅速地看了一眼迪亚戈，发现他的目光集中地瞪着塔比茨。

“你在笑，姆兹同志，”迪亚戈说，“穆勤达的话有什么好笑的地方吗?”

“铲除不平等?”塔比茨说，“我原以为人们在兵营中学的是政治，而不是你们到这里以来夸夸其谈的陈词滥调……”

“姆兹同志……”涅丽莎说，像在学校上课时遵守纪律的孩子那样举起了一只手。但是姆兹的演讲只是刚刚开始。

“游击队员们，”他说，“应该是政治运动的武装力量。这里强调的是‘政治’而不是‘武装’，而你们这些人一直在招摇过市，殴打孩子，没有纪律……”

“你要什么他妈的纪律?”迪亚戈问，他离开沙发站了起来，“你知道我们是如何经历千辛万苦才到这里把箱子交给了你吗?”

“嘿，迪亚戈，”列克斯·马比纳说，“冷静点儿。”

“我们无法冷静，”迪亚戈说，“我们已经失去了一个同志，就在这间屋子里——而你让我冷静。”

这个傍晚正在演变成游击队员们和一个从前的政治囚徒之间的一场混战，最大的受益者就是这所房屋的主人，一个选择沉默的医师。涅丽莎感到，一场灾难正在降临。

“我们正在做敌人想做的事。”她平静地说。外面大雨滂沱。有一分钟，屋内一片寂静。然后，列克斯·马比纳站起来走到窗边。

“我们被束缚的时间太长了，”列克斯说，“在等待中我们已经失去了一个同志。他是我的一个朋友，我必须向他在约翰内斯堡的父母作出解释。”

“你想通过什么途径来告诉他的父母？”穆勤达说，停止了与姆兹·塔比茨的争论。

“回到约翰内斯堡。”

“你一个人前脚从这里离开，后脚就得进监狱。”

“那么，你与迪亚戈和我一起走。”

“我知道，我们迄今一直是作为一个团队在工作，”穆勤达耐心地说，“但现在对于我们所有人来说，都可能是最危险的时间。”

“瞧，我们有武器。这个箱子里可能有些东西可以兑换成现金。”列克斯·马比纳的沮丧加重了，“别跟我说你和迪亚戈已经变成公民的那些鬼话。”

争吵从客厅延续到卧室，在那里列克斯·马比纳开始把他尚未洗过的衣物塞进了一个塑料袋。恩格比斯和涅丽莎决定站在穆勤达和迪亚戈一边，增加他们谈判的力量。

迪亚戈清了清他的嗓子。

“列克斯，”他说，“记住是穆勤达救了我们所有的人。在安哥拉的所有伏击中，是他的直觉使我们活了下来。在卡库索，记得吗？或者在桑扎·蓬博……你和我可能是野兽和爬虫的食物，或者现在已经埋在威热的一些浅浅的墓地中。”

“那又怎么样？这里是南非，”列克斯·马比纳说，“如果我有一辆汽车，第一件事就是这个早上回到索维托。”

“然后在那里做什么？”

“我是个游击队员，受过训练……我在哪里都可以生存。”

“让我告诉你会发生什么，列克斯，”迪亚戈说，“你会得到你要的汽车和一些武器，可能设法见到列佛娄的家人。但是我不知道你能告诉他们什么，因为我们甚至还没有开始讨论我们如何帮助其他人挽回他们的损失。事实上，我甚至不认为你、穆勤达或我知道将有什么事会发生在我们身上。每天晚上睡觉前，我都不得不有意识地不去想某些事情，这是我们驱逐恐惧以使我们在睡觉的时候不做噩梦的办法。但是我知道，有一天，它们还要回来，我们无法抗拒。”

“列克斯，你是解放运动的一个战士，一个斗士，”穆勤达说，“我们不允许你离开，结果是去抢劫银行和拦截运钞车。你不能最后成为我们在安哥拉与之战斗的那样的土匪。我知道的，兄弟。”

“他是对的，”迪亚戈温和地附和，“现在的情况确实令人沮丧。但是我们必须做正确的事。”

列克斯听着，头偏向一边；外面，雨声已经成为这个季节每天声音的一部分。即使在他们躺坐在沙发上，与姆兹·塔比茨、图拉西子威·恩格比斯和涅丽莎·罗德里格斯召开研究战略的会议时，穆勤达和迪亚戈仍然怀疑，他们可能已经失去了列克斯·马比纳。

任何人都不知道，破晓时分，别基西萨·鲁图力的运气到头了。他被一阵肠胃的疼痛惊醒，这对他来说，总是有麻烦的预兆。他脸朝上躺着，看着一只大黄蜂绕着房间飞，然后落在一个椽子上。他怀疑，这是否是他的祖先的一次来访。他应该起来，走到淋浴区的后面去喝一满碗强效催吐剂，一种抗生素，所有疾病的万能药。随着胃里的不论什么坏东西和毒素被清干净，胃疼就只剩下一阵虚弱的记忆。所有人都命定要经历一些能够提醒他们仍然是人类一份子的苦难。他四肢着地，身体弯曲地上下摇动，把他胃里的东西倾吐到下水道里，正在这时，他感到他的后脑遭到一记重击。他虽然很强壮，但是他失去了对肌肉的控制，他的头现在被按到一个水龙头的下面。然后是另一次刺骨的疼痛，他的双手被拉到背后，他感到一副手铐扣住了他的手腕。

特务部门把他带到了在费舍尔大街的总部。在他们用车拉着他沿着艾沃卡路飞驶时，这些浅色头发、干净的面颊长着粉刺并将胡须剃成奇怪形状的年轻警官们告诉他，不管他相信什么，他们都会向他证明，他说的全是谎话。他们毫无疑义地告诉他，他是个死人。他们的话是真的，后来他赤裸地躺在地板上，身体折叠着像一把折刀，他的面部和身体被打得血肉模糊。审讯者们为了沟通方便，不得不找来一些警察部门里的非洲裔同事，他们毫不掩饰，他们是迫于时间和需要尽快拿到口供的压力。是谁把两个警官引诱到夸姆沙雅扎夫居民区的？别基西萨是解放运动的成员吗？图拉西子威·恩格比斯和涅丽莎·罗德里格斯起了什么作用？姆兹·塔比茨是一个地下组织的成员吗？告诉我们！因为别基西萨高大强壮，有可能反抗，咆哮起来像只公牛，他们找来了高大强壮的前橄榄球队员。他们先是踢打他直到鲜血从他的口中流出，然后其中一个人用前臂搂住别基西萨的喉咙把他猛地拉起来，使他的双腿离地几英寸悬空摆荡。布莱恩·库玛鲁准尉看到，他的双手拼命向上抓，但是无法从那条强壮的胳膊中挣脱出来，很快就垂到了身边，双腿也不再动弹了，一股排泄物的气味充斥了这所房间。他以前曾经看到过死人，但是这个赤裸男人的死还是导致他跑到厕所向便池呕吐不已，直到将肠胃倒空。

后来，挤在没有标记的警车里，听着现在已减弱的雨落在车顶上的“噼噼啪啪”的声音，恩格比斯和布伊听着库玛鲁诉说关于他被打死的情况。恩格比斯感到如此无能为力，他希望他的父亲，威茨，能够增加他儿子有关安葬礼仪方面的知识，从而使别基西萨·鲁图力的灵魂能够被光荣地置于英雄的祭坛之上。突然，他痛哭失声，不只是为了别基西萨·鲁图力，更多是出于失去和缺乏继续生活并给予他周围所有人欢乐的全部精力、乐观和能力。这一损失的痛苦使恩格比斯想起了所有那些长久以来他能回忆起的未经哀悼的死亡。库玛鲁感觉到了他的悲伤，但是不明白为什么所有这些死亡似乎都在缠绕着这个医师，试图安慰他：“这些死亡变得如此司空见惯，以至于年轻人都失去了对于死亡的恐惧，”他说，“但是杀人者将受到审判。

我们将会确保，今后在这一带有经常的巡逻。”

“我对此表示感谢。”恩格比斯说。

“这是我们应该做的。”然后库玛鲁问：“你知道在天际线广场上的那些孩子吗？他们中的一个住在你家吗?”

鲁西在列佛娄的葬礼上跳潘特苏拉舞的形象闪现在他的脑海中。“鲁西和他的孩子们……他干了什么?”

“不是‘干了’”，库玛鲁很快说，“而是他可能要去做一些令人担心的事。”

“他们是泽福大哥的朋友，”恩格比斯说，知道警察可能已经掌握了这一情况，“他们只是想让泽福大哥承认他们是有用的人。”

“他们携带武器，”库玛鲁说，“暴力只会招致暴力。”

“希望那样的事绝不要发生。”

“不幸的是，”库玛鲁说着发动了汽车，并示意恩格比斯下车，“在这个国家仅仅靠希望是远远不够的。”

后来恩格比斯看见警车停在马路的转弯处等待交通灯，然后左转消失了。我希望，鲁西知道他正在做什么，恩格比斯想。

心　路(6)

年轻人给他的父亲读道："当我从流放和寂寞的土地上回来/请不要给我鲜花。"他把企鹅出版社的《现代非洲诗选》扣放在旁边的桌子上。他凝视着靠在椅子上的杰菲特·马昆加，桌子上的盘子里装着没吃完的早餐。"当我们回家以后，你将重新开始。"他说。

"是的，爸爸。"加伯里奥说。这是每天的功课。他先读一段课文，然后，如果马昆加愿意，他们进行交谈。在某些早晨，他只是挥挥手，不愿意再练习。今天，他精神不错，眼睛闪着光。但就在这时，一个十几岁的男孩敲门并小声告诉加伯里奥，商店需要这个老人。"哎，"他抱怨着，"我刚以为我们会有一个清闲的上午。"

"心无邪念方能息，是吧，爸爸?"加伯里奥穿上了他的外衣。

"在岛上，我们让这些狱友朗诵诗，"杰菲特·马昆加说，"他们真是令人吃惊，记忆如此之好，能够复述大段的充满智慧和灵感的诗句。正是这些给了我坚持下去的力量。事实是，尽管现实是如此凄凉，但是有时也会显示出美好的一面。这意味着，我们能够克服众多的困难。"他看了一眼他的儿子。"在兵营中也是同样的吗?"

"什么，"他的儿子问，"你是说诗?"

"你认为我在谈论什么?"马昆加问。他伸手去拿雕饰的乌木拐杖。手柄是一个蛇头，包括蛇牙和分叉的舌头。他看见加伯里奥着迷地注视着手杖。"吉斯瓦给了我这根手杖，去击穿那些无赖们吐出的谎言。"

"是吗，"加伯里奥说，"我可从未跟你说过谎。"

"是真的吗?"

"千真万确，"加伯里奥说，"你准备好了吗? 汽车已等在外面。"

在汽车里，几分钟之后，马昆加问："在兵营里，人们在休息时做些什么?"

"我们也念诗，"年轻人说，"像阿戈什蒂纽·内图和安东尼奥·法新托的诗。我最喜欢的是齐卡亚·乌塔姆斯。但是大多数时间，我们听音乐……跳舞。我看见人们在跳 toyi－toyi 舞；这是我们主要跳的舞。但是……”

“但是什么?”

“我们有时利用它……我们称之为第九训练，”加博里奥说，“作为一种魔鬼训练，来使那些捣蛋分子服从纪律。”

“你为你作为一个战士的那些岁月感到自豪吗?”

“我还没有想过这个问题，爸爸。”

“如果你还没有想过这个问题，”杰菲特·马昆加说，“那么就有一个问题。”

“什么意思?”

“就当兵而言，你必须服从命令，事情要比很多人认为的要更加简单，黑白分明。”马昆加停了一下。“在入狱之前的生活中，总有很多真实的可能性去杀人，有时——大多数时间——杀的是黑人，那些和我们离得比较近的人。但是你作为一个促进斗争、有明确目标的工具去杀人，那么你只有带着清醒的觉悟才能入睡。我认为，复杂性就在于当你卷入了一种背叛的矛盾中，即和你自身的信仰发生了冲突。如果那种情况发生了，你就有麻烦了。”

“你是否在说，”加伯里奥问，“我可能已走上了违背自己信仰的路?”

“你是吗?”

“我没有做过我不认可的事。”加伯里奥为自己被激怒而感到懊恼。

“当你出生时，我给你取名叫加伯里奥，”杰菲特·马昆加说，带有一丝悲哀，“一个天使绝不会背叛他的使命，即传播上帝的旨意。抑或即使不是上帝，至少也是一种善良。属于正确的事。”

“我不知道，”加伯里奥说，“这个上帝的旨意来源于何处。我相信，我们所有人都有在这个世界上的责任。你们这代人就是为我们这代人铺路使我们能够走向胜利。”

“什么胜利，加伯里奥，你认为它在哪里?”

“当我们接管了，人民的权力。”

“人民的权力……”杰菲特·马昆加说，“陈词滥调和标语口号，加伯里奥，那是我期望从小人物那里听到的，而不是从我的儿子。这不是我养大你的目的。”

“你养大我是为了什么，爸爸?”

“有一天，”马昆加小心地说，“我听说，有些年轻人，主要是男人，其中有些曾经是人民军的成员，他们涌入了这间小店找你。我听说你已经把他们组成一个小组。目的是什么?”

“人们并不都像你一样原谅过去，爸爸，”加伯里奥说，“这些人从流亡地返回来。一些人是地下组织的成员。他们牺牲了他们的青春，放弃了继续受教育的机会，成为了战士，拿起武器去战斗。他们回来后，一些人被捕了，有几个人身心受到严重伤害。没有人支持他们，没有福利保障。而造成他妈的这一切的那些阔佬们却坐在金主的宝座上。”他停下来，胸脯起伏着。

“因此你现在是他们的救世主?”

“我不是。我只是引导他们的能量……”

“如何引导? 使他们卷入到纳塔尔的暴力中去?”

“使他们找到一个目标比较好，”加伯里奥说，“他们饥饿，嗜酒成瘾，身患疾病，有相当多的人染上了 HIV① 和艾滋病。一些人无家可归；由于感到羞耻，他们甚至不能回到他们的家庭中去。你知道，有一天，他们中的一个人说了什么?”

“说了什么?”杰菲特·马昆加不由自主地有些好奇。

“他说，他要搞到一支枪去找白人算账。”

“我希望你能阻止他。”

“当然我阻止了他。我们不能去伤害白人平民。但是他说，我们的生活已经成为一个不可笑的大笑话……”

“一个笑话?”

“是的，他说，在迄今发生的所有死亡中，你可以把在斗争中死亡的所有白人装进一个学校的书包中，并且还有地方装进圣经和一瓶墨水。”

---

① 人类免疫缺陷病毒。

“我不能让我的儿子与毫无意义的暴力连在一起，”马昆加说，“如果已经成立一个组织，立刻解散它。我们不需要。不是当务之急。”

“我们需要什么，爸爸？”加伯里奥激动地说，“看看这些贫民窟，积水的房屋。令人绝望。人民用泼屎来抗拒……”

“注意你的嘴……”

“这是事实。但是我们仍然对解放运动顶礼膜拜……”

“当我从监狱归来的时候我受到很多伤害，”马昆加说，“但是我从来没有背叛解放运动。正是这种忠诚感，我知道胜利要经历漫长的时间，甚至整整一代人，才能开始具有意义和显现效果。你不是在为一蹴而就的、戏剧般的成功而战斗。这是我告诉你的话。而我是你的父亲。”

“是，爸爸。”

“做正确的事。对那个你带到这所房子的女人也要做正确的事。她叫什么名字？”

“桑托·索科拉。”

“某个人不怕麻烦地给她起了一个名字，”马昆加说，“这意味着一个事实，她是某个人的孩子。记住这一点。”

10

甜　城

“我们发现了一只鞋和一滩血。我们的心真是碎了。”

——一个被杀害的妇女的亲属

晚上 7 点，杨 · 斯丹德上校正沿夸马舒市镇的主路缓慢地开着车，小心地穿过来自跨越坦巴里利火车站大桥的傍晚下班的车流。无视汽车交通规则的不再仅限于那些有闯红灯倾向的年轻人。现在可能由于休戚与共，年长的人也加入了，甚至是祖母级的，看一眼就敢横冲直撞。因此他不着急，他知道为了与这里的人争抢而着急上火没有意义。他有更重要的任务。

“看那个。”坐在中间的帕奥威尼指着矗立在祖鲁示范高中前面的水泥塑像说。在明亮的高压黄钠街灯的映射下，一队蹲卧着的在阴暗中伏击的班图武士们看起来活灵活现。斯丹德哆嗦了一下，闭上眼睛驱赶走刚才在他思想中一闪而过的一个亵渎神明的形象。他对帕奥威尼有点儿烦，因为他看到每一个新东西都大惊小怪。他妈的，这些流亡者和他们对进步的孩童般的好奇！他们从来没有认真地想过，这些摩天大厦、桥梁、柏油路，感谢上帝，全都是白人建立起来的。好，我们也给黑鬼他们应得的吧。白人带来的是知识和资源，而黑人们只能提供肌肉，好不好？他回想起一个卡通片故事，一个乡巴佬似的人，穿着猎装短裤、带着软塌塌的帽子，蹬一双沙地鞋，坐在树荫下监督着一个工地上的劳工。“只要给我 40 个黑鬼，”他自豪地说，“我将用一只手建设起这座城市。”他笑了。

“什么引起你发笑，杨？”鲍勃·琼斯问，他坐在后排，旁边是安杰洛·德马托斯。占据车尾的是戴着手铐的斯特雷拉，仍然在昏迷中，身上淌着血。

Jan？斯丹德还不能习惯这个美国人对他名字的发音，像是“*can*”。*Can*（饮料）在哪儿，杨？

他用一只手在空中挥了一下，代替回答，他知道，鲍勃·琼斯与帕奥威尼一样，正幻想着进入一个城镇的情景。难以想象，一个白人陪着两个黑人进入了“最黑的非洲”。看着一排又一排像方盒子一样的房子，几乎每户全有一个附加的铁皮屋，上面压着南瓜、橡胶轮胎和卵石，孩子们在院子里跑来跑去——这么晚了，他妈的父母全跑哪儿去了？可能是到什么地方去开一些会议，酝酿针对白人的骚乱阴谋，制定在这块美丽的土地上制造又一场灾难的计划。就像在刚果？在赞比亚？你挑吧。狗在到处游荡，掀翻垃圾桶；大多数是骨瘦如柴的杂种狗，不同的外形和大小，从不知什么地方突然窜出来，迫使司机不得不使用紧急刹车。这是谁家的脏狗？帕奥威尼把一支旧式的 AK－47 步枪放在两膝中间，似乎是在注视着这些狗，嘴里嘟囔着。“见鬼。”

就像这些狗一样，杨·斯丹德觉得，在安杰洛·德马托斯红色的丰田 4 驱车上，他们所有人都是各种乞讨者，也可能是幸存者，全都在寻找着什么东西。帕奥威尼站着——但最好还是在移动的汽车上保持尊严地坐着——仿佛他已经在交易中稳操胜券。他的责任就是确保在未来的行动中能够提供人力和物力。他想得到的是装满能够长期变现的财富的箱子，美元、钻石、毒品，不论什么，只要有价值。而同时，杨·斯丹德对箱子里的东西却有不同的兴趣，特别是那些针对一些执政党高级官员以及解放运动高级成员的情报文件。他把安杰洛带来对这些文件的价值进行评估，他是一个“预算师”。

然后，安杰洛将会很高兴能把一粒子弹打入斯特雷拉的脑袋。斯丹德不认为安杰洛的这种想法与杀死路易斯·博纳多·姆查威、或者说使他的侄女玛莉艾拉失去了未来的丈夫绝对无关；但也不认为这主要是由于安杰洛本身的嗜血成性以及对南非人投靠萨莫拉·马歇尔——死于1986年10月的前莫桑比克总统、武装部队司令和革命领袖——的愤怒。斯丹德记得，他曾经就葡萄牙裔莫桑比克人“我们绝不离开”的口号嘲笑安杰洛·德马托斯，他们为了逃离马歇尔的莫桑比克解放阵线而纷纷躲进了南非。“这不可笑。”安杰洛·德马托斯生气地说。然后他继续给斯丹德上课，关于葡萄牙人对于非洲的贡献。安杰洛说，好像没有人对于葡萄牙人开发殖民地并且为当地的基础设施的巨大贡献表示感谢，黑鬼们觉得都是白来的。他曾经悲叹，他的这些同胞已经颓废到只会发表些陈词滥调，关注生孩子、钓鱼和炸薯片等无关紧要的事情。在耶奥维尔大街上的时候，斯丹德就曾不得不当着所有人的面制止安杰洛·德马托斯处决斯特雷拉。是的，斯特雷拉罪有应得。尽管在被捆绑塞入汽车之前的殴打中，斯特雷拉已经承认，实际上杀死路易斯·博纳多·姆查威的是医生，那也没有区别。虽然医生该死，他就不该死吗？对于一个被抓住的匪徒来说，把所有的罪责推到一个死人身上，是屡见不鲜的反应。医生死了，无法再惩罚了。斯特雷拉还活着。

当时，车上还有鲍勃·琼斯，一个革命者，也是一个战地记者那类的人。嘿，那是一个让斯丹德爆发歇斯底里的家伙。除了那些冒着生命和身体危险、为反对不平等而战的国家缔造者和开疆扩土的勇士们，能够让斯丹德称为革命者的只有几个人，即霍尔顿·罗贝托和乔纳斯·萨文比。归于这个混合体的还有像列赫·瓦文萨、里根和撒切尔这类蔑视世界共产主义而受到尊敬的人物。至于其他人，包括他自己的领袖马格努斯·马兰将军和P W·博塔，都只不过是平庸之辈，有权力的懦夫，利用……

“我不同意。”他一半是自言自语地说。

“什么？”帕奥威尼问。斯丹德以为他已经开始打瞌睡了。“我们现在在哪里？”

“离得很近了，”斯丹德说，“安杰洛，在后面的我们的重要人物怎么样了？”

安杰洛转过身，粗鲁地查看了一下斯特雷拉的捆绑情况。“还好，晕过去了。”然后有些抱怨地说：“我们应该在车上铺一块塑料布；他的血流了我一车。”

“好好看着他，”斯丹德说，“他极善伪装。”

“他将会怎么样？”鲍勃·琼斯希望知道。他明显地十分关注后面的斯特雷拉，不时地伸长脖子查看，像是一个医生对待一个爆炸的受害者。

“当所有该说的该做的都完成了，”斯丹德说，“我们将把他交给当局。”

“但我认为，你们这些人就是当局。”鲍勃·琼斯说。

“完全正确。”

他们在议论他的时候，好像他根本就不存在。仿佛他不过是一块刚从屠宰场出来的牛肉，遍地流淌的血玷污了他们珍贵的地毯。他将让他们付出流血的代价。

在离德班不太远的一座高大办公楼发出的刺眼的橘黄色灯光的闪动下，他醒过来了。在斯丹德上校和车上某一个人之间热烈的交谈中，他已经做出了一些判断。可能是受到一笔慷慨的小费或对一笔期待的回报的刺激，那个拍马屁的家伙告诉斯丹德，他将会享受到纳塔尔女人的热情。

“你认为对我这样的一个上了年纪、满脸皱纹的大叔，”斯丹德问，“她们会朝我抛媚眼吗？”

“啊，”那个人回答说，“女人们不在乎一个白人男子的年龄。”

当他最先经受那个葡萄牙男人用一个硬东西猛击他头部的时候，斯特雷拉开始以为那一束刺穿他大脑的强光是来自穿透云层的阳光。他记得在他跌倒的那一瞬间，他的双膝灌满了水。无数只脚向他踢来。某个人制止了一个持刀的人划开他的喉咙。等等，乔；我们将给他套上灌满汽油的轮胎烧死他。在众多人的咆哮中，更多的击打落在他的身上。斯特雷拉不断告诉自己，他应该保护住他的脸。不要让他们碰到我的牙齿。然后他觉得不可能站住了，他膝盖中的水已经涌上了他的头。他跌倒了，看来是激怒了那些人。起来，他妈的人渣、黑鬼、黑大粪，可能他根本就不是本地人。这是又一次血腥的罪行，让我们他妈的烧死他。他的手还扣住了医生尚有余温的手指，这是在两眼发黑之前最后的记忆。

在行驶的汽车中他醒过来，他的身体由于保持一个姿势不动而僵硬了，手铐上的棘齿咬进了他的手腕。是那个葡萄牙人开始的殴打，他一边嘴里骂着他，一边用一根棍子把他打晕。即使在这些发生的时候，斯特雷拉还是记住了这个男人的外表，休闲牛仔裤和软底运动鞋，一件红色汗衫，外罩棕色运动夹克，大肚子，四十岁左右，蓬乱的黑发，扁平的脸刮得很干净，一个英俊的男人，奇怪地留着一抹未加修整的上唇胡，嘴巴像一个阀门那样一张一合。

但是，使他记忆深刻的则是这个人的一双眼睛。冷酷，冷酷的眼睛，它们后面隐藏的仇恨远远超过了他想象的斯特雷拉对他或他的家人所犯下的错误。因此，斯特雷拉相信，正像在那一瞬间他所相信的，他死定了。没有人会站出来证明，那天早晨杀死那个葡萄牙人的实际上是医生。上帝啊，这太讽刺了，为一个并非他谋杀的外国人接受惩罚，接受一个错误地认为他是凶手的外国人的毒打，这是他妈的什么事？

但是没有比斯丹德的转变更他妈糟糕的了。这里说的是背叛。事实上是这个家伙把他扔进了狼群。首先，去桑扎·蓬博执行任务是谁的主意？是斯丹德的主意，即使他可能是执行大头儿的命令——如果希腊人巴拉克说的是可信的话。斯丹德在获取箱子的事上是起了作用的。正是在他的指挥下，所有人民军的那些人死在了西德兰士瓦的山洞里。但从个人的角度，正是斯丹德把斯特雷拉拖下了水并使他变成了今天的样子。他内心是矛盾的。他从这个人身上学到了如此之多。他学会了在困境中如何求生，成为一个经验丰富的人。他曾经希望能够通过磨炼培养医生从事间谍工作。现在医生死了，斯丹德要杀掉斯特雷拉。这比这个老警察很早以前就杀掉他好不到哪儿去。即使你的父亲企图杀死你，那也是你该把他送进坟墓的时候了。他感到一阵悔恨，一些重要的事情已经过去。老的组织已经分崩离析了。一阵疼痛的痉挛通过他的身体，五脏翻滚，使他猜想，他的一些关键器官是否受到重创。他现在必须回到自己，面对他的困境。回到他的生存训练，这是摆脱困境之路。

他移动了一下，小心地使他的动作不发出声音。他感到了一种不同形式的疼痛，他的大腿如针刺一样剧烈的疼。他将他戴着手铐的双手在他的牛仔裤表面上一点点地移动，寻找侧面口袋的开口处，并最终将他的手指滑到里面。什么锋利的东西戳进他的食指，使他立刻把手缩了回来，极力控制没有因为疼痛喊出声来。他的手指在领针徽章的表面上被扎伤，他知道是那个印有埃德瓦多·蒙德雷尼肖像的徽章，他回忆起马比特拉和他那个防止小偷掏兜的带倒刺的玩意儿。他将手指绷紧像个镊子，把徽章掏出来。然后，糟糕！徽章从他的手指上滑脱并滚到地上，直接停在他的身体底下。斯特雷拉咬紧牙关，团紧自己的身体不发出声音。杨·斯丹德唯恐发生意外。

“*comoéo nosso* VIP（我们的重要人物怎么样了）?”斯丹德用葡萄牙语问。

斯特雷拉躺着像死人一样一动不动，呼吸微弱，他感觉到那个葡萄牙人的手在检查他的手铐，在他的身体上摸索，乱摸他的生殖器。可能希望确认他听到的这个黑孩子发出的声音是真的。

听到他嘟嘟囔囔地表示放心：“*Tudo está bem*（一切正常）。”

1990年1月2日的傍晚，涅丽莎同意了聚集在恩格比斯家中的其他人——迪亚戈、穆勤达、列克斯、姆兹和恩格比斯本人的意见，是打开箱子并制定一份内容清单的时候了。游击队员们对于这一时刻的庄严有些不适应，事实上，涅丽莎似乎要举行一个仪式。当时，在姆兹·塔比茨的支持下，涅丽莎建议并得到同意，他们所有人应该等着委员会的其他成员到齐。涅丽莎可能有她的想法，但是她信任这个组织。因此，他们必须等待约翰尼斯·西比思、泽福尼亚·宗地和诺玛桑托·索科拉。民主是必要的，但是，天啊，它也一定会降低效率！

“萝拉来吗?”她问姆兹·塔比茨，想知道萝拉在委员会中的地位。涅丽莎有一种感觉，她只是一个类似备胎那样向这个集体提供支持的助手。她高兴作为恩格比斯的情人吗?

她为自己的这个想法感到脸红，她不知道姆兹·塔比茨是否是一个观察敏锐的男人。如果他是的话，她不客气地想，他早就应该制止这种胡闹。

“萝拉可能晚一点儿到。”姆兹·塔比茨说。

涅丽莎仍然在为萝拉·穆敦吉对她丈夫背叛的想法而纠结。但当知道她绝对无法理解最终在姆兹·塔比茨家中发生的事情时，她选择了不声张、不干预。给自己的一个同志戴绿帽子是有昧良心的，同志们必须互相尊重，但正如乔治娜可能会说的，有时可能是以孩子们那样幼稚的方式。

尽管在屋中聚集的人表面看起来对现在放在咖啡桌上的箱子满不在乎，但涅丽莎猜测，他们全都经历着压制他们激动心情的困难时刻。她惊讶于这只箱子表面看起来的普通，不过是一只带着一把大锁、锁扣和提手、角上装有防磨钢板的箱子。正如在电影中看到的乘坐轮船或古代海船航行的旅客携带的一个行李袋。

她也对来自人民军的同志们的纪律性感到震惊。不知道在同样情况下，她是否能够带着一只装有财宝的箱子穿行数百英里而克服至少向里面偷看的诱惑，她的结论是，她可能无法通过这种考验。这是些什么样的人？当他们离开家的时候还是男孩子，在为与他们祖国的自由无关而战斗的外国丛林中他们成长为男人。不，她纠正自己。没有发生在非洲任何一个地方的一场战争、一次冲突、一次交火，不是与这个大陆的其他地方无关的。在突尼斯的本萨卡角感受到的头疼，是非洲最南部的阿古拉斯角创伤的反应。

“谁知道其他人什么时候能到？”涅丽莎问。一旦箱子里的东西被检视和登记，就将由上级组织来决定如何使它们发挥作用。她也将参与评估这些材料——不论它们最终是些什么，因为只有她知道做这件事的合适人选。希望如此。一切都取决于里面到底是什么。

“泽福大哥、约翰尼斯和桑托正在到这里的路上，”恩格比斯说，“你知道交通是什么样的？”

“我知道。”涅丽莎说。尽管她没有对任何人表示出来她对这种托词的同情。她是在老式学校教育出来的，相信守时是国王具有的礼貌，尽管她不那么相信国王值得这么恭维。法国的路易十八就身患肥胖症、痛风症和坏疽病。当南非自由了，她不知道，我们领导人中的哪些也将死于这些领袖疾病?

“我看见一辆汽车,”列克斯·马比纳说,他一直在从窗户监视着到这所房屋的车辆,“它停下来了。”

“应该是泽福大哥和约翰尼斯,”恩格比斯说,“他们总在一起,这两个人。”

“可能在那种形式的同志关系中有更多的诚实,”姆兹·塔比茨说,“而不是那种假装是朋友的人。”

“祝福他们。”涅丽莎·罗德里格斯说。尽管她知道,那是姆兹由绝望引发的刺儿话,但对她与乔治娜的关系来说,倒是一个恰当的评价。她思念她的朋友。

然后是一种期待的沉寂。

沉寂被突然的枪声打破了。游击队员们急忙把灯熄灭。他们利用家具掩护,并在黑暗中摆开抵抗的阵势。仿佛这是他们一直在等待的时刻,*la hora de la verdad*(西班牙语,意为关键时刻到了),正如当年他们在兵营中古巴教官说的那样。真相揭晓的时刻到了。

蜘蛛带着一块加伯大哥送给他的新手表,站在他通常待在那里的街角——加伯大哥称为“他的岗位”。他看了看时间:晚7点15分,是这一街区交通繁忙的时刻。蜘蛛注意到一辆深褐色的尼桑 Skyline 牌轿车停在对面,车里有四五个身着运动装的人,他们的帽子使人感到他们的侵略性。即使是一个唱诗班的男孩戴上那样的帽子看起来也会像是一个古代的刽子手。这辆尼桑车慢慢地移动,甚至比并行的蜘蛛还要慢,然后开始提速。它绕过了这个街角,向山的方向开上去,然后消失了。蜘蛛有一个感觉,好像什么人使他的希望破灭了。

他不知道加伯大哥是否也在附近。要想知道他的行踪十分困难。有时他会说,他要离开一会儿,然后发现他在购物中心,总是一个人,虽然蜘蛛能够从提卡·乔伊那里诈出的信息中得知,加伯大哥这样做是为了与桑托姐姐在一起。他们都不知道他知道这些。他有一个感觉，桑托姐姐不看好他，总是避免正眼看他，仿佛她掌握着一个对他不利的秘密。在提卡·乔伊失踪之后事情变得更糟，这个无足轻重的小人物就像一缕青烟一样从人间蒸发了。他认为，即使桑托姐姐和加伯大哥知道，他知道他们在互相欺骗，但在他们的心目中他的地位如此低微，不过是个 17 岁大的毛孩子，实在不是什么问题。与提卡·乔伊一样，蜘蛛长得也是细高丑陋，并且名声扫地，这使他看起来年龄大一些，但是他知道，加伯大哥知道他的真实年龄。加伯大哥什么都知道。唯一不知道的是，蜘蛛与他的叔叔发生了一场严重的冲突，恰好这时他的母亲在长期不通音信之后，从克勒蒙特镇与他取得了联系，并且她希望他回到那里去。她听说他陷于违法的困境，并承诺把他带回到克勒蒙特。如果说在这个星球上有一个蜘蛛比什么都害怕的人，那就是他的母亲。过去每当他犯浑的时候，她只需看他一眼，他就会老实了。在上学的时候，当他被带到校长办公室接受惩罚的时候，在他跳窗逃跑之前，老师们知道如何让他遵守规矩。“斯蒂文·汉瓦，”他们说，称呼他的名字，而不是臭名昭著的蜘蛛，“我们将把你的母亲带到这里来，她一定会收拾你。”威胁。他知道了威胁的力量是在到了夸马舒很久之后。但是现在，从他用暴力威胁提卡·乔伊、然后取而代之为加伯大哥做事这件事上，你就懂得了。

他自我审视一番：黑色丝光斜纹布裤，匡威全星牌球鞋，普林格尔牌毛线运动衫，里面是一件维叶勒牌系扣衬衫，当然这是具有他自己个性的运动装。挂在肩上的是一件仿皮夹克，来自西街印度人店，是那种愚蠢的牌子，但是，嘿，当他时来运转的时候，他就会得到一件名牌的真品。尽管也能算够时髦了，但他觉得，他穿着的仍然是二手货、旧衣服和来自黑市的那些货色。加伯大哥许诺得更多，但是他必须证明他自己并要冒风险，然而风险的性质从未说清楚。他的叔叔，一个学校教师，看见他扔掉他通常的衣服而穿上时髦的服装，更增加了怀疑。

正像大多数城镇中学校教师一样，他凭着直觉早已怀疑，现在更是喋喋不休地唠叨有关犯罪问题。最近蜘蛛不得不拔出一把刀指向他——因为他的枪被没收了——从而导致了一场肮脏的骂战。“我要他妈的捅死你，”他对他的叔叔说，“捅得又长、又深、又宽。”他在一部讲述西印第安亚迪毒品黑帮的影片中听到过这类话。*Come on, mon, an' I' ll cot you lon' deep an' wide*。他们讲着一些可笑的话，像是开始进入城镇卖毒品的加纳人，但是他们不如亚迪黑帮那样难对付和能折腾。正是亚迪黑帮给了蜘蛛成为一个黑老大的启示；你需要一个团伙来维持生存，尽管黑老大对于如何组织一个团伙有很多东西要学。他们有一场争论，对于年轻的成员们来说，他们是否需要区别于如鲁西和吉赫拉那些家伙，他们组织起自卫团，属于一个自称为“年轻之狮”的组织。他们带着解放运动的红、黑和绿色的臂章，并携带着长枪。人们悄声说，是泽福大哥给了他们武器。每一个人都有一个圈；政党不过是一个较大规模的圈子。进一步想，政府就是一个包括不同圈子——如军队和穿制服的警察——的帮会组织。蜘蛛对自己说，当他长大了他要到伦敦去，看看是否能够和亚迪黑帮挂上线。

他自嘲地回忆起与他叔叔的对抗，这个老家伙是如何称呼他是一个满嘴脏话的坏小子。“应该有个人用肥皂给你洗洗嘴。”他说。是吗？让他们试试。但是现在他的亲妈要他回去，上一个好的学校并且为他安排了假期的工作，要他离开这条街。对他的妈妈他不能说不。为了一件事她能够杀了他，毫不犹豫。她几乎杀了他的父亲，但那是另一回事。现在他必须想清楚如何了结他与加伯大哥的这件事，并仍能得到什么东西。他不能只是两手空空地在克勒蒙特镇立足。他必须在退休前收获点儿什么——干一件大事。他对自己的想法感到得意。17 岁退休。这时，一辆出租车在这个街角停了下来，桑托姐姐走出来。她背着一个漂亮的黄色提包，看起来里面塞得鼓鼓的。

1990 年 1 月 2 日傍晚 7 点 16 分，天出奇的亮，诺玛桑托·索科拉从小公共巴士的车门走下来，她小心地扶着滑动门的扶手，以免车门夹住她的衣服或背包。这个背包比她通常背的大很多，对她来说，它带来的既是折磨也是骄傲。她知道，她的生活已经不可逆转地变得愈加糟糕。这个早晨，她试图给她的姨妈梅西亚带个话，为确保小特姆芭妮的安全，把她送到住在夸马舒不远的恩图祖玛镇她的叔叔家，看不见可能更好。令她沮丧的是，梅西亚姨妈没有回音。她所有的努力都白费了。桑托本应该想象得到某些事情一定会发生。他或者诱拐了她们，或者指使绑架了她们。回想起他在枪杀那个下跪的孩子时所表现出的冷酷无情，她知道，她的姨妈和妹妹都没有反抗他的机会。我都做了些什么？

黎明时分她收到他的消息，她应该把一个包裹送到恩格比斯的家里，并指示了放置的地方；从那一刻她就知道，她要亮相了。问题不在于她已经被置于她不得不违背她信念的地位，而在于一定有一些有关她的事情可以用来向某个人证明，她已经成熟到可以采摘的地步了。因此，在这里，有一颗定时炸弹在她的背包里。她觉得，如果集中注意力，她甚至能够听到它发出的嘀嗒声。“那些人，”他说，“有一些属于我的东西。是从我这里偷走的。”当然，他指的是那只使所有人都疯狂的该死的箱子。“我听说，我的老朋友涅丽莎牧师将会在那里，”他说，“这是一个欢迎她回家的礼物。”桑托没见过比这更疯狂的举动。她只是问：“如果一旦爆炸，你那个宝贝箱子将会怎么样了？”

“你那可爱的小脑袋不必为此操心，”他说，“留给我来处理。”

你那可爱的小脑袋，这个带有侮辱性的称呼的目的是造成伤害。与他在一起的生活尽管如此短暂，却已使她看清了许多事情。这是一个飞速滑向地狱的过山车。这是一个她看见自己即将被烈火吞噬的噩梦的惊醒。现在她处于一个巨大怪兽的腹中，因为她将要死去。在这新的一年的奇妙的一天，当黑人们都在克服无论什么样的困难也要争取自由的时刻，她却将要灰飞烟灭。她无法理解地看着，在所有地方，人们或者在点燃烟火，或者跳向空中——在即将到来的喜悦中欢呼。人们心醉神迷，正如她曾经看过的描述第二次世界大战结束情景的纪录片，人们聚集在广场上，贞洁的处女们亲吻着战士们。这里没有亲吻，没有她的，她的罪孽要比那只导致如此之多敌意的箱子还要沉重。她无法想象什么事情正发生在特姆芭妮身上；至于梅西亚姨妈，那是不同的，她是一个坚强的老人，但是一个孩子……

“嘿……桑托！”然后：“索科拉小姐？”

在慌乱的一刻，她以为是他追上了她，虽然他从来没有叫过她的名字。这个想法令她感到吃惊，因为在她的头脑中并没有想过，她事实上是在逃离他。转过身去，她看到泽福尼亚·宗地大哥坐在一辆小型的红色本田 Ballade 牌汽车的副驾驶位子上，约翰尼斯·西比思在开车。泽福大哥向她挥着手喊着：“是桑托吗？”

她不知道他们是否一直在跟踪她乘坐的那辆小巴士——如果是，为什么呢？——她朝他们的汽车走过去。她审视着这两个男人脸上的表情，一方面放下心来，同时又不安起来。当然她记得与游击队员和涅丽莎阿姨的那次聚会。她没把涅丽莎看作同志，只是一个阿姨。泽福大哥斜过身把后门为她打开。他无法掩盖他兴奋的感觉。“我感到惭愧让你不得不乘一辆巴士到这里来，”他说，“我们本应该到你的家里去接你。”桑托从他的呼吸中闻到一股酒气。

“没有我你们一直在庆祝吗？”桑托失望地问，因为她听说，泽福大哥已经戒掉了酗酒。她使自己放松下来钻进了汽车，并将背包放在了地上。我的腿要能够先跑。

“那么你听到了这个好消息？”约翰尼斯·西比思一边问，一边从后视镜中寻找她的眼睛。当看到她的脸上表现出焦急的面容，他解释说：“姆兹同志和涅丽莎要在恩格比斯的家里召开委员会。从人民军中回来的游击队员们将交还那只箱子。解放运动将能够恢复工作了。”

但是没有那只该死的箱子，解放运动也一直在正常工作，她想。她奇怪，泽福大哥的多话纯属出于热情的本性，还是酒精的效果。她突然感到比早先更强烈的沮丧，如果一切成为可能。她不知道一颗炸弹爆炸造成的死亡将会是什么样的。你听见了吗？

“听见什么？”约翰尼斯从前面问。“听见什么，桑托？”

糟糕，我怎么像个老太太似的把心里想的事说出来了。“那些人，”她说，“发出的声音？庆祝的声音？”

“人民知道，自由伸手可得。”约翰尼斯说，他的欣喜感染了这个年轻的姑娘。“我们将得到我们的经费，因此我们可以在这个镇里建立更多的分支机构。”

“涅丽莎同志将拨发这些经费吗？”

“正是，”泽福大哥插进来，“这就是我们去到恩格比斯家的原因之一，”泽福大哥说，“与涅丽莎同志和姆兹大哥见面。他们掌握所有细节。”

“其他原因呢？”

“举行一个庆祝酒会。”

完全没有一点儿改造好的戒酒者的样子，她想。对于泽福大哥的失态感到有些尴尬，约翰尼斯试图把桑托引入到对话当中。

“你一向还好吗？”他问。

“哦，”她说，“一直在爬坡。但这就是生活。”

“爬坡好啊，”他说，“一旦你达到了顶峰，你就能够对事物有一个更清楚的展望。”

“好家伙，”她取笑地说，“现在你是大哲学家约翰尼斯·西比思了。”她知道，泽福大哥看来正在挣扎着能集中注意力，在他的脸上交替闪现着茫然若失和极力使双眼保持清醒的表情。她曾经在梅西亚姨妈的小酒馆里看到过许多顾客，她知道一个男人在大醉边缘时的丑态。但是使她不安的是，她怀疑，泽福大哥的醉态是来自酒精和其他东西的混合。

“他有问题吗？”桑托问。

“他会没事的。”约翰尼斯说。他朝着恩格比斯的家开车向前走了一小段，扫了一眼他的老同志，然后又把注意力集中到路上。“他迄今的生活一直很艰苦。”

“我可以认为，那解释了一切。”她对于约翰尼斯如此小心谨慎地开车感到好笑，双手按照规定紧紧地握在差一刻三点的位置上。

“你总像这样吗？”她问。

“总像怎样？”他的双眼一直保持注视着路面。

“小心翼翼……”桑托想说“笨手笨脚”，但是没有说出来，因为她已经得罪了太多的男人。“小心翼翼并且……听话。”

“听话？这是一个新提法。”他给了她一个微笑。

“你知道我的意思。”她希望她没有太过。在每一次事情中，她都不想长时间地生活在为她的轻率而后悔的日子里。

“我从我的姨妈那里学到的。是她帮助我走到今天。”

“你今天在哪里，约翰尼斯？”桑托问。然后，没有任何解释，她大哭起来。

泽福大哥已经沉睡过去，安静地打着鼾。

在丰田4驱车的后部，斯特雷拉可以真切地感到他自己的血管打开了，他的手指全都越来越湿滑。他下决心打开手铐，并保持着双眼紧闭。他需要下一次在黑暗中再张开眼睛时能有完好的视力。咔哒！手铐的打开导致了一种疼痛的释放，如同咬一口冷苹果触发的牙疼。他感到的只是疼痛，使劲回忆着在利比亚沙漠兵营中的日日夜夜。虽然现在他还是有点儿感恩，感谢诸神对坏蛋的眷顾。他想象自己坐在一个街头的角落，在他面前是一只乞讨的碗。几个小时整个身体压在一只胳膊上保持一个姿势导致他的四肢好像完全丧失作用了。

他无法知道，他手腕上的伤口有多深，只能感受到皮肤撕裂的疼痛。在他夹克衣袖的掩盖下，医生那把折刀的尖儿平压在他的手表带下面，刀柄在他的上臂和前臂之间的拐弯处。除了那柄徽章的别针扎刺之外，他手指上黏黏的血主要就是来自这个刀尖儿。在粗略的个人搜查之后他们解除了他的武装，但是他的抓捕者太着急地要把他从现场带离，以至于他们没有发现这把刀。对于他们来说把他像一袋土豆那样绑在汽车里就足够了。

他们在夸马舒。你不需要一张地图也可以知道，你是在一座城镇中。充满活力的各种噪声在大气中传播。对于一个在黑暗中阴影后面的人来说，交通的隆隆声，一列火车驶过引起的大地震动，都成为无比宝贵的标记。

在这辆车里的声音则属于那些与这座城市无关的一帮蠢货。当然除了斯丹德上校，他在昂丹瓦和安哥拉建立了训练基地并成为城镇巷战的设计师。斯特雷拉知道那里的一切细节。其他人都是狗屁不知的混蛋，特别是那个带头殴打他的葡萄牙家伙德马托斯，或者是那个带有奇怪口音的家伙，当然，就是那个帕奥威尼将军。他们狗屁不知。帕奥威尼一生都是在流亡中度过的，他对于城镇的知识装不满一个顶针。他和其他那些混蛋一样，别看他是一个黑人。在非洲，人黑并不能保证你懂得非洲的事情。黑的肤色并不能自动地意味着黑人的权力。他从谁那里学到这些的？可能是那个有一个挨肏老婆的教授吧？他现在无暇多想。他只知道一件事：他必须逃离这里。他听到帕奥威尼在抱怨："什么时候我们才能到那儿?"正像一个随父母长途郊游而晕车的孩子。

"我们马上就到了。"斯丹德上校说，确定的就像拉屎。这就是白人——他们来到这个世界上要做的就是对一切事情的控制。即使是一个问路的白人孩子也不会问某个地方在哪里，而只是直接命令你告诉他妈的方向。告诉我到巴士车站的路，或者到伍尔沃斯超市。如果你不知道，那是你的耻辱，如此的无知，木头脑袋，四肢发达头脑简单。好像世界就是这么安排的。但是斯特雷拉给自己世界的安排是不同的：抓住机会，冒险行事，绝不止步。正像一个身陷囹圄的人，他知道，任何东西，任何地方，一根绳子，地上的一颗钉子，任何东西，在一些关键时刻都可能派上用场。对于斯特雷拉来说，即使时间也可能被磨炼成一种武器。让时间为你工作，这是在利比亚，巴勒斯坦利比亚人民阵线（PFLP）的一个成员说的。有趣的是，他记得这是一个志愿接受军事训练而与巴勒斯坦人并肩战斗的日本人。抓住你下注的时间。汽车减速并停下来。没有其他时刻更合适，斯特雷拉想。是时候了。然后他跳起来。

"嘿——?"

安杰洛·德马托斯还沉醉在他自己的世界中，奇怪他跑到离约翰内斯堡几百英里以外的地方干他妈什么。好，他已经告诉斯丹德，他将严厉地惩罚杀害玛莉艾拉的未婚夫博纳多——1974 年残杀一些莫桑比克解放阵线（Frelimo）的同情者以来从未见过的残暴行为——的凶手。但是现在，在痛击了一个人并目睹了另一个人的脑浆涂撒在耶奥威尔的大街上之后，他不那么确信他还有更多的胃口。此外，他对斯丹德的怨恨不断增加。首先，斯丹德没有坚持他在交易中的立场。整个交易是收回在安哥拉和莫桑比克的葡萄牙人家庭的所有……原以为斯丹德会使这些人得到补偿。他应该代表这些家庭与萨文比和罗贝托斡旋。而不应该与安哥拉人民解放运动中该死的共产党协商。斯丹德曾经吹牛，绝不会协商，他有实力——用他的话说，肌肉——去夺回他们应得的。他什么也没有干成。而为了使他干事，已经付给了他很多钱。看看现在，他开着这辆丰田 4 驱车就像他是车主似的，撞击着这些他妈的路坑，在颠簸的路面上这么开可能会损坏防震装置，他像是要去赢得越野大赛一样。为了上帝，他应该用他自己的车去这么干。此外，安杰洛·德马托斯从没有接受过他的建议：之所以把他包括在这次旅行中，是因为他能帮助评估那个狗娘养的斯特雷拉在威热省找到的箱子里的东西。这实在是太不着边了。还有玛莉艾拉，宝贝玛莉艾拉，可怜……这时身后有动静……

"嘿——?"

刀锋刺穿了安杰洛·德马托斯的喉咙，玻璃纤维的刀柄在斯特雷拉的手中颤抖，这是一把有它自己生命的刀。天晕地旋，德马托斯的身体变硬，当刀划开了颈动脉，他咳嗽起来，热血向外喷出并溅了鲍勃·琼斯一身。在惊恐中，琼斯尖叫着跳起来。他浑身发抖，努力想脱去他的衣服，他在空中挥动双手，试图阻止斯丹德向斯特雷拉开枪，一只手枪已经突然出现在他的手中。

在帕奥威尼也拼命摸到了他的 AK－47 的瞬间慌乱中，斯特雷拉用胳膊肘撞开了后门，并抓起德马托斯留在车坐上的列明顿700 型拉栓式步枪。在硬硬地落在地面上时，他感到什么东西打在他的肩膀部位。他知道如果他因为疼痛停下来哪怕只有一秒钟，他将绝不可能再站起来，那么他就没戏了，但还不到闭幕的时候。

他调动了他的所有力量，甚至是那些已多年没有祈祷过的诸神，他朝着街角路边的一排垃圾桶冲过去。他俯身拼命地跑，觉得一粒子弹击中了他的肩胛骨中间，令他几乎晕眩的疼痛在那里悸动。在前面一盏街灯投下的淡淡的光线下，一伙人在掷骰子。他们听到他的跑步声转过身来。这个用一支步枪和一把带血的尖刀武装起来的浑身是血的幽灵，可能是只有在一部恐怖大片中才可以看到的情景。

他们中的一个人喊起来："开跑吧，伙计们!"然后他们四散奔逃。他们丝毫不怀疑，即将到来的场面将会是有更多的带着更凶猛的武器和更强烈的嗜血欲望的人进入角色。

心　路 (7)

下午6点30分，他穿上了他挑选的军装，浅绿色的古巴战地服和鸭舌帽。他把他的马卡洛夫9mm手枪系在腰间，网织腰带和磨光枪套，金属带扣在嵌在衣柜上的镜子中闪闪发光。他的父亲，一个老人，一个信奉公平竞争和对敌人宽恕忍让的步履蹒跚的老人出现在门口，以一种嘲弄和讥讽的方式拱起了眉毛期待地看着他。

漂亮的靴子，老人说，用他的蛇头拐杖指着他儿子的脚。真皮缝制的高筒靴，模压的鞋底，他穿着这双战地靴横行卡库索，走遍了东部前线血染的地带，他曾经有一次用它踢死了一个敌人的奸细。

我喜欢这双靴子，他告诉父亲。

要去战斗？他的父亲一边提出这个问题，一边穿上他的云杉制服；他看见箱子放在地上，房屋整理好准备离开，那只AK-47斜靠在床上。

是时候了。

为了什么，加伯里奥？杰菲特·马昆加问。去杀你们的人？

我不是加伯里奥。我的名字是诺兹沙达。

是他们给你起的名字？在兵营中？

是我选的名字，他告诉他的父亲。我选它是因为诺兹沙达是一个战死的勇士。

但是你知道为什么他在与姆潘代的军队战斗期间选择了死？

是因为他筋疲力尽了吗？是他不想活着被俘而成为一个奴隶吗？

是因为他看出那场战争没有意义，只能标志着阿马祖鲁作为一支军队的彻底失败。杰菲特·马昆加听起来有些疲惫，但他耐心地继续说。丁佳尼和姆潘代是互相厮杀的两兄弟。这就是为什么诺兹沙达，马格布扎的儿子，恩祖扎的儿子，扔掉了他的长矛并告诉弄加拉扎杀死他。你知道这些吗？

没有那么详细。

你用你的一生去仿效一个你对其历史知之甚少的人，断章取义……

我知道他是一个勇士就足够了。

这不就是我们的问题所在吗？杰菲特·马昆加问。

我们今天年轻人的睾丸中充满了战争的精子。我们不明白我们今天面对的形势，看不到我们今天所需要的是学习领导技巧的现实。我们把这些勇士扛上了我们的肩膀并且把他们推上了云端，然后要求他们来领导我们。这样我们将会再次堕落到无知、贫穷和疾病的境地，然后在不远的将来，我们中的一些人将会乞求白人回来，正像以色列的后代们被要求重返埃及那样。

你所说的这些没有意义，诺兹沙达说。

那好，马昆加说。在监狱中，我们代表了这个国家能够产生的最优秀的人。但即使在那里，我们仍然看到，人们是出于各种不同的理由投身到斗争中。而如果没有政治上的清醒，豺狗就会乘虚而入。我们正在进入一个新的国家；但是不用多长时间，我们中的一些人将会认为还是过去好。

诺兹沙达说：那么你的建议是什么呢？

领导人必须向人民讲真话。他们必须承认我们的弱点在哪里，因此我们可以齐心协力。我们必须诚实并且尽可能平等地分享资源。我们必须创造一个抑制贪婪的世界。他停了一下，用疲倦的眼睛看着他的儿子。在我看来，贪婪和嗜血的手已经触及到你了。

不要为我担心。我已开始夺回所有那些属于我的东西。

在这场斗争中没有“我”，加伯里奥……

我不是加伯里奥……

加伯里奥……这是你的母亲和我给你起的名字……

不错，诺兹沙达充满痛苦地说。我的妈妈……我要问问，她都发生了什么？你从监狱中回到家里，却设法把她关进你自我监禁的牢笼……

你不能这么说话……

我可以。她是我的母亲。看来说出刺伤他父亲的恶毒语言还不解恨，诺兹沙达继续说。她离开你是与你的同志们抛弃你出于同样的理由。你可能曾经是解放运动的一部分，但本质上，你憎恶人民。你看不起他们。这导致人们屏息以待你的下台。当这一时刻到来，你病倒了，你的老婆和另一个男人立刻乘坐第一班火车离开了这座城镇。我是那个帮你收拾残局的人。

马昆加毫不犹豫地抡起他的手杖打向诺兹沙达，虚弱的击打落在了这个年轻人的肩膀上。马昆加再次举起了手杖说：你必须知道我是你的父亲。对此诺兹沙达的回应是：正如俗话所说的，我可能是你肏出来的，但你不是我的父亲。你的被捕，像那些死于监狱中你众多的同事一样，纯属是出于愚蠢的行为。你们低估了敌人并像白痴一样制订计划。

快如闪电，马昆加显示出与他的年龄和身体状况不相称的敏捷，以一个连续的动作，抓起 AK-47 并转过身来瞄准他的儿子；而同时诺兹沙达，轻松熟练地举起一把犹如他手臂延伸的手枪，朝他的父亲开了一枪，击中了他的脖子。马昆加倒下时捂住他的喉咙，仿佛要阻挡流出的鲜血。蛇头装饰的手杖无力地滑落到血泊之中。

一眼也没看他的父亲，诺兹沙达捡起了他的 AK-47，关上门跑了。

外面，下午时光在不知不觉中流逝，正如天空中普通的一片云。他钻进了汽车，驶离了夸达姆布萨，直觉告诉他，他将不会再回来了。如有回来之日，那他一定是带着一支由坚定变革的人组成的军队。

在过去斗争中掌舵的那一代人除了口若悬河的许愿之外什么也不干。他将建立起一支力量真正实现 *Amandla Ngawethu*（祖鲁语，意为权利属于我们），一切权力属于人民。群众将会起来并掌握权力。他们将从那些相信理论的空话连篇的所谓革命家手中夺取权力。

他在一个街角停下来，这是一个观察恩格比斯藏匿那些人住处的有利地点。他试图想象，今天世界的这个部分在沙卡或丁佳尼——森赞加考那的儿子们——的时代看起来一定是什么样子。在过去田园中的村民们会知道他们的家——盖着茅草的泥坯房——今天蜕变为沿着受到污染威胁的峡谷和在地面上乱建的棚屋吗？而那里的污水或者流入房屋或者滞存在水洼中，孳生着瘟疫和痛苦。这些恶化的状况必须停止，而那些老顽固们不能胜任这个使命。

他及时地抬眼看到另一个老顽固，泽福尼亚·宗地，走路有些趔趄，后面跟着约翰尼斯·西比思和——天啊，是谁？桑托——所有人从那辆小红汽车中走出来。他希望桑托不会丧失勇气，否则她的亲戚们将会丢了性命。就是这么冷酷和简单。三个人朝着大门走去。正在此刻，一个穿着全星牌运动鞋的家伙，闪电般地冲向桑托的黄色背包。

11

民　权

“卧倒！”穆勤达喊。有人——可能是迪亚戈——关掉了灯，并向响起枪声的路上观望。列克斯·马比纳把武器传递给他们。有人小声地耳语提到手雷。穆勤达摇了摇头。涅丽莎、恩格比斯和姆兹保持着卧倒的姿势。

鼻子贴在地面上，恩格比斯视觉中出现了列佛娄被杀的影像。一个熟悉各种武器和它们性能的年轻人与一个高超的对手面对面相遇。这是一个他过去活着的时候曾经知道的人。在认出的那一刻，他已经死了，但同时把这个杀手的形象刻印在他的大脑中，那个作为幸存的见证的还没有死亡的大脑。这是巫医世代独家流传的学说的一部分；当一场谋杀发生时，凶手的脸就印在了受害者的头脑中，这个形象在杀人现场游荡，直到举办一次仪式之后才能消除。在这个年轻的游击队员的葬礼期间已经举行了仪式，尽管可能不够完美。有时这个仪式不一定是非常正规的，而仅仅是哭泣和对逝者好处的回忆。在恩格比斯的鼻孔被尘土的气味侵入的同时，杀手的面孔闪现在他的头脑中，这是一个熟练地掌握杀人技术的人的冷酷的面孔。他分析，这个杀手一定得到了内部的帮助，可能是这伙人中的某个人。如果不是他们自己人中的某个人指认这个地址，这个杀手不可能知道这所房子。恩格比斯默默地把在他的记忆中委员会成员的形象过了一遍。泽福尼亚·宗地大哥——他有企图篡夺领导权吗？约翰尼斯·西比思是可能的一个人。他年轻，雄心勃勃，他是那种通过来自敌人的不可追查的小笔现金来集聚自己财富的人吗？诺玛桑托·索科拉怎么样？桑托倾向于消失在她自己的私人世界中。她美丽，性感，坚定，比她同龄的许多人更加坚定，但她可能是出卖他们的那个人吗？在一个组织中，通常一个女人会被很容易地认为是可能的薄弱之处，但这是事实吗？解放组织从坚强的妇女们那里获得了力量。她们是稳定的基石。桑托是特殊材料制成的吗？抑或是流沙，沼泽，使解放运动为之努力的一切在某一天都会葬送其中？

一个人在他身旁沉重地呼吸着。恩格比斯知道姆兹同志在过去 24 个小时中的不满情绪，他嘲讽的语言反映出他对于这个游击队小组行为的某些方面的反感。或者有更深层次的原因，可能与姆兹的不安全感有关，怀疑这个小组中的某个人与萝拉有染？姆兹能为此卑鄙到背叛同志、背叛花了如此多的时间才汇聚在一起去完成的使命？尽管不同情这个男人，恩格比斯不能接受这种可能性。这不是事实。

但是斗争不就是对个人操守的最严酷的考验吗？

他知道，还有一些改变了方向的其他因素也进入了一个生死与共的同志组织中。许多勇士跌倒在金钱、权力、名声和石榴裙之下。是这些最终导致帕奥威尼将军——正如他的父亲、也是一个巫医但负有传播神意的使命的人所说的——由高尚变为邪恶？恩格比斯仿佛看到他衰老的面孔，将手高高举起地背诵一段谚语。正义的人将实现正义，而邪恶的人将由于邪恶而失败。可能正是帕奥威尼在组织对这所房屋的攻击。

恩格比斯眼前出现了另一个景象，陷入房屋内的这些人被活活烧死，紧急事故救援人员把他们拖进焚化炉火化。死的念头使他不寒而栗。他的孩子们会发生什么？威兹[1]，当我需要你的时候，你在哪里？

“恩格比斯吗？”姆兹·塔比茨对他耳语。

---

① 恩格比斯的父亲。

“是，姆兹同志，什么事？”

“当萝拉住在斯丹格尔时，发生了什么事？”

“那是很久以前了。”

“我知道，很重要。”

“现在重要的是，”恩格比斯说，“我们要活着出去。”

晚上 8 点，外面爆发了另一阵枪声，这次离得更近了。

萝拉·穆敦吉也听到了枪声，她觉得心率不稳，担心会晕倒。她最近一直觉得身体不适，到诊所检查，被确认怀孕了。孩子的父亲或者是图拉西子威·恩格比斯，或者是她的丈夫，姆兹·塔比茨。她以一种奇怪的与己无关的方式面对，仿佛一切都发生在某个其他人身上，这使她避免了一种负罪感。在她的生活中这是第一次能够说，她事实上并不在乎是谁的孩子。

最近，她一直在想伍卡尼·马卓伊；她的全部生活在一个大的范围内完成了一个循环。她曾经爱过伍卡尼，或者说得更准确，她是为他冲昏了头脑，可能只是因为她知道，他是可望而不可即的。然后是姆兹·塔比茨，她的丈夫，未出生孩子可能的父亲，但是她知道，对她来说，他只不过是一根拐杖。至于恩格比斯，有魅力，和他在一起快乐，但是她怀疑，他可能像香蕉皮一样中看不中吃。可能他是一个滑头。

现在各方面的压力向她迫近。是她面对责难的时候了，或至少，修正她错误的时候到了。

傍晚 7 点 15 分，萝拉·穆敦吉锁上了家门——自从大约六年前姆兹·塔比茨从监狱释放以来，他们一直住在这里——朝着巴士车站走去。尽管在星期五的晚上有些担心可能不得不对付一些讨厌的事情，她还是坚定地出行。她沿着卵石铺的小道走出院门。她听见院门撞锁最后发出的令人放心的咔哒一声响，就像摇臂搭上了组合锁扣。

她高兴地看到一切事情都是按部就班，因为这就是她从今以后想要过的生活。她想要以一种按部就班的方式做事。这种要求在这天早晨与游击队员的会面之后就已经自动生效了。

那个早晨姆兹·塔比茨要比平时更难打交道。他的眼睛盯着她的每一个动作，她感觉到他心里的沉重。“当你们打开箱子的时候，我要在那里。”她告诉他。

他透过热咖啡上面的气雾看着她。“为什么？”

“为什么？”萝拉反问，“我也是这个组织的一部分。”

“我懂。自从这些男人进入了我们的生活以来，你已经几乎成为了一朵交际花。”

“我一直都是积极的。我一直与人们在交往。在你出狱很久之前，我就在为解放运动工作。”

她停下来，让她的话能充分消化。“或者你听到了什么其他的？”

“只是从……”他停下来。

“从什么”她仿佛能够看见他双眼后面被压抑的牛脾气。“从什么？”

“自从那些男人到达这里……”

“你是在进行某种指责，一种丑陋的想法。你害怕谁，塔比茨？”她没有用他的名字称呼他。我们彼此相知这么多年了。这个想法使她感到沮丧。

“当我周围有一个以上的男人，你就感到紧张，”她继续说，“每次我们和伍卡尼或兹瓦力在一起的时候，我就会看到你责难的目光。”

自他从监狱中出来，他看起来是如此孤独，这使她感到震惊。狱中一定十分艰难。他思念她吗？他晚上想她吗？她不愿意想象，在对待牢房内的孤独时那些男人们被迫做些什么。萝拉第一次接受这样的想法，他们可能是由于错误的原因而结合的。我将不再允许自己成为一个牺牲品，一个为孤独而牺牲的烈士。

“我看着你和迪亚戈跳舞，”他说，“你看来非常快乐。”

“哦。”她说。这是她能说的全部。她害怕那些带有像感冒开始时喉咙内刺痛感觉的话说出来。她知道，一旦公开说出来，这些话就绝不会收回来了。她知道她的身上发生了一些异样的事情，但是在当前的情况下，说出来将是白费力气，浪费时间。

“这就是你要说的全部吗？”姆兹·塔比茨的声调低了下来。

“没有更多的要说。”

“你看着办吧。”

“但有一件事，”她说，“我要和你一起去看着开箱。”

因此，这里的她，是在坚持要兑现她对自己许下的诺言。她有权成为那几个被选择出来见证开箱行动的人。可能，只是可能，她有机会泄露她自己的秘密。展现事实的时刻已经到了。

在巴士上她夹在两个女人中间，她们和她就曼德拉聊起了大天。“布尔人绝不会释放曼德拉。”第一个女人说，她咂着舌头强调着她的怀疑。第二个比较年轻，但由于车内暗淡的光线而难于看出准确的年龄，她笑着并谈出自己的希望。“他是一个如此英俊的男人。”她说。

“你怎么知道的？这么多年来他一直关在监狱里？”

“从他年轻时的照片。如果你年轻时是一个漂亮的男孩，成年之后就会成为一个英俊的男人。”

“这对于温妮来说太糟糕了——她这么漂亮。”

“她漂亮不假，但如果你试图勾引曼德拉，她会把你的心挖出来。”

萝拉不经意地听着她们的对话。一个女人叹了口气。是那个比较年轻的，突然变得不可救药的老了。“耶和华，王中之王，”她说，“我真希望我的希珀也和其他孩子们一样去流亡，可能在回来之后成为一个更好的人，而不是像现在这样的一个酒鬼。”

另一个女人表示同意。她们是被她们碰到的麻烦团结起来的姐妹。她们看着萝拉，她正准备在距离恩格比斯家最近的一个街角处下车。“你怎么想？”她们中的一个问。

“一切事情都会好起来。”萝拉说。她钻出来并关上了车门。

这时，一个满身血污的人掐住她的喉咙把她拖进了一个能窥视恩格比斯房屋的小灌木丛中。“如果你喊叫，”他说，“我就他妈的割断你的喉咙。”

这个晚上早些时候在夸达姆布萨，乐迪茜娅·斯高窦女士刚刚从综合诊所的白班下来，感受着令人绝望的疲惫，希望喝一杯茶：可以治愈一切的茶要比药店中所有的药都更管用。她也想与所有的声音隔绝：病人的呻吟，孩子的哭号，护士们的高跟鞋踏在瓷砖走廊上发出的咔哒咔哒的声音。她想忘记行进中的轮椅发出的低低的嘶嘶声，推着它们的男人们和女人们充耳不闻心脏起搏器停止工作的报警声。

自从实行紧急状态法以来一直很糟糕，这是一个要求人们区别听见和听的时代。在没有积极听的情况下只是听见，意味着忽略了声音中区别生与死的那些不明说的细微差别和震颤。对于大多数城镇中的女人们就是这样：她们可能在听收音机，接受着所有那些新闻，但同时积极地从声波中过滤出一个婴儿、一个处在危机当中的孩子和一个处在生死关头的女人的呼喊声。正是这种敏感性可以驱使一个在聆听布道演说当中的女人跳起来并冲出去抢救一个陷入燃烧的棚屋中的一个邻居。

乐迪茜娅·斯高窦以后会讲述整个故事，但在当时是一声咳嗽使她投入了行动。“我在一个教堂唱诗班超过了40年，”她说，“我不需要看、仅凭声音就可以告诉你，谁出席了，谁缺席了。有时你听见什么与你没听见什么并不重要，重要的是缺少了什么。这天，这个下午，我听见了一声咳嗽和倒地的噗通一声，然后是一片安静。”

正是这种安静告诉她，什么事情出了差错。但是她记得，看见这个怪脾气的、虽然值得尊敬但不可爱的棚户长正在散步，用他那根可怕的拐杖敲击着卵石路面，就像某个为未来失明做准备而已经在练习的人。她记得听见他进了他那个甚至更古怪的儿子的屋门。然后声音大了起来，一辆车引擎发动，一声咳嗽，噗通一声，然后是令人恐怖的安静。不知为何，她开始尖叫，向邻居们报警。

当他们发现杰菲特·马昆加躺在地面的血泊中，她仍然在尖叫。一个人用力拍击着她的脸并告诉她她已经全都知道的情况：这个棚屋住户被枪击了，面临死亡。她最好能做些什么。他们的话赋予她的是生和死的责任，这种方式就如同当某个人遭到雷击时，人们把希望寄托在那些被认为能施加巫术的人身上。因此她命令把所有的孩子赶出去，并跪在这个没有人喜欢的老人面前，仔细检查他的伤口，看看气管是否断了，然后点头表示她初步的放心：子弹只是打中他脖子上的皮肉部分，从距离气管只有一英寸的地方飞过，没碰到颈动脉血管，而从耳朵的下方穿出。到处都是血。乐迪茜娅姐姐，正如在人们需要奇迹发生时对她的称呼，听见在这个男人口中鲜血的咕嘟声，知道这是拼命呼吸的生命迹象，尽管稍微放心，但仍然害怕，因为这也可能是意味着生命终结的迹象。知道围绕她的所有眼睛都在关注着她，她不能成为一个吓呆了的邻居，而应是为了拯救一条生命而努力的护士姐姐。

“为什么这个孩子这样干？”她问，明知道没有人能够回答。

时间不长，丰田紧急救援站的车到了，大家七手八脚地把这个本来要死的人抬进了车的后部。乐迪茜娅姐姐像一个亲戚一样上了车和他在一起，总得有个人解释发生了什么，尽管她不知道，但无论如何她得试图做出解释。关于夸达姆布萨人的生活，外人一无所知。

“你还有其他孩子吗？”她问这个男人，她知道他事实上还有一个女儿，老婆已经跑了，在某个地方。与男人不一样，女人倾向于敬佩那些鼓起勇气逃出婚姻家庭的其他女人。以一种沉默的方式，她们高兴和哭泣，正如人们听说成功越狱的消息后的高兴和哭泣。然而她们知道，因为相信一个新的男人可能和那个掌握着上一所监狱钥匙的狱吏有所不同，一些逃婚者又和其他男人结了婚。然后这个循环又开始了新的一轮。乐迪茜娅得出结论，聪明的女人绝不要被诱入第一个陷阱。

关于纳尔逊·曼德拉的新闻在汽车上的收音机中播放。她听说这个垂死的人也曾经在监狱中待过一段时间，她不知道，他是否曾经见过曼德拉。她想问问他，但是想想觉得过于鲁莽。这对于面临死亡的他是过于残酷了，他会想，这是多么愚蠢：没有死在监狱只是为了被自由的果实杀死。在乐迪茜娅陷入对这种荒谬的沉思时，天穹开裂，大雨滂沱而下，她推测，她的伤员可能会活下来讲述这个故事。

在正北几公里外的夸姆沙雅扎夫镇，别基西萨·鲁图力死亡的消息点燃了愤怒的火焰。抱着不要让星星之火演变成燎原大火的希望，布莱恩·库玛鲁准尉有意地对鲁图力死亡时血腥的场面仅仅轻描淡写地报告说，死者死于被警察拘留期间。但是男人们和女人们、别基西萨·鲁图力的亲戚以及家族、年龄相仿的伙伴和朋友召开小型集会要求公布真相。他们对死亡并不陌生。他们一直全都受到在纳塔尔地区——特别是城镇和居民区——肆虐暴力的恐吓。

别基西萨·鲁图力的堂弟，绰号为“好斗别基”，身材矮小消瘦，指责库玛鲁的行为就像是一条眼镜蛇。他说话时根本不看库玛鲁和布伊，追问关于恩格比斯和涅丽斯娃的下落：当特务部门的警官到达夸姆沙雅扎夫时，他们在居民区住户的保护之下。库玛鲁告诉他们，毫无疑问，恩格比斯和他的家庭也有麻烦。至于涅丽斯娃，库玛鲁准尉立刻意识到说的是涅丽莎。这个小组已经失去了一个叫做列佛娄·莫括埃纳的年轻人，极可能是被特务部门谋杀的。尽管尚不清楚，但是存在着一种怀疑，在所有这些事件中，一支第三力量，被称为狒狒之手的国家安全机构，是幕后黑手。

“恩格比斯需要我们的帮助吗？”好斗别基问。狒狒的分裂之手——种族隔离政权的造谣运动——已经使生活在纳塔尔的人们遭受了许多不为人知的苦难。这意味着战争。等待着与狒狒之手合作的人的只有一件东西，就是一条套在脖子上燃烧的轮胎。“在威胁解除之前，可以带着我们的人去吗？”

“狒狒之手很可能介入了，”布莱恩·库玛鲁准尉说，“但是你们必须考虑周到。否则你们将使我们处于危险境地。”

“谢谢。”好斗别基说，第一次抬起了眼睛看着他。“我们感谢你是因为，尽管你和这些家伙一起工作，但是你为了你的人民的利益一直给我们通风报信。在他们用一把刀把作为一个整体的我们分开之前我们是一家人。现在是我们把这把刀从我们的社区拿掉的时候了。”

当库玛鲁和布伊离开之后，好斗别基向这个集会讲话。居民区外面是安静的。往来于夸马舒和其他地区飞驰的汽车是仅有的生命象征。

“我们将分小组前往我堂兄的家，”好斗别基说，“我要你们随身带上武器，是面对敌人时我们要使用的武器。别基西萨不仅是一个大哥，他是我们的脊梁。”

外面，武装小组挤进了两部巴士，好斗别基唱起了鼓舞士气的歌曲——

izithakazelo——鲁图力人民的战歌。

Mshibe, Madlanduna, abadl' insikazi belambile,

Ngoze ngikwenze owangenza khona...

Zingwazi ezidl' inyama abanye bedl' inyamazane...

Mshibe kaMakhiph' inj' efukwini kuzalele yena,

Donda... ①

① 祖鲁语歌曲，呼喊着死者历代先祖的姓名。

12

判　决

杨·斯丹德上校恨不得干脆把那个叫鲍勃·琼斯的非裔美国人和同样愚蠢的居然称为将军的阿布萨龙·帕奥威尼一枪打死。上帝耶稣啊，你见过这样的蠢蛋吗？

当斯特雷拉从汽车中跳下去的时候，他的反应比斯丹德曾经训练过的任何其他战士都要敏捷，令所有人都大吃一惊。这当然就是当年在昂丹瓦，斯丹德使他的学生在训练中认识到的、使你的敌人惊慌失措并给予精准的致命打击的重要性。可以用震惊和可怕来形容；这个男孩如闪电一样从车的后部跳起来——而他一定已经在那里一动不动地躺了几十英里——割断了安杰洛·德马托斯的脖子，鲜血喷涌，惊呆了那个黑鬼和那个假将军。而这些小丑是如何反应的呢？他们开始射击，完全没有在一辆移动的汽车中使用武器的感觉，胡乱的漫射几乎杀死周围的每一个人。斯特雷拉不是那种在一定距离之外就可以杀死的人——远距离射杀，那是他的特长。你必须接近他并用刀子扎入他的胸膛，然后搅动刀子，直到看见他的眼瞳散了光。

除了死人孤零零地躺在车里，其他人都离开了汽车，在徒步胡乱地追寻斯特雷拉一段时间之后，斯丹德感到，他应该掌控整个局势。这是一个十字路口，右面的土路通向的那座房屋里面，藏着那四个从济勒斯特逃出来的人：西科理、撒萨弗拉斯、斯丁克伍德和波米格拉内特。嘀嗒嘀嗒钟儿响（英文中与“西科理西科理”同音），你们等着吃我的枪子儿吧。斯丹德通常是一个严肃、不苟言笑的人，对于这种幼稚轻浮的想法，自己也有些吃惊。是的，生命就是一种有节律和因果的过程。在这座房屋内的箱子也有其自身的诗韵，当公示于天下时，这个蹿红的将军将会跌下马来。

在斯特雷拉像一缕青烟一样消失得无影无踪之后，他们回到了车上，斯丹德想起了他们的主要目标，那绝不是花整个晚上去寻找斯特雷拉。在驶向恩格比斯住处的路上，他注意到，有一台小型的红色本田 Ballade 牌汽车从相反的方向驶过来并停在目标房屋的前面。担心有人会看见后座上安杰洛·德马托斯的尸体，特别是头顶上成排路灯的照明覆盖了相当大的区域，斯丹德继续向前开，试图找到一个适当的僻静处。大概又开了 25 米，斯丹德转动丰田 4 驱车的方向盘拐入到路的边上，并熄灭了引擎。这里离开了主路，周围漆黑。

汽车内充斥着血和火药的刺鼻气味。琼斯移动他的坐处尽可能远离尸体。斯丹德清了清他的喉咙。让他们觉得亲切一点儿。

“为什么停下来？”鲍勃·琼斯问。

“是啊，”帕奥威尼将军说，“为什么在这里？”

“鲍勃？”不是琼斯先生，只是鲍勃……

“是，杨？”

“把那个尸体挪到车后面去，”斯丹德说，“就是斯特雷拉曾经待的地方。”

“什么？”

“我说，做一个好人，把我们死去的朋友放到车的后面去，”斯丹德上校说，“我们不应该用一种不敬的方式来对待我们的同志，是吧？”

“我不干。”鲍勃·琼斯说，听起来像是一个十二岁的孩子。

“你说什么？”

“我说，我不会碰他。你不能强迫我。”

“我当然可以。”斯丹德说。转过身来，他举起了握着一把 Glock 19 型手枪的拳头并且把它猛顶在鲍勃·琼斯的脸上。“你应该做的就是，鲍勃，抬起德马托斯先生，就像人们在太平间做的那样，轻轻地，稳稳地，你不能让比他已经流出的更多的血淌出来。然后你把他按我的要求郑重地放在车的后面，并用防水布盖上，因此虫蝇不能叮咬他。你听明白我的意思了吗？还是让我打烂你的脸?”

“你在干什么，斯丹德?”帕奥威尼将军问。

“我要在这里建立起纪律来，将军，”斯丹德说，“你想说什么吗?”

“不，”帕奥威尼说。“我们都要服从纪律。”

“这正是我想的。”

“你不担心斯特雷拉了吗?”

“我认为我知道，在明天天亮之前他会在什么地方。”

“在哪里?”

“裹尸袋里。”

几分钟过去了。两个军人听着鲍勃·琼斯在费力搬动尸体时因恶心而呕吐。完事后，鲍勃·琼斯阴沉地坐在昏暗的后座上，仍然在干呕。

“我们要找一个车库的洗手间，”斯丹德说，“你可以洗漱一下再回到人类中来。”然后转过身对坐在旁边的帕奥威尼说：“我们已经看见了我们的目标位置。斯特雷拉，我们会设法使他就范。在南非办事无需着急……”

他发动汽车，熄灭车灯，沿路边向前开了一会儿，再次回到公路上。“是吧，将军?”

“就这样吧。”

“你是个好人。”

好人。我才不要你这个狗娘养的混蛋称赞，阿布萨龙·帕奥威尼将军想。他才是应该对我们陷入困境负责任的人。首先，斯特雷拉是他造出来的，虽然他后来被临时调到我们的秘密小组工作。这个男孩受到优秀的训练，是一只两条腿的非洲羚羊。但是他是敌人，随时准备杀死任何挡他路的人，像德马托斯。那也是斯丹德的责任。至于鲍勃·琼斯，这个满肚怨气的美国傻瓜，他屁股的括约肌一定已经松开了，因为汽车里现在臭得就像在一间蹲坑厕所中。但他算是个什么东西需要在这里？

“到底他算是个什么东西需要在这里？”帕奥威尼将军问。

“谁？”斯丹德上校问，“斯特雷拉？”

“他，”帕奥威尼说，把头向后座的方向扭了一下，“他是一个神经病，现在对任何人都没有用。”

“我们需要他，”斯丹德说，“他掌握的破译专长将会派上用场。”他夸张地瞪大了眼睛，仿佛在问：你记得吗？

帕奥威尼有些不安，因为在谈论的这个人，可能可以听见他们的对话。他们已经在斯特雷拉身上犯了同样的错误，结果陷入了灾难——但是他现在过于心烦意乱以致顾不上了。“你指的是什么？”

“我们这个组织的未来，”斯丹德以令人难以想象的耐心解释说，“取决于我们能够占有某些敏感的文件。我知道的是，在你们第 37 军区中保有一些尚未经过处理的文档。一些来源于你们的情报人员，一些来自其他同时在安哥拉活动的秘密组织。这些文件将在未来权力的分配中影响许多人。我认为，一个既熟悉解放运动又熟悉我们自己政府双方情况的人可以帮助我们来解密这些天书。鲍勃·琼斯拥有解密和分析的专长。我可以自己来做，但要花费时间。”

“它们都在这只箱子中？”

“是啊……姓名、地点、记录。机密文件。”

“关于谁的机密文件？”

“我们的。我们在军事合作中是兄弟，不是吗？”

“我还是没有明白。”帕奥威尼说。事实上他想说：我不喜欢。他有一种感觉，斯丹德的袖子里藏着太多的戏法。“我想我是对这些材料也在箱子中感到吃惊。”

“是啊，”斯丹德说，“情况可能是这样。但箱子里的材料最早是出自我们，来自罗贝托和蒙博托的情报。然后它们转到了你们的人那里。但他们中的一些人在为我们工作。”

“在我们的人民军中？”

“是的，一个情报人员。他提供了包括在人民军内部我们情报人员履历的文件。他们中的一些人是由解放运动中地位非常高的人在指挥。”斯丹德停了一下。“我认为，一些名字将会令人非常吃惊。”

“意味着什么?”

“在解放运动中的一些高级人物到头来可能是在为我们工作，谁知道呢?”

“在什么地方有我的名字吗，斯丹德?”帕奥威尼将军小声地问。尽管是黑天，细小的汗珠在他的上唇闪闪发光。

“我不知道。”斯丹德的声调不能掩盖他在撒谎。

“你最好现在开始就要明白，斯丹德。无知可能是要付出沉重的代价。我不愿意在谈判中处于尴尬的地位。”

“哦，”斯丹德佯作吃惊地说，“将会谈判?”

“别他妈耍我，斯丹德。当然一定会谈判。你不想想，为什么你们的人跑遍整个非洲大陆想和我们的人见面?”

“追捕，可能吧?”斯丹德说，不为所动。“我听说，在一些前线国家中的大的猎物就是这么死的。”

“斯丹德，你需要在谈论这些事时严肃一些。”

“你看，将军，”斯丹德说，“在这次行动中，我们给自己打造了一个安乐窝。请原谅我的比喻。我们获得了一整箱东西去卖。我们得到的情报可以保证我们幸福的退休生活，我们再也不用身背武器，除非那是高尔夫球杆或猎枪。因此，扫去你脸上的阴霾，那会有损你家喻户晓的尊容。”

“先生们?”这是来自后座上胆怯迟疑的声音，鲍勃·琼斯。

“鲍勃，怎么了?”斯丹德凶狠的本性立刻又恢复了。

“看那儿。”鲍勃·琼斯指着车后的街道说。

一连串身影，忽明忽暗，像是在街灯下跳舞。两个男人和一个女人从车上下来。一个男孩不知从哪里冲出来，抢走了那个女人的背包。立刻从黑暗中出现了另一个男人并开始追赶，大步疾奔的姿态显现出坚定的决心。一声枪响了。恩格比斯家的前门突然打开，两个黑影冲了出来，持枪做好抵抗的准备。

“糟糕。”斯丹德说，并将车头转过来。

蜘蛛曾经听说，某个人在一首歌中唱道：做了一双靴子为走路。即使他觉得这首歌是多么愚蠢——不为走路做靴子干什么——他仍然对他脚上穿的这双匡威全星牌运动鞋赞不绝口：这双鞋做出来就是为了走路、滑行和奔跑。计算了他伸出的手指和那个背包之间的距离，他只需用不到30秒，不，甚至用不了那么多，一次心跳，他就可以得到他想要的东西了。

天很快就黑了，下起了小雨。

他不喜欢雨，会把东西弄湿，也伤害了人们的美感。但是他相信，无论这场雨可能带来多少不便，最终那个女人背包里的东西都会给予慷慨的补偿。他猜测，她是一个贵夫人，因为她习惯于炫耀和装腔作势，摆出一副像是来自郊区的人物——那些政治公主们——的架势。他为加伯大哥感到遗憾；如果他听说了蜘蛛曾经创下的辉煌业绩，他一定会不以为然。希望到那时，蜘蛛，这个知道什么时候该跳槽的孩子，将会真正地一走了之。

在他紧张地准备行动的时候，蜘蛛注意到桑托转过身来从约翰尼斯·西比思的肩膀上观望，仿佛感觉到黑暗中有什么东西在那里。这毕竟是一个星期五的晚上，拦路打劫者还在大街上四处寻机。然后她有意地加快了步伐，她的步点也使那两个人提高了速度。尽管在昏暗中，蜘蛛认为他能看到约翰尼斯在向她飞眼，露骨地示爱。那个走路蹒跚的家伙还沉醉在酒精当中，毫无疑义，无需对他担忧。尽管约翰尼斯·西斯比看起来体型保持的不错，很健壮。但是让他试试。

一……二……三……

他没有意识到事实上他自己在跑，而是有一种奇特的感觉，好像见证了另外某个人的行动，可能是另一个吸毒者，一边提着一个事先没想到那么重的背包，一边在逃跑。后面，一个老家伙在紧追不舍。令人吃惊的是，约翰尼斯和桑托只是象征性地追了几步，然后就停下了，追逐的任务留给了老家伙，泽福大哥，他似乎越跑越有劲。他马上就要捉住他了。

就在这时，蜘蛛听见泽福大哥“啊”了一声，好像某个人在他的身侧扎了一针——然后听见一声枪响——他知道，他的追逐者被打中了。他有些想停下来，给老人帮一把手，但是他有一种感觉，那将是自杀；开枪的人可能是一个十恶不赦的杂种。他继续奔跑，像电影百战天龙中的马盖先那样曲折行进，听着子弹打在地上火星四溅的声音，不时跳起来。见他妈的鬼，这个狗娘养的现在正向他开枪。

当最近爆发的一阵枪声传进恩格比斯家时，人们不再讨论应该采取什么行动了。和其他人一起俯卧在地面上的穆勤达，用他的身体掩护着涅丽莎，经过屋内的地面移动到走廊，然后穿过厨房，转移到厨房门外。他回忆起他接受过的保护重要人物的训练，这是利用一个团队中最不重要的人的概念。例如，当一枚投掷的手榴弹或火箭弹威胁到一位首长时，贴身卫士可以利用周围最不重要的人作为人盾来吸收爆炸的威力。自从认识了她，穆勤达就毫无畏惧地成为保护她生命的人。他知道——已经在心中根深蒂固——作为一个贴身卫士，在危机中没有比活得比他的首长更长更为耻辱的了。

扫视了她一眼，穆勤达很满意，她没有惊慌失措，记住把一条放在客厅沙发上的围巾披在肩上。他卧在地上，他的 AK－47 步枪指向天空，食指扣住扳机；他观察着从房屋背后到那个鸡窝中间的空地，鸡窝是唯一可以提供掩护的建筑。但是他知道，不管适合作掩体的是什么，它同时也为伏击的敌人提供了藏身之处。他竖起了耳朵，从他听到夜晚的各种声音中，删除那些周围环境发出的声响，如雨点打在屋顶和作为主屋和那栋单独的小屋之间间隔的瓦楞板上发出的声音。夹在这种声音中的还有涅丽莎费力的呼吸声。来自路上的另一种烟火的声音是远处的爆竹声。

自从在第 37 军区服务以来，他曾经是塔博·斯托恩，然后是撒萨弗拉斯，再后来是穆勤达，但他一直把涅丽莎看作他的首长。她是一个领导者。像许多经历了战斗环境、经过军事训练和理解领导精髓的男人和女人们一样，他对于必须向他们敬礼的那些人应具有的最高标准有严格的要求。但是涅丽莎是那种不期望别人敬礼或特殊对待的领导者之一。她可以站在任何国家的总统或君主的旁边，而人们愿意服从她而不是地位更高的领导人。他对她的尊敬源于在安哥拉困难时期她的行为。穆勤达懂得，对一个真正的领导人的衡量在于出了麻烦的时候他或她如何行动。能说会道、炫耀权力和华而不实的结果与一个好的领导人无缘。回想起帕奥威尼，他陷入了极度失望的悲哀。

“你是品质高尚的人，牧师。”他突如其来地说。

对他的话她毫无准备，尽管也使她镇静下来。“为什么说这个，”她说，“谢谢你，穆勤达，实在不敢当。”

“未来是什么样的？”

“你是指一切事情的未来？我不知道。我们可能会看见一种令人高兴的场面，恶人受到惩罚，好人得到奖励，但是我不敢对此期望过高。世界未来的变化太复杂了。”

她感到，穆勤达正在为一些问题感到纠结。

“我们是在和我们自己进行一场战争，你对此感到吃惊吗？”他问。

“在兵营中，政委们为黑人自相残杀的问题而纠结。正确的做法应该是，我们必须首先把我们的房屋打扫干净，然后才能教训邻居。”

“帕奥威尼？他是一个邻居吗？”

“帕奥威尼是我们斗争中的一种现象。”她听起来不愿意多讲，然而还是继续说下去。“毫无疑问，未来，一些我们曾经信任的儿女将会背叛革命。这是人性。他们中的一些人这样做，是错误地认为他们的所为是为了人们得到实惠。他们是在欲望的驱动下，但在他们的头脑中，却被解释为爱。国家金库的抢劫者辩解说，他们自己的行为是为了获得每个人困难时所需要的储备。”

“这就是为什么我们必须让你离开这里。”他说。

“我们必须带着箱子，”她说。

“是，指挥员。”

萝拉的喉咙被一只胳膊紧紧掐住、面对着一把匕首——长长的刀刃似乎刚刚嗜血——的赤裸裸的现实，她仍然能够对这把匕首致命的对称性感到惊奇。一切都表明，她被完全抓住了，逃脱几乎没有可能。坑洼不平的路面凸显出那座四室房屋笔直的篱笆、垂直的支柱和建筑的精确角度。四方形的窗子，长方形的门，还有融入夜晚黑暗中的那些人力创造出来的线条。即使是那条掐住她脖子的胳膊——它的主人知道她无法逃脱而时松时紧——线条分明，肌肉发达，加之能够制造最终的死亡，也具有一种美感。

“你要杀死我吗？”萝拉问。她知道存在两种可能性，幸存或死亡，没有中间的选择。如果她死了，她肚子里的孩子也得死了，而这是不可接受的。现在是周五的晚上，街上众多的人群四散躲避，生怕这个男人或女人朝他们过来，他们脸上恐怖的表情向她证明，虽然他们想帮助她，但那个持刀的男人一定像一个从噩梦中走出来那样恐怖的魔鬼。

“那取决于你怎么做，”他说，“我必须要杀的只有一个人。可能你认识他。”

“是谁？”

“马比特拉。”

“我不认识什么马比特拉。”然后她明白了，她的生命取决于他承认与否她有或者没有与马比特拉的关系，不管这个马比特拉是谁。“他干了什么？”

“他要我转过头来，”斯特雷拉说，“我认为我们已经达成了协议，他不再打扰我。但是他又回来了。”

“当你遇到他的时候，你多大？”

“当时我是十七或十八岁。在博茨瓦纳。”

“他多大岁数？”

“当我杀死他的时候，我从没问过他的年龄。六十岁，甚至七十。老气横秋。”

“你的父母……他们认识他吗？”

“我从未有过父母。”斯特雷拉说着突然发起了脾气，将匕首更深地压在她下颚下面的脖子上。“他们是醉鬼，走了。”

“你伤着了我。”她说，开始觉得晕眩。她可以感觉到血沿着她的脖子流到了她上衣的领子上。“我们能坐下吗?”

“如果我现在坐下来，就再也站不起来了。”他吞下了一些比仅仅是唾液更黏的东西：血。“他们打中了我。”

“谁?”

“他们。”他说。他用他那只没拿刀的手引导着她的手平按在他背部的一小块地方上。当她的手指触碰到一块凹陷的位置时，她感到他靠着她的背向后退缩。她的手完全浸在血中。“我当时正在逃跑。”

他们拖着脚、像是朝着急诊室走去的受伤的人。围绕他们周围的生活是喧嚣的：车，人，一些黑影在神经质地傻笑。“他们现在在哪里?”

“他们曾经是我的父母，”他说，“他们培育我成长，教会我一切。巴拉克和我和朱莉恩和马考，还有其他人。我们学会了如何杀人。”然后沮丧地说：“我的枪丢了。”

他们从后面接近了恩格比斯的房屋。“住在这里的人会帮助你。”她说。

“他们是谁?”

“有一个行医的人。他拯救生命。”

“没有人可以拯救我的生命。它不值得救。”他已经举步艰难。她仍然不能确切地知道，是什么正在把他压垮，没有价值的生命还是徒劳的斗争。可能其中之一，但是都一样。他仍在含糊地说着胡话，唾液或血流进了她脖子上一个疼痛的地方。她怀疑他大概要晕过去了，但是令她大吃一惊的是，当他猛地把她转过来看着她的时候，她感觉他的表情更多的是胜利的狞笑而不是疼痛。她奇怪他到底伤得有多重。这正像是对被汽车碾过的蛇的命运的担忧。当它在痛苦地扭动时，人们不清楚，它的置人于死地的毒素仍在它的毒牙中，还是已经留在了它那已被碾烂的身体里。

“跟我来。”她说，那把匕首还在威胁着她。现在领着他，她按倒了篱笆，使他能够爬进院子。当他踉跄时，她扶稳他，但是小心地不要触碰他那只拿着匕首的手。她有一种感觉，这把没有生命的匕首，会立刻拥有生命，并且甚至不用持有者的指示就会把她切成碎片。“我怀孕了。”

萝拉不知道为什么她自愿地透露出这件隐私。但是关于这个男人的一些迹象，也许他已经死到临头，使她把谨慎抛入风中。

"那非常好。"他说。他嘟嘟囔囔了些什么，可能是他个人方式的祝贺。

而这时，他们两个人突然看见对准他们的穆勤达 AK－47 的枪口。站在穆勤达身后半步，涅丽莎看起来很矮小，她的眼睛明亮。

当涅丽莎看见萝拉不知从什么地方突然冒出来、还拖着一个受伤的男人时，她眨着眼，想她一定是看见什么东西了。因为那是他，斯特雷拉。在相互认出的一瞬间，她经历了情感的剧烈波动：先是看见一个熟悉面孔的喜悦，然后是由来已久的愤怒。即使在那一刻，她知道——尽管她精神的修炼，她内心的呼唤——她会永远和抵御仇恨的要求相纠结；她恨这个敏捷的躯体和有着一双冷酷眼睛的扭曲的面孔。对于很久以前那个时刻——当时她对于那个来自桑扎·蓬博的伤员拥有生死决断的权力——犯下的错误她一直良心不安。她当时就应该诱使那些安哥拉的医务人员干脆解决掉这个无用的生命。这种人早就应该投进焚化炉了。

"啊，牧师，军队的良心。"斯特雷拉垂下了目光注视着那只对着他的武器，握着武器的双手，然后是这支枪后面的战士。"啊，"他继续疲惫地说，"塔博……塔博·斯托恩。我们都远离了那只库度的国土。那支枪是给我的吗，我的兄弟？"

"我不是你的兄弟，斯特雷拉，"穆勤达说，"不许动。"

"你不仅是我的兄弟。"斯特雷拉说，他的身体晃动着，仿佛维系他生命的所有东西就要离他而去。"你就是我。"

说时迟，那时快，他把萝拉猛地推向穆勤达，完全不同于刚才的软弱，这个动作是如此精准，瞬间扭转了双方强弱的态势。就在涅丽莎本能地向前迈步保护萝拉的时候，斯特雷拉以闪电的速度冲过去将匕首刺进穆勤达的胸膛。医生将会为此感到骄傲，他心不在焉地想。两个男人像拥抱一样地搂在一起，斯特雷拉抱着并盯着穆勤达的眼睛，表情像是在示爱。他接着退回来，从穆勤达手中抢过 AK－47，一系列动作如同一次军事演练。他一手拿着带血的匕首，另一只手紧抓着枪，食指弯曲地扣在扳机上，斯特雷拉目视着穆勤达的身体倒下，两个女人在恐惧中哀嚎。在他注视穆勤达时，一种奇怪和矛盾的表情在他的脸上闪过。他叹了一口气，示意两个女人跪下。

涅丽莎一边用手测试着穆勤达的生命体征，一边抬起头看着斯特雷拉。“你一定要杀掉他吗？”

“他要杀死我。”斯特雷拉说。

“但那不是你一直想要的吗？”

“是的，但是按我的条件。”

图拉西子威·恩格比斯和姆兹·塔比茨意识到，所有的军事人员都离开了——并且涅丽莎·罗德里格斯也走了——留下他们两个人在黑暗中。一个前政治犯，一个民间医师；面对包围的状况，他们的应对技能加起来也等于零。如果早些时候听到的枪声是针对这座房屋的一次猛烈进攻，那对房屋里的人也好不到哪里去，过去对住所的多次袭击都遵循着同一种模式。首先是持续的自动武器密集地扫射，然后是投掷汽油弹。任何从火海中逃出来的人都会被射倒。加之在他们的情况中，前门是半开的，他们两个人都可以听到雨水从前廊上滴落下来的声音。这种声音增加了他们的孤独感。恩格比斯向黑暗中凝视着，听见塔比茨沉重的呼吸声。

“我想刚才我听见约翰尼斯和泽福大哥的车停在了房前，”他说，“这么长时间了，他们怎么了？”

“怎么你突然关心起你的同志了？”姆兹·塔比茨问。

“他们应该到这里了。”恩格比斯没有理会他带刺的话。塔比茨对他的回答本身——尽管带着挖苦——就是一个关系缓解的迹象。

这时，两声在绝望中令人毛骨悚然的尖叫划破了夜空。

“不！”

“不！”

就像一个人似的，塔比茨和恩格比斯同时从他们俯卧的姿势中跳起来，在他们经过厨房冲向后门时几乎撞在一起。姆兹首先跑出来。他刚停下来，恩格比斯就撞到了他的身上。

听见从房屋那边传来的脚步声，斯特雷拉迅速转过身来，来者在他手中步枪的射击范围之内。两个男人，恩格比斯和塔比茨，从房屋中出现了。“先生们？加入到女士们中来吧。”

他们慢慢地向前移动，在萝拉生命中这两个男人，图拉西子威和姆兹。斯特雷拉用枪指着他们。“哪位是你告诉我的那个行医的人？”

“我是医生。”恩格比斯说。塔比茨惊讶地看了萝拉一眼。

“另一个家伙呢？”

“我的丈夫，”萝拉说，然后没必要地加了一句：“姆兹。”

“啊，”斯特雷拉说，“一个幸福的家庭。”然后他拔出那把已经插在腰间皮带下面的匕首，递给了萝拉。“我要你做出选择。这里有两个人，你要杀死他们。你选择先杀哪一个，丈夫还是这个巫医。”

“我不能那样做。”萝拉说。她接过了匕首，手指握住刀柄，感受到了它的重量，杀人的力量。

“好，”斯特雷拉像是谈话一般地说，“这确实要由你决定。作为一个怀孕的女人，我要让你活着……”

“你怀孕了？”姆兹·塔比茨问。

“你怀孕了？”图拉西子威·恩格比斯问。

“是的，”斯特雷拉说，“是当你们进入一个女人时发生的。她怀孕了。因此，她怀着一个孩子，一个婴儿。”

在这两个男人相互对视、试图消化这个最新的信息时，涅丽莎仍然蹲在那里。她的双手继续摸索着什么。“用枪对着没有武器的人，斯特雷拉，你感到自豪吗？”

“一分钟以前我准备去死。但是现在，所有我想要的，就是那只箱子。”

“但是那只箱子里没有任何你的东西。”

“那里面的每一件东西都是我的。”

“好，”涅丽莎说着站起身来，她的这个动作花了格外长的时间，“这里有属于你的东西。”在她手里是从穆勤达的皮带上取下来的一把9mm马卡洛夫手枪。“见上帝去吧。”她开了枪……

一时斯特雷拉大惊失色，他设法举起了设置在单发状态的步枪，连开数枪。恩格比斯一声痛喊，倒在了地上。仍然握着带血匕首的萝拉冲向他，面孔由于关切而变形。子弹打中了大腿，击碎了腿骨。斯特雷拉踉跄了几步，然后找回了平衡。他瘸行着，一个跟头翻过了矮篱笆，落在那座独立房舍旁边的一个土坡上。姆兹·塔比茨冲过去查看，立刻一粒子弹呼啸地从他头顶上飞过。当再次抬起身体时，他发现斯特雷拉已经消失了。

“不。”涅丽莎说。

“不。”萝拉说。

一道蛇形的闪电划破了天空，接着是一声雷鸣。听起来好像它已经发现了目标。

杨·斯丹德上校回想起一段逸闻，关于肾上腺素的飙升如何赋予一些人超人的能力。

距离昂丹瓦主训练营大约5公里，大概在1975年8月份以来，那个老人，霍尔顿·罗贝托（安盟领导人），一定是在这里建立起另一块资产，实际上是一个仓库区，储存我们其余的东西：多余的军械、燃油和弹药的库存——以及从我们的欧洲朋友们那里得到的食品、谷物、食油和干货。周围的人正处于饥饿之中。你从未见过那样的饥荒，相比电影“比亚法拉”中看到的细腿大肚、无家可归的孩子有过之而无不及。那里的人，原住民，是失败者，事实上比你能想象到的失败者还要惨。恐怖分子也袭击他们，抢走他们的食物，强奸他们的女人，并强迫那些身体尚可的男人，通常是男孩子，去为他们打那场愚蠢的战争。饥饿的人做什么呢？他们去偷，这就是他妈的回答。我们建起了密不透风的高墙，上面插上各种铁钉、碎玻璃和带刺的铁丝网。斯特雷拉不得不和一个我所见过的最懒的家伙一起工作，他是一个守夜人，只是坐在那里靠库存养肥，什么事也不做，他的武器是一根大头棒和一杆长矛。我们认为，我们应该给他们一些文化武器；可能那会有些结果。夜复一夜，这些狡猾的家伙从外面进来偷东西，一次我们在村子里抓住了他们，他们偷了一个完整的水泵还带着塑料包装。我们派斯特雷拉去负责，他带着一只手枪。这晚小偷们来了；斯特雷拉和那个无用的家伙负责警卫。当确定他们所有人都进来了，斯特雷拉把唯一的门锁上。然后他开了火，子弹贴着这些傻瓜的头皮飞过。他们又跑又跳，实际上是爬过了插满铁钉等东西的 8 英尺高墙，在铁丝网的倒刺和碎玻璃上留下了他们自己的斑斑血迹。一分钟之内，库区里一个人也没有了。自从那晚以后，再也没有出现过偷盗等问题。而有趣的是，那个守夜人被免职了，不需要再假装对警卫设施负责了。他经常在入睡后被恐惧惊醒，有时是被他的长矛或大头棒倒下与地面碰撞发出的声音惊醒，然后他就喊："开枪，斯特雷拉先生，开枪呀！"一阵枪声响起，哒哒哒……哒哒哒……高速连发。

"现在，麻烦开始了。"斯丹德说，一边换挡加速，沿着路跑起来。"这次，事真来了。激动吗，将军？"

"我都发抖了。"帕奥威尼冷冷地说。他夹紧了两腿，摸着 AK－47 的枪筒。"就像回到了当年。"

对于鲁西和自卫组织而言，那些也是当年的辉煌了。作为一个前庞秀拉舞者，他喜欢这个组织。他仿佛清楚地看见了用小写字母写在一个示范磁带封面上的字样：鲁西和自卫组织。但现在不是追忆或梦想的时候，他必须保持警戒，特别是因为坐在车里的"青年之狮"组织的成员正期待他的指示。此外他铭记在心的另一件事是，他通过秘密无线电广播收听到的来自卢萨卡的声音：夺取权力并瓦解这个国家的统治。

他们所在的小山大约比恩格比斯家的那排房子高出六米，对于下面正在发生的事情处于有利的观察位置。晚上 7 点 45 分，许多地方处在黑暗中。头顶上的街灯发出的簌簌光亮，令歹徒们蛋疼，显示出了一种虚幻的效果，人们看起来像是一个个鬼影。正在行走的几辆汽车的前灯发出低而近的光线照亮了路面，在街角处不时有出租车停下来让乘客下车。

科赫拉除了在这队人中个子最矮之外，也被笑骂为是膀胱最小的家伙。他从深褐色的日产 Skyline 牌汽车上下来撒尿。鲁西看着他对着一些灌木放水，然后快速地抖动了几下，拉上了裤链。

他先是僵在那里不动，然后转过身来慢慢潜身回到车窗跟前。他个子太矮了，以至于不用弯腰。

“看见什么了？科赫拉。”鲁西问。

“过来……看那里。”

鲁西从车上下来，车内的顶灯一瞬间照出了后座上的这支队伍的另外三名成员。他们无声地用眼睛示意：快他妈的关上门。

“那是什么？”

“你顺着我的目光看下面，那是什么？”科赫拉问。“那辆两厢皮卡一直停在图拉西子威兄弟门前有一段时间了。有一个人在里面。”

“那又怎么样？”鲁西不耐烦地回到了车上。开始下起了小雨。鲁西是在城里出生和长大的，讨厌被雨水浇湿。此外，科赫拉倾向于小题大做。

“看看谁正在街角处晃悠。”

“谁？”

“那个花言巧语的家伙，蜘蛛。”

“你为什么那么关心蜘蛛？我听说，他是一个废物；泽福大哥的人和这个大人物打过一次交道。”

他们在使用“大人物”这个词时发出了轻蔑的哼声。*什么他妈的东西？*当时科赫拉的脸阴沉下来，提出一个问题。“你们记得几分钟之前我们经过了在那里晃悠的他吗？我想起了一件事。大哥曾经告诉我，蜘蛛接手提卡·乔伊，现在为一个大头目干活，他就是棚户长的儿子。”

“棚户长有个儿子吗？”鲁西问。“我以为他只是特别在意男孩子们……？”

“是吧。我还没有见过他，”科赫拉说，“但是他就在附近。我认得在那里的是他的车。想想他们为什么要监视图拉西子威兄弟的房子？”

“我不知道能想出什么。”

正在这时一辆红色的本田 Ballade 牌轿车开过来停在路边，正对着这座房子的前门。两个男人和一个女人走出来，其中一个男人步履蹒跚。

“那不是泽福大哥吗？”鲁西问，并没有希望得到回答。因为他能认出那个消瘦的骨架，僵硬的姿势，以及那双白天任何时候都穿着的标志性的粗革皮鞋，即使这个人看起来醉眼惺忪。在他身边的科赫拉屏住了呼吸。

正如同在一部电影中看到的，那个叫蜘蛛的孩子冲出来，抢过那个女人的包，飞快地跑掉，仿佛有恶鬼附体在后面追他一样。

泽福大哥立刻追出，他奔跑得如此之快，仿佛路面都要他被那双大鞋摩擦得起火了。一改刚才蹒跚的步态，这个老家伙正在飞翔。较年轻的人和那个女人犹豫着试图追赶，但最终放弃了。

鲁西眼前突然光线一闪，停在那里的两厢皮卡的车门打开，一个比泽福瘦长结实的男人加入了这场追逐赛。与两手空空的泽福大哥不同，新加入的追逐者拿着仿佛像一根棍子一样的东西。是一支步枪。大概向前跑了两三码，他放慢了速度，举起步枪顶住他的肩膀。先是枪口的火光一闪，然后听到的是一声枪响。

鲁西不能准确地意识到他是什么时候返回到司机的位置上，但一分钟的时间，这辆日产 Skyline 牌汽车就沿着不平的路面颠簸地冲向山下恩格比斯的房子。汽车底盘不时地擦碰到地面，卷起了松动的石子、黏土和灌木。坐在汽车内他身边和后面的那几个人举起他们的枪，手指放到扳机上。鲁西祈祷着他们要当心，以免误伤了彼此，或者他本人，特别是在汽车上下颠簸的时候。

迪亚戈和列克斯·马比纳设法穿过院子，在走出院门到大街上的过程中一直保持着俯身低头的姿势。

暴风雨驱散了雾霾，夜晚的空气变得清新。周五晚上邻居们的轻声慢语在空气中飘荡。好奇的看客们听到枪声警觉起来，他们大多数用长外衣和毛毯把自己包裹起来，几个人一起依偎地坐在自家的门廊上。他们也把头低下来，害怕被流弹击中。

“所有这些是枪声，”迪亚戈说，“你认为发生了什么事？”

就在列克斯·马比纳做出反应之前，更多的枪声响起，“啪啪！啪啪！”毫无疑问，这是一支 AK－47 步枪用半自动的方式在射击。两个人都知道，使用这种方式步枪的射击最为准确，因为在全自动方式中可能导致瞄准失误的后坐力作用能够有所降低。他们不用说话就可以得出结论，开枪的人是一个专业射手。他们非常遗憾，不管那是谁都将成为穆勤达的枪下之鬼。

突然，桑托和约翰尼斯出现了，两个人都处在高度紧张状态。“你们必须帮助泽福大哥。”约翰尼斯说，自己几乎没有来得及打招呼。

“发生了什么？”迪亚戈问，不得不抓住这个年轻人的肩膀摇动。“我们听到了枪声。”他转向桑托，她的失落以另外一种方式表达出来。

“你是桑托？发生了什么事？”

“他们抢走了我的包，”她说，大声哭起来，“那个男孩。”

“什么包？里面有什么？”

“我不知道。”

“你说你不知道是什么意思？”列克斯·马比纳问，“包里有什么？”他几乎要打她。迪亚戈止住了他的手。

“他给了我那个包……”

“谁给了你那个包？”

“加伯里奥……棚户长的儿子……”桑托几乎说不出话来。

“包里装的是什么？”迪亚戈已经证实，所有那些大声的哭喊都不过是掩盖什么更严重问题的烟幕，而加伯里奥的名字在他的头脑中亮起了红灯，他立刻改变了策略。“桑托，”他说，“如果你不说实话，列克斯就会干脆一枪把你像一条狗那样打死。加伯里奥放在包里的是什么？”

“一颗炸弹。”

斯特雷拉从他的藏身地窖出来，试图示意让沿路飞奔的日产 Skyline 汽车停下来。车里的人开了枪，子弹打在地面上。我们再来一次吧，斯特雷拉想……再次打到地面上吧。马路对面的高处有一段矮墙，可能是一座涵洞结构的一部分，那里可能成为一个合适的掩体。他转过头来观察 Skyline 汽车的动向，它已经在他的身后降低了速度，十分明显，这对于车里的那些喜欢扣扳机的人来说更容易瞄准和向他射击。但他决定孤注一掷，加速斜穿跑过马路，他知道，在一辆移动的汽车上要想击中一个跑动的目标是多么困难。

他一只手里抓着穆勤达的 AK－47，像使用手枪一样开了几枪，他听见子弹打在汽车车身上发出的声音。怀着这至少能迟滞汽车里那些疯狂家伙追击的希望，他成功地跑到马路对面。他大口地喘着气，他的身体已经承受了从耶奥维尔市大街上开始的不停的重创。抬眼望着铅灰色的天空，他知道，面对即将到来的险恶，他不得不咬牙挺住。

蜘蛛拼命地跑着，仍然担心后面的人会抓住他，他仿佛像是一台偷来的汽车，疯狂地踩着他身体发动机的油门。他还来不及考虑偷抢这只包是否明智，就看见那辆 Skyline 汽车从对面方向驶近，只距离一百米。在他还未能判断清楚这辆汽车意味着什么的时候，他看见了一个朝他奔跑的人，也是交替地跑动和卧倒，运用着躲避敌人射击的军事技能，但要比蜘蛛自己从电影中模仿到的滑稽动作高超得多。这个朝他奔跑的人在汽车强光的照射中时隐时现，他的轮廓和影像瞬间交替着。从驶来的汽车中发出快速而不规律的射击的火光，伴随着清脆的枪声。

强烈的灯光使蜘蛛睁不开眼睛，在他还来不及表达义愤的瞬间，一拳击中他的身侧，沿着他夹克的纤维扩散，背部一阵痉挛，一大块肌肉被撕裂。他的步子停了下来，叹息地跌倒在潮湿的路面上。

当丰田 4 驱汽车驶过恩格比斯房屋时，见证了超出帕奥威尼将军想象的这个晚上令人刺激的场面。这是一个战士生活的全部，坐在一个驾驶员的身旁，手中端着心爱的步枪，注视着他眼前展现的战场。在他大脑的一个远端，警灯闪烁起来。应该服用高血压和胆固醇药剂的时间已经过去了很久。代替警告的是他感到了一种自豪的冲动。一想到他一直处在一场与人类和自然进行的永恒战斗中并可能在他不知不觉中死去，一种兴奋感穿过了整个身体。为什么要为几个药片烦恼？最终谁能确定这个死期？医生吗？去他的吧！他活着就是为了这些激动人心的时刻。而今天将是见证这样的时刻之一。

他已经在构思他的回忆录中的第一句话："我手握长枪，尽管我是一个指挥员。"读到这句话的任何人绝不会想象得到，这是来自一个人在刚刚服用过高血压和胆固醇药——所谓无声杀手——的时刻构思出来的。他就是这个无声杀手，去问问那些在西德兰士瓦山洞中喂蛆的可怜的家伙吧。可能在他创想奔涌的头脑中想要修改这段文字，使其成为更有戏剧性的开场白：我就是那个葬送了种族隔离政权的无声杀手。

尽管他知道，这有点儿言过其实。种族隔离制度是一个经过几十年才完备的体系，需要动员起千军万马的努力才能征服，但在未来胜利的狂欢中，没有人会花费时间去追根缕析。在曼德拉被释放的时刻，他将作为逆转战胜种族隔离体制最邪恶部分的英雄而青史留名。他从心底里嘲笑，愚蠢的斯丹德一定认为他，帕奥威尼，是那样的枭雄。专制的白人做了一件"好事"。他们的偏见为他们的下台铺平了道路，使得挫败他们的工作如此轻而易举。这个世界上的斯丹德们从他们居高临下的角度来认识世界，认为他们无所不知。当他们明白过来已经为时过晚了。

帕奥威尼没有意识到他已经在打盹，突然汽车撞上一个路坑，在他清醒过来听到轮胎刹车的刺耳声音时，他以为他们遭到了一次爆炸袭击。周围是在黑暗中注视着他们的刺眼的目光和成千上万在水泥路面上移动着的踩踏的足迹。仿佛整个夸马舒镇不是在欢迎凯旋的英雄就是在驱赶入侵的敌人。感觉到后面有一道闪光，将军用眼睛的余光扫到了一个运动的物体，半转过身他认出了这是早先确认了身份的泽福尼亚·宗地，他从后面沿路追上来，紧跟着一个逃跑的男孩。正像噩梦序列中的慢动作，就在宗地正要抓住那个男孩的一瞬间，他被一个似曾相识的身影超过并立刻取代了。仿佛为了将就这些猎人和他们的猎物，丰田 4 驱汽车也减慢了速度，这时帕奥威尼将军看清楚了，领先的追逐者不是别人，正是全副武装的诺兹沙达。他弯着腰，上身几乎与地面平行，这时减慢到步行的速度，端起一支 AK－47，放低姿势做出准备射击的动作。而泽福尼亚·宗地则似乎像重新充过电一样恢复了他追赶的速度，正在接近那个抓着一个黄色提包、正从汽车右侧跑过的男孩。帕奥威尼猜测，那个包里一定装着许多重要的东西。此刻，宗地从后面超过了正在移动的丰田 4 驱车，他的粗革皮鞋仿佛与汽车轮子同步。坐在车里的斯丹德上校几乎看不出费力地掏出他的格洛克手枪开火，击中了泽福尼亚·宗地的背部。听到枪响，正在从车边弯身疾跑的诺兹沙达突然转向冲进了灌木林。斯丹德降低车速几近爬行，示意帕奥威尼自己向灌木中射击。将军很乐意照做，一梭子弹打出，从灌木的上方飞过，激起了一阵泥土。然后是瞬间的寂静，枪声在空中回响。然后诺兹沙达做出回击，一粒子弹将后视镜打飞。“他妈的。”斯丹德上校猛踩油门，丰田 4 驱车窜出去，车轮翻卷起泥沙，绝尘而去。

迪亚戈所经历的所有训练——即在任何时刻，每一次意外的遭遇战，每一个死去战友的葬礼期间所经历的迷失或极度的无助，都要无声地承受艰难痛苦——此时都无法控制住他发出如同闸门打开后洪水倾泻般的咆哮。他回忆起山洞中的景象，仍在渗出鲜血的死尸，招来的飞行和爬行昆虫以及野兽发出的叮咬啃噬的声音，它们的大快朵颐导致尸体腐烂的过程，以及无光的眼神和永远不会再说话的舌头，那是他的朋友、兄弟和同志们的。而现在这个女人正是这场大屠杀的同谋，并正在干着终结者的工作。

正如一个从没有动过女人一个手指的人，他对于想痛打桑托的冲动感到厌恶，这说明他当时几近失控。

“是什么东西让你这么干的?”他问。

她试图解释，但讲出来的话结结巴巴，断断续续。主要是因为列克斯·马比纳不断打断她，逼迫她，认为她没有讲实话。但最终，她招认了。这就是加伯里奥或加伯大哥——他喜欢用诺兹沙达这个名字——的故事：棚户长的故事，那个叫提卡·乔伊的男孩在沙丘中被处死，以及住在 H 区的那些加伯里奥的同伙。如同呕吐一样，不论是好的还是坏的，全都吐了出来。她身子弯成两段，上身几乎完全倾倒。

“你为什么要这么做?”迪亚戈再一次问。

“我不知道，”桑托说，吸了吸鼻子，“我认为可能是爱情吧。”

列克斯·马比纳和迪亚戈这时突然意识到，约翰尼斯·西比思仍然站在那里，目瞪口呆，桑托的坦白对他来说似乎如五雷轰顶。

“你怎么敢这样做?”他问。

桑托带着介于恶意和遗憾之间的表情看着她曾经的同志和秘密的追求者。

“加伯里奥曾经是一个男人。”她说。

引起迪亚戈注意的是，他发现桑托在说她的情人时用的是“曾经”。断断续续的枪声划破了夜空。听起来就在附近。

“告诉你做什么，”他对约翰尼斯说，“让我们把她护送到房间里去，你就在那里等着。你、姆兹和恩格比斯将必须坚守这座堡垒。我们将和穆勤达一起去H区找那些加伯里奥的同伙。至于你、桑托，为了你们好，你们必须向牧师报告。她将决定你们的命运。”

他们迅速地返回到房屋中。对于列克斯和迪亚戈来说，他们的肾上腺素水平如同在血管中大麻起了作用那样迅速上升。

斯特雷拉现在十分清楚，他的藏身之地看来并不理想，毕竟他知道，某个人可能会扔出一颗手雷，那他就从历史上彻底消失了。他掀开了遮蔽的伪装，又恢复了他的奔跑。现在就像是沿路拍摄的一段剪辑的电影，子弹从他头顶上呼啸着飞过，他可以感觉到使他元气枯竭的热浪。对于他来说，他的命运似乎就是不停地奔跑，直到生命的终点，而现在随时可能就是那个终点。奔跑使他有时间反应过来，在他的生命中永远伴随着两个现实——追逐和逃亡。今天他追逐的不是任何东西，而是逃生的可能性。他现在甚至不再想追寻那只箱子；事实上正是那只箱子导致了这场逃亡。不管从什么角度来看，他都是一个逃犯。通常逃犯是那些逃避法律制裁的人。而他现在的奔跑，是在逃避那些违法十次也不止的人。这他妈的是什么混蛋的世道?

他大脑的一部分告诉他，因为他是在城镇范围内逃跑，是建筑林立和空场混杂的地区，他应当利用地形的优势。他的追逐者正在拼命追赶。离开大路，傻瓜！但是马上想到，跳入某个人的院子也有不利的一面。人们可能会把你当做一个普通的盗贼，一个强盗。现在人们不再等待警察。他们会干脆把一个灌满汽油的轮胎套在你的脖子上，点火烧死你。他知道一些这样的案例，一些有正当理由逃亡的人最终变成了烤肉。到他们后悔莫及地说“倒霉”的时候，他们已经像烤猪肉那样经历着炙热。

他毫不怀疑，所有各色人等都在那里想抓到他，然后杀掉他。有帕奥威尼，有斯丹德。这是有枪的黑帮大佬。好吧，让他们试试吧，斯特雷拉可不想落入他们的魔爪。还有涅丽莎牧师，她比姆兹·塔比茨勇敢，向他开了枪。还有那个恩格比斯，斯特雷拉确信不疑，他的身体的什么地方挨了自己的一枪。

然后还有萝拉。想到她，他感到一丝柔情和温暖。她女人味儿十足，就像那个教授的老婆一样，只是更聪明，然而他知道，她也是他们中最狠的角色。她像那个牧师一样能致人以死。牧师就像利比亚兵营中那些宗教徒的家伙——那些圣战者一样，他们割断你的喉咙看着你鲜血喷溅眼皮都不眨；那就是她想要的。萝拉也会成长为那样的人，尽管是处在不同的环境中。他回想起她握着那把刀，纤细的手指环绕在刀柄上，有一种使人想入非非的性感，那些手指。她不可能——他实在不可能接受使她怀孕的竟然是姆兹，绝不可能。姆兹身上有些东西是太正确、太政治和太宽容了，他的行为举止一定是从另一代的老辈人那里学来的。如果他是和他同年龄的人一起长大的，他就绝不应该允许恩格比斯对他妻子的怀孕说任何话。他应该怎么做呢？他就应该直接走过去，从他妻子精巧的手指中夺过刀来，割断那个通奸的混蛋的静脉。

但是现在他必须逃出这个地方。他必须暂时忘掉那只箱子——谁知道它里面装着什么——只能是继续跑。坐等意味着死亡。只有跑！在他继续跑路中，他看到另一个在灯光中的身影——一个与他一样的魂灵，也在不顾一切地逃命。他身后追赶的笨蛋们在射击，是小型火器，简直是玩具枪。就在这个逃跑者向他跑过来的时候，一声枪响，清脆响亮，他倒下了。另外一个男人也倒在了地上。见鬼，斯特雷拉意识到他正处在一场枪战的中间。他眼前出现了那辆笨重的丰田 4 驱车，正是把他一路关在里面的那辆车，正在开过来。他注意到那个倒下的男人，实际是个孩子，将一个黄色的提包掉在了地上。不愧是斯特雷拉，一个抢劫的惯家，他超过了那个倒地不起的家伙，在跑动中以一个流畅敏捷的动作抓起了那个提包。他听到子弹飕飕地击打在前面的土地上，然后是一声巨响，汽车的前灯被撞毁，强烈的光线瞬间暗淡下来。斯特雷拉把提包扔向天空，闪电般冲回到路边的灌木中去。一股什么力量把他抛到空中，他没有看见、只是听到金属相撞的巨响。就在烟尘冲起的时刻，什么东西在他的头顶上爆炸了。

在金属碰击的巨响中两辆汽车相撞之前的几秒钟，帕奥威尼看见了那只装有炸弹的提包在汽车上方划出了一条抛物弧线。他的整个生命，从他在北开普出生到在德班北部约30多公里的夸马舒的这一时刻，也形成了一条弧线。在这即将终止的全部人生中，还有些聊以为慰的东西。在远处的什么地方，海浪翻滚撞击着岩石，那是大海，宽阔、波澜起伏，无边无际，就在他身体内的什么地方；这是一个经历了各种苦难侮辱也享受过各种恣意欢乐的身体。他经历过被捕和酷刑。他尝过敌人吐在他脸上唾沫的味道。他享受过欢乐，在他手指中间滑过各种女人的发丝，从努比亚女人粗硬的卷发，到亚洲女人披散飘逸的长发，再到高加索女人金黄丝光的秀发，他抚摸过各种形状和尺寸的大腿以及女人们深不可测的那个部分，享受着听女人们呻吟的无上乐趣。他什么都干过，也什么都见过。

他的直觉提醒他即将面临的困境，这是一个战场中战士的直觉，即使在一颗炮弹尚未升空之际已经向他发出警告。他回忆起马克思关于自我批评的原则，不知道自己是否还有资格取得原谅。我没有资格要求宽恕。我已经亵渎了我的解放运动。我已经挥霍了本该用于解放斗争的金钱。在他的想象中出现一张脸，正用一只无情的眼睛在盯着他，然后这张脸消失在黑暗中。

远在两辆汽车相撞并且炸弹把焊接的钢铁炸得稀巴烂之前，对于曾经的大地之子、革命的前英雄帕奥威尼将军来说，一切就都已经死去了。

鲁西在熊熊燃烧的汽车和灌木的爆裂声中惊醒过来。他想知道，他的小组成员科赫拉和其他人在哪里。他跪在地上，仿佛是被突然出现的成千上万双手扶起来并审视着。“你非常幸运，小子。”一个像用铜线编织出来的瘦小结实的男人说，他的脸上交织着喜悦和悲伤的表情。“我把我的人从夸姆沙雅扎夫带过来了。我们将要做的一件事就是去收拾那些恶狗。”

鲁西顺着他手指的方向看过去是三个浑身血污的男人，两个黑人和一个白人。他觉得他认识伤者中最年轻的那个人，他半裸着，浅绿色的裤子被撕碎，很可能是爆炸造成的。这是棚户长的儿子，刚才看见他以全速跑在追逐蜘蛛——那个抢包的飞毛腿——的泽福大哥的后面。但是他还是得问：“这些是什么人？”他问，“这些恶狗。”

“帕奥威尼将军，”这个铜色皮肤的人说，“和他在一起的是斯丹德上校，一条恶狗，如果说是狗的话。他们杀死了我的堂兄弟。”

“你的堂兄弟是谁？”

“别基西萨。别基西萨·鲁图力。”

这时一些女人开始哭号，哭声使鲁西的脊柱颤抖。他站起来寻找着科赫拉。他发现他的这个经常因尿急而受到嘲笑的矮小的朋友脖子折断了，躺在灌木丛中。他转身走向别基西萨·鲁图力的堂兄弟。“我们有轮胎。”他说。

“并且，”这个铜人说，他的皮肤在火光中闪亮，“我们有汽油。”

13

赎　罪

清晨，经过了这个烈焰燃烧的夜晚，残存的灰烬成为这个地区显著的标志，就在不久之前，在这里，生命曾经在鲜活的肉体中生机勃勃地跃动。在这里，早先女人们发出哭号和男人们唱着圣歌，而现在则是令人震撼的寂静。即使是那些通常要跑到它们主人跟前表达它们对主人抚摸的永恒渴望的爱犬，也躲避着那些几个小时之前还在挥舞棍棒和利器的它们主人的双手，它们现在则在向浸润过鲜血的罪恶之地铺洒灰土。

涅丽莎牧师给乔治娜·史密斯打了一个电话，告诉她有关1990年1月的第二天发生的这些事件；这是在她今后全部生命里留在她头脑中不可磨灭的一天。

“很多人死去了，”她说，“对于我来说，最心伤的就是图拉西子威·恩格比斯的牺牲。我们错误地将注意力集中在打中他大腿的那颗子弹。他流了很多血。但是我们忽略了击中他肺部的那颗隐蔽的子弹，发现已经太晚了。”

“你这么说听起来仿佛你在为此承担责任，”乔治娜说，“但你什么也做不了，你不是医生。”

“他们信任我，”涅丽莎说，“从某种意义上说，我就是一种医生。一个母亲，一个指挥员，一个救星。”

“对于那些角色，你并不陌生，”乔治娜坚持说，“现在你需要的是回到我这里成为一个爱人。”她停了一下。“斯特雷拉怎么样？”

“你不会想知道。”

“告诉我。”

“他消失了。我不知道去了哪里，”停顿了一下之后说，“我认为斯特雷拉不属于人类。”

“什么意思？”

“我不是说他是一个魔鬼或僵尸。我只是认为，他是上帝造出来并派遣到人世中教我们懂得什么是邪恶。”

“为什么？因为他是完全没有人性吗？”

“我不知道，”涅丽莎说，“他的所作所为非人类可以理解。他是一个魔影。”

“让这个魔影见鬼去吧，”乔治娜说，“优素福说，你和他约定的另一次疗伤的时间到了。”

在她挂上电话的时候，她知道，乔治娜绝对不会完全了解。能些许了解斯特雷拉的只有亲眼目睹了那个晚上发生了什么的那些人。警察会到来；她知道，库玛鲁和布伊一定一直就在附近，可能正从远处观察着所有发生的事情。他们将会提交一份报告，忽略某些事实，可能强调说明每一件事与己无关。她相信没有人会提及那辆从本地居民区驶过来的小巴士，或者提及，是那个炸弹引出了另一个藏在灌木中的杀手。在目睹了他激烈的反戈一击之后，她经历了巨大的悲哀，同时在心中也赦免了他的罪责。

在某种意义上，她开始接受、甚至理解她在这整个行动中——这一旅途中的角色，她是一个见证者、经历者，而不是一个解释者。因为她知道，她本应该死去。他们所有人都本该死去。昨天晚上，就是在地狱中走了一遭。这是将使她受到终生煎熬的一个夜晚。

当爆炸发生时，发出的巨响要超过在此之前的雷声。一道闪电划过，夜晚如同白昼。正是在这闪亮中，她明白，恩格比斯正处于垂死之际。他一直在与死神搏斗，但仍然可以说话，甚至调侃地说，姆兹和萝拉尚未出生的孩子将会来到一个全新的世界，那时种族隔离将成为历史。萝拉争辩地说，种族隔离在未来几十年仍将伴随我们。只有在这只邪恶的手曾经接触过的所有几代人都死去之后，这一现象才会最终消失。这时姆兹意外地提出他是否应对这个婴儿负责的质疑。而事实上他们全都是在对一个死者说话。

当迪亚戈和列克斯返回之后，为如何处置桑托召开了一个短会，主要是因为列克斯和约翰尼斯就立即处决桑托的利弊发生了争论。“她要为如此惨重的损失负责。”列克斯说，他的眼睛红了。“是的，”约翰尼斯插进来说，“但是她是知道其他那些人在哪里的唯一的人。”

在这些争论的时刻中，涅丽莎意识到，约翰尼斯具备一个领导人的素质。因为他一直努力平静地对列克斯和迪亚戈讲话，使他们能在一旦听到穆勤达的死讯时做好精神准备。当他们看到他们死去的同志时，他们仿佛在一些莫名的冲动下仍然决定一意孤行。涅丽莎非常庆幸，这时约翰尼斯在她的身边，因为没有他，这两个游击队员将会向居住在 H 区的加伯里奥小组里剩余的人发起进攻。而很可能他们将会是有去无归。

现在，他们必须要对他们死去的同志表示哀悼，他们举办了一个小型的、非正式的集会，他们请求涅丽莎——你毕竟是牧师——说点儿什么。按照这个角色，她吟咏了一段记得不完全的新约圣经，关于那些被上帝的慈悲所抛弃的罪人。根据帖撒罗尼迦后书第一章第九节，他们应该在来自耶和华的存在和他力量的荣耀中受到惩罚而永恒毁灭。一切进展顺利，她感到其他人的眼睛在注视着她，她背诵了公祷书：

耶和华说，复活在我，生命也在我。信我之人，虽死犹活：活着而信我之世人都将不死。

此刻，姆兹·塔比茨看起来几近崩溃，可能是死亡的现实正在开始发酵。姆兹开始痛哭，说他因错误地看待了恩格比斯而万分悔歉；恩格比斯一直是一个真正的同志，等等。桑托这时开始表示出迟来的震惊，自认为是一直被诺兹沙达欺骗，从而也加入了痛哭的行列。“我太对不起了……”直到约翰尼斯·西比思制止她："别说废话了。"

萝拉的眼睛可以做出决断，她扫了桑托一眼，然后担负起组织者的责任，她的能力在涅丽莎心目中不断提高。她组织起每一个人，包括她的丈夫，协助在屋内移动尸体。

"我们不能把他们留在这里，"她说，双眼凝视着没有星星的夜空，"如果警察来了，我们就告诉他们，我们受到了攻击，这是事实，但是这些尸体不能留在这里作为证据。"

而具体将这两个死去的男人搬动到卧室去的工作则落在姆兹·塔比茨和约翰尼斯·西比思的身上；在那里他们被并排放到床上。列克斯和迪亚戈感到，他们是用他们的死亡使他们得以永生。

留下姆兹、约翰尼斯和桑托在房屋内善后，迪亚戈和列克斯·马比纳与涅丽莎和萝拉乘车前往爆炸的现场。涅丽莎摇下了车窗玻璃。这辆汽车已经在地狱中走了一遭，但酒精的气味仍在车内飘散不去。"我真不知道，泽福大哥是怎么生活的。"在行驶途中她说。

"恐怕我们很快就能知道。"萝拉不善于闲聊。她也有一种感觉，泽福大哥凶多吉少。她喜欢他是出于简单的理由，他把自己要戒除酒瘾公之于众。令人悲哀的是，现在他的酒瘾又复发了。

甚至在他们听到喧嚣的人声之前，他们首先看到的是一个躺在路边的男人身影。旁边站着两个年轻的男人。虽然盖着一条毛毯，涅丽莎还是从露在外面的那双鞋看出这是泽福大哥的尸体。他是她所认识的对克罗克特·琼斯公司手工制作的棕褐色粗革皮鞋情有独钟的唯一的男人。她下意识地突发想象，不知泽福大哥能否穿着这双鞋入殓。

大概前面二十米，整个道路被封锁了，聚集着数百人，他们发出的叫喊如同观看一场足球比赛的观众在自己支持的一方射进一球时的欢呼。在蜂拥的人群中间，一堆火在燃烧；这来自吞噬着两辆车的不同火源，一辆丰田4驱车和一辆尼桑Skyline车，停在路边面对面永远地亲吻在一起。空中黑烟肆起，燃烧的轮胎发出刺鼻的气味。

"我不想在这里进去。"列克斯对涅丽莎和萝拉说。

他们停下车走出来。在某种未知力量的驱使下，涅丽莎示意让萝拉留下与列克斯和那两个守护尸体的年轻人在一起。这是以一种方式赋予萝拉一个新的职务，作为死者葬礼的担保人。

涅丽莎绕着穿过人群，并被所见到的场面所震慑：每个人的目光都聚焦在马路中间人群围成的圆圈中心。正如在森林中一块清空的场地上，有三个男人，全都带着被暴打之后的迹象，他们的双手被用铁丝绑在身后，蹲在地上。这是一个诡异、熟悉的场面。口号和歌声有着一种催眠的节奏，开始传染到她的感官，她害怕她很快就要跟着一种未知的节奏摇摆起来。歌声的核心就在重复的叠句中：烧死叛徒。虽然对于她认出这三个待死的人并不吃惊，但还是花了好长时间她才承认，确实这就是她所知道的诺兹沙达、斯丹德上校和帕奥威尼将军。保持一种陌生感，不想承认他们，原因就在于她不愿意承认她自己也渴望见到他们最终死于暴力。尽管这并不违反她在神学院中反复学习的教义——死刑是必要的，即使是在《旧约全书》中先知们也承认报应的合理性，即以眼还眼，以命抵命。但就具体的个案而言，一个犯罪的人要在对他卑鄙行为的反思中度过余生这一事实本身就是一种正当的判决。她对此坚信不疑，坚持正在面临严重考验的一种人性。

一个涅丽莎从未见过的年轻人也光着胸脯，身体上引人注目的纹身直接到脖子，一只手举着一把手枪顶在诺兹沙达的头上，另一只手端着一瓶汽油让他喝进去。“喝！你他妈的间谍。”他说，试图用枪管迫使诺兹沙达张嘴。

“不！”

使涅丽莎吃惊的是她意识到，这一声反对的吼叫实际上是从她的嘴唇中发出的，当时她大步走向受到威胁的三个人。一瞬间歌声似乎停止下来，但很快又恢复了，现在歌声再次充满杀气。这时一个身着鲜艳刺目的达什基套装、说话带有外国口音、长相酷似路易斯·博纳多·姆查威的男人轻轻地把她拉到一旁，躲躲吧，牧师姐姐，他们会杀了你……

躲躲？多么乖巧的主张。对此她不加理会，继续看着轮胎被推过来围住诺兹沙达，汽油从他的头上泼下来，如同汗水一样流到他肌肉发达的身体上，火柴划着了，微小的火苗在小雨中颤抖。随后这个小火苗随风忽地窜起，猛烈地舞动起来，当火舌舔触到用自身脂油进行烧烤的皮肤时，顿时胃口大开，柔软的肉体组织如同水中折射的幻象在激烈的扭曲、爆裂中熔化。

“别看。”那个外国人说，试图用他的手遮盖住她的眼睛。但是她仍然能看到和听到烈火的燃烧，闻到空气中的臭味。很快她就几乎处于围观的人群之外，人们在争抢着看仿佛是用一台运转不良的放映机放出的片子中的影像。

然后是一个短暂的安静和回味的时刻，这种暂时的麻痹标志着诺兹沙达的死亡。那个有纹身的点火者这时站在斯丹德上校的头顶，目的是重复用手枪逼灌汽油瓶的程序。可能是更聪明，也可能是更清楚地了解酷刑实施者的心理——在他的鼎盛时期这一直是他的专长——斯丹德扭过他的脸，无视压在他头上枪口的威胁。使出浑身的力量，他站了起来，这样他就居高临下地面对着这个年轻人——涅丽莎听说他的名字是鲁西——继续躲闪着试图塞进他嘴中的汽油瓶，使人想到一个不愿意吃药的大孩子。人们开始喊叫，表达他们对斯丹德这种挑衅举动的愤怒。“跪下。”一个人尖叫。

“我明白你的想法，”鲁西用手枪抽打着斯丹德，“你认为我会开枪打死你，从而你将逃脱这种惩罚……”

“我不在乎你们的火项链，”斯丹德说，“你们干你们想干的吧。是我们教会你们这样干的……”

然后他直视着人群，疯狂的目光盯住涅丽莎的眼睛。他笑了，就像一个死也不会泄露秘密的人。“解放斗争，”他说，嘴唇上吐出带血的气泡，“不仅仅是黑人为自由而斗争，也是白人为保护黑人避免自相残杀。你们认为这是一种家长式的专制吗？你们将会懂得。不久之后，你们的人民……”他说话的每一个音节越来越短促和严厉，与鲜血一起从口中喷出，“你们的人民一定会感谢我……”

什么东西在涅丽莎的身体中爆炸了。她感到，这个十足的下流胚，这个在人民头上横行霸道了一辈子的人，彻头彻尾的法西斯主义者，不应该在走向坟墓时没有听到回答。“你他妈的魔鬼，斯丹德，”她厉声喊叫，完全发泄出来，“你将在地狱中烂掉！”什么人在拍她的肩膀，她转过身来。

迪亚戈正在看着她的脸，就像一个医生审视一个情绪失常的病人。“那个男朋友是谁？”他指着那个身着达什基花套衫、陌生的高个子黑人。

“我不知道，”涅丽莎转头向那个男人打招呼，“你是谁？”

“鲍勃·琼斯为您效劳，牧师姐姐，”他点点头说，“多么精彩的表演。”

帕奥威尼一直被压弯身体盯着地面，仿佛已经在准备做忏悔，这时抬起头朝上看去，仿佛想要明白他听到的一种声音的意义。可能是那种曾经打动他的声音，那是当一切都在和谐之中、解放斗争是人民准备为之牺牲的理想的时候他曾经听到的。可能他听到的并被刺激的是女人们的咒骂，因为他也想站立起来。当时他一定认为自己投身到一个失败的事业中是没有价值的徒劳。他一定会自问，所有这一切是否值得。他一直追求的是什么？金钱？荣誉？舒适？女人？可能听到的是那些在解放斗争中的人们——那些怀着梦想、在兵营中成长又在监狱中死亡的原本充满希望的年轻人——的所有痛斥的声音。可能，没有可能。

正当帕奥威尼努力起身到四分之三的高度时，一记强力的重击打进他头部的一侧，鲜血、碎骨和脑髓喷溅在鲁西和斯丹德的身上。接着是一声枪响。在任何人还没能做出反应的时候，另一颗子弹射进了斯丹德的眉心，两眼正中只留下一个小孔，大量的血从后脑喷出。

“我们赶快离开这里吧，趁所有一切还没有失控到不可收拾。”迪亚戈对萝拉和列克斯·马比纳说，他们两人一直站在红色的本田 Ballade 车外面。

“泽福大哥怎么办？”萝拉问。

“这些家伙将会看护着他，直到警察到来。”列克斯说。

“这个大舅哥呢？”涅丽莎甩了一下头指着鲍勃·琼斯说，“他也和我们一起走吗？”

“我认为也一起走，”迪亚戈说，“他似乎是一个有故事要讲的人。”

在停了一下以后，涅丽莎说：“我想知道，在箱子里装着什么。”

“我们应该看看。”萝拉·穆敦吉说。

与火光相映，他们头顶上的天空显得苍白。

后　记

我希望告诉你们，一切都圆满结束：斯特雷拉被捕并移送司法审判。作为证人出庭指证他将给予我极大的喜悦。但是我不得不愧疚地承认，我们没有发现他，当时警察尽管进行了全国的搜寻还是没有找到他，对此我只能是发出一声叹息。所有那些尸体是他一手造成的。但可能也是他帮助我们及时除掉了隐藏在高层、一直在荼毒我们的害虫。

随着曼德拉的释放，欢庆仍将继续，每个人一定已经站在天使的一侧。斯丹德和帕奥威尼将成为属于一个过去时代的阴暗记忆，对此我们全都宁愿选择忘记，而你们则会尽力追讨那些曾经积极地支持种族隔离制度的任何人。那些掠夺者的后代——今天把谅解放在首要位置的受益者——将会发展出一种新的傲慢和自我赦免的语言。所有这些我们都将不得不面对。

因此，我们命中注定地会发现，当这场斗争失去了原先的目标，我们将不得不重新彼此面对，如同镜中的映像，我们将会看到的可能不是我们想要看到的。然而，我们必须克服一个困难的障碍。如果我们接受了赋予我们的角色——面对超复杂难产的“助产士”——我们必须面对我们队伍内部盲目的冲动。很快我们将要培育这个婴儿。我们必须首先搞清楚，无论发生过什么，对于那些与他们的父母毫无相像之处的新一代所产生的影响。

我希望，我们将会花时间为那些进入丛林、学会如何通过拿起武器来取得和平的人们做些什么。我知道，这里有一个悖论。

我们已经初步拟定出一个概略的活着的和死去的英烈的名单。我们仍然在遍访安哥拉、莫桑比克和博茨瓦纳以及莱索托的有关地区，这只是几个我们的青年倒下的地方，去收集所有他们的遗骨并带回故乡。

也有一些遗骨就在这个国家，其中一些已经成灰入土。我们也必须使他们安息。我们还必须找到一种方式来拥抱那些女人们，她们尽管已经失去了如此之多，仍然帮助我们找到大多数已经零落四方的遗骸。

人民军的游击队员们回到了家乡。他们走出了阴影，他们需要开始生活和品尝生活。可能与我们一样，他们也将学会——用他们自己的话来说——犯错误。

——全书完——